엄마 팔자는 뒤웅박 팔자

Breaking the Myth

헛소리 깨부시기

엄마 팔자는 뒤웅박 팔자

Breaking the Myth

헛소리 깨부시기

다이애나 킴 지음

도서출판 **더 로드**
The Road Books

진짜 엄마가 되기로
했습니다

       창밖으로 빠르게 스치듯 지나가는 회색의 도시 풍경을 멍하니 바라보며 난 깊은 생각에 빠져들었다. 고향을 떠나 먼 타국 땅에 온 지 어언 2년, 정말 많은 일들이 있었다. 1985년 뉴욕은 온통 회색빛으로 물들어 내게는 모노톤의 생명이 느껴지지 않는 거대한 도시 같았다. 회색빛의 거대한 괴물은 금방이라도 나를 잡아먹을 것만 같았고, 난 항상 두려움에 몸이 떨리기만 했다. 뉴욕에서 사는 동안 내게는 사계절이란 게 없었다. 내게 뉴욕은 1년 365일 모두 추운 겨울이었다. 회색의 빌딩들에 둘러싸여 밝고 생생한 녹색 빛으로 뉴욕시민들에게 휴식처를 제공하던 한여름의 브라이언트 파크도, 세계에서 제일 아름답다는 한가을 뉴욕의 센트럴 파크도 내게는 그저 아무 색깔 없는 추운 겨울이었다.

나와는 생김새도 전혀 다른 사람들 틈에서 서툰 영어로 어떻게 든 살아보고자 몸부림을 쳤었다. 남편은 이 회색의 도시에 나를 홀로 남겨두고 새로운 사랑을 찾아 떠났다. 한국으로 이렇게 초라한 모습으로 돌아갈 수는 없었다. 어찌어찌해서 한국으로 돌아간다고 해도 다시 시작 할 수 있는 금전적 여유도 그럴 용기도 내게 남아있지 않았다. 한국으로 돌아간다는 자체가 내게는 내 실패를 인정하는 것과 다르지 않았다. 나의 실패를 보며 동정을 할 많은 사람들과 나의 퇴보를 비웃을 그 보다 더 많은 사람들을 마주하기 두려웠다.

한국에 두고 온 아이들과 불쌍한 친정어머니를 생각하며 이를 악물고 버텼다. 하루하루 하루살이처럼 그럭저럭 살다보면 이런 시궁창 같은 삶속에 자그마한 빛이라도 들어오지 않을까 하는 믿음으로 버텨나갔다. 나의 무너진 모습을 아무도 모르니 그게 더 위로가 되었다. 시계바늘 움직이듯이 아무런 생각 없이 생존만을 위해 살다보니 어떻게든 버텨졌다. 그러나 그날은 이상하게도 다른 날보다 더 외롭고 괴롭기만 했다. 아이들의 활짝 웃는 모습이 내 눈앞에 떠올랐다. 그리고 그 사람의 따뜻한 눈빛이 내 기억을 흔들며 꾹 참아왔던 눈물이 볼을 타고 흘러내렸다.

시간이 얼마나 흘렀는지 모르겠다. 내가 다니는 봉제공장이 있는 펜스테이션 역에 도착했다. 목구멍이 포도청이라고 내게 슬픔은 사치나 다름이 없었다. 흐르는 눈물을 급하게 닦고 전철에서 내려 출근하는 사람들 틈에 끼여 계단을 올라갔다. 계단을 올라가면 바로 카페가 하나 있다. 여느 때와 다름없이 계단을 올라온 사람들 중 반 정도가 입김을 불어대며 총총걸음으로 카페로 들어갔다. 나는 영어를 잘 못해 카페에 혼자 가본 적이 없었다. 하지만 그날은 무슨 이유였는지 내 발걸음은 그곳으로 향했다. 떨리는 마음으로 주문할 때 말할 영어문장을 곱씹으며 카운터 앞에 길게 늘어선 줄 끝으로 가서 섰다. "캔 아이 게러 컵 오브 커피?... 캔 아이 게러 컵 오브 커피?..."

그런데 뒤에서 누군가 목에 두른 내 목도리를 만지작거리는 게 느껴졌다. 난 깜짝 놀라면서 고개를 획 돌렸다. 선글라스를 낀 어떤 남자가 풀어진 내 목도리를 다시 매주고 있었다. 난 눈을 동그랗게 뜬 채 그 남자를 쳐다보았다. 평소 같으면 "이런 미친 놈이 어디서 수작을 부려!" 하고 상대를 밀쳐 버렸겠지만 그 말도 영어로 어떻게 해야 하는지 몰랐다. 조금 있으니 익숙한 향취가 내 몸 전체를 휘감으면서 내 영혼이 몸에서 빠져가는 것처럼 움직일 수가 없었다. 내 목도리에 손을 뗀 그 남자는 천천히 선글라스를 벗었다. 너무나 그리워했던 그 눈빛이 나를 똑바로 쳐다보며 익숙한 그 목소리로 말했다. "혹시 금산에서 온 수양 씨가 아닌가요?"

나는 너무 놀라 대답도 하지 않고 그 자리에서 도망쳤다. 카페를 나와 봉제공장을 향해 뛰었다. 뒤를 돌아보니 카페 앞에 서서 도망치는 나를 바라보고 있는 남자가 보였다. 공장 빌딩에 도착하자마자 난 화장실로 들어갔다. 세면대로 뛰어가 찬물을 틀고 연거푸 세수를 했다. 얼음같이 차가운 물이 내 피부에 닿으며 정신이 다시 돌아오는 걸 느꼈다. 절대 그 사람일 리 없다. 한국도 아니고 낯선 미국에서, 그것도 뉴욕에서 그 사람을 만났다는 것 자체가 말이 안됐다. 좋은 여자 만나 아이 둘 낳고 잘 살고 있다는 소식을 들은 적이 있다. 하지만 내가 어디서 왔고, 내 이름도 알지 않았는가? 분명 내 귀에 환청이 들렸을 거라고 생각했다. 그 사람이 너무 그리운 나머지 내 귀가 장난을 친 게 분명했다.

나는 겨우겨우 어지러운 마음을 차가운 물로 씻어버리고 공장

안으로 들어갔다. 그리고 조용히 내 자리에 앉았다. 여느 때와 다름없이 작업대 위에는 옷감들이 산더미 같이 쌓여 있었다. 갈 곳이 없어서 노숙자 신세로 밤마다 울면서 길거리를 헤매 던 게 얼마 전 일이었다. 덩치 큰 사내들이 득실거리는 공원 벤치에 누워 두려움에 몸을 사시나무처럼 떨며 억지로 잠을 청했던 게 엊그제 일이다. 한국에 계신 불쌍한 어머니와 아이 들을 위해 정신을 차려야만 한다. 가슴이 먹먹해지면서도 자 연스레 내 손은 쌓여 있는 옷감들로 향했다. 난 분명히 이번에 도 살아남을 것이다.

저자 다이애나 킴은 이 책에 등장하는 주인공의 딸이다.
재작년 여름에 한국으로 나가 나의 이야기를 토대로 글을 쓰면서 그동안 알지 못했던 어머니의 인생에 관심을 가지게 되었다. 39년이라는 짧으면 짧고 길면 긴 내 인생은 폭력과 학대와 고문 그리고 감금과 협박 등 인간의 본성 중 제일 어두운 모습들을 보여준다. 행복하지 않았던 어른들은 자신의 불행의 책임을 힘없는 아이였던 내게 물었다.

Contents
차례

PART
01

나의 꿈,
쌀을 담는
뒤웅박

▶ 꼬마색시의
눈물

1929년 일제 강점기, 그녀는 그 비극적이고 비참한 시기에 세상에 나왔다. 너무나 혼란스럽고 어려운 시기였어도 그녀는 살아남았고, 13살이 되던 해에 대전에 있는 방직공장에 취직을 하였다. 그리고 한 남자가 방직공장에서 근무하던 친구를 만나러 갔다. 우연히 그곳에서 일하던 그녀를 보고 첫눈에 반한 그 남자는 공장장에게 부탁하여 그녀의 집 주소를 알아낸 후 무작정 그녀의 집을 찾아갔다. 부유한 집안에 훤칠한 외모, 거기에 경찰이라는 탄탄한 직업까지 가진 그를 마음에 쏙 들어 했던 그녀의 아버지는 기쁘게 어린 딸의 미래를 그 남자에게 맡겼다.

그렇게 그녀는 자신의 미래를 책임질 남자의 얼굴도 모른 채 그에게 시집 왔고, 첫날밤이 되어서야 자신의 남편이란 사람의 얼굴을 처음으로 볼 수 있었다. 그녀는 남편의 얼굴을 본 순간 시간이 얼어붙는 것 같았다. 자신의 상상과는 다르게 따뜻한 미소를 머금은 잘생긴 남편을 대한 순간 그녀는 온갖 두려움이 눈 녹듯 사라지며 이 사람의 그늘 아래서 평생을 살겠다고 결심하였다. 14살밖에 안됐던 꼬마색시는 이 사람이라면 자신의 인생을 모두 걸어도 아깝지 않을 거라고 생각하며 달콤한 미소를 머금은 채 깊은 잠에 빠져들었다.

그 다음 날 남자는 그녀에게 두 사내아이들을 소개시켜 주었다. 두 남자아이들은 그녀를 작은 엄마라고 불렀고, 그녀의 남편은 그녀에게 두 아이들을 월남으로 일하러 간 남동생의 아들들이라고 하면서 아이들의 엄마는 건강이 좋지 않아 친정에 가있다고 덧붙였다. 그녀는 부모 없이 남겨진 두 아이들을 딱하게 여겼고, 자신의 친자식처럼 정성들여 보살폈다. 하지만 몇 달 후 그녀를 보며 쑥덕거리는 아낙네들의 가벼운 입들 때문에 그녀는 모든 진실을 알게 되었다. 그 아이들은 남편의 첫 번째 부인의 자식들이었다. 아이들을 낳고 폐병으로 죽었다고 했다. 처녀로 자식들이 두 명이나 있는 홀아비한테 시집오게 된 그녀는 배신감에 몸을 떨었다. 남편에게 자신이 모든 걸 알게 되었다는 걸 밝히고 진실과 사과를 요구했지만 돌아온 건 시큰둥한 인정한다는 대답뿐이었다.

자신을 속인 남편이 생각할수록 분하고 괘씸하기만 했다. 하지만 그에 대한 사랑이 완전히 사라진 것은 아니었다. 이미 엎질러진 물이었다. 결혼을 물릴 수도 없었다. 이렇게 친정에 돌아갈 수도 없었고, 가봤자 좋은 꼴은 못 볼 터였다. 그녀는 이미 출가외인이었다. 친정식구들은 물론이고 마을사람들의 칼 같은 혀가 두려웠다. 무성한 소문으로 난도질당할 게 분명했다. 그녀는 생각했다. 이미 엎질러진 물을 다시 물병에 담을 수 없을 바에는 한번 그 물을 핥아서라도 먹으며 살자고 생각했다. 엄마 없이 크는 어린 사내놈들도 딱하기만 했다. 이 아이들의 엄마가 되어 주자고 다짐했다. 그리고 남편도 자신을 얼마나 사랑했으면 이런 말도 안 되는 금방 들통 날 거짓말까지 했을까 싶었다.

1950년 한국전쟁이 발발하자 경찰이었던 그녀의 남편은 산속으로 피신을 했다. 그때 점령당한 공산 치하에서는 체포된 자본가들이나 경찰, 군인들은 '반동분자' 라는 명목 하에 인민재판에 회부돼 모두 사살되었다. 경찰가족들도 역시 체포되면 인민군들에 의해 집단사살 아니면 산채로 생매장을 당했다, 그래서 그녀는 가족들을 데리고 인민군들의 손길이 닿지 않는 곳으로 피난을 갔고, 경찰의 가족이라는 걸 숨기라고 했다. 그러나 밤마다 빨치산과 공비들이 마을로 내려와 집집마다 다니며 식량들을 약탈해 갔다. 부엌에 들어가 솥들을 모두 열어보고 보리쌀이 아닌 쌀이 발견된 경우 모두 죽였다. 그녀는 두려움 속에서 전쟁이 끝나기만을 기도하며 산속에 숨어있는 남편의 생사도 알지 못한 채 그렇게 어지러운 세월을 보냈다.

1953년, 그녀가 24살이 되던 해에 드디어 한국전쟁이 끝났다. 그녀의 남편은 무사히 집으로 돌아왔고, 그녀도 가족들을 데리고 고향집으로 돌아왔다. 전쟁이 끝나면 모든 게 나아질 거라는 희망으로 그 힘든 세월을 홀로 가족들을 보살피며 이를 악물고 버텨 왔던 그녀였다. 하지만 집으로 돌아온 그녀에게 또 다른 문제가 기다리고 있었다. 시집오고 10년이 되도록 아이를 낳지 못했던 그녀를 그녀의 남편과 시어머니는 매우 못마땅하게 생각했다. 임신에 좋다는 약과 음식들은 모두 챙겨 먹었지만 아이는 생기지 않았다.

그 시절 임신을 못하는 여자는 큰 죄인이었다. 그 집안의 대를 끊는 엄청난 죄를 저지르는 큰 죄인으로 여겨졌다. 남편에게 소박을 맞아도 할 말이 없었고, 친정에 돌아가도 집안의 명예를 실추시켰다며 멍석에 말려 맞아 죽을 수도 있던 그런 시절, 그녀는 10년이 되도록 아이가 들어서지 않아 하루하루 지옥 같은 나날을 보내고 있었다. 밤바다 물을 떠놓고 삼신할머니한테 아이를 보내달라고 그렇게 애원하며 빌었지만 아이는 그녀한테 오지 않았다.

그리고 고향집으로 돌아온 지 얼마 지나지 않은 어느 날, 시어머니가 그녀를 불렀다. 그리고 아무 감정도 없는 차가운 눈길로 말했다.

> "니가 아이를 낳지 못하니 니 죄가 얼마나 큰지 알 거라고 믿는다. 니 남편이 작은 마누라를 들일 거니 새 가족을 맞이할 준비를 하거라. 소박맞고 쫓겨나지 않는 걸 다행이라고 여기고 감사하는 마음으로 살아야 할 것이다."

그녀는 아무 말도 못하고 고개를 떨군 채로 끊임없이 눈물만 흘렸다. 옆에 앉아 있던 그녀의 남편은 울고 있는 그녀에게 "아무짝에도 쓸모없는 여편네!"라고 하며 이미 무너질 대로 무너진 그녀의 가슴에 대못을 박았다. 그녀는 이렇게 살 수는 없다고 생각했다. 철저하게 속아서 시집온 것도 억울한데 이런 더러운 꼴까지 봐야 한다고 생각하니 서러움에 미쳐버릴 것만 같았다. 시집오고 얼마 되지 않아서 남편이라는 사람은 다른 여자들을 눈에 담기 시작했다. 하늘을 봐야 별을 딸 게 아닌가... 그리고 얼마 후 한국전쟁이 터졌고, 몇 년 동안 남편을 보지 못했다.

돌아와서도 마찬가지였다. 같이 있는 시간은 거의 없었고, 항상 밖으로만 나돌던 남편이었다. 그런데 이제 와서 자신을 죄인 취급하는 남편과 시어머니가 원망스러웠다. 거기에 작은 마누라까지 집에 들이겠다고 하니 펄쩍펄쩍 뛸 노릇이었다. 친정으로 돌아가지 못한다 해도, 길거리에서 얼어 죽는다 해도 이 집에서는 뼈를 묻고 싶지 않았다. 그녀는 짐을 싸서 그 집에서 나왔다. 하지만 얼마 지나지 않아 경찰이었던 남편은 너무나 쉽게 그녀를 찾아냈고, 그 후에도 몇 번이나 도망쳤지만 그는 그녀를 바로 찾아내서 다시 집으로 끌고 왔다. 어딜 가도 그의 손바닥 위였다. 자신이 도망칠 곳은 이 땅에서는 한 곳도 없었다. 그렇게 그녀는 남편과 첩이 사용할 방을 걸레질하며 눈물을 훔칠 수밖에 없었다.

20대의 어머니

시어머니가 그녀에게 그 말을 전하고 얼마 되지 않아서 바로 남편의 첩이 집 마당에 발을 내딛었다. 그녀는 그 여자의 머리털을 모두 뽑아 버리고 싶었다. 같은 여자로서 어떻게 내게 이럴 수 있냐고 소리를 지르며 당장 이 집에서 나가라고 하고 싶었다. 하지만 그녀는 그 여자와의 첫 만남에서부터 그럴 수 없으리라는 걸 알 수 있었다. 그 여자의 뱃속에는 이미 남편의 아이가 자라고 있었다. 배가 산만해져서 뒤뚱거리며 집 안으로 들어오는 둘째 부인을 보며 그녀는 하염없이 눈물만 흘릴 뿐이었다. 그제야 왜 시어머니와 남편이 그녀를 자식 못 낳는 죄인으로 만들었는지 알 것 같았다.

자신이 시어머니와 아이들을 데리고 피난을 가 고생이란 고생은 다하고 있을 때 남편은 산속에 숨어 다른 여자를 눈에 담고 있었다. 목숨이 경각에 달려 있을 때 남편은 사랑놀음을 즐기고 있었던 것이다. 자신과 가족들이 빨치산과 공비들에 의해 하루하루 두려움에 피가 마를 것만 시간을 보내고 있을 때 남편은 그 여자와 그러고 있었던 것이다.

그 여자를 미워하고 저주하며 자신의 분노를 모두 쏟아내고 싶었다. 자신을 기만한 남편과 시어머니를 향한 분노를 어디든 분출해야만 했다. 그러지 않으면 자신의 몸뚱이가 불에 타 사그라져 버릴 것만 같았다. 하지만 그럴 수 없었다. 그 여자의 눈빛만 봐도 얼마나 선한 사람인지 느껴졌고, 겪어보니 더 그랬다. 무슨 사연으로 본처가 있는 남자를 건드렸는지는 모르겠지만 말이다. 아예 본처에게 악랄하게 하는 그런 나쁜 여자라면 자신도 마음 편하게 미워나 할 텐데, 그 여자는 자신을 손윗사람으로 대우하며 최선을 다해 모셨다. 마음껏 미워할 수가 없으니 더 환장할 노릇이었다

▶ 삼신할머니의
장난

남자들은 대부분 문지방 넘을 힘만 있으면 다른 여자를 생각한다고 해서 아내들은 마음을 내려놓고 사는 게 속이 편하다고들 한다. 훤칠한 외모에 부와 사회적 지위까지 삼박자를 두루 갖추었던 그녀의 남편 주변에는 여자들로 넘쳐 났고, 항상 본처를 내쫓고 안주인이 되고 싶어 했던 여자들이 그녀의 집 대문에 불이 날 정도로 들락날락 거렸다. 그녀는 그 모든 걸 지켜보며 하루도 눈물 마를 날이 없었다.

그래도 자신을 완전히 버리지 않고 가끔씩이나마 찾아주는 남편에게 감사하다는 마음도 들었다. 그렇기에 전쟁으로 폐허가 된 땅에서 본처, 며느리, 엄마로서 자신의 본분을 잊지 않고 가정을 지키려고 무단히도 노력했다. 일제 강점기부터 한국전쟁까지 대한민국은 혼란의 연속이었다. 그녀는 그 모든 고비들과 힘든 시간들을 남편과 같이 넘으며 여기까지 왔다. 하지만 그녀에게 돌아온 건 처절한 배신과 수치감뿐이었다.

남편은 자신의 아이를 임신한 첩을 집에 들였다. 아이를 낳지 못하는 죄인이 되어 버린 그녀는 그 어떤 거부의 의사도 내 비칠 수 없었다. 그저 뜨거운 눈물을 삼키고 그 모든 결정을 따를 뿐이었다. 출산일이 얼마 남지 않은 첩을 사랑방에 기거하게 했다. 그리고 나서야 비로소 남편은 그녀를 다시 찾았고, 얼마 되지 않아 본처인 그녀도 임신을 하게 되었다. 무슨 변덕인지 삼신할머니가 갑자기 그녀에게 아이를 보내 준 것이었다. 삼신할머니가 더럽게 게으르던지 아니면 심술 맞은 할망구가 틀림없었다. 첩은 얼마 후 무사히 아이를 출산을 했고, 그녀의 남편은 그 여자와의 사이에서 태어난 남자 아이의 이름을 '성진'이라고 지었다.

1954년 어느 날, 그녀는 첫 아이를 무사히 출산했다. 그것도 딸이 아닌 아들이었다. 본처인 그녀가 다행히 대를 잇게 된 것이다. 10년 만에 자신의 숙원을 이룬 것이다. 그리고 그로 인해 어느 정도의 마음의 짐을 덜 수 있었다. 자신의 어깨를 짓누르고 있던 그 무거운 돌의 무게를 더 이상 지고 있지 않아도 될 것 같아 안도의 한숨을 내쉬었다. 더 이상 자신을 자책할 필요도 없었다. 자신의 몸이 이미 고장 나 버린 기계처럼 아무 쓸모도 없는 게 아닐까 하는 불안함과 두려움, 그리고 자신을 향한 환멸과 고통 속에서 밤을 지새울 필요도 없었다.

그러던 어느 날이었다. 첫 아들을 출산한 후 뜨끈뜨끈한 방에서 몸을 풀고 있던 그녀에게 첩실이 찾아왔다. 그리고 어렵게 입을 떼었다.

"형님!... 제가 첩실로 들어오면서 형님이 얼마나 마음 고생하셨을지 저도 압니다. 죄송합니다. 정말 죄송합니다. 같은 여자로서 형님께 못할 짓을 했습니다. 돈이 너무 궁해 이런 짓까지 했네요. 이젠 제가 여기에 더 이상 남아 있어야 할 이유는 없는 것 같아요. 우리 성진이, 형님이 친아들처럼 잘 키워주실 거라고 믿어요."

그 말을 끝으로 그 여자는 짐을 챙겨 떠났다. 그녀는 아직도 이야기한다. 꽃들의 전쟁 속에서 그 여자는 전쟁이 아닌 평화를 택한 보기 드문 첩실이었다고 말이다.

첫 아들을 출산하고 2년 후 그녀는 둘째 아이를 낳았다. 그게 나 김수양이다. 어머니는 그 후 남동생 둘을 더 낳으셨다. 첩이 떠난 후 아버지는 밖에서 다른 여자랑 살림을 차리셨다. 그리고 가끔씩 어머니를 찾아오셔서 며칠씩 머무르고 떠나셨는데, 그럴 때마다 우리들이 임신이 되었다고 하니 웃어야 할지 울어야 할지 모르겠다. 시골집에 시어머니와 같이 남겨진 어머니는 그렇게 7남매를 키우며 가끔씩 찾아오는 남편만 기다리는 신세가 되었다. 전처 소생인 두 오빠와 우리 4남매 그리고 첫 번째 첩실과 아버지 사이에서 태어난 셋째 오빠인 성진이 오빠를 키우며 한 번도 남의 핏줄이라고 차별한 적 없이 모두 당신의 친자식마냥 사랑하셨고 아껴주셨다. 특히 갓난아기 때부터 키웠던 성진이 오빠에게는 당신이 친어머니가 아니라는 사실을 숨기고 친자식인 우리 4남매보다 더욱 소중하게 아껴주셨다.

그렇게 10년이라는 시간이 흘렀고 성진이 오빠가 초등학교 3학년이 되었다. 추운 겨울 따뜻한 햇빛을 쬐러 나는 오빠들이랑 밖으로 나가 벽에 등을 기댄 채 주욱 서있었다. 그런데 사촌오빠가 딱총을 가지고 오더니 우리들을 겨냥하며 소리를 질렀다.

"이제 쏠 거니까 좋은 말 할 때 도망가라. 쏜다. 쏜다."
우리 모두 걸음아 나 살려라 하고 도망가는데 성진이 오빠만 계속 벽에 서있었다.

"웃기고 있네. 쏘려면 쏴 봐!"

우리는 멀리 서서 그 광경을 지켜보고 있었다. 설마 쏘진 않겠지 싶었다. 어머니가 점심을 먹으라고 소리를 지르며 집에서 나오셨다. 그리고 벽에 서있는 성진이 오빠를 흘깃 쳐다보신 후 나와 오빠들을 데리고 집으로 들어가셨다. 그리고 바로 그때 오빠의 비명소리가 들렸고, 뛰어 나가 보니 눈에서 피를 흘리며 쓰러진 오빠와 딱총을 손에 든 채 덜덜 떨고 있는 사촌 오빠가 눈에 들어왔다. 어머니는 성진이 오빠를 들쳐 업고 읍내 의원으로 달려갔지만 오빠의 눈을 고칠 수 없었고, 그 후 성진이 오빠는 시력을 완전히 잃어버렸다. 어머니는 매일 오빠를 안고 목놓아 우셨다. 모두 자신의 탓이라며 가슴을 치며 울고 또 우셨다.

성진이 오빠가 시력을 잃게 되자 친할머니는 모든 탓을 어머니에게로 돌렸다. 첩들이랑 돌아다니다 오랜만에 집에 돌아오신 아버지는 성진이 오빠 이야기를 듣고 분노에 어쩔 줄 몰라 하셨다. 어머니를 마당으로 끌고 나가 내팽개치셨고, 바닥에 쓰러져 있는 어머니를 향해 호통을 치셨다.

"자네가 내 아들을 이렇게 만든 것이여. 아무리 자네가 낳은 자식이 아니라고 혀도 이렇게 내 아들 인생을 망치면 안 되는 것이제. 분명 자기 핏줄이 아니라고 내 아들은 신경도 쓰지 않은 것이여. 지 새끼들만 감싸고 성진이는 나몰라라

아버지와 어머니 그리고 중간에 계시는 분이 내 친할머니이시다.

했을 것이여. 내 아들을 이렇게 장님으로 만들다니 난 당신
을 절대 용서 못혀."

어머니는 울면서 아버지의 바짓가랑이를 붙잡고 오열하셨다.
당신이 일부러 그렇게 만든 것도 아니며, 성진이도 친아들처럼
여기며 바람 불면 날아갈라 애지중지 키웠다고 몇 번이나 말했
지만, 아버지의 귀에는 어머니의 오열과 슬픔이 전혀 들리지 않
는 것 같았다. 어린 나는 어머니에게 달려가 같이 아버지 다리
를 잡고 울었다. 아버지한테 이러지 말라고 사정을 했지만 아버
지는 나와 어머니를 발로 밀치며 집을 나가 버리셨다.

어머니와 나는 그런 아버지를 믿을 수가 없었다. 자신의 핏줄
인 우리보다 성진이 오빠를 먼저 챙기던 분이 어머니셨다. 혹
시 남의 핏줄이라고 차별한다는 소리를 듣고 싶지 않아, 그리
고 자신의 아이를 부탁하고 떠난 그 여자의 눈물어린 마지막
말이 남기고 간 그 의미를 잘 알기에 그 약속을 지키고 싶어
몸부림을 쳐왔건만 아버지는 끝내 어머니의 마음을 알아주지
않으셨다.

02

▶ 눈같이 흰 설탕과 벌건 소고기

내 어릴 적의 아버지는 동네에서 알아주는 멋쟁이셨다. 항상 양복에 가죽장화를 신으시고 맥아더 장군의 선글라스로 유명한 '라이방'(레이밴)을 쓰셨다. 동네에 하나뿐이던 오토바이를 타고 멋지게 달려오시는 아버지의 위풍당당한 모습을 조금이라도 더 구경하기 위해 마을사람들은 오토바이 소리만 나면 일하던 손을 멈추고 밖으로 뛰어나왔다. 밭일을 하던 사람들도 몇 시간 째 펴지 못했던 허리를 펴고 바람을 맞으며 집으로 돌아오시는 아버지를 입을 벌린 채 바라보곤 했다.

방바닥에 배를 깔고 몽당연필에 잔뜩 침을 묻혀 대며 학교숙제를 하던 나도 오랜만에 집에 돌아오시는 아버지의 오토바이 소리를 듣고 벌떡 일어나 밖으로 뛰쳐나갔다.

"할머니! 어머니! 아부지가 오시는 것 같아유."

방에서 쉬고 계시던 할머니와 주방에서 점심을 준비하시던 어머니도 놀란 얼굴로 마당으로 나오셨다. 거의 6개월 만에 보는 남편이자 아들이었고 아버지였다.

한국전쟁이 끝난 후 경찰이셨던 아버지는 일거리가 필요했던 재향군인들과 함께 개간사업을 시작하셨고, 박정희 정권의 5개년 경제개발계획에 발맞춰 그 사업은 크게 성장했다. 당시 정부는 충분한 농경지를 확보하기 위해 농사에 적합하지 않은 토지들을 개간하는 사업을 활발히 추진했다. 그리고 그 사업에 동참한 이들에게는 개간한 땅의 소유권을 약속했다. 동네에서 알아주는 집안의 장남인데다 출중한 외모를 갖추고 주머니까지 두둑했던 아버지를 여자들은 가만히 두지 않았다. 그 많고 많은 여자들 중 특히 아버지의 마음을 사로잡은 여인이 있었다. 그 여자는 우리 집에서 20리가량 떨어진 곳에서 '화성옥'이라는 술집을 하는 여자였다. 아버지는 술집에 딸린 살림집에서 그 여자랑 살며 집에는 잘 들어오지 않으셨다.

아버지의 부재는 더욱 길어졌다. 한 달이 두 달이 되고, 두 달이 여섯 달이 되는 게 보통이었다. 아버지는 어머니가 '화성옥'에 찾아오는 걸 금하셨고, 그 시절 남편의 말은 곧 법이었다. 그렇기에 어머니가 하실 수 있는 건 기다림뿐이었고, 기다림이 길어질수록 어머니의 한숨은 더욱 깊어지면서 눈물은 마를 날이 없었다. 그렇게 어머니는 아버지를 마음속에서 떠나보내는 연습을 하고 계셨다.

어머니가 원하시던 것은 아버지와 잠시라도 같이 보내는 그 시간이었다. '화성옥' 그 여자는 어머니한테 뺏어온 그 시간에 만족하질 않았다. 그 여자는 본처 자리를 원했고, 그 바람을 실행에 옮기기 시작했다. 그 여자는 술집을 하며 번 돈으로 친할머니의 마음을 사로잡기 위해 움직이기 시작했다. 발바닥에 불이 날 정도로 집을 들락거리며 설탕과 박하사탕 그리고 소고기를 날라 댔다. 그 시절의 시골에서는 구하기 어려운 귀한 것들이었고, 설탕물이라면 사람들이 환장을 하던 때였다.

설탕의 달콤함이 친할머니의 마음을 녹일수록 어머니를 향한 친할머니의 마음은 반대로 얼어만 갔다. 가끔 독한 말로 어머니의 눈에서 눈물을 빼긴 했지만, 시집살이 한번 시키지 않았던 친할머니가 바뀌기 시작한 건 그 하얀 설탕 알갱이들 때문이었다.

1에서 10이라고 하면 2에 해당했던 독한 말의 수위가 10에 이르렀고, 시집살이의 강도도 높아져만 갔다. 겨울에 시냇가에서 얼음을 깨고 빨래를 시키는 것부터 시작해서 시집살이 방법은 점점 다양해지고 더욱 독창적으로 바뀌었다. 어머니는 매일 동네를 울면서 돌아다니셨다. 어쩌다보니 맡게 된 전 부인의 자식들과 첩실의 자식, 그리고 이제는 당신의 네 아이들과 자신을 구박하는 시어머니까지 모든 게 숨이 막혔다.

아버지는 '화성옥' 그 여자의 손아귀에서 벗어 날 기미가 보이지 않았다. 사내를 후리는 그 여자의 솜씨가 대단한 건지, 아니면 아버지가 그저 본처가 싫어서 그 여자 옆에 남아 있기를 선택하셨는지는 나도 모르겠다. 지금 같으면 그런 남자는 줘도 안 갖는다고 이혼하고 혼자 살면 되는데, 그때는 이혼이 쉽지 않았을 뿐더러 이혼이라는 것 자체가 흔한 일이 아니었다. 특히 축첩을 이유로 여자가 이혼을 청구해도 이혼사유로 거의 받아들여지지 않았다. 어머니는 그렇게 창살 없는 감옥에 갇혀데인 가슴을 쥐어짜며 소리 없는 눈물만 흘리실 뿐이었다.

어머니는 새벽부터 일어나 날이 저물 때까지 오로지 밭일만 하셨다. 일을 하셔야만 살 수 있는 병에 걸리신 것처럼 자신의 몸을 혹사시키며 일만 하셨다. 허한 마음을 달래려는 어머니 나름의 방법이었을 것이고, 먹고 살기 위한 당신의 몸부림이었으리라. 나와 오빠들은 옆에 있는 강변에서 어머니가 일을 끝내고 데리러 올 때까지 물놀이를 하는 등, 놀다 자다 반복하며 시간을 보냈다. 일이 끝나고 집으로 들어가면 어머니는 밀린 집안일로 저녁시간을 보내셨고, 그 후에는 홀로 자신에 방에서 이불 호청을 뜯으며 긴 밤을 보내셨다. 다음 날 뜯은 이불 호청을 빨아 마르면 풀을 먹여 발로 지근지근 밟은 후 바느질을 하셨다. 매일 밤 그렇게 이불 호청을 뜯었다 다시 꿰매는 일을 반복하며 긴긴 밤을 홀로 보내셨다.

논에 나가지 않는 날에는 집에서 밀린 집안일을 하셨는데, 그럴 때마다 친할머니의 구박은 멈추지 않았다.

"아니 무슨 애가 그렇게 무뚝뚝혀? 그러니 남편이 집에 안 들어오제! 화성옥 작은 마누라 봐봐! 얼마나 사근사근 어른한테 잘하고 남편한테 잘혀. 이번에도 나 먹으라고 설탕이랑 소고기랑 사온 거 봐라. 넌 대체 집에서 하는 일이 뭐여? 여자가 할 일은 남편을 잘 받드는 일이여. 니가 못하니 남자가 계속 밖으로 나돌제. 쯧쯧쯧...."

친할머니는 이미 '화성옥' 그 여자에게로 마음이 돌아선 지 오래였다. 눈같이 흰 설탕과 박하사탕이 친할머니를 빼앗아갔다. 핏물이 가시지도 않은 그 벌건 소고기가 어머니를 지옥으로 끌고 내려갈지는 아무도 예상하지 못했다.

아버지가 오랫만에 집에 들어오시면 어머니의 그리움은 소리 없는 분노로 바뀌어 터져 버렸다. 어머니는 아버지에게 더 이상 웃어줄 수도 그렇다고 따뜻한 말 한마디 건네줄 수도 없었다. 따뜻한 말은커녕 어떤 말도 입으로 나오지가 않았다. 몸속 깊은 곳에서 터져 나오는 원망과 분노를 꾹꾹 눌러 담다보니 목소리조차 낼 수가 없었다. 분노는 뱃속 깊은 곳에서부터 목을 타고 올라오는지 참으면 참을수록 목에서 소리도 같이 눌러 아래로 추락했다. 다른 여자를 안던 손이 닿을 때면 어머니는 온몸에 소름이 돋고 부들부들 떨렸다. 그래서 아버지가 집에 돌아오신 날은 아버지를 피해 이웃집에 가서 주무시고 오셨다. 친할머니는 그런 어머니를 보며 항상 못마땅해 하셨다.

그러던 어느 날이었다. 어머니가 밥상 2개에 아침을 차려 하나씩 방에 들고 들어오셨다. 부부가 유별하다고 아버지는 어머니와 겸상을 하지 않고 할머니와 같이 드셨다. 어머니는 예전부터 항상 홀로 부엌에서 식사를 하셨고, 나는 따로 차려진 상에서 오빠와 동생들과 같이 밥을 먹었다, 할머니와 아버지 상에는 흰 쌀밥과 반찬들이 그릇에 예쁘게 담겨 가지런히 놓여 있었다. 우리 상에는 언제나 마찬가지로 꽁보리밥이 수북이 담긴 큰 바가지가 상 중간에 놓여 있었고, 우리들은 놋그릇에 담겨 있는 반찬들을 넣고 쓱쓱 비비기 시작했다. 우리가 식사를 시작하는 걸 확인한 어머니는 당신도 식사를 하러 방을 나가려고 하시는데 아버지가 역정을 내며 어머니에게 소리를 지르셨다.

"여편네가 도대체 밤마다 어딜 가서 집에 기어들어 오지도
않는 거여? 바람 난 거 아녀?"

어머니는 아버지를 힐끗 쳐다보시더니 아무 대꾸도 하지 않고
밖으로 나가셨다.

그리고 그날 밤도 어머니는 집에 들어오지 않으셨다. 뒷집 할머
니 집에서 주무시고 그 다음 날 아침에 돌아오셨다. 친할머니는
눈이 벌게져 어머니를 보자마자 소리를 지르셨다.

"이년아! 대체 왜 이렇게 소짓을 허냐. 니가 내 아들을 잡아
먹으려고 하는 것이여. 여우짓 하는 마누라는 데리고 살
도 소짓하는 마누라는 못 데리고 산다 했어. 어디서 소짓을
하며 사람 속을 뒤집고 난리여."

어머니는 이번에는 참지 못하고 입을 여셨다.

"지가 뭘 우쨌다고 이렇게 괄시를 하세유 엄니. 엄니 아들
이 첩년에게 눈이 뒤집혀 집에 안 들어오는 걸 가지고 지보
고 어쩌라구유? 딴 년한테 정신이 팔려 제게 눈길도 안주는
그 사람 뭐가 이쁘다구유. 얼굴도 계속 봐야 정이 들지유.
이번에는 6개월이에유. 6개월을 딴 년이랑 어와둥둥 내 사
랑이야 하다 들어온 서방이 뭐가 예뻐서 지가 생글생글 웃
겠슈. 그 사람 얼굴만 봐도 열불이 터지는 마당에. 뒷집 현

숙이 엄니 집에서 자고 온 거유? 그 사람이랑 단둘이만 있

어도 여기 내 가슴에 울분이 끓어 올라유!"

어머니는 그 자리에 주저앉아 가슴을 주먹으로 치며 아이처럼 울기 시작하셨다. 어머니의 뽀얀 가슴이 벌겋게 변하자 친할머니는 아무 소리도 하지 않고 방으로 들어가셨다

몇 개월 후 아버지가 집에 돌아오셨다. 이번에는 '화성옥' 그 여자와 함께였다. 오드리햅번의 '맘보바지'를 멋들어지게 차려입은 그 여자는 또각또각 구둣소리를 요란하게 울려대며 아버지와 팔짱을 낀 채 집으로 걸어 들어왔다. 누렇게 변한 해진 흰 한복을 입고 바구니 앞치마를 입은 어머니와 대조되는 모습이었다. 그 여자의 두 손에는 어김없이 친할머니에게 드릴 소고기랑 설탕, 박하사탕이 한가득 들려 있었다. 친할머니는 대청마루에 나와 환하게 웃으며 두 사람을 환영해 주셨고, 그 두 사람은 어머니가 마치 길가에 떨어진 나뭇잎마냥 아무것도 아니라는 듯이 못 본 척하고 할머니와 방에 들어갔다. 어머니의 입에서 조그맣게 욕이 튀어나왔다.

"벼락 맞을 연놈들..."

그날 밤 아버지는 '화성옥' 여자랑 밤을 보내셨고, 어머니는 뒷집 현숙이 할머니 집에 가서 주무시고 이른 아침에 돌아오셨

다. 미워도 서방이라고 아버지랑 그 여자가 자고 있는 사랑채 방에 불을 땐다고 아궁이 앞에 웅크리고 앉아 장작에 불을 붙이고 계셨다. 그때 갑자기 아버지가 방에서 나오시더니 다짜고짜 장작을 들어 어머니를 때리기 시작하셨다.

　"이놈의 여편네가 어디서 자빠져 자고 오는 거여? 바람이
　나도 더럽게 났구먼. 어떤 놈이랑 붙어먹고 온 거여?"

어머니는 아궁이 바닥에서 뒹굴며 사람 살리라고 소리를 지르셨다.

어머니의 고함 소리를 듣고 마당으로 나온 나는 너무 놀라 망부석이 되어 버렸다. 친할머니는 그 광경을 보고도 말리지 않고 지켜만 보고 계셨다, 그러다 진짜 어머니가 돌아가실 것만 같아 두려웠던 나는 사시나무처럼 떨리는 몸을 가까스로 움직여 뒷집 현숙이 할머니를 부르러 갔다.

　"할무니! 저희 집에 빨리 와주세유. 우리 엄니가 죽게 생겼
　어유."

우리 집 사정을 누구보다 더 잘 아시던 현숙이 할머니는 대충 무슨 일이 일어나고 있는지 눈치 채시고 마당에 있던 빗자루를 손에 들고는 우리 집을 향해 뛰셨다. 마당에는 할머니와 '화성옥' 여자가 어머니의 매맞는 모습을 지켜보고 있었다. 어머니의 비명소리가 들려오는 곳으로 달려가신 현숙이 할머니는 빗자루

로 아버지를 때리며 소리를 지르셨다.

"이놈이 어디 지 마누라를 패. 이게 무슨 못돼먹은 짓이여. 그려, 니 마누라 우리 집에서 자고 갔다. 니 연놈들 하는 짓이 괘씸해서 그 꼴 안 보려고 피해 온 것이여."

아버지는 남의 일에 참견하지 말라며 현숙이 할머니를 집에서 내보내셨다. 그리고 어머니에게 소리를 지르셨다.

"칠거지악이라고 했어. 당신은 이미 세 가지나 어겼어. 시어머니를 잘 모시지 못한 것, 남자가 하는 일을 가지고 질투한 것, 그리고 말이 많은 것 이렇게 세 가지야! 무슨 말을 하고 다니기에 저 할머니까지 난리여. 당신을 소박을 당해도 할 말이 없는 사람이여!"

어머니는 바닥에 쓰러진 채 오열을 하셨고, 나도 그 옆에서 어머니를 안고 울었다. 여자는 시집오면 벙어리 3년, 귀머거리 3년, 장님 3년으로 살아야 한다고 하지만 어머니는 이미 10년 넘게 그렇게 사셨고, 이제는 인간다운 대우를 받으며 살고 싶으셨다. 그렇게 인간 같지도 않게 사느니 차라리 죽는 게 낫다고 생각하셨다. 여자라는 이유 하나만으로 세상은 가혹하기만 했다.

03

▶ 바닥에 뒹구는
복숭아씨

　　　　　나와 어머니에게 아버지라는 존재는 단순한 그리움을 넘어선 우리의 생계를 손에 쥔 그런 분이었다. 자신과 자식들의 생계가 아버지의 손에 달려 있다는 걸 일찍부터 깨닫고 있으셨던 어머니도 입을 꼭 다문 채 아버지의 눈치만 보셨다. 잘못하면 당신의 자식들까지 잘못될 수 있다는 두려움에 어머니는 자신의 속내를 숨기셨고, 이를 악물고 아버지에 대한 모든 것을 참아내셨다. 하지만 아버지를 향한 어머니의 소극적인 반항은 마침내 그의 분노를 끄집어냈고 칠거지악을 어겼다는 이유로 아버지는 어머니의 손을 완전 놓아버리셨다.

아버지는 장성한 전처의 자식들에게 집을 따로 마련해 주신 후 그곳의 살림을 친할머니에게 맡기셨다. 친할머니가 그 집으로 거처를 옮기시자 아버지는 더욱 우리가 있는 곳을 찾지 않으셨다. 그래도 핏줄을 아예 버릴 수 없으셨는지 가뭄에 콩이 나듯 우리를 보러 오셨고 그때마다 나는 거리의 부랑자에서 부잣집 딸로 바뀌는 신데렐라가 되었다.

우리에게 아버지가 오시는 날은 텅텅 비어 있던 쌀독에 쌀이 가득 채워지고 궤짝에 현금이 두둑해지는 그런 특별한 날이었다. 가난에 허덕이며 피가 마르는 생활을 하던 우리에게 아버지는 가뭄에 단비 같은 존재였다. 우리 가족은 아버지가 남겨 놓고 가신 쌀과 돈을 최대한 아껴 먹고 쓰면서 다시 돌아오실 날을 기다리며 하루하루를 버텨 나가야만 했다. 얼마 못가 쌀독과 궤짝이 동나면 어머니는 남의 집 밭일과 삯바느질을 하면서 우리 가족들의 생계를 책임지셔야 했다. 어머니는 항상 배를 곯아 손가락만 빨고 있는 우리들을 보며 매일 눈물이 마를 날이 없으셨다.

"모두 다 내 잘못이여. 내가 참았어야 하는디... 그랬다면 너네들이 이런 대접 받지 않아도 됐을 텐디... 어미 잘못 만나 니네가 고생이 많구먼."

삶은 우리에게 생존을 위한 전쟁이었다. 어떻게든 살아남아야 했다. 아버지가 적선하듯 남겨두고 가신 돈과 쌀은 모두 아들들의 몫이었다. 그들을 위해서만 써도 턱없이 모자랐다. 시각

장애가 있던 성진이 오빠는 학교를 그만두고 없는 살림 조금이라도 보태고 싶다며 볏짚으로 멍석을 만들어 동네 사람들에게 팔았다. 어머니는 큰오빠와 동생들을 공부시키느라 허리가 휠 지경이었고, 나는 그런 어머니를 도와 집안 살림을 도맡아하는 한편, 입 하나 줄이기 위해 무엇이든 하였다.

오빠와 동생들이 학교를 가면 성진이 오빠는 집에 남아 멍석을 만들었고, 나와 어머니는 남의 논밭에서 일을 하고 곡식들을 얻어 왔다. 너무 배가 고파 쓰러질 지경이 되면 나는 부잣집 막내딸이던 사촌언니를 찾아갔다. 어머니는 내게 뱄도 없이 남한테 구걸하지 말라고 하셨지만, 배고픔에 눈이 돌아버린 내게 자존심은 사치였다. 사촌언니는 나를 데리고 복숭아밭에 가서 복숭아를 한 봉지를 구입한 뒤 그 자리에서 모두 먹어치웠다. 언니는 입맛을 다시며 오물오물 복숭아를 씹어 삼키는 자신의 입만 바라보는 나를 비웃었다. 그리고 땅바닥에 과육이 조금 남은 복숭아씨들을 버리고는 집으로 돌아가 버렸다. 그 뒤 나는 땅바닥에 버려져 있는 복숭아씨를 모두 주워 하나씩 입에 넣고 굴리며 그 달콤함이 가져오는 서러움과 비참함에 눈물을 흘렸다.

냉장고가 없던 그 시절, 여름에는 꽁보리밥을 지어 찐 감자와 함께 바구니에 담은 후 두레박에 넣어 우물 속에 보관했다. 그러면 음식의 부패를 어느 정도 막을 수 있었다. 보리쌀마저 떨어지면 어머니는 삯바느질과 남의 집 밭일을 하고 받은 곡식들을 국수면으로 바꿔 오셨다. 일한 삯으로 받은 곡식들만으로는 우리 가족들의 배를 채우기에는 부족했기에 양이 많은 국수면으로 바꿔 와 하루 세끼 국수만 먹으며 버텼다. 국수는 먹자마자 소화가 바로 돼서 얼마 못가 배가 고팠다. 그러면 구덩이에 묻어놓은 무를 꺼내 이빨로 깨물어 먹으며 허기를 달랬다.

당시 시골에서는 많은 것들이 식량이 될 수 있었다. 집 앞 고염나무에 열매가 열리면 그것들을 모두 따서 장독대에 넣어두고 삭을 때까지 기다렸다. 겨울이 되면 어머니는 삭을 대로 삭은 채로 꽁꽁 언 고염을 숟가락으로 퍼서 그릇에 담아주셨고, 그러면 우리 형제들은 그 달콤함에 정신을 잃은 채 허겁지겁 먹었다.

"수철이네와 명숙이네가 돼지를 잡았으니 고기가 필요하신 분들은 모두 오세유. 돼지고기 삶은 물은 무료로 드립니더."

이장님의 방송을 들은 마을 사람들이 돼지를 잡은 이웃집에 몰려들었다. 밭에서 일을 하던 나와 어머니도 부리나케 명숙이네로 뛰어갔다. 돼지고기를 살 돈이 없었던 우리는 돼지 뼈 삶은 물을 무료로 얻어 와 된장을 푼 후 배추우거지를 잔뜩 넣고 국을 끓였다. 어머니 당신은 한 숟가락도 입에 대시지 않은 채 우리들에게 한 그릇씩 퍼주셨다. 돼지 뼈 삶은 물이니 몸에 좋은 거라며 한 방울도 남기지 말고 다 먹으라고 하셨다. 어머니는 왜 안 드시느냐고 묻는 내게 당신은 냄새 때문에 싫다고 하셨다. 그리고 우리가 맛있게 먹는 모습을 지켜보며 미소만 지으셨다.

나는 아들뿐인 집에 고명딸로 태어났다. 음식에 맛과 색을 더하는 고명처럼 고명딸은 아들만 있는 집에 태어난 예쁜 딸이라는 의미가 있다. 그래서 가족들이 고명딸을 귀하게 여긴다고 하는데, 꼭 그렇지만은 않은 것 같았다. 내 세계에서 고명딸이라는 자리는 홀로 계신 어머니를 도와 가족들을 건사하며 내 자신이 아닌 다른 누군가를 위해 살아야 한다는 압박감에 시달려야만 하는 그런 숨 막히는 자리였다. 위로는 오빠들이, 아래로는 두 남동생들이 내 목을 조르며 내 인생을 앗아가고 있는 것 같았다. 같은 핏줄인 그들을 사랑하면서도 그들을 위해 희생을 계속 강요받는 느낌에 항상 어깨가 무겁게 짓눌려 오는 것만 같았다. 이런 숨 막히는 현실에서 빠져나갈 수 있는 탈출구가 절실했다.

저녁이 되면 방문에 귀를 대고 어머니의 코고는 소리만 들리기를 기다리다 그 소리가 들리면 까치발로 방을 벗어나 마당으로 나왔다. 울타리와 울타리 사이에 이웃들과 공동으로 사용하는 우물이 있었는데, 그 우물만 넘으면 집 밖으로 나갈 수 있었다. 대문 여는 소리에 귀가 밝으신 어머니가 잠에서 깨실 수 있었기 때문에 나는 항상 우물을 딛고 건너 집 밖으로 나갔다. 대문 앞에는 친구들이 어김없이 기다리고 있었다. 항상 배가 고팠던 우리들은 고구마 밭에서 서리를 한 후 마을 주민이 사는 집 부엌에 몰래 들어가 라면과 김치 등 눈에 보이는 건 모두 훔쳤다. 동네에 버려진 빈집이 있었는데, 나와 내 친구들은 그곳에 장작과 촛불 그리고 이불 등 필요한 물건들을 항상 챙겨 놓고는 우리들만의 공간으로 이용했다. 하루 종일 밭농사를 도우며 배고픔에 낑낑대던 우리는 그곳에서만큼은 배불리 먹을 수 있었다. 그리고 어른들이 새참으로 먹고 남은 막걸리를 가져다가 한 그릇씩 마시며 허기진 배를 채웠다. 나는 볼록하게 나온 배를 두드리며 일어나 당시 유행하던 이미자의 〈동백아가씨〉를 부르며 춤을 췄다. 항상 이렇게 배부를 수만 있다면 영혼이라도 내 놓을 수 있을 것 같았다.

딸이라는 이유 하나만으로 우리는 희생을 감수해야 했다. 우리 인생은 남자들의 인생에 덤으로 얹혀 있는 것만 같아 억울했다. 남자들 입에 먼저 들어가고 남아야 여자들도 먹을 수 있었던 시절이었다. 세상에 분노한 우리는 그 집에서 나와 단잠에 빠져있는 마을 이웃집 철대문을 발로 뻥뻥 차며 돌아다녔다. 그들 중 유난히 우리들을 못살게 굴던 마을 어른의 집 대문은 몇 번을 더 발로 걷어찬 후 그 집 앞에서 남진의 〈님과 함께〉를 목이 터져라 불렀다.

"저 푸른 초원 위에 그림 같은 집을 짓고 사랑하는 우리 님과 한 백 년 살고 싶어"

어른들이 쌍욕을 하며 일어나는 기척이 들리면 잽싸게 도망을 쳤다. 그때만큼은 우리는 살림밑천이 아닌 그저 평범한 아이들로 남아 있을 수 있었다. 그것도 얼마 못가 어른들한테 걸려 그만둬야 했지만 말이다.

한 친구가 이제는 가족들이 아닌 자신만의 인생을 살고 싶다며 가출하기로 결심을 했다. 시골에 남아 있어 봤자 자신의 인생은 다른 가족들에게 저당 잡힌 채 그저 그렇게 살다 죽을 거라고 했다.

"수양아! 난 이곳을 떠나려고… 서울에 가서 내 인생 폼 나게 한번 살아 볼 거여. 오빠들 뒤치다꺼리하면서 이렇게 개새끼보다 못하게 살다 죽고 싶지 않아."

1960년대 말, 제대로 교육을 받지 못하고 특별한 기술도 없던 여자아이가 할 수 있었던 건 그리 많지 않았다. 공장에 취직을 하던지 부잣집에 식모로 들어간 여자아이들이 많았고 얼굴이 곱상했던 아이들은 다방 내지가 되는 일도 허다했다.

그 친구가 자신의 인생을 찾아 고향을 떠나는 것으로 스타트를 끊었다. 그 아이의 용기에 힘을 얻은 다른 아이들도 한명씩 시골을 떠나기 시작했다. 어떤 친구는 공장으로 들어갔고 다른 친구는 동네 아줌마들의 우상이었던 '미제 아줌마'가 되었다. 인간 면세점이 되어 미군 부대 구내매점(PX)에서 떼어온 미제 물건들을 팔았다. 정부의 단속을 피해 PX에서 구한 스팸과 아줌마들의 핫한 아이템이었던 아이보리 비누와 레블론 샴푸 그리고 바셀린, 남자들이 환장하던 맥스웰 커피랑 애프터셰이브 '올드 스파이스' 등을 팔며 생계를 이어나갔다.

모두가 그렇게 시골을 떠나고 있었다. 성진이 오빠도 서울에 있는 안마소에서 안마사로 취직을 하게 돼서 서울로 떠났고, 넷째 오빠도 고등학교를 서울에서 다니게 되었다. 나도 고향을 떠나 서울로 올라간 그들처럼 모든 것을 훌훌 털어버리고 갑갑한 시골을 뜨고 싶었다. 누군가를 위한 인생이 아닌 나만의 삶을 살고 싶었다. 하지만 책임감이라는 그 어떤 무거운 짐이 내 발목을 잡았다.

어머니는 넷째 오빠 뒷바라지를 위해 시골집을 자주 비우셨고, 한번 서울로 올라가면 한 달 정도는 그곳에 머무르셨다. 어머니는 자신의 핏줄이고 장남인 넷째 오빠가 당신의 삶이셨다. 넷째 오빠가 잘돼야 우리 가족 모두가 잘살 수 있다며 지금은 모두 희생을 해야 한다고 하셨다. 어머니의 부재 속에서 어린 두 동생들을 보살 필 사람은 나 밖에 없었다. 그렇게 내가 내 날개를 꺾어버렸다. 오빠의 학교 학비와 자취비용으로 우리 가족들은 매일 허덕거릴 수밖에 없었다. 난 그렇게 두 동생들과 시골에 남아 고인 물이 되어 썩어 가고 있었다. 다른 이들은 어딘가로 가고 있는데 나만 그 자리에서 멈춰 버린 것만 같았다.

어머니가 서울에 가 계시는 동안 나는 시골집에 남아 두 남동생들을 보살폈다. 두 동생들을 아침에 깨워 밥을 해 먹인 후 학교를 보내고 나면 난 학교를 가지 않고 어머니 대신 남의 집 밭일을 해서 그 삯으로 곡식들을 받아 왔다. 쌀독에 있던 보리쌀과 남아 있던 음식들마저 모두 떨어져 고구마와 감자로 하루 세 끼를 때우던 동생들은 더 이상 못 먹겠다고 울어대며 밥을 달라고 애원을 했다. 나는 어찌 할 수가 없어 애를 태우며 발만 동동 굴렀다.

남에게 아쉬운 소리를 하며 손을 벌리는 것만큼 내게 수치스러운 일은 없었다. 아무것도 없던 내가 자존심 하나로 버티고 살아왔는데, 그것마저도 구겨진 휴지 조각처럼 땅에 처박아 버리기 싫었다. 하지만 배고픔은 나로 하여금 내 자존심도 자부심도 모두 버리게 했다. 남이 먹다 버린 복숭아씨를 입 안에 넣게하고, 사람들에게 거지처럼 구걸을 하러 다니게 했다.

나는 눈물을 머금고 이웃사람들에게 쌀을 얻으러 돌아다녔다. 하지만 우리처럼 가난했던 이웃들은 우리에게 나눠 줄 수 있는쌀이 없었다. 그러던 중 우리 동네에서 제일 형편이 좋았던 현숙이 어머니가 기꺼이 우리를 도와주겠다고 하셨다. 자신의 시어머니 몰래 쌀을 좀 나눠주시겠다며 대신 어머니가 집에 오신후에 모두 계산해 달라고 하셨다.

현숙이 어머니는 물통에 쌀을 담은 자루를 들고 우리와 함께이용하는 우물로 오셨다. 그러고는 우물에 먼저 와서 기다리고있던 내게 물을 뜨는 척하며 "오늘로 두 됫박이다" 라고 속삭이며 우물 너머로 쌀자루를 전해 주셨다. 얼마 후 어머니가 집에 돌아오셨고, 난 무슨 일이 있었는지 설명해 드렸다. 어머니는 자신이 없는 동안 쌀이 떨어지면 지금처럼 현숙이 어머니에게 계속 쌀을 받아먹으라고 하시고는 먹은 쌀 됫박수대로 현숙이 어머니에게 돈을 드렸다. 그리고 그 후에도 어머니가 안 계실 때 쌀이 떨어지면 현숙이 어머니에게 쌀을 받아먹으며 우리는 어머니 부재의 시간을 버텨 나갔다.

언젠가는 먹을 거 걱정 없이 하고 싶은 건 모두 다하며 그렇게 살겠다고 결심했다. 다시는 돈 때문에 자존심을 버려가며 누군가의 발밑에 엎드려 머리를 조아리는 그런 치욕스럽고 수치스러운 인생은 절대 살지 않겠다고 다짐하고 또 다짐했다. 그 돈을 내 것으로 만들 수만 있다면 뭐든지 다하겠다고 생각하며, 난 그 돈을 위해서라면 내 영혼도 모두 팔겠다고 결심했다.

훗날 아버지는 한의사 자격증을 따신 후 의료기기를 생산하는 회사를 설립하셨다. 크게 부를 축적하신 아버지는 모든 재산을 전 부인의 자식들과 첩실에게 남겨주고 돌아가셨다. 자신의 권리를 법적으로 주장할 권리가 있었음에도 어머니는 단돈 1원도 받지 못하셨고, 집도 절도 없이 처량한 신세가 된 당신의 가슴을 치며 피눈물을 흘리셨다. 나는 그런 어머니를 보며 돈이 인생에 얼마나 중요한 것인지 다시 한 번 깨달았다. 노년에 돈 한 푼 없이 버려지는 게 얼마나 처량하고 비참한 일인지 어머니를 보며 알게 되었다. 그리고 난 돈을 많이 벌어 그런 인생은 살지 않겠다고 다짐했다.

그 후 홀로 남겨진 어머니가 편하게 사실 수 있도록 어머니 명의로 된 집을 장만해 드렸다. 성진이 오빠가 병으로 젊은 나이에 세상을 떠나고 네 남매가 남았지만, 어머니의 인생을 걸었던 장남을 비롯해 당신의 자랑이던 아들들 모두가 먹고 살기에 바빠 어머니의 생계를 책임질 수 없었다. 불쌍한 어머니를 내가 맡아야 했다. 그렇기에 내게 돈은 내가 사랑하는 사람들을 지키는 유일한 수단이 되었고, 난 그 돈이라는 걸 벌기 위해 내 인생을 모두 바치기로 결심했다.

04

▶ 어머니와 조바

1970년대 초 아버지의 부재는 시간이 지날수록 더 길어졌다. 처음에는 한 달에 한 번, 세 달에 한 번은 꼭 집에 오시던 분이 그 후로는 6개월, 8개월 그리고 1년에 한 번으로 우리가 아버지를 볼 수 있는 시간은 점점 멀어졌다. 우리는 아버지의 부재를 그냥 그렇게 받아들일 수밖에 없었다. 어차피 아버지라는 존재는 우리에게 어떤 큰 의미로 다가오지는 않았다. 있었다 없어졌다하는 안개와 같았던 아버지라는 존재는 포기한 지 오래전이었다. 안개는 손에 잡히지 않는다. 그러니 진즉에 포기하는 게 마음이 편하다. 아버지를 오랫동안 보지 못했어도 그립다거나 보고 싶지도 않았다. 다만 그분의 부재는 내게 쌀독이 텅텅 비고 엄청나게 추운 겨울을 더 춥게 보내야만 하는 기가 막힌 현실이었다.

예전에는 우리 소유의 논밭이라도 있어서 어떻게든 먹고 살았지만, 그마저도 아버지가 국회의원에 출마한다고 해서 탕진했고, 그렇게 우리는 가지고 있던 전 재산을 잃게 되었다. 어머니는 남의 밭에 가서 일을 해준 대가로 곡식을 받아 오거나 삯바느질로 생계를 유지하며 하루하루를 버티셨다. 겨울이 되기 전 장작을 마련해 놓기 위해 그 작은 몸에 지게를 지고 뒷산을 부지런히 오르셨다. 장작을 아끼려고 저녁에나 잠깐 불을 때서 평소의 집 안은 얼음장 같았다. 방 안에 갖다 놓은 오강의 오줌이 자고 일어나면 얼어 있었고, 물 묻은 손으로 문고리를 잡으면 손가락이 문고리에 쩍쩍 달라붙었다.

버티고 버티다 도저히 안 되겠으면 어머니는 나를 '화성옥'으로 보내셨다. 배를 쫄쫄 굶고 20리를 걸어 아버지를 만나러 가는 길은 쓸쓸하기도 하고 서글프기까지 했다. 눈물이 끊임없이 내 볼을 타고 흘렀고. 한 발 한 발 내딛는 내 발걸음은 무겁기만 했다. 이 생각 저 생각이 꼬리를 물며 나를 괴롭혔다. 아픈 발을 질질 끌고 '화성옥'에 도착해서 아버지를 만날 수 있으면 행운이었다. 아버지를 만나 생활비를 받은 뒤 거기서 밥까지 얻어먹고 시골집에 돌아올 수 있었다. 아버지가 안 계실 때는 생활비는커녕 밥도 얻어먹지 못했고, 나는 집으로 돌아오는 길 내내 그 서러움에 오열을 하며 내 신세를 한탄했다.

그러다 어느 날 갑자기 아버지가 오랜만에 집에 오시게 되면 우리 집 쌀통에는 다시 쌀이 가득 채워졌고, 마당에는 장작이 산더미 같이 쌓였다. 후에는 시골에서 처음으로 연탄까지 들여놓아 마당 구석에 연탄이 한가득 쌓였는데 그걸 볼 때마다 돈의 힘을 더 실감할 수 있었다. 이웃 사람들이 연탄을 구경하러 집에 드나 들었고 아무것도 모르는 그들은 우리를 부러워했다. 계속 없는 살림이면 그냥 그런가보다 하고 그 상황을 있는 그대로 받아들이고 체념한 채 살겠는데, 천국에 있다 지옥에 떨어졌다 반복하는 그 생활은 더욱 고통스럽기만 했다. 줄 듯 안 줄 듯 사탕을 손에 쥐고 날 약 올리는 심술쟁이가 내 앞을 가로 막고 서 있는 것 같았다.

어머니는 더 이상 생계를 아버지에게만 의존할 수 없으셨다. 뭔가 방법을 찾으셔야 했다. 고심 끝에 어머니는 읍내에서 장사를 하시는 고모할머니를 찾아가셨다. 고모할머니는 서울에서 스테인리스 그릇을 도매로 떼다가 가게에 놓고 파셨다. 평생을 놋그릇만 쓰던 마을 사람들에게 스테인리스 그릇은 신세계나 다름이 없었다. 하지만 읍내에 나와서나 구입이 가능했지 그곳까지 나오지 못하는 사람들한테는 사고 싶어도 못 사는 물건이었고, 스테인리스 그릇에 대해 모르는 사람들도 꽤 많았다. 어머니는 고모할머니에게 제안을 했다. 당신이 직접 주변 마을들을 돌며 그릇들을 팔고 물건값은 곡식으로 받아 올 것이며, 그 곡식을 팔아 물건값을 주겠다는 것이었다. 매상은 반반으로 나누기로 약속하셨다.

어머니는 머리에 따리를 얹고 그릇들이 들어있는 짐보따리를 이었다. 그리고 산을 넘고 물을 건너 마을마다 찾아가 그릇들을 팔았다. 어린 나도 어머니를 돕기 위해 따라나섰다. 마을에서 다른 마을로 가려면 두 시간은 족히 걸어야 했다. 그 무거운 그릇들을 이고 걷다가 목이 아파오면 어머니는 급하게 벽을 찾으셨다. 그리고 높은 벽이 보이면 벽 위에 짐보따리를 잠시 올려놓고 숨을 돌리셨다. 흙바닥에 털썩 주저앉아 아픈 목과 허리를 주무르며 하늘만 쳐다보셨다. 난 그런 어머니를 조용히 지켜보며 무슨 생각을 하고 계시는 걸까, 항상 궁금해 하곤 했다.

날이 저물기 전에 움직여야만 했다. 어머니는 얼마 쉬시지도 못한 채 다시 벽 쪽으로 다가가 벽 위에 있는 짐보따리를 몸을 구부려 머리에 다시 이셨다. 그렇게 어머니는 그릇들을 팔아 곡식으로 받아 오셨고, 그 곡식들을 읍내에 가져가 노점장사를 해서 파셨다. 어머니는 당일 가장 비싼 값에 팔리는 곡식을 내놓고 파셨고, 곡식들을 다 팔고 받은 돈의 절반은 가지시고 나머지 절반은 고모할머니에게 드렸다.

어머니는 스테인리스 그릇을 팔아 번 돈으로는 성이 차지 않으셨다. 까막눈이었던 어머니는 자식들은 무조건 공부를 시키겠다고 마음먹으셨다. 하지만 스테인리스 그릇을 팔아서는 겨우 가족들 입에 풀칠만 할 수 있을 뿐이었다. 넷째오빠를 서울로 유학을 보내고 싶으셨던 어머니는 금산 읍내에서 수삼을 떼어 서울 경동시장에 팔러 다니셨다. 돈이 어느 정도 모이자 서울에다 방을 얻고 넷째오빠를 서울에 있는 고등학교에 보냈다. 그렇게 어머니는 금산과 서울을 왔다갔다하면서 큰오빠를 뒷바라지 하셨다. 수업료가 없어 중학교를 중퇴한 나는 시골집에서 친할머니와 같이 동생들을 보살펴야 했다. 어머니의 빈자리를 메꿀 수 있는 사람은 나밖에 없었다.

얼마 후 어머니는 인삼을 팔아 모은 돈으로 서울 약수동에 인삼 찻집을 차리셨다. 금산에서 인삼을 떼다가 팔고 남은 인삼으로 차를 만들어 팔기 시작하셨다. 한 달에 한 번씩 어머니는 금산으로 내려가 인삼을 떼다 경동시장에 파셨고, 남은 인삼은 찻집으로 가지고 오셨다. 지금이야 인삼 잎으로 비누랑 화장품 등을 만들지만 예전에는 쓸모가 없어서 모두 버렸다. 어머니는 시장에서 버리는 인삼 잎을 주워와 그걸로 인삼차를 만드셨다. 찻집 앞에서 연탄불을 피운 뒤 찜통에다 잎을 찌면 향긋한 인삼 향기가 주변에 널리 퍼져 사람들을 찻집으로 몰려들게 했다. 어머니는 찐 인삼 잎에 물과 우유, 꿀을 타고 생삼을 갈아 넣은 차를 개발하셨고, 어머니가 생삼차라고 이름을 붙인 그 차는 불티나게 팔렸다. 남자들은 아침에 생삼차를 마시면 하루 종일 활력이 넘친다며 회사 출근길엔 꼭 들러서 한 잔씩 마시고 출근했다.

어머니는 거기서 멈추지 않으셨다. 금산에서 떼어온 인삼을 가지고 다른 것을 만들어 파시고 싶어 하셨다. 그래서 생각을 해낸 게 삼계탕집이었다. 삼계탕에는 인삼이 무조건 들어가니 삼계탕집을 열고 찻집도 같이 하기로 결정한 것이다. 어머니가 장사하는 찻집 위층에는 여관이 있었는데, 그곳에는 여관을 관리하면서 심부름도 하는 '조바'가 있었다. 그 조바는 투숙객들이 차를 요구하면 주변에 있는 다방에 배달 주문을 했다. 어느 날 어머니는 조바에게 제안을 하셨다. 손님이 요구하는 차를 무조건 어머니의 찻집에서 주문하면 수고비를 두둑이 챙겨 주겠다는 것이었다.

"김군! 우리 동업을 해 보자고. 여관 손님들이 차를 요구할 때마다 우리 찻집에 주문을 하는 거야. 김군의 손님들에게서 나오는 수익 20퍼센트를 김군한테 줄게."

김군은 거기서 더 나아가 차값이 500원이면 손님한테는 700원을 받은 뒤 200원은 자신이 가졌고, 500원의 20퍼센트도 챙겼다. 그 후로 찻집의 매상은 더 뛰었고, 어머니가 하시는 찻집은 문전성시를 이뤘다.

찻집과 함께 새로 시작한 삼계탕집까지 장사가 너무 잘 돼서 어머니는 일손이 모자를 지경이었다. 내가 17살이 되던 해 어머니는 내게 도와달라며 서울로 올라오라고 하셨다. 나는 서울로 올라와 어머니와 같이 장사를 하기 시작했다. 나는 새벽마다 버스를 타고 마장동에 가서 닭을 떼어왔고, 어머니가 인삼을 팔러 나가실 때면 나 혼자 가게를 보곤 했다. 어느 날 어머니가 말씀하셨다.

　　"수양아! 가게에서 삼계탕만 팔지 말고 통닭구이기계를 들
　　　여놓고 전기통닭도 팔아보자."

그렇게 어머니는 가게에서 삼계탕뿐만 아니라 전기통닭도 팔기 시작하셨고, 장사는 성공적이었다.

어머니는 인삼을 가지고 할 수 있는 일을 끊임없이 연구하셨다. 어차피 금산에 내려가서 떼어오는 인삼인데, 가지고 오는 양이 많을수록 가격은 내려갈 수밖에 없는 것이었다. 그래서 생각해

내신 게 인삼주도 같이 만들어 파는 거였다. 인삼은 과실이 아니라서 발효가 힘들기 때문에 인삼주를 만드는 데는 오래 시간이 걸렸다. 어머니는 큰 병에 인삼과 함께 대추를 같이 넣으셨다. 대추를 넣으니 불그스름한 양주와 같은 깊은 색깔이 났고 맛도 더 좋았다. 인삼주를 만들어 병에 담아 테이블 사이사이에 진열해 놨더니 손님들이 식당에 올 때마다 인삼주를 먼저 찾았고, 인삼주만 먹으러 오는 손님들까지 생길 정도였다. 인삼주를 마시려면 안주도 필요해서 삼계탕과 전기통닭 매상도 같이 올라갔다.

장사가 너무 잘 되다 보니 어머니와 나 이렇게 두 사람만으로는 운영하기가 힘들어 직원을 한 명 더 구하기로 했다. 그러던 중 근처 다방에서 일하는, 남자 손님들에게 인기가 많은 레지가 있었는데, 그 여자를 식당 직원으로 채용하기로 했다. 홀에서 서빙도 하고 차 배달 주문이 오면 배달까지 할 수 있으니 금상첨화였다. 그 여자가 일하기 시작하니 그 여자 단골손님들까지 식당에 몰려 매일 문전성시를 이루었고, 그 여자는 차 배달을 가서 손님들과 시간을 보내다가도 꼭 식사를 하러 식당으로 데리고 왔다. 그렇게 식당의 매상은 끝도 없이 올라갔고, 그때 큰 부를 축적할 수 있었다.

그때 당시 전화는 부의 상징이었다. 청색전화와 백색전화 두 가지 종류가 있었는데, 회선신청서의 색깔에 따라 붙여진 이름이었다. 청색전화는 일반용이었는데, 수요가 많다 보니 설치가 되기까지 긴 시간을 기다려야 했고, 양도나 이전이 불가능했다. 반대로 백색전화는 소유권을 인정을 했고 양도가 가능했기 때문에 더 높은 가격으로 거래가 되었다. 한때는 서울의 주택값이 230만 원이었는데 백색전화는 260만 원 정도에 거래가 되었다. 어머니는 서울에서 장사를 시작한 지 얼마 되지 않아 큰 성공을 거두셨고, 얼마 후 집에 백색전화를 들여놓을 수 있게 되었다. 그것이 어머니 당신이 받는 최고의 선물이었다고 하셨다. 그동안 갖은 고생을 한 시간에 대한 보상이었던 것이다.

어머니는 강한 분이셨다. 자식 가진 부모는 뭐든 할 수 있다고 하던가? 어머니는 그 이상이셨다. 아버지에게 기대어 살아온 자신과 자식들의 인생을 다른 누군가에게 맡기는 대신 자신의 힘으로 개척하고자 하셨다. 무에서 유를 창조하시는 게 하나님뿐만 아니었다. 어머니는 없는 살림 속에서 자식들을 건사하기 위해 하실 수 있는 모든 일은 다하셨다. 당신에게 무엇보다도 중요한 건 자식들의 입에 뭐 하나 더 넣어주고, 공부도 원 없이 하게 해서 성공시키는 일이었다. 그게 내 어머니였다.

나는 어머니를 지켜보며 다짐했다. 나도 저런 엄마가 되겠다고 말이다. 배를 곯지 않게 하면서 아이들이 하고 싶어 하는 건 다해 줄 수 있어야 하는 게 진짜 부모라고 생각했다. 공부를 하고 싶어 하면 공부를 시킬 수 있고, 뭘 먹고 싶어 하면 바로 그걸 입 안에 넣어 줄 수 있는 그런 능력 있는 부모...따뜻한 집과 흰 쌀밥을 내 아이에게 줄 수 있다면 나도 어머니처럼 무엇이든 하리라 생각했다. 절대 아버지 같은 사람은 되지 않으리라 다짐하고 또 다짐했다.

05

▶ | 여자팔자는
뒤웅박 팔자

어렸을 때부터 어른들에게 귀에 못이 박히도록 들던 이야기가 있었다. '여자팔자는 뒤웅박 팔자'라고, 어떤 남자에게 시집가는 가에 따라 팔자가 바뀐다는 뜻이었다. 남편이 대통령이면 그의 아내는 영부인이 되는 것이며, 남편이 회사 사장이면 아내는 사모님이 되는 것이었다. 남편의 지위에 따라 여자의 지위도 변하고 사회적인 위치가 바뀐다는 말이었다. 그렇기에 여자는 시집만 잘 가면 되니 공부는 시키지 않아도 된다는 게 일반적인 사람들의 생각이었다. 하지만 적어도 어머니는 생각이 다르셨다. 어머니 당신은 글을 읽고 쓰지를 못해 평생을 한에 맺혀 사셨기에 당신 딸만큼은 제대로 공부시키자고 생각하셨다고 한다. 적어도 집에 돈이 씨가 마르고 쌀통에 쌀이 떨어져 배를 곯기 전까지는 말이다.

나는 중학교 3학년이었다. 담임선생님은 몇 달 동안 밀린 월사금과 수업료 때문에 내 피를 말리고 있었다.

"수양아! 오늘도 돈 안 가져왔니? 내일까지 월사금이랑 수업료 내지 못하면 학교 나올 필요 없다."

하늘도 내 기분을 대변해 주는지 비가 추적추적 내리고 있었다. 난 울면서 한 시간을 걸어 집에 돌아왔다. 어머니는 마루를 걸레로 닦고 계셨다. 나는 어머니에게 내일까지 학교에 돈을 안 가져가면 학교를 그만둬야 하니 당장 돈을 해 달라고 말했다. 어머니는 바쁘게 놀리던 손을 멈추더니 마루를 바라보며 조용히 말씀하셨다,

"수양아! 여자는 시집만 잘 가면 돼. 여자팔자는 뒤웅박 팔자라고 하잖여. 공부는 남자들이나 해야 하는 것이여. 넌 이제 글도 읽고 쓸 줄 알잖여. 그거면 돼."

어머니에게 그 소리를 들을 거라고는 꿈에도 상상을 못했기에 그 배신감은 엄청났다. 나는 울며 고래고래 소리를 질렀고, 어머니는 그런 나를 향해 걸레를 던지며 호통을 치셨다. 정 그렇게 공부하고 싶으면 네 애비한테 가서 돈 달라고 하라고. 난 다시 비를 맞으며 20리를 걸어 '화성옥'으로 갔다. 밖에까지 아버지와 여자들 웃음소리가 들렸다. 나는 이렇게 억울하고 슬픈데 아버지는 뭐가 좋으신지 껄껄 웃고만 계셨다. 안으로 들어

가니 아버지는 방문을 열어놓고 '화성옥' 여자랑 술집 직원들이랑 화투를 치고 계셨다. 얼마 동안 내가 왔는지도 모르고 화투에만 열중하시던 아버지와 눈이 마주쳤다.

아버지가 마루로 나오시더니 무슨 일로 왔냐고 물어보셨다. 난 수업료랑 월사금이 필요해서 찾아왔으니 돈 좀 달라고 하였다. 아버지는 내게 줄 돈이 어디 있냐며 가지런히 놓여 있던 신발을 집더니 다짜고짜 그걸로 날 때리기 시작했다. 머리를 맞다 잘못 빗맞아 입술이 터져 버렸다. 짭짜름한 피 맛이 입 안에 퍼졌고, 눈에서 눈물이 핑 돌았지만 아버지 앞에서는 절대 울지 않겠다고 다짐하며 눈을 부릅뜨고 참았다. 끝이 보이지 않았던 아버지의 매질이 끝나고 아버지는 아무 일 없었다는 듯이 방에 들어가 화투를 치셨고, 나는 일단 그 자리를 벗어난 후 비를 피해 마루에 앉았다. 돈을 꼭 받아 집에 돌아가겠다고 결심했다.

잘 시간이 되니 여자들이 하나 둘씩 방에서 나와 다른 방으로 기어 들어갔다. 그리고 불이 꺼지더니 방문이 닫혔다. 나는 마루에 앉아 새벽이 오기만을 기다렸다. 다시 한 번 사정하면 아버지가 돈을 주시겠지 생각했다. 몸은 피곤해서 쓰러질 것 같았지만 잠은 오지 않았다. 그렇게 밤을 뜬 눈으로 하얗게 지새웠고 날이 밝아왔다. 방문이 열리고 아버지가 나오셨다. 나는 다시 아버지에게 다가갔다. 아버지는 그런 나를 놀란 눈으로 나를 쳐다보셨다.

"뭐 이런 년이 다 있어? 고집도 지 애미 닮아 세 가지고...
이런 년을 누가 데려가! 니가 이런다고 돈을 줄 것 같혀?
좋은 말로 할 때 집으로 돌아가거라."

아버지의 단호한 말투에서 난 알 수 있었다. 내가 죽는다고 해
도 돈은 주지 않을 것이라는 것을. 나는 그렇게 그날 학교를 그
만뒀다. 내 꿈은 여군이었다. 만 17살부터 24세의 중졸 학력 이
상인 여성은 지원을 할 수 있었는데 중학교 중퇴인 나는 더 이
상 지원을 할 수 있는 자격조차 없었다. 여자팔자 뒤웅박 팔자
라는 말을 증명이라도 하는 듯이 학력이라는 요소가 없어지자
신체 건강하고 영리했던 나도 내 힘으로 내 미래를 결정할 수
없었다. 중학교 중퇴의 내가 이제 뭘 할 수 있을까... 학력이라
는 간판조차도 없는 내가 대체 무얼 할 수 있단 말인가... 이제
는 어른들 말처럼 쌀을 담는 뒤웅박이 될 수 밖에 없다는 생각
이 들었다.

나는 못생겼었다. 키도 작으면서 못생기고, 피부도 검고... 적
어도 아버지의 눈에는 그랬다. 아버지는 나를 보며 늘 말씀하
셨다.

"저걸 누가 데려가나? 방천이나 해야지."

시골에서는 비가 많이 오면 하천물이 자연제방을 넘쳐흘러 논밭을 침수시키는데, 그것을 막기 위해 자연제방 위에 둑을 쌓은 것을 방천이라고 한다. 내가 너무 못생겨서 시집을 갈 수 없을 테니 날 가지고 둑으로 써야겠다는 말이었는데, 그 말이 참 아프게 와 닿아 날 오랫동안 괴롭혔다. 아버지 말씀처럼 여자는 시집을 가야 사람 구실을 하는 것이라면 꼭 제대로 시집을 가서 아버지가 틀렸다는 사실을 확인시켜 주리라 다짐했다. 시골이 아닌 서울에서 근사한 남자를 만나 시집을 가서 떵떵거리며 잘 살아 주겠다고 결심했다.

여자가 칼을 들었으면 무라도 썰어야 되지 않겠는가? 일단 마음을 먹었으면 행동으로 옮겨야 성공을 하던지, 실패를 하던지 수가 나니 무엇이든 해 보자 생각했다. 서울에서 남자를 만나기 위해 시골에 살고 있는 내가 뭐를 할 수 있을지 생각했다. 내가 즐겨듣던 라디오 방송 중에 사연도 보내고 노래도 신청할 수 있는 채널이 있었는데 펜팔을 구한다는 광고도 했다. 난 주소가 서울인 남자들만 추려냈고, 그중 한 남자아이랑 펜팔을 주고받기 시작했다. 서로 사진도 주고받았는데 외모는 나와 정반대로 피부가 하얗고 귀공자 스타일이었다. 서울 아이여서 그런지 자상하고 고상한 데가 있어서 더 좋았다. 서울로 시집갈 수 있는 확률이 커졌다고 생각했다.

1년 정도 꾸준히 편지를 주고받다가 이제 만날 때가 됐다 싶어 어머니 뵈러 서울에 갔을 때 그 아이 집에 무작정 찾아갔다. 학교 등교시간에 맞춰 아침 일찍 찾아갔는데, 마침 어떤 남자아이가 그 집에서 나왔다. 사진 속 그 아이였다. 누가 볼 수 있으니 일단 집이랑 멀어졌을 때 '짠' 하고 나타나기 위해 몰래 그 아이 뒤를 쫓아갔다. 그런데 교복 입은 어떤 여자아이가 그 아이의 이름을 부르며 앞에서 걸어왔고, 둘은 딱 봐도 보통 사이는 아닌 것 같았다. 그때 깨달았다. 이 아이는 내가 찾던 그 아이가 아니라는 걸... 내 인생을 바꿔줄 그 아이는 아니었다.

1973년, 내 나이 17살이 되던 해, 나는 어머니가 하시는 삼계탕 집 일손을 거들기 위해 서울로 올라왔다. 그때 쌍꺼풀 수술이 있다는 걸 처음 알게 되었다. 쌍꺼풀 수술만 받을 수 있다면 단추 구멍만한 내 눈이 〈미워도 다시 한 번〉의 여주인공 문희처럼 커져서 나도 사람노릇을 할 수 있을 거라고 생각했다. 그래서 수술비용을 알아보니 너무 비싸 엄두가 나지 않았다. 저렴하게 수술 받을 수 있는 곳이 있을까 여기저기 쑤시고 다녀보던 중 불법시술소를 알아냈다. 하지만 그곳에서의 비용도 내게는 너무 큰돈이었다. 그 돈을 어떻게 마련할 수 있을지 이리저리 머리를 굴려봤지만 좋은 방법이 떠오르지 않았다. 사람은 막판에 이르면 없던 능력도 생기지 않는가?

막판에 이르게 만들면 된다. 그래서 고향에 있는 친구들에게 일단 전화를 했다.

"영자야! 나 서울에서 쌍꺼풀 수술했다.", "숙희야! 나 쌍꺼풀 수술했어. 정말 문희처럼 눈이 왕방울 만하게 커졌어."

명절이 돼서 고향에 내려가야 하니 슬슬 걱정이 되기 시작했다. 이제 때가 온 것이다. 역시 사람은 막판에 이르면 못할 게 없다고 하더니 그제야 좋은 생각이 떠올랐다. 어머니는 삼계탕집에서 파는 인삼주를 일주일에 한 번씩 담그셨는데, 내가 근처에 있는 슈퍼에서 소주를 사왔다. 그렇게 해서 슈퍼 주인아줌마와 친해졌는데, 그 아줌마에게 부탁해 보기로 했다. 난 아줌마에게 쌍꺼풀 수술을 해야 하는데 돈 좀 빌려달라고 했다. 대신 일주일에 한 번씩 소주를 사러 올 때 조금씩 갚겠다고 했다.

한참 고민을 하던 아줌마는 결국 돈을 빌려주셨고, 나는 무사히 쌍꺼풀 수술을 할 수 있었다. 벌겋게 부어오른 내 눈을 어머니에게 들킬까 봐 웬만하면 피해 다녔고, 먹고 사느라 바빠 주변을 살필 겨를이 없으셨던 건지 어머니는 크게 신경 쓰지 않으셨다. 미리 준비해 놓은 선글라스를 쓰고 나타난 나를 고향 사람들은 서울 가더니 세련되고 예뻐졌다며 날 무슨 연예인 보 듯했고, 친구들은 나를 마치 나라를 구한 장군마냥 대단하게 여기며 부러워했다. 그 후 난 소주 5박스면 6박스 구입을 한다고 어머니한테 돈을 받아 5박스만 구입한 후 남은 돈은 슈퍼 주인아줌마한테 드렸고, 얼마 되지 않아 빌린 돈을 모두 갚을 수 있었다. 어머니가 인삼주를 담그실 때 내가 소주를 병에 따랐는데, 몇 병이 들어가는지는 나만 알 뿐이었다.

여자도 배워야 한다며 신식 사고방식으로 나를 기분 좋게 놀라게 하셨던 어머니도 가난은 어쩔 수 없었나 보다. 어머니는 오빠가 잘되어야 우리 모두가 잘된다는 말씀을 하루에도 몇 번씩 하시며 오빠의 뒷바라지에 당신의 인생을 전부 거셨다. 오빠는 양평 군부대에서 군복무를 했는데, 어머니는 군부대 근처에 방을 얻어 놓고 남의 집에서 일하며 오빠의 뒷바라지를 할 정도였다. 동생들의 교육에도 신경을 많이 쓰셨다. 돈이 없으면 남에게 빌려서라도 학교를 보내셨고, 그렇게 동생들 모두 대학까지 마칠 수 있었다.

네 남매 중 나 혼자만 중학교 중퇴로 학업을 마쳤고, 그 후 난 여자는 뒤웅박 팔자라는 그 말만 곱씹으며 공부하지 못한 서러움을 몸속 깊은 곳으로 넘길 뿐이었다. 여자 팔자는 뒤웅박 팔자가 사실이라면 난 쌀을 담는 그 뒤웅박이 되겠다고 결심했다. 어차피 뒤웅박 팔자로 남자로 인해 내 인생이 바뀔 거라면 어떤 뒤웅박이 될 지는 내가 결정을 하겠다고 생각했다. 내 인생은 내가 만들어 나가야 했다. 다른 사람들에게 내 인생을 맡긴 채 물 위에 떨어진 나뭇잎처럼 물이 흘러가는 대로 그렇게 살고 싶지 않았다. 인생의 주인은 나여야만 했다.

06

트위스트 김과
쌍마 청바지

1964년 신성일과 엄앵란을 주연으로 한 영화 〈맨발의 청춘〉이 서울 아카데미 극장에서 개봉을 했다. 21만 명의 관객이라는 큰 성과를 거둔 이 영화는 그때 당시 청춘 남녀들에게 센세이션을 일으켰다. 〈맨발의 청춘〉을 개봉하는 날, 영화티켓을 사러 덕수궁까지 줄이 이어졌으니 얼마나 대단했는지 상상이 갈 것이다. 그 영화에서 많은 청년들의 눈길을 끈 배우는 단연코 배우 '트위스트 김'이었다. 멋지게 청바지를 입고 트위스트를 치던 이 배우는 사람들의 선망의 대상이 되었고 청바지를 대대적으로 유행시켰다.

1960년대는 청바지 하면 깡패들이 입는 불량한 옷이라고 여겼다. 그러다 1970년대로 들어오면서 청바지는 새마을운동의 기본정신인 근면과 성실, 협동정신의 반대 이념인 개인의 욕망과 개성을 대표하는 청춘들의 아이템이 되었다. 청바지는 정부의 통제와 억압에 대항하여 반항하는 젊은이들의 상징이 되었고, 자유를 갈망하는 그들에게 숨 쉴 틈을 열어 주었다.

그때 당시 유행하던 게 빅스톤과 쌍마표 청바지였다. 리바이스 상표에 있는 두 마리의 말을 두고 쌍마라는 이름이 붙은 것이다. 미제 청바지를 찾는 사람들이 워낙 많다 보니 가격이 치솟았고, 사람들은 예약순으로 청바지를 구입할 정도였다.

이태원이나 군부대 근처에 나가 보면 쫄티에 미제 나팔 청바지를 입고 빨간 베레모와 스카프를 두른 여자 대학생들이 거리를 활보했다. 그들은 나와 다른 세상에서 살고 있었다. 그들의 세상에 들어가고 싶었지만 중학교 중퇴에 아무것도 없는 내 자신이 참 초라해 보이기만 했다. 그들처럼 보이고 싶었다. 그래서 서울 평화시장에서 산 가짜 쌍마랑 빅스톤 청바지랑 남대문 시장에서 산 미국인들이 입던 중고 청바지를 구입해 입고 다녔다. 중고 청바지는 빨면 빨수록 멋있는 색깔이 나와 그 색깔을 내기 위해 몇 번이나 비벼 빨았다. 구입한 청바지를 왁스에 담가 색깔을 빼거나 수세미로 박박 문지르면 더욱 멋진 진을 연출할 수 있었다. 난 청바지를 입고 어머니의 스카프를 멋지게 목에 둘렀다. 그리고 그들 사이에 끼여 같이 거리를 활보했다. 그렇게 하면 조금이라도 그들의 세계에 발을 들여 놓을 수 있을 것만 같았다. 서울생활은 그렇게 내게 새로운 것들로 내 오감을 자극하며 새로운 세상에 대한 내 갈증을 풀어 주었다.

성진이 오빠는 여의도에서 안마사로 일했는데, 나는 어머니의 심부름으로 안마소를 자주 방문했다. 그런데 언제부터인가 오빠가 김치를 갖다 달라는 이유로 나를 찾기 시작했고, 갈 때마다 어떤 남자랑 마주치게 되었다. 그 남자는 2년 전부터 오빠의 단골손님이 된 남자였는데, 동두천에서 미군들을 상대로 유도를 가르치는 유도선수였다. 시골에서 갓 올라온 시골소녀였던 내 눈에 비친 그 남자는 키가 크고 흰 피부를 가진 잘생긴 사람이었다. 선글라스를 끼고 흰색바지에 청자켓을 입은 그 남자는 내 흥미를 끌기에 충분했다.

그 사람은 안마소에 올 때마다 바나나나 귤 등, 그때는 구하기가 무척 힘들었던 귀한 과일들을 사가지고 왔고, 그때마다 오빠는 잊지 않고 나를 안마소로 불렀다. 훗날 오빠가 말하길 그 전에는 무엇 하나 사오지 않던 그 사람이 나를 본 후부터 그렇게 귀한 것들을 안마소로 사 나르기 시작했다고 한다. 나는 바나나를 먹기가 아까워 가방에 넣은 뒤 만나는 사람들마다 바나나를 보여주며 자랑하기 바빴고, 아끼다 못해 먹어 치운 후에는 바나나 껍질을 가지고 다니며 사람들의 질투와 시샘을 즐겼다.

그런데 어느 날 성진이 오빠 부탁으로 어머니가 해 준 깍두기를 가지고 안마소에 가니 그 사람이 있었다. 내게 말 한번 걸지 않았던 그 남자가 그날은 내게 인사를 건네며 내 나이를 물어보았다. 난 18살이라고 대답한 뒤 그 사람에게 나이를 물었더니 32살이라고 대답했다. 그 사람은 이름을 김문성이라고 했다. 문성 씨는 내게 '혹시 초밥 먹어 보았냐'고 물어봤고 안 먹어 보았다고 답하니 자기가 사 줄 테니 같이 나가자고 하였다. 대체 초밥이 뭔데 저렇게 의기양양하게 구는지 궁금하기도 하고 그에 대한 호기심도 생겨서 난 그를 따라갔고, 그날이 내 인생 처음으로 초밥을 먹었던 날이 되었다. 그날 이후 난 문성 씨를 오빠라고 부르며 쫓아다녔고, 그는 그런 나를 너무나 예뻐했다.

그 후로도 문성 씨는 성진이 오빠에게 부탁해 자신이 안마소에 오는 날에는 날 부르게 했고, 난 반찬을 갖다 준다는 핑계로 자주 그곳을 들락날락거렸다. 그는 돈까스나 함박스테이크 등 평생 먹어 보지도 못했던 음식들을 맛보게 해 주겠다며 날 여기저기 데리고 다녔고, 미군들이 준 미제 사탕이나 초콜릿, 햄 등 신기한 것들을 바리바리 챙겨와 내게 갖다 주곤 했다. 물질이 상대를 향한 확실한 마음의 증거라고는 할 수는 없지만, 좋아하지 않는 사람에게 나눠주고 싶지 않은 게 또한 물질이라고 난 생각했다. 그렇기에 그 사람의 정성은 내 마음의 문이 열리기에 충분했고, 나이차를 극복할 만큼의 힘이 있었다.

우리는 그렇게 연인 사이로 발전을 했고, 난 문성 씨를 진심으로 사랑하게 되었다. 나이는 내게 숫자에 불과할 뿐이었다. 32살의 남자와 18살 여자... 세상 사람들은 그런 우리를 보며 어떻게 생각할지는 모르겠지만 우리는 서로 진심이었고 사랑했다. 우리는 이틀에 한 번꼴로 만났다. 휴대폰도 없던 시절 서로의 퇴근시간에 맞춰 약속도 잡지 않은 채 다방에서 서로를 무작정 기다렸다. 우린 서로 알고 있었다. 분명 올 것이라는 것을... 우리는 상대가 도착할 때까지 테이블에 성냥개비로 성을 쌓으며 기다렸다. 그리고 덕수궁 돌담길과 남산 계단길을 거닐며 무슨 할 이야기가 그리 많은지 서로의 손을 꼭 붙들고 시간 가는 줄도 모른 채 대화를 나눴다.

어느 날 문성 씨가 아침 일찍 어딜 좀 가야 한다며 나오라고 하였다. 어디로 가는지는 물어보지 말라고 하였고, 나도 어디든 그 사람이라면 좋았기에 물어보지 않았다. 그가 날 데려간 곳은 기차역이었고 우리는 대전행 기차에 올라탔다. 우동을 시켜 먹으며 이런저런 이야기를 하다 보니 금방 대전역에 도착했다.

그 사람은 나를 중앙시장에 데려가더니 원피스를 비롯해 겉에 입는 코트를 사주었다. 그리고 다른 가게로 가더니 내가 그렇게 입고 싶어 하던 빅스톤 청바지를 고르라고 하는 것이었다.

나는 놀라서 그 자리에서 얼어버렸고, 그런 나를 보며 그 사람은 껄껄 웃었다. 난 그가 시키는 대로 청바지 두 벌을 골랐고 그 사람은 아무렇지 않게 계산을 했다.

"오빠! 이거 너무 비싼 거 아니에요? 아니면 이거 가짜 아니에요? 여기 안감에다 침을 발라 밖으로 새어 나오면 가짜래요."

문성 씨는 내 말을 듣고 계속 웃더니 날 데리고 금강제화점으로 갔다. 그 사람은 내 발에 꼭 맞는 구두를 맞춰주며 말했다.

"수양아! 좋은 구두를 신어야 그 구두가 좋은 곳으로 데려가 주는 거야. 네 자신에게 제일 좋은 걸 해 줘야 너의 가치가 올라가는 거야. 이제는 네가 좋은 것만 먹고 입고, 그렇게 멋지게 살기를 바란다."

그러면서 내 손을 잡았다. 뭔가 차가운 게 느껴져서 손을 펴보니 반지가 내 손 안에 들려 있었다. 그 사람은 내게 결혼하자면서 평생 행복하게 해 주겠다고 말했다.

나는 망설임 없이 대답했다.

"오빠! 전 보리밥이 죽을 만큼 싫어요. 쌀밥만 먹여준다면 오빠한테 가겠어요."

얼마 후 성진이 오빠에게 이 사실을 알렸고, 이 사람을 진심으로 마음에 들어 하던 오빠는 단번에 결혼을 허락했다. 이 남자라면 가족들 밥은 굶기지 않을 것이라고 했다. 성실하고 따뜻한 마음을 가진 사내니 널 행복하게 해 줄 것이라고 하면서 우리의 결혼을 축복했다. 오빠는 아버지에게 전화를 걸어 내 결혼문제로 상의할 게 있으니 서울로 오시길 바란다고 했고, 얼마 후 아버지가 올라오셨다. 문성 씨가 멋지게 양복을 차려입고 아버지에게 인사드리러 집으로 찾아왔다. 굳은 얼굴로 앉아 계시던 아버지는 그 사람이 자리에 앉자마자 호통을 치셨다.

"당신 대체 어린아이를 데리고 무슨 장난을 치고 있는 거야? 이제 18살밖에 안된 어린 계집애야. 30살이 넘은 사내가 어린아이를 데리고 뭐하려고! 당장 헤어져."

예상치 못하게 아버지는 우리의 결혼을 강력하게 반대하셨고, 어머니는 아버지의 뜻을 거역하지 못하셨다. 그 사람이 계속 결혼을 허락해 달라고 사정을 했지만 아버지는 듣지 않으셨다. 문성 씨가 떠난 후 아버지는 말씀하셨다. 작은 아버지가 사주를 좀 볼 줄 아는데, 내 사주를 보니 나이차가 많은 사내한테 시집을 가면 절대 못 산다고 했다는 것이다. 거기에 조실부모라는 게 마음에 들지 않는다고 하셨다. 문성 씨는 어릴 때 어머니를 병으로 여읜 후 아버지와 새어머니 밑에서 자라다가 아버지도 최근에 돌아가시면서 새어머니와도 연락을 끊고 살고 있었다. 계속된 내 설득에도 아버지의 강경함을 꺾을 수 없었다. 넷째 오빠도 그 사람을 불러내 날 더 이상 만나지 말라고 주의를 주었다.

우리는 그 후에도 헤어지지 않고 계속 몰래 만났다. 우리는 이틀에 한 번꼴로 만났고, 시간이 갈수록 난 그와 절대 헤어질 수 없다는 걸 깨달았다. 난 그를 너무 사랑했다. 그날도 그 사람과 만나 오후 내내 남산 계단길을 거닐며 우리의 미래를 이야기했다. 아버지를 꼭 설득하겠다며 그에게 조금만 기다려 달라고 했다. 저녁을 먹은 후 언제나 그랬듯이 문성 씨가 버스를 타고 날 집까지 데려다 주었는데, 버스에서 내리니 넷째 오빠가 정류장에 서있었다. 오빠는 우리가 같이 내리는 걸 보더니 얼굴이 시뻘게져 그 사람에게 달려들었고, 그 사람을 마구잡이로 때리기 시작했다. 유도선수인 그 사람도 사랑하는 여자의 오빠는 건들 수는 없었기에 온몸으로 구타를 막아내고 있었다. 그것도 자신보다 훨씬 어린 남자에게 쌍욕이란 쌍욕을 다 들어가면서 말이다. 오빠는 소리를 질렀다.

"내가 지난번에 말했지. 내 동생 만나지 말라고! 그런데 계속 이렇게 만나고 있었던 거야? 이런 사기꾼 같은 새끼가 어린 여자애를 데리고 뭐하는 거야!"

그 사람은 날 사랑한다면서 결혼하게 해달라고 울부짖었지만
오빠는 듣지 않았다. 그리고 나를 끌고 집으로 들어갔다.

그 사람은 내가 사랑한 첫 남자였다. 아무것도 모르는 시골처
녀였던 나에게 새로운 세상을 보여주고 느끼게 해주었으며, 행
복이 뭔지 알려준 사람이었다. 사랑이 뭔지 그리고 사랑 받는
다는 게 무엇인지 몸소 느끼게 해준 그 남자를 내 자그마한 세
상이 무너뜨리고 있었다. 세상에서 제일 좋은 것만 내게 해 주
려고 했던 남자를... 내 미소만으로도 너무나 행복해 했던 이
남자를... 여자로 태어난 죄로 숨이 막히도록 조그맣고 감옥 같
은 세상에 갇혀 희생을 강요당하며 살던 나를 그 사람만은 소
중히 아껴주고 사랑해 주었는데, 그 세상은 그 사람보고 꺼지
라 하고 있었다.

07

▶ 이별은
지옥이다

나의 자그마한 세상이 그 사람을 무너뜨리고 있었다. 내 앞에서 사라지라며 그 사람을 짓밟고 있었다. 그 사람이 내 행복인데, 내 행복을 내 가족이라는 사람들이 짓밟고 있었다. 그렇게 되도록 난 가만히 있을 수가 없었다. 뭐든 해야 했다. 난 다음 날 우리가 항상 만나던 다방으로 나갔다. 그 사람은 이미 나와 있었다. 내가 거기에 가서 무작정 그 사람을 기다리려고 했던 것처럼 그 사람도 같은 생각이었던 것이다. 도대체 언제부터 와 있었던 건지 테이블에는 몇십 개는 족히 돼 보이는 성냥개비 성들로 빼곡했고, 고개를 든 그 사람의 얼굴은 피멍들로 엉망이었다. 입술이 찢어져 미소조차 짓기 힘들 텐데도 그는 나를 보며 환하게 웃어주었다.

난 자리에 앉아 펑펑 울었다. 대체 내가 행복해지겠다는데 주위에서 왜 이렇게 난리인지 이해가 되지 않았다. 직업도 멀쩡하게 있는 성실하면서도 일단 내게 너무나 잘해 주는 착한 남자인데 왜 아버지도 넷째 오빠도 먼저 반대부터 하는지 아무리 생각해 봐도 이해가 되지 않았다. 작은 아버지가 봤다는 내 사주도 믿을 수 없었고, 이렇게까지 결혼에 반대할 만큼 나이 차라는 게 그렇게 중요한 건지 도저히 이해가 가지 않았다. 조실부모라는 점도 그 사람의 잘못도 아니고, 그 사람의 인성에 크게 문제가 되는 것도 아닌데 왜 이렇게 반대만 하는 건지... 내 인생을 대신 살아줄 것도 아니고, 가족들이 내 인생을 저당 잡은 것도 아닌데 말이다.

그 사람은 나를 보더니 말했다. 도망가자고... 의정부에 친척이 사니 그곳으로 가서 결혼하고 같이 살자고 하였다. 그 전에 아버지가 결혼을 반대하셨을 때부터 이 사람은 내게 도망가자고 계속 이야기했었다. 하지만 그때는 두렵기만 했고 망설임에 선뜻 대답을 할 수가 없었다. 하지만 이제는 뭔가 나도 해야 할 것 같았다. 나는 성진이 오빠와 상의해 보기로 했다. 오빠는 자신이 그동안 모아놓은 돈을 내게 주며 말했다. 이 사람을 믿고 가라고... 살다가 아이가 태어나면 부모님도 허락해 줄 테니 내 마음이 가는 데로 하라고 했다. 그렇게 나는 얼마 후 그 사람과 도망을 쳤다.

의정부에 있는 그의 친척이 알아봐줘서 주방이 딸린 단칸방을 싸게 구할 수 있었다. 그와 시장을 돌아다니면서 살림살이를 구입하는 등, 우리의 첫 신혼집을 꾸미는 그 시간은 꿈만 같았다. 어머니가 걱정되기는 했지만, 성진이 오빠가 어떻게든 어머니를 설득시킬 수 있을 거라 생각했다. 하루하루 불안하기도 했지만, 무슨 일이 있다면 오빠한테 연락이 올 것이니 무소식이 희소식이라고 너무 걱정하지 않기로 했다. 또한 그와 함께 있는 시간이 눈물 나게 행복해서 다른 누군가를 생각하고 걱정해서 그 시간을 망치고 싶지도 않았다.

우리는 여느 부부와 똑같이 신혼생활을 즐겼다. 나는 혼인신고부터 하자고 했지만 그는 결혼식을 먼저 올리길 원했다. 여자 일생에 딱 한 번 있는 결혼식인데, 가족들이 참석은 안하더라도 흰눈처럼 아름다운 드레스를 입고 친한 친구들을 불러 결혼식을 해야 한다고 했다. 그 사람은 웨딩드레스를 입은 내 모습을 꼭 보고 싶다고 했다.

그는 여전히 의정부에서 동두천으로 일을 하러 나갔고, 난 그를 기다리며 시간을 보내다 퇴근하는 시간에 맞춰 그가 좋아하는 음식들로 저녁을 준비했다. 그가 퇴근하고 오면 같이 저녁을 먹은 후 그의 팔짱을 끼고 집 앞을 산책하며 우리의 미래를 그리는 행복한 시간을 보냈다. 그가 쉬는 날에는 기차를 타고 이곳저곳 여행을 다녔다. 난생 처음으로 부산에 있는 자갈치 시장에서 매생이국도 먹어 보고 해수욕장에서 놀다 오기도 했다. 그와 함께 하는 그 시간 하나하나가 내게는 소중한 시간이었다.

어느 날 날짜가 훨씬 지났는데도 생리를 하지 않아 이상하게 생각하던 차에 확인은 해보자 싶어 산부인과를 찾아갔다. 임신이었다. 나는 기뻐서 의사선생님을 붙들고 펑펑 울었다. 이제 곧 가족들을 볼 수 있다고 생각하니 마음이 설레었다. 어머니가 너무 그리웠다. 내가 없어지고 얼마나 상심하고 마음 아파하셨을지 상상조차 가지 않았다. 어머니만 생각하면 눈물이 났다. 평생을 서러움만 겪으며 고생하셨는데... 아버지와 첩들에게 홀대를 받으며 혼자 괴로워하신 불쌍한 분인데... 홀로 자식들을 키우며 하루하루를 힘들게 버티신 분인데... 내가 그런 어머니의 가슴에 대못을 박았던 것이다.

그런데 이제 곧 어머니를 볼 수 있는 것이다. 아이가 태어나면 아이를 가슴에 안고 어머니를 찾아뵙는 상상을 하며 집으로 돌아왔다. 아버지도 넷째 오빠도 내 아이를 보면 결혼을 허락할 것이 틀림없었다. 이렇게 숨어서 하루하루 불안해하면서 살 필요도 없으며, 가족들의 축복 속에서 결혼하여 행복하게 살 수 있는 것이었다. 이 사람에게 어떤 방식으로 이 기쁜 소식을 전할까 행복한 고민에 빠져 하루를 보냈다. 결국 비밀로 하고 그 사람 생일이 곧 다가오니 그때 임신 소식을 선물로 대신하자고 생각했다. 입덧도 하지 않아서 그 사람이 알아차릴 일은 전혀 없었다.

임신하고 나서 빵이 어찌나 당기던지 빵집을 내 집처럼 드나들었다. 그 사람 몰래 옷장에 빵을 수북이 숨겨놓고 그가 출근을 하면 빵을 몰래 꺼내 먹었다. 문성 씨를 꼭 닮은 잘생긴 사내아이를 낳고 싶은 마음으로 잡지에서 예쁜 남자 아이들의 사진을 오려 베갯보 안에 숨겨놓고 그 사람이 없을 때 꺼내 보곤 했다. 분명 문성 씨를 닮은 예쁜 아이가 나올 거라고 믿으며 좋은 생각만 하고 예쁜 것만 보려고 했다, 그 사람이 생일날 내 임신 소식을 듣고 얼마나 기뻐할지 상상하니 나도 행복했다.

그러던 어느 날 주인집으로 성진이 오빠에게서 전화가 왔다. 혹시나 몰라 예전에 오빠한테 주인집 전화번호를 알려 주었는데, 무슨 일인지 주인아줌마가 급한 전화인 것 같다며 우리 방으로 쫓아 올라오셨다. 전화를 받아 보니 얼마나 울었는지 떨리는 목소리로 오빠가 말했다. 어머니는 내가 없어진 후 가게 문도 닫고 거의 반 미친 상태로 나만 찾아 헤매셨다고 했다. 오빠는 내

가 걱정할까봐 그런 상황을 전하지 않은 것이고, 어머니에게
내가 어디에 있는지 말도 못한 채 혼자 속만 태우고 있었다고
했다. 그런데 어머니가 어떻게 아신 건지 내가 도망칠 때 오빠
가 돈을 해준 걸 알게 되셨고, 배신감에 오빠에게 소리를 지르
다가 쓰러지셨다는 것이었다.

병원에 입원하신 후 며칠째 일어나지도 못하고 계신다며 서울
로 올라오라고 했다. 모두 내 잘못이었다. 나의 무모한 결정으
로 어머니가 이렇게 되셨다. 나를 찾아 거리를 미친 사람처럼
헤맸을 어머니를 생각하니 가슴이 찢어졌다. 아버지 없이 홀로
우리 남매를 키우면서 내게 여러모로 의지를 많이 하신 어머니
였다. 그런데 내가 그렇게 하루아침에 사라졌으니 그 배신감과
허망함에 얼마나 우셨을 거며, 내 걱정에 뜬눈으로 얼마나 많
은 밤을 지새우셨을지 생각하니 나는 가슴이 아려왔다.

나는 그 사람에게 잠깐 어디 좀 다녀오겠다고 편지를 써놓고
급하게 버스를 타고 서울로 향했다. 그런데 갑자기 배에 급격
한 통증이 밀려오며 정신이 아득해졌다. 뒤에 앉아있던 아줌마
가 나를 불렀다.

"색시! 괜찮아? 어머 웬일이야. 피가 나잖아. 기사양반 차
좀 세워요. 색시가 아픈 것 같아요."

버스기사는 방향을 틀어 근처 병원으로 날 데리고 갔고, 난 그

렇게 그날 아이를 잃었다. 난 병실에 누워 울고 또 울었다. 그 사람과의 사이에서 생긴 첫 아이를 이렇게 허무하게 잃어버린 것이었다. 어머니를 아프게 한 죗값을 이렇게 받는 거라고 생각했다. 내 아이가 나대신 그 죗값을 치렀다. 내가 다른 사람에게 준 상처는 다시 내게 돌아와 나의 아이를 죽인 것이다. 부모가 잘못한 짓은 모두 자식에게 돌아온다고 하더니 그게 맞는 말이었나 보다. 퇴원 후 난 서둘러 어머니를 뵈러갔고, 어머니는 나를 보자마자 안고 우셨다. 당장 같이 집으로 들어가자며 내 손을 꼭 잡으셨다.

난 어머니에게 의정부에 가서 빨리 정리하고 바로 돌아올 테니 조금만 시간을 달라고 하였다. 어머니는 그럼 같이 가자고 고집을 부리셨지만 혼자 내려갔다 오겠다는 내 고집을 꺾을 수 없었다. 의정부 집으로 돌아가 그 사람이 일 끝내고 퇴근해 오기만을 기다렸다. 문성씨는 퇴근해서 나를 보자 대체 왜 이렇게 오래 걸렸냐고 걱정했다며 살포시 안아주었다. 나는 사실대로 무슨 일이 있었는지 이야기하고 이제 서울로 돌아가자고 했다. 그 사람의 아이를 잃었다는 얘기는 도저히 그에게 할 수 없었다. 그 말이 입 밖으로 나오면 그 자리에서 무너져 버릴 것만 같았다. 혹시나 그의 비난 어린 눈길이 내게 향하지 않을까 무서워할 수는 없었다. 그저 서울로 돌아가자는 말만 반복 할 수밖에 없었다. 성진이 오빠가 도와준다고 했고, 부모님을 설득할 수 있으니 돌아가서 정식으로 허락받고 결혼식을 올려 편안한 마음으로 살자고 했다. 그 사람도 흔쾌히 동의를 했고, 우리는 집을 정리한 후 서울로 돌아왔다.

집을 떠나 세 달을 그 사람과 살다 돌아온 딸이었다. 이미 갈 때까지 다 간 마당에 부모님이 결혼을 허락해 줄 것이라 생각했던 내가 오만했던 것일까? 아니면 내가 부모님을 잘 몰랐던 걸까? 어차피 어머니는 아버지의 뜻에 따르실 테니 아버지 한 사람만 설득하면 되었다. 하지만 아버지는 끝까지 마음을 바꾸지 않으셨고, 나는 이 결혼은 절대 할 수 없으리라는 걸 깨달았다. 불쌍한 어머니를 홀로 둔 채 그 사람과 홀연히 떠날 수도 없었다. 거기에 그 사람의 아이조차 지키지 못한 나였다. 부모님마저 설득하지 못한 무능한 사람이었다. 그 사람 곁에 남을 자격이 없다고 생각했다. 그처럼 좋은 사람은 나보다 더 좋은 여자를 만나 행복해져야 했다.

그 사람은 내게 연락해 부산으로 도망을 가자고 하였다. 그 사람에게 우리 결혼은 불가능하다고 솔직하게 이야기해 봤자 통하지 않을 거라는 걸 난 잘 알았다. 그렇기에 알았다고 하며 떠날 날짜를 잡았고, 서울역에서 만나기로 약속하고 전화를 끊었다. 그날 그는 약속대로 기차역에서 마음을 졸이며 나를 기다

렸지만 막차시간까지 내가 나타나지 않자 나의 뜻을 그때야 깨닫게 되었다. 나를 만나러 금호동 우리집으로 찾아와 집 앞에서 몇날 며칠을 기다렸지만 나는 끝끝내 나타나지 않았다. 그 사람은 나를 찾으러 내가 있을 만한 곳은 다 찾아 헤맸고, 심지어 내 동생이 자취하며 고등학교를 다니고 있는 대전까지 찾아왔지만 나를 만날 수는 없었다.

나는 그와 떠나기로 한 그 전날, 이미 기차를 타고 남동생의 자취집이 있는 대전으로 왔고 동생의 얼굴을 보자마자 쓰러졌다. 그렇게 몇 주를 정신을 차리지 못하고 앓아 누워있었다. 나는 그가 나를 찾아 헤맬 거라는 걸 알고 있었다. 나는 대전에 있는 동안 단 한 번도 외출을 하지 않았다. 그 사람을 다시 만난다면 난 그 사람과 분명 떠날 것이었다. 그러니 다시는 만나면 안 되었다. 그렇게 나는 소중한 사람들을 모두 순식간에 잃어버렸다. 나의 아이 그리고 내 목숨만큼 사랑했던 그 사람... 그 사람의 손을 내가 놓은 것이다.

PART
02

평화시장
젊은 새댁,
뉴욕에
진출하다

01

내 나이 20살,
사업가로서
첫발을 딛다

나는 문성 씨를 피해 대전에 있는 남동생 자취방에서 지냈다. 그를 절대 만나지 말아야 했다. 그를 다시 본다면 내 결심은 무너질 터였다. 그가 원하는 대로 불쌍한 어머니를 나 몰라라 한 채 그가 내민 손을 잡고 떠날 것만 같았다. 몸이 멀어지면 마음도 멀어져야 하는데, 시간이 지날수록 그를 그리워하는 내 마음은 더욱 깊어졌다. 그도 마찬가지였다. 성진이 오빠에게 아직도 나를 찾기 위해 서울과 대전을 헤매고 다닌다는 문성 씨의 소식을 들으며 난 끊임없이 눈물을 흘렸다. 가족들과 등지지 않는 한 안 되는 결혼이었다. 독하게 마음을 먹고 그와 함께 하기 위해 가족을 버린다고 해도 난 그럴 수 없는 여자였다. 난 이미 그의 손을 놓았고 그의 아이까지 잃은 몸이었다. 그와 함께 할 수 있는 자격 따위는 내게 없었다.

집에만 있으니 어지러운 생각들로 더욱 견디기 힘들었다. 뭐든 해서 이런 생각들을 멈춰야 했다. 바쁘게 일하다 보면 모든 걸 잊고 다시 시작할 수 있으리라 생각했다. 난 짐을 챙겨 인천에 계시는 아버지를 찾아갔다. 아버지는 부평에서 홍삼공장을 운영하며 다른 여자 분과 살고 계셨다. 아버지의 여자는 끊임없이 샘솟는 샘물같이 떨어지지 않았고, 한 여자와의 관계가 끝나면 다른 여자가 바로 대체를 했다.

그런 모습을 계속 지켜보며 아버지 곁에 남아 일을 도와드리기에는 어머니에게 너무 죄송했다. 불끈 불끈 솟아오르는 분노의 감정도 추스르기 어려웠고, 감추기에는 더욱 힘들었다. 그리고 이건 내가 생각하던 내 미래랑 전혀 닮아 있지 않았다. 아버지의 공장에서 일을 하며 내가 뭘 할 수 있을지 고민을 했다. 그러다 문득 내가 뭘 정말 좋아하고 잘하는지 깨달았다. 난 어렸을 때부터 옷을 만드는 걸 좋아했고 패션에 관심이 많았다. 가정시간에 이것저것 만들어 친구들을 꾸며주며 기뻐했던 내 자신이 떠올랐다. 서울에 계시는 어머니에게 전화를 드렸다.

"어머니! 저는 이제 절대 시집 안 갈 거예요. 문성 씨 아닌 다른 사람의 아내가 되는 건 상상도 못하겠어요. 그러니 지난번에 어머니가 제 결혼자금으로 모아 놓았다고 말씀하신 돈 모두 제 장사밑천으로 주세요."

1976년 내 나이 20살 때 난 어머니에게 받은 돈으로 부평에 양품점을 차렸다. '삼익악기', '송월타올' 그리고 많은 반도체 공장들이 위치한 공단 지역이었는데, 공장 직원들이 많이 다니는 길목에 양품점을 열었다. 성인 옷뿐만 아니라 아이들 옷과 속옷, 양말, 신발, 잡화 등 다양한 물건들을 진열해 팔았다. 가게에 딸려 있는 단칸방에서 생활하며 그렇게 난 나의 첫 사업을 시작했다.

비즈니스를 운영할 때 제일 중요한 건 적은 금액이라도 꾸준히 수입을 창출해야 하는 것이라고 생각한다. 거기에 1년 정도 버틸 수 있는 생활비만 있다면 난 어떤 사업이라도 성공 시킬 수 있다고 확신한다. 매출이 적더라도 꾸준한 수입만 있다면 당장 손해를 보더라도 다른 곳에 투자를 하거나 매출을 올릴 수 있는 전략을 실행할 수 있다. 나는 꾸준한 매출을 확보하기 위해 큰 회사와의 직거래 계약이 필요하다는 걸 깨달았다.

공장들은 1년에 두 번에서 세 번 정도 야유회를 갔는데, 내 가게가 있던 공단의 공장들은 대부분 야유회 기념수건을 '송월타올'에서 납품받았다. 그 사실을 알게 된 나는 다짜고짜 '송월타올'을 방문했다. 20살밖에 안 된 어린 아가씨가 너무 당당하게 회사를 방문해 담당자를 만나고 싶다고 하니 담당자는 황당함과 호기심에 도저히 나를 내칠 수 없었다고 한다. 세상 밖에

서나, 비즈니스 계약 상황에서나 목소리 큰 사람이 왕이다. 말하는 사람이 너무 당당해 보이면 일단 듣는 사람은 상대를 신뢰하게 되는 것 같다. 나는 큰소리로 그리고 자신감 있게 내 카드를 내놓았다. 내가 직접 자수로 문구를 새겨 넣은 수건 샘플을 담당자에게 보여주며 공단 공장들에 납품하는 수건들에 들어가는 문구들 자수를 내게 모두 맡겨달라고 했다. 내 자수 실력과 배짱을 인정한 회사 담당자는 호탕하게 웃으며 내 제안을 받아들였고, 그렇게 직거래 계약을 맺었다. 그 후 그 계약은 내 비즈니스에 꾸준하고도 큰 수입을 안겨 주었고, 나는 그 수입을 가지고 다른 시도 또한 할 수 있었다.

명절만 되면 공장직원들은 시골에 계시는 부모님과 가족들한테 길표 양말이나 쌍방울 내복 아니면 독립문표 속옷을 선물로 보냈다. '송월타올'과 맺은 계약 덕분에 내 매출은 눈에 띄게 달라졌고, 난 다른 양품점과 달리 트럭으로 물건들을 떼어올 수 있었다. 다른 가게들이 적은 종류의 물건들을 조금씩 갖다 팔 때 나는 여러 종류의 물건들을 도매로 떼어와 저렴한 가격으로 팔았다. 그러다보니 내 양품점에는 물건들이 항상 많았고 종류도 다양할 뿐 아니라 가격도 다른 양품점들에 비해 저렴하여 두터운 단골층을 확보할 수 있었다.

또한 항상 돈이 부족했던 공장직원들의 주머니 사정을 생각해 나는 물건들을 외상으로 주었고, 외상값은 직원들 월급날 총무과에 찾아가 조금씩 몇 달에 걸쳐 받았다. 그것이 원인이 되어 명절 때마다 내 가게는 문전성시를 이루었고, 평소에도 매출은 항상 꾸준히 상승했다. 나를 신임했던 공장직원들은 자신의 지인들에게 내 양품점에 대해 입소문을 내주었고, 공단 지역 주민들 뿐 아니라 다른 지역의 손님들도 내 가게에 찾아와 주었다.

돈이 돈을 번다고 어머니가 준비해 놓으신 내 결혼 자금으로 시작한 내 첫 사업은 다른 사람들에 비해 비교적 넉넉한 자본이라는 장점으로 첫 발을 내딛었다. 처음부터 크게 비즈니스를 시작할 수 있던 금액은 아니었지만, 그 금액으로 내 가게를 차리고 내 실력으로 성장을 시키기에 충분했다. 거기에 '송월타올'과의 계약은 내게 무엇이든지 도전하면 이루어진다는 자신감을 심어 주는 계기가 되었다. 신의 축복으로 내 비즈니스의 매출은 고공행진을 하였고, 20살의 나이에 큰돈을 만질 수 있었다.

난 일주일에 한 번씩 새벽 4시에 동대문 시장과 남대문 시장에서 물건을 떼어왔는데, 그 전에 시장조사를 충분히 하는 걸 원칙으로 삼았다. 그래서 매주 하루는 가게 문을 닫고 하루 종일 시장조사를 하러 다녔다. 난 백화점이란 백화점은 다 돌아다니며 거기서 잘 팔리고 유행하는 디자인을 찾아보았다. 아무래도 백화점에 많이 걸려 있는 옷의 디자인들이 그때 당시의 유행을 반영했고 트렌드를 선도했기에 그 점을 염두에 두었다.

백화점에 걸려있는 옷들도 분명 평화시장 같은 데서 가져왔을 텐데, 백화점의 물건들은 아무래도 프리미엄이 붙어 더 높은 가격에 거래가 되었다. 돈이 있는 사람들이야 백화점에 가서 자신들이 원하는 옷을 돈 걱정 없이 구매할 수 있었지만, 경제적 여건이 되지 않는 사람들은 일반 시장에서나 물건을 구입할 수 있었다. 그래서 난 백화점에서 파는 것과 같은 디자인으로 된 옷들을 내가 직접 평화시장에서 떼어와 내 가게에서 저렴한 가격으로 팔기로 했다.

그날도 발에 불이 나게 백화점들을 돌아다니다 미도파 백화점에서 어떤 원피스를 보게 되었다. 신세계 백화점을 가도 그 디자인으로 된 원피스들이 많이 걸려 있는 것을 볼 수 있었다, 한눈에 봐도 여자들이 좋아할 만한 디자인이었고, 하늘하늘한 여성스러운 라인이 돋보이는 우아하지만 특이한 드레스였다. 무조건 가게에 갖다 놔야 했다. 난 급히 동대문시장으로 가서 그 디자인과 같은 원피스를 파는 가게를 찾아다녔지만 어디에서도 그 원피스는 발견할 수가 없었다.

그 원피스를 어떻게 구할지 골똘히 고민해 보았다. 생각나는 건 그 원피스를 팔던 아줌마의 얼굴뿐이었다. 백화점을 뒤져 그 아줌마를 찾아볼까도 생각해 봤지만 찾는다고 해도 쉽게 그 원피스를 어디서 구입했는지 알려 줄 것 같지 않았다. 한참 동안 고민을 하던 나는 분명 아줌마가 곧 그 원피스를 떼러 다시 동대문시장에 올 것이라는 생각이 들었다. 그래서 무작정 종로 5가 전철역 앞에서 새벽마다 그 아줌마를 기다렸다. 어차피 그 아줌마도 새벽에 물건을 뗄 게 분명했다. 나는 몇 날 며칠을 새벽마다 부평에서 종로까지 왔다갔다하며 그 아줌마와의 만남을 기다린 끝에 얼마 후 기적같이 만날 수 있었다. 그 아줌마 몰래 뒤를 밟기 시작했다. 들어가는 가게마다 모두 따라 들어갔다. 얼마의 시간이 지났을까! 예상대로 그 중 한곳에서 내가 찾던 드레스를 발견할 수 있었다.

나는 그 가게에서 그 원피스를 몇십 벌 주문했고, 그 후 내 가게에서 저렴한 가격으로 팔기 시작했다. 그때 당시 양품점 주인들은 주력 아이템을 마네킹에 입혀 팔았지 직접 그 아이템을 입고 장사를 하는 일이 거의 없었다. 하지만 나는 이 원피스는 사람이 착용한 모습을 손님들이 직접 봐야 한다고 생각했다. 하늘하늘한 재질의 여성스러운 라인의 원피스를 내가 직접 입고 움직이는 모습까지 보여 줄 수 있다면 홍보효과가 더 높으

리라고 판단했다. 마네킹이 보여 줄 수 있는 평면적인 모습으로
는 한계가 있다고 생각했다.

다행히 호리호리한 몸매였던 나는 모델로 손색없었다. 나는 그
원피스를 입고 장사를 시작했고, 내 생각이 맞았다는 게 증명이
되기까지 그리 오랜 시간이 걸리지 않았다. 가게에 들어온 여자
들이 내가 입은 원피스를 보더니 어디서 구입했냐며 모두 흥미
를 보였고, 나는 그 원피스를 얼마 되지 않아 모두 완판시킬 수
있었다. 그 후로도 몇 번을 그 원피스를 떼어왔는지 기억이 나
지는 않지만 모두 완판이었고, 그 원피스는 내게 효자 아이템이
되었다. 그 후 난 계속 내 주력 아이템을 직접 입은 채 홍보를
하였고, 그 결과는 높은 매출로 돌아왔다.

나는 그 후 비즈니스를 확장해서 더 넓혀 나갔다. 20대 초반 어
린 여자아이의 빠른 성공은 많은 이들에게 놀라움을 안겨 주었
다. 모두 내가 비즈니스를 시작한다고 했을 때 어린 게 무슨 사
업이냐며 말렸다. 하지만 나는 누구의 소리도 듣지 않고 내 가
슴이 시키는 대로 했고, 그 결정은 내게 큰 이익과 함께 귀중한
교훈을 심어주었다.

내가 하는 양품점 주위로는 다른 양품점들이 30개 정도가 있었

다. 자연스레 서로 경쟁이 심할 수밖에 없었다. 내가 그 와중에 살아남을 수 있었던 건 니치 마켓(틈새시장)을 잘 활용한 데에 있다. 틈새시장을 잘 찾아내서 그 시장을 집중적으로 공략했던 것이다. 다른 양품점들도 나와 마찬가지로 아기 돌복을 갖다 놓고 팔았는데, 어떤 디자인이 잘 팔릴지 몰라 한 디자인에 한 장씩 떼어 와서 팔았다. 모두 돈이 부족하다보니 특정한 디자인의 돌복을 많이 들여 놓을 수가 없었고, 한정된 자금을 재고로 묶어 놓기에는 리스크가 너무 컸다. 그러다보니 똑같은 디자인의 돌복을 찾는 쌍둥이 부모들은 적잖이 어려움을 겪고 있었다.

그러던 중 돌복을 만드는 공장 담당자들이 우리 지역에 나와 자신들의 상품을 팔아줄 가게를 찾으러 돌아다녔다. 백화점에서 본 디자인의 원피스를 가게에 들여놓은 후 매상은 급격하게 뛰었고, 여자 손님들의 행렬로 북적거렸던 내 가게가 그 사람들 눈에 띄는 건 시간 문제였다. 우리 가게에 손님이 많은 걸 보고 가게에 들어온 그들은 자신들이 만든 돌복도 내 가게에서 팔아달라며 거래를 제안했다.

결제는 물건이 팔리면 하기로 하고, 재고품은 자신들이 다시 가져간다는 조건이었다. 내게 절대 손해 보는 제안이 아니었기에 받아들였고, 난 한 디자인에 몇십 장씩 가게에 들여놓았다.

그러다보니 쌍둥이 부모들은 모두 우리 가게에 와서 돌복을 구입하게 되었고, 돌복 디자인이 다양하다 보니 다른 손님들도 우리 가게에만 오게 되었다, 돌복을 사러 온 손님들은 가게에서 파는 다른 상품들도 구입했고, 매상은 하늘 높은 줄 모르고 치솟았다. 공급에 비해 수요가 급격하게 많아져 물건을 떼러 다니느라 정신이 없었다. 혼자 가게를 하다 보니 체력적으로는 힘들었지만, 내 힘으로 내 한 몸을 책임질 수 있다는 생각으로 행복했다.

그 해 겨울, 내게 생각지도 못한 고비가 닥쳤다. 시장조사를 하기 위해 여느 때와 같이 가게를 하루 문 닫고 서울로 나갔다. 돌아다니다 보니 사람들이 입은 자켓이 눈에 띄었다. 스폰지 누비 자켓이라는 것이었다. 거리를 걷다 보면 삼삼오오 스폰지 누비 자켓을 입고 걸어 다니는 사람들로 북적거렸고, 백화점을 가보아도 그 자켓들만 걸려 있었다. 난 그 상품을 부평에 있는 내 양품점에 들여놓기로 결정했다. 그래서 시장에 가서 물건을 조금 떼다 가게에 놓고 팔기 시작했다. 얼마 자나지 않아 모두 팔리고 재고는 바닥이 났다. 실로 엄청난 속도였다.

난 다시 시장에 누비자켓을 떼러 나갔다. 돈이 급한 도매업자들은 우리 같은 소규모 자영업자들이 물건을 한꺼번에 많이 구입하면 덤핑가격으로 해주었는데, 원래 가격의 반도 안 되는 낮은 가격이었다. 난 덤핑가격으로 물건을 구입하기로 한 후 삼륜트럭에 꽉 찰 만큼 물건을 싣고 인천으로 돌아왔다. 그러나 예상과 다르게 갑자기 날씨가 따뜻해졌고, 누비자켓을 찾는 사람들이 눈 녹듯이 사라졌다. 누비자켓의 부피도 크다 보니 창고에 보관하기가 어려웠다.

사람들은 내가 산 가격에 더 덤핑을 해서 그냥 팔고 정리하라고 했다. 잠시 마음이 흔들렸던 것도 사실이다. 이미 이 아이템으로는 망한 것 같은데 크게 손해를 보더라도 빨리 정리해 버리는 게 맞는 것 같기도 했다. 하지만 어떤 목소리가 흔들리는 내 마음을 잡았다. 내 마음의 소리는 조금만 더 기다리라고, 분명 다음 해에 날씨가 추워지면 모두 팔 수 있을 거라고 속삭이고 있었다. 난 남의 집 지하실을 얼마간의 돈을 주고 빌려 그곳에 누비자켓들을 보관하기로 결정했다. 그 누비자켓을 처리하지 않고 돈을 써가면서까지 보관하는 나를 보고 사람들은 어리석다고 말했다. 내년이면 유행이 바뀌어 누비자켓은 팔리지 않을 거라고 했다. 하지만 난 내 느낌을 믿기로 했다.

그리고 다음 해, 10월도 채 지나지 않아서 날씨가 갑자기 추워졌고, 스폰지 누비자켓을 찾는 사람들이 급격하게 늘어났다. 하지만 도매상에는 아직 그 옷이 나오지 않은 상태였고, 가게

들은 물건을 구하지 못해 난리였다. 물건이 없다 보니 자켓 가격이 말도 안 되게 치솟았고, 사람들은 비싼 가격에도 물건을 구하려고 안달이 나있었다. 난 덤핑가격으로 산 그 자켓들을 창고에서 꺼내 가게에 진열했다. 내가 구입한 가격의 몇 배나 높은 가격으로 물건들을 팔 수 있었고, 그 해 10월이 끝나가기도 전에 모든 재고를 처리할 수 있었다. 그때 거둔 수입은 내가 그 전에 1년 동안 올린 매출보다 더 컸다.

난 그렇게 몇 번이나 내 느낌을 믿으며 내가 뜻하는 대로 밀고 나갔고, 그렇게 양품점을 하며 큰 성공을 이루었다. 사람들은 자신의 느낌을 믿지 못하고 다른 사람들의 말에 따라가다가 더 잘못되는 경우가 종종 있다. 하지만 자신을 믿지 못하면 사업은 절대 성공하지 못한다. 꼭 이루고 말겠다는 굳은 의지와 신념, 그리고 자신에 대한 믿음이 사업의 성공여부를 결정하는 중요한 부분이다.

신은 우리가 가야 하는 길을 이미 정해 놓으셨고, 그 길에 표지들을 준비해 주심으로써 우리를 인도하신다.(파울로 코엘료, 연금술사) 그 표지들은 여러 형태로 우리 삶에 나타나는데 우리가 '감'이라고 부르는 어떤 느낌일 수도 있고, 갑자기 머리에 떠오르는 어떤 기발한 아이디어일 수도 있다. 우리가 해야 하는 일은 그 표지들을 알아보고 그 길을 묵묵히 걸어가는 것일 것이다. 내 마음의 소리를 듣고 계속 소통하는 것, 난 그것이 성공의 열쇠라고 생각한다.

내가 원피스를 팔던 그 아줌마를 만나기 위해 종로 5가 전철역 앞에서 무작정 기다렸던 건 내 느낌을 믿었기 때문이다. 만약 틀렸다고 하더라도 그 후 내 계획을 조금 수정하기만 하면 되는 것이었다. 내가 주변사람들의 만류에도 불구하고 스폰지 누비자켓을 처리하지 않은 것은 조금만 더 기다려 보자는 내 마음속의 속삭임에 귀를 기울였기 때문이다. 인간의 천재적이면서도 기가 막힌 본능은 자신을 더 옳은 길로, 그리고 행복할 수 있는 길로 인도해 준다. 자신이 또 다른 내 자신에게 알려주는 그 소리를 귀 담아 듣고 움직일 수 있을 때 그게 성공의 지름길이라고 생각한다.

또한 사람들이 무언가를 시도하기도 전에 '설마', '그럴 리가'라는 단어들이 그들의 발목을 잡는다. 시작도 해보기 전에 "에이... 설마 내가 할 수 있겠어...", "그럴 리가 없지, 절대 안 될 거야." 등 부정적인 생각들은 그들이 앞으로 나아가 보기도 전에 그들을 퇴보시킨다. 사업을 시작했을 때 꾸준한 매출을 확보하기 위해 무작정 내 자수 샘플을 가지고 '송월타올'로 찾아갔을 때 난 '설마'라는 단어를 떠올리지 않았다. 내게 그 단어는 존재하지 않았다. 그게 지금의 나를 만들었다. 내 자신의 결정을 의심하지 않는 것, 그게 사업의 존폐를 좌우한다.

"보물이 있는 곳에 도달하려면 표지를 따라가야 한다네. 신께서는 우리 인간들 각자가 따라가야 하는 길을 적어 주셨다네. 자네는 신이 적어 주신 길을 읽기만 하면 되는 거야."

(파울로 코엘료, 연금술사, P.210)

02

▶ | 사기결혼

첫 사업은 성공적이었다. 성공의 달콤함을 맛보며 나는 결혼이라는 단어를 잠시나마 잊고 살 수 있었다. 문성 씨 아닌 그 누구의 아내가 된다는 건 말도 안 되는 일이었다. 내 일을 사랑했고 그때 당시의 내 자신이 좋았으며, 내 인생의 목표는 더 이상 여자로서의 행복이 아니었다. 하루하루 열심히 일하며 내 힘으로 돈을 벌고 내 자신을 지킬 수 있는 힘이 생기는 게 좋았다. 힘들게 일하고 가게에 딸린 내 방에 들어와 그날 번 돈을 침을 발라 가며 세다보면 하루의 피로가 모두 사라졌다. 돈은 솔직했고 깨끗했다. 내가 노력한 만큼 그 대가가 돌아왔다. 하지만 그 마음은 그리 오래 가지 않았다.

1970년대 후반, 한국은 격변의 시대를 맞이하고 있었다. 경제적으로는 큰 발전을 이루고 있었지만 정치적으로는 불안하고 혼란스러운 시기였다. 유신정권을 반대하는 국민들이 지역을 막론하고 여기저기서 시위를 벌였다. 사람들은 더 이상 배를 곯지 않아도 되었지만 대신 세상은 더욱 어지러워졌다. 자유와 규제가 맞붙어 싸웠고 나도 조금씩 흔들리기 시작했다. 여자 홀로 이 혼란의 시기를 잘 버텨 나갈 수 있을지 두려워졌다.

내 자신에 대한 확신이 천천히 옅어지기 시작했다. 청년들이 살아가기에 너무나 두려운 탄압과 통제의 나날들이 지속되었다. 경찰은 장발의 남자들을 단속했고, 자를 가지고 다니며 무릎 위 20cm의 미니스커트를 입은 여자들을 엄중 단속하였다. 그 와중에 박정희 대통령의 암살 소식이 들려왔고 국민들은 더 혼란에 빠졌다. 그리고 나도 점차 결혼이라는 단어를 다시 생각하기 시작했다. 안정을 찾고 싶었다. 든든한 남편의 품에서 보호를 받으며 살고 싶어졌다.

내가 운영하던 양품점 바로 옆에서 어떤 남자가 여동생이랑 만두 가게를 했는데, 우리 셋 모두 비슷한 나이라 서로 친하게 지냈다. 지숙이라는 이름을 가진 코가 오똑하니 이목구비가 오밀조밀하게 예쁘게 생긴 친구였다. 우리는 장사가 끝나고 나면 만두 가게에 모여 만두에 오비맥주 한 잔씩 마시며 함께 저녁시간을 보내곤 했다. 그러던 어느 날 밤 지숙이가 내게 내 인생을 완전히 뒤집을 이야기를 꺼냈다.

"수양아! 내가 아는 남자가 있는데 소개받아 볼래? 내가 다니는 교회의 신도인데 정말 괜찮은 남자야. 너보다 아마 나이가 서너살 많을 거야. 얼굴도 딱 네 스타일이고 또 직장도 확실하니 좋아. 기아자동차에 근무한다는데... 어때?"

나는 결혼 생각이 없다며 평생 혼자 살 거라고 단번에 거절했지만 흔들리는 내 눈빛을 그녀는 놓치지 않았다.

"수양아! 평생 혼자 산다는 게 말이 돼? 여자가 혼자 살면 이상한 홀아비나 달라붙고 좋지 않은 소문이나 나게 돼 있어. 어디 하나 비빌 구석이 있어야지. 혼자 사는 건 진짜 아니야! 거기에 네 아버지, 어머니는 어떻고... 빨리 손자 하나 안겨 드려야지... 혼자 사는 건 불효야!"

생각해 보니 그것도 맞는 것 같았다. 내가 노처녀로 늙어 죽으면 우리 부모님 눈에 피눈물을 흘리게 할 게 뻔했다. 거기에 주위 사람들도 날 이상하게 볼 게 분명했다. 내게 무슨 문제가 있어서 결혼도 못하고 혼자 산다는 소문이 날 것이었다. 사람들은 남 이야기하는 걸 너무 좋아하지 않는가... 내 이야기가 다른 사람들 술안주가 될 게 눈에 훤했다. 그건 절대 원하지 않았다. 그리고 훗날 홀로 남편도 아이들도 없이 외롭게 죽어가는 내 자신이 머릿속에 그려지며 갑자기 두려움에 휩싸였다. 또한 이 혼란스러운 시기에 나도 누군가에게 의지하고 싶다는 생각이 들었다. 내 옆에 든든한 남자가 딱 버티고만 있어도 숨통이 트일 것만 같았다. 난 친구에게 그 남자랑 선을 보겠다고 했다. 이야기를 들어보니 좋은 집안 아들 같았다. 아버지는 일찍 돌아가시고 홀어머니가 키운 금지옥엽 귀한 아들이었다. 장남도 아니고 둘째 아들이어서 크게 부담도 없었고 좋았다. 남자의 어머니는 원래는 고등학교 교사였다가 지금은 공장의 여자기숙사 사감으로 계신다고 했다. 집도 가지고 있고 대학까지 나와 튼튼한 직장에 다니고 있는데다 나이도 나보다 딱 세 살이 많았고 모든 조건이 괜찮았다. 오히려 나같이 흠집이 있는 여자한테는 과분한 남자라는 생각을 했고, 이런 남자라면 결혼해서 잘 살 수 있을 것 같았다. 얼마 후 그 남자와 다방에서 만났다. 들던 것보다 더 훤칠하고 잘 생긴데다가 좋은 집안사람이라 그런지 먹는 것부터 말하는 것까지 기품이 철철 흘렀다. 거기에 집안까지 좋다고 하니 뭐 하나 빠질 게 없었다.

가족 대부분이 시골을 떠나서 첫째 오빠(아버지의 전처의 첫 아들) 부부랑 사시던 할머니는 서울에 왔다갔다하시며 내 가게에 딸린 방에도 며칠씩 묵고 가셨는데, 그는 가게에 올 때마다 항상 할머니가 드실 과일과 과자들을 챙겨왔다. 그런 그를 보며 참 따뜻한 남자라고 생각했다. 어른한테 잘하는 남자라면 아내한 테도 잘할 거라는 생각에 그에게 더 믿음이 갔다. 아버지와 어머니도 그를 만나보신 후 그를 쏙 마음에 들어 하셨다. 아버지는 그와 내가 나이차도 적당하고 집안도 좋은데다 번듯한 직장도 가지고 있다며 좋아하셨다.

그의 집에 인사를 드리러 갔더니 3층짜리 다세대 주택에 살고 있었다. 건물 자체가 그의 어머니 소유였고, 모두 월세를 주고 가족들은 2층에서 거주하고 있었다. 집에 들어가 보니 고급 자개장에 값이 나가 보이는 소파와 가구들이 보였고, 그 시절 귀하다는 전축까지 있었다. 생각보다 더 여유 있는 가정 살림에 조금은 주눅이 들었지만, 난 고개를 똑바로 들고 당당하게 집으로 들어갔다.

아버지가 어머니에게 하셨던 것처럼 날 돈 때문에 고생은 시키지 않을 것 같아서 안심이 되었다. 얼마 후 그는 내게 청혼하였고 나는 망설임 없이 그의 청혼을 받아들였다. 여자 팔자는 뒤웅박 팔자라고 했던가? 이 남자는 분명 나를 쌀을 담을 수 있는 뒤웅박으로 만들어 줄 게 분명했다. 사랑 그 까짓 거 내게는 더 이상 필요 없었다. 사랑은 이미 해볼 만큼 해봤고, 내가 줄 수 있는 사랑은 모두 문성 씨에게 주었다. 사랑이라는 감정은 내게 더 이상 남아 있지가 않았다.

얼마 후 상견례를 하게 되었다. 그의 가족들이 한자리에 모였는데, 그들의 포스에 우리 가족들은 기가 눌릴 것만 같았다. 아버지는 당신이 가지고 있는 양복 중에 제일 점잖아 보이는 양복을 입으셨다. 어머니는 단아하고 수수한 한복을 입으시고 쪽을 진 머리에 은비녀를 하고 그 자리에 참석하셨다. 우리와 다르게 그들은 겉모습부터 입이 떡 벌어지게 너무나 화려했다. 그의 어머니는 호화스러운 실크 한복에 실크 두루마기를 입으셨고, 같이 나온 누나와 여동생들은 모두 밍크코트에 여우 목도리를 두르고 있었다.

오빠들은 "수양이 시집 잘 간다"고 축하해 주었고, 아버지와 어머니는 그런 집안과 사돈 관계가 된다는 사실에 기뻐서 어쩔 줄을 몰라 하셨다. 그의 형과 남동생은 미국에서 유학 중이라고 해서 더욱 더 그 집안에 신뢰가 갔다. 그때 당시 사람들은 미국에 산다고 하면 잘 사는 집이라고 생각했다. 그런데 거기서 유학까지 하고 있다고 하니 보통 집안은 아닌 것 같았다. 중학교도 마치지 못한 내가 집안까지 좋은 것은 물론 대학을 졸업하고 대기업에서 근무하는 남자에게 시집간다니 이건 보통 행운이 아니라고 느꼈다. 사랑이 없어도 충분하다고 생각했다. 사랑 없이 살아도 행복하게 잘 사는 부부들도 많으니 말이다. 거기에다가 이 정도면 사랑도 금방 생기겠다고 생각했다.

그렇게 나는 그와 결혼을 하고 제주도로 신혼여행도 갔다 왔다.

결혼생활은 내가 생각했던 것과 너무나 달랐다. 남편은 밤마다 중간에 일어나 시어머니의 방으로 옮겨가 거기서 잤다. 새벽에 일어나 남편이 잠자리에 없어서 시어머니 방문을 조용히 열어 보면 남편은 아이같이 시어머니를 꼭 안고 자고 있었다. 시어머니가 젊어서 혼자 되셨기 때문에 자식들에게 정을 많이 주고 키우셨나 보다 생각했다. 그런 어머니를 혼자 두고 싶어 하지 않는 효심이 가득한 아들의 아름다운 모습이겠거니 했다.

하지만 정도가 넘어선 일들이 계속 발생하며 나는 뭔가 잘못되어 가고 있다는 느낌을 멈출 수가 없었다. 시어머니는 우리가 잘 때 방문을 열어 놓고 자게 했으며, 우리 부부 단둘이 너무 오래 같이 시간을 보내는 걸 싫어하셨다. 한번은 남편과 함께 주말에 바깥나들이를 갔다 오기로 하고 소양강 댐 인근에 있는 청평사에 놀러갔다. 아무래도 시어머니를 모시고 사는 거라 신혼을 편하게 즐길 수 없었고, 시어머니 홀로 계시는데 단둘이 외출하는 것조차 불편했다. 그래서 오랜만에 단둘이 갖는 시간이 한없이 설레었고 노래가 저절로 입에서 흥얼거려졌다,

그런데 그날 예상치 않게 배가 끊기면서 집으로 돌아갈 수가 없었다. 전화를 빌려 시어머니에게 상황을 설명한 후 거기서

하루를 묵고 집에 돌아왔다. 시어머니는 머리에 띠를 두르고 당신의 방에 누워계셨다. 말씀도 하지 않으시고 식사도 드시지 않은 채 며칠을 그렇게 홀로 우시며 누워계셨다. 그때는 무엇 때문에 그러시는지 전혀 눈치를 채지 못하고 그저 몸이 좋지 않으셔서 그런 걸로만 생각했다. 그런데 사건은 우리의 첫 결혼기념일에 터졌다. 남편이 결혼기념일 선물로 명품 스카프를 사다 주었다. 그 다음 날 새 스카프를 매고 외출을 하려고 하는데 시어머니가 내 스카프를 보고 어디서 났냐고 물어보셨다. 난 사실대로 말씀드렸고, 내 대답을 들은 시어머니는 굳은 얼굴로 당신의 방으로 들어가 버리셨다.

그리고 그날 저녁 평소와 같이 식사를 차린 상을 들고 시어머니 방으로 들어갔는데, 시어머니가 갑자기 밥상을 들어 엎으시더니 같이 있던 남편에게 소리를 지르셨다.

> "내가 널 어떻게 키웠는데 이렇게 막돼먹게 행동을 하니? 자식 키워봤자 소용없다더니 남 좋은 일 시키려고 내가 너를 그렇게 힘들게 키웠는 줄 알아? 네 마누라 스카프 산 건 좋아. 그래도 그거 살 때 이 엄마는 생각나지 않디? 어쩜 장가 보내놨더니 제 마누라만 끼고 사니!"

나는 뭐라 할 말이 없었다. 이게 시집살이인가 하는 늦은 깨달음에 씁쓸하기만 했다. 하지만 친정어머니도 그렇게 사셨고, 다른 여자들도 이렇게 사는 게 분명했다. 그냥 그러려니 하고 마음을 내려놓고 살자고 생각했다. 그래도 부유한 집안에 탄탄한 직업을 가진 내 남편이면 충분했다. 남편이 내게 못하는 것도 아니고 이 정도면 괜찮았다. 내가 할 일은 원래 하던 대로 남편을 쏙 닮은 사내아이를 갖기 위해 임신 준비만 잘하면 되는 것이었다.

그리고 얼마 후 난 모든 진실을 알게 되었다. 시어머니는 한 달에 한 번 비슷한 시기에 1층집 새댁을 보러 가시곤 하셨다. 시어머니는 세들어 살고 있는 새댁한테 사글세를 받으러 가는 거라고 하셨다. 그전에는 그저 그런가 보다 하고 신경을 쓰지 않았는데, 어느 날 문득 이상한 느낌이 들었다. 그 새댁한테 가서 물어보니 그동안 시어머니의 부탁으로 주인집에 낼 사글세를 그녀가 시어머니에게 받아 대신 내주고 있었다고 하는 것이다. 자신의 아들을 장가보내기 위해 세들어 사는 집을 당신의 집이라고 속인 것이었다. 그제야 왜 결혼하고 1년이 넘도록 시어머니가 내게 살림을 맡기지 않으셨는지 이해가 갔다.

모두 거짓말이었다. 그 안에 있는 모든 가구와 살림살이도 아들을 장가보내기 위해 일숫돈을 얻어 모두 급하게 장만했다는 것을 알게 되었다. 상견례를 나올 때 그 화려했던 그들의 모습도 다 거짓이었다. 모두 지인들에게 빌려 입고 온 옷들이었다. 빚은 빚대로 지면서 이자만 늘어가고 있었다. 갚는 것보다 늘어나는 이자들이 많았고 출구는 보이지 않았다. 내가 보고 싶은 것만 보았다. 진실을 파악해 볼 생각도 못하고 화려한 겉모습에 눈이 멀어 덜컥 결혼을 하고 말았다. 빼도 박도 못하는 상황이었다. 나를 속였다고 결혼을 물려달라고 할 수도 없는 상황이었다. 시집 잘 갔다고 그렇게 좋아하시던 부모님께서 이걸 아시면 뒷목잡고 쓰러지실 마당이었다. 배신감에 온몸이 떨렸지만 난 할 수 있는 게 없었다. 내 뱃속에는 새 생명이 자리 잡고 세상에 나오기를 기다리고 있었기 때문이다.

거기에 나도 어찌 보면 그 사람들 입장에서는 사기결혼일 수 있었다. 그 사람과 시댁식구들에게 내 과거를 숨기고 결혼한 것이다. 사랑을 했었고 그 상대와 동거를 했으며, 그 사이에 아이가 있었음을 그들은 알지 못했다. 나 또한 그들을 속였고 기만한 것이었다. 그런 내가 이들을 어찌 욕할 수 있을 것이며 원망할 수 있단 말인가. 이렇게 흠 많은 내가 그들에게 어떻게 돌을 던질 수 있을까... 이미 지금 남편의 아이를 임신하고 있었고, 이 가정을 지키기 위해 내가 할 수 있는 모든 일은 다해야 했다. 나는 모든 거짓들을 내 가슴속에 묻기로 결정했다.

03

▶ 딸은 엄마 팔자를 닮는가

모든 게 거짓으로 지어진 궁전으로 시집 온 중전이라면 이런 기분일까? 왕한테 시집온 줄 알았는데, 아무것도 없는 껍데기뿐인 남자와 검은머리가 파뿌리가 될 때까지 기쁜 일, 슬픈 일 모두 함께하겠다고 서약했다. 중전이 되었는 줄 알았는데 나는 무수리였을 뿐이었다. 여자는 사람 구실하려면 결혼을 해야 한다는 말이 항상 나를 괴롭혔었다. 파도가 거세게 치는 격변의 시대에서 여자 홀로 살기 두렵고 불안하기도 했다. 꼭 결혼을 해야 한다면 그래도 남 보기 부끄럽지 않은 집안에 시집가야 된다고 생각했던 나의 오만이 내 자신을 시궁창에 처박았다. 이 남자와 결혼하면 쌀을 담는 뒤웅박이 될 줄 알았는데 난 그저 소여물을 담는 뒤웅박이었다. 이 모든 사실을 받아들여야만 했다. 이미 내 인생 내가 꼬았다. 여기서 받아들이지 않고 분노하고 억울해한다 해도 달라질 건 하나도 없었다. 내 뱃속에는 새 생명이 자라고 있었고, 나도 그 사람들 입장에서는 희대의 사기꾼과 다름이 없었다. 친정에 알릴 수도 없었고, 친구들에게도 그 누구에게도 이 사실을 말하기에는 내 자존심이 허락하지 않았다. 내가 들어온 궁전이 사실은 궁전이 아닌 허구에 불과하다면, 그리고 내 옆에 있는 이 남자가 왕이 아닌 그저 그런 남자라면 내가 원하는 대로 만들어 나가면 될 거라고 생각했다. 내가 움직여 모든 걸 내 방식대로, 내가 원하는 대로 바꾸면 그만이었다.

모든 사실을 알고 난 후 난 조금씩 집안 살림에 관여하기 시작했다. 남편과 시댁식구들에게 내가 모든 진실을 알았다는 사실을 알리지 않았다. 시어머니의 권한에 도전하지 않는 선에서 가계가 어떻게 돌아가는지 조금씩 파악해 나가며 난 더더욱 고개를 숙이고 때를 기다렸다. 남편이 벌어오는 돈만으로는 매달 빠져나가는 사글세와 일숫돈을 감당할 수가 없었다. 시어머니도 내가 시집오자마자 하시던 사감교사 일도 그만두셨기에 남편의 월급 말고는 다른 수입은 전혀 없었다.

나마저도 결혼을 하면서 운영하던 가게를 판 돈으로 혼수와 예단을 장만했고, 남은 돈은 모두 친정어머니에게 드렸다. 나를 속인 남편과 시댁식구들에게 한바탕 욕을 퍼붓고 싶었지만 목구멍까지 올라오는 욕을 다시 삼키고 입술을 깨물었다. 정신을 차려야 했다. 더 이상 된통 맞은 병아리처럼 그냥 있을 수는 없었다. 하늘이 무너져도 솟아 날 구멍은 있다고 하지 않았던가...

어머니를 속이고 결혼하신 아버지가 생각이 났다. 모두 속았다는 걸 깨닫고 피눈물을 흘리며 자신의 가슴을 치셨을 어머니가 생각 나 눈물이 앞을 가렸다. 얼마나 많은 밤을 분노와 배신감 그리고 자괴감으로 날을 지새우셨을까 싶었다. 자신도 속아 시집와서 그렇게 맘고생을 하셨는데, 당신 자식도 그렇다는 걸 아시면 얼마나 또 가슴을 쥐어뜯으면서 눈물을 흘리실까?... 내가 잘 사는 게 고생하신 어머니의 한을 풀어 드릴 수 있는 유일한 방법이었다. 속았다는 걸 알면서도 난 남편과 시댁식구들에게 당분간 입을 다물기로 했다. 가면을 쓰고 철저하게 내 마음을 숨기기로 했다. 착한 아내로, 며느리로, 그리고 좋은 엄마로 살아야 했다. 곧 아이도 태어나는데 이 결혼생활을 지켜야만 했다. 아빠 없는 아이로 만들 수는 없는 노릇이었다.

분노와 배신감으로 원망만 해봤자 한자리에서 빙빙 도는 것일 뿐 뭐 하나 이득이 되는 게 없었다. 내가 할 수 있는 일, 없는 일을 먼저 구분을 해서 할 수 있는 일부터 찾아서 해결해 나가야 했다. 먼저 급하게 처리해야 할 문제는 꼬일 대로 꼬여버린 금전 문제였다. 남편의 월급만으로 가계는 정상적으로 돌아갈 수 없었다. 이 상태를 유지해 나가다가는 빚은 빚대로 지고 아이가 태어나면 돈이 더 들어 갈 텐데, 잘못하면 파산까지 갈 것이 분명했다. 그렇다고 남편의 월급이 갑자기 늘 것 같지도 않았고, 시어머니에게 돈 좀 벌어 오시라고 밖으로 내 보낼 수도 없었다.

시어머니도 남편도 자신들이 한 거짓말 때문에 내게 내색은 못했지만, 늘어가는 그들의 짜증과 텅텅 비어가는 냉장고를 보면서 그들의 불안함을 느낄 수 있었다. 내가 할 수 있는 일을 급하게 찾아봤지만 임신 초기의 내가 할 수 있는 일은 그리 많지 않았다. 배운 게 도둑질이라고 할 줄 아는 건 옷 장사나 바느질 그리고 뜨개질밖에 없었고, 그때의 몸 상태로 몸을 쓰는 일은 더더욱 할 수 없었다. 나는 일단 작은 코바늘을 가지고 예쁘게 집을 꾸밀 수 있는 장식품들이나 작은 소품들을 만들어 동네 수예점에 팔며 집안 살림에 조금씩 보탰다. 시어머니와 남편은 내가 무료한 차에 이 일을 하고 있다고 생각했고 크게 신경을 쓰지 않았다.

나는 집에서 부업을 하며 깊은 고민에 빠졌다. 지금 내가 하는 부업으로는 현재의 문제를 절대 해결할 수 없었다. 시댁의 실상은 빛 좋은 개살구였다. 먹음직스러운 자태로 나를 유혹했지만 먹어 보니 맛도 없고, 너무 시고 쓴맛까지 나는 개살구였다. 그렇다고 여기서 포기할 수 없었다. 개살구를 맛있는 살구로 바꾸면 그만이었다. 임신을 한 상태로 일을 하는 게 옳은 결정인지 알 수가 없었지만 어쨌든 일을 해야만 했다. 아이가 태어나면 나가는 돈이 더 많아질 터인데 남편에게만 모든 걸 맡길 수 없었다. 내 아이에게만큼은 좋은 것만 입에 넣어주고, 좋은 옷만 입히고, 좋은 집에서 살게 해 줄 것이다. 그리고 그 아이가 하고 싶어 하는 모든 걸 하게 해주고, 내가 하지 못한 공부도 원 없이 시킬 것이다. 그러려면 돈이 필요했다.

임신 4개월째가 되자 난 이만하면 일을 나가도 괜찮겠다는 판단이 섰다. 시어머니에게 양품점 차릴 돈을 좀 해달라고 부탁을 드렸다. 그동안 금전문제로 속이란 속이 다 썩을 대로 썩으셨을 시어머니는 내 결정을 환영하는 뜻을 보이셨다. 단 한 번도 그 결정에 반기를 들지 않으셨고 남편도 마찬가지였다. 남편을 포함한 시댁식구들 모두 내가 임신상태라는 걸 모르는 것처럼 행동했다. 오히려 그동안 내가 다시 일을 시작하기만을 기다리고 있었던 사람들처럼 사업 자금을 준비하기 위해 모두 합심하여 일사천리로 진행했다.

얼마 후 시어머니가 시누이한테 높은 이자를 약속하고 돈을 빌려오셨다. 가족들끼리도 돈문제로 법정에 서는 사람들이 그들이었다. 나의 장사 수완을 그들도 인정하고 존경까지 할 정도였으니, 내가 가게를 다시 차리겠다고 했을 때 선뜻 돈을 내준 건 어쩌면 당연한 수순일지도 모르겠다. 내가 그들에게 얼마나 많은 돈을 가져다줄지 그들도 계산이 가능했으리라.

그렇게 난 시장에 양품점을 열고 장사를 시작하게 되었다. 내게 돈신이 붙었는지 시작한 지 얼마 되지도 않았는데 장사는 너무 잘 되었고, 남편은 기다렸다는 듯이 나를 도와주겠다며 다니던 회사를 그만두었다. 양품점과 집이 거리가 좀 있어 임신한 몸으로 집과 가게를 왔다갔다하기가 너무 힘에 겨웠다. 나는 가게 근처에 사글세방을 얻어 그곳에서 생활하기로 했고, 쉬는 날에만 집에 들르기로 했다. 남편은 시어머니를 모셔야 해서 집에서 출퇴근을 하기로 했다. 기동력을 키우기 위해 남편에게 자동차까지 준비해 주었다.

처음 몇 달은 남편이 매일 가게에 나와 일을 도와주었고, 나는 불러오는 배로 인해 움직이기가 불편했음에도 열심히 가게 운영에만 몰두했다. 하지만 그것도 얼마 지나지 않아 남편은 가게 문만 열어주고 집으로 들어갔고 시어머니, 시누이와 화투를 치며 하루하루를 그렇게 한량같이 살게 되었다. 그 후 남편이 가게에 나오는 날은 손에 꼽을 정도였고, 나는 혼자 가게를 운영하며 더욱 이를 갈았다. 그런 남편을 보며 나의 선택이 얼마나 어리석은 것이었는지 다시 한 번 깨닫게 되었다.

하지만 후회한다고 뭐가 달라지겠는가? 내가 이 길을 선택했다. 다른 길이 있었지만 그 길을 함께 가자고 한 문성 씨의 손을 내가 놓아버렸다. 그리고 그 길이 아닌 다른 길을 선택했다. 내 바보 같은 선택으로 이 길에 들어선 이상 내게 주어진 이 인생을 잘 살아내야 했다. 얼마 후 큰딸이 태어나고 난 더욱 이를 악물고 장사를 하였다. 시간이 지날수록 양품점의 매상은 하늘이 높은 줄 모르고 치솟았다. 난 가게를 확장했고 다른 회사들과 직거래 계약을 맺으며 더욱 사업의 범위를 넓혀 나갔다. 1년도 되지 않아 시누이에게 빌린 돈을 이자까지 쳐서 모두 갚을 수 있었다. 그러고도 남은 돈으로 재투자를 하기로 결심했다.

1970년대 후반부터 시작된 부동산 열기는 1980년 초까지 쉽게 수그러들지 않았다. 서울 영동(강남) 개발을 시작으로 여자들의 부동산 투자는 더욱 활기를 띠었다. 어른들이 흔히 하는 말처럼 "부동산 가격은 조선 중종 이후 500년간 폭등해 왔다." 대한민국에서 부동산 가격은 떨어질 일이 없다고 생각했다. 나의 금광은 부동산에 있었다. 나는 일단 그동안 번 돈으로 우리가 살고 있는 그 3층집을 매입하기로 했다.

이제 아이도 있는데 언제까지 사글세 집에서 살 수는 없었다. 매달 월세로 돈이 나가느니 목돈이 들어가도 건물을 매입하는 게 나았다. 집주인도 그 집이 골칫거리였는지 내가 사겠다고 하니 두 팔 벌려 환영했다. 시세보다 낮은 가격으로 주택을 매입할 수 있었다. 집 명의는 시어머니 이름으로 해서 생신 선물로 드렸다. 그래야 내가 일하는 동안 더 정성들여 사랑으로 내 딸을 키워 주실 것 같았다.

내가 모든 사실을 알고 있었다는 걸 깨달은 시어머니는 얼굴이 붉어지시며 아무 말도 하지 못하셨다. 이게 내가 살아가는 방식이었다. 누군가 날 배신하고 아프게 하면 그 사람보다 더 잘살면 그만이었다. 욕을 하고 화를 내봤자 시간 낭비일 뿐이다. 그럴수록 더 독하게 성공하면 된다. 돈은 그런 힘을 가지고 있었다. 나를 짓밟는 사람에게는 돈은 몽둥이가 된다.

시어머니에게 집문서를 생신선물로 드리고 난 후 난 공식적인 그 집안의 가장이 되었다. 남편은 더 이상 가게에 나오지 않고 대신 화투의 세계로 몸을 담았다. 자신을 힘들게 키운 홀어머니와 하루 종일 고스톱을 치며 자신만의 방식으로 효도를 했고, 난 가게에서 돈을 버는 족족 집에 열심히 갖다 주는 그 집에서 사랑받는 예쁜 돈 버는 기계가 되었다. 아내로 며느리로 사랑받지 못해도 상관없었다. 난 내 아이만 잘 키우면 되었다. 내 삶의 목표가 이 아이로 바뀌었고, 난 아이의 환한 미소를 보며 외로운 시간을 견딜 수 있었다.

그러던 어느 날이었다. 언제부턴가 내가 지나갈 때마다 시장 사람들이 나를 보며 쑥덕거리는 게 느껴졌다. 남 이야기 하는 걸 좋아하는 속없는 아줌마들이 또 나에 대한 말도 안 되는 헛소문을 퍼뜨렸나보다 했다. 시장에서 장사를 시작한 지 얼마 되지 않아서 가게가 너무 잘되니 나를 시샘하는 아줌마들이 많았다. 그래서 그 사람들이 나를 보는 시선과 비웃음을 애써 무시하고 난 장사에만 열중했다. 그런데 같은 시장에서 장사하는 나랑 친하게 지내는 아줌마가 있었는데, 가게에 찾아오더니 머뭇거리며 내게 이야기를 해주었다. 남편이 내 가게 옆집에서 장사하는 과부랑 바람이 났다는 것이다. 몇 번이나 과부의 집에 남편이 들어가는 걸 목격했다고 했다.

나는 내 눈으로 보지 않은 이상 어떤 말도 믿지 않는다. 그래서 그 이야기를 들은 얼마 후 그 여자의 가게를 가보니 영업시간인데도 불구하고 자리를 비운 상태였고, 난 물어물어 그 여자 집을 찾아가 보았다. 문을 조심히 열어보니 잠겨있지 않았다. 난 신발을 벗고 소리가 나지 않게 조심하며 거실로 들어가 방문을 열었다. 거기에는 내 남편과 그 여자가 있었다. 서로 부둥

켜안은 채 말이다. 난 아무 말도 못하고 그 집에서 뛰쳐나왔다. 눈물이 흘러 내 시야를 가렸다. 그를 사랑했기에 그 배신감으로 인해 눈물이 났던 건 절대 아니었다. 이 사실을 알고 있는 사람들의 입방아에 올라 그 사람들의 무료한 삶의 양념이 되었을 내 이름이 부끄러워 눈물이 났다. 배불뚝이가 되어 뒤뚱거리며 힘들어하는 내 모습을 보면서도 나를 도와주기는커녕 시댁식구들과 고스톱을 치느라 가게 한번 나와 보지 않던 인간이었다. 그런데 언제 또 옆집 가게 아줌마랑 눈이 맞아 내 뒤에서 짐승도 하지 않을 것 같은 짓을 하며 나를 기만하고 있었는지 내 인생이 억울하고 기가 차서 미쳐버릴 것만 같았다.

이혼을 할까도 고민을 했지만 이번에도 지난번과 마찬가지로 할 수가 없었다. 내 뱃속에서 또 다른 생명이 자라고 있었다. 이런 형편없는 아빠라도 있는 게 없는 것보다 낫지 않을까 싶었다. 옆에라도 있어야지 큰딸 시집갈 때 딸아이의 손을 잡고 입장을 해주지 않겠냐 말이다. 둘째가 곧 태어나는데 아빠 없는 아이로 자라게 하고 싶지 않았다. 둘째는 분명히 사내아이라고 했는데 사내아이라면 더욱 아빠가 옆에 있어야 했다. 어차피 남자는 문지방만 넘을 힘만 있으면 여자를 찾는다고 하지 않던가... 내가 임신 중이라 더욱 여자가 그리웠으리라...

평생을 여자를 바꿔가며 사시는 아버지가 생각이 났다. 그런 아버지를 보며 우리를 키우신 어머니가 떠올랐다. 그냥 남자란 모두 다 그렇다고 생각하기로 했다. 서로 끔찍하게 사랑해서 자살로 삶을 마무리한 로미오와 줄리엣도 결혼까지 갔다면 그 엔딩은 우리랑 비슷했으리라. 줄리엣에 대한 그 뜨거운 사랑이 사라지고 다른 여자랑 바람이 나기도 전에 둘 다 삶을 마감했다. 그렇기에 세기의 아름답고 위대한 사랑으로 남은 것뿐이다. 서로 사랑해서 눈이 뒤집혀 결혼한 부부들에게도 생기는 일일 뿐이었다. 우리처럼 중매로 만나 자신이 원하는 현실에 가까운 상대와 부부의 연을 맺은 부부에게는 이런 엔딩이 더 자연스러울 것이라고 생각했다.

04

► 아들을
못 낳은 죄

시집와서 여자의 제일 큰 의무는 무엇일까? 어른들이 흔히 말하는 것처럼 남편과 시부모를 공경하고 잘 모시며 집안의 대를 잇는 것이 여자의 중요한 의무일까? 여자는 시집을 오면 벙어리 3년, 귀머거리 3년, 장님 3년 그렇게 총 9년을 자신은 더 이상 존재하지 않는다 치고 희생하며 살아야 한다고 한다. 참고 또 참으며 입을 닫고, 들은 걸 못 들은 것처럼, 본 것도 못 본 것 같이 그렇게 인형처럼 자신을 지운 채 살아야 한다고 한다. 나도 다른 여인네들처럼 그렇게 살기 위해 끊임없는 노력을 했다. 내 이름도 자아도 잃어버린 채 한 남자의 아내로, 며느리로, 한 아이의 엄마로 그리고 돈 벌어 오는 기계로 최선을 다해 열심히 살아왔다.

남편의 외도도 한 순간의 짧은 일탈일 거라는 말도 안 되는 밑음을 내 자신에게 억지로 주입시키면서 이미 깨져버린 신뢰를 가슴 깊은 곳에 꽁꽁 묻어두고 참고 또 참으며 그렇게 살았다. 그 여자와 부둥켜안고 있던 남편의 모습을 내 머릿속에서 반복 재생하며 찾아오는 그 지옥 같은 고통의 시간을 홀로 견뎌 냈다. 또한 그 사건 당일에도 그리고 그 후에도 남편에게 그에 대한 어떤 말도 꺼내지 않았다. 그냥 평소대로 좋은 아내이자 며느리 그리고 좋은 엄마로 남고자 내가 할 수 있는 모든 걸 다했다. 매일 가게에 나가 열심히 일을 했고 돈을 벌어왔다. 쉬는 날에는 집으로 가서 밀린 집안일을 하고 아이를 보살폈다. 배는 불러오고 하루하루 버겁기만 한데 나는 내게 주어진 숙제를 모두 해내기 위해 최선을 다했다.

하지만 내게 마지막 숙제가 남아 있었다. 그건 아들을 낳아 대를 잇는 것이었다. 시어머니는 내 얼굴을 볼 때마다 말씀하셨다. 첫째아이가 딸이니 둘째는 무조건 아들이어야 한다고 말이다. 남편도 마찬가지였다. 집에 아들이 있어야 하니 꼭 아들을 낳아달라고 신신당부를 하였다. 이제 나는 돈을 버는 기계에서 아들 낳는 기계가 되어야 했다. 그렇게 아들을 원한다면 꼭 아들을 낳아 주리라 결심했다.

매일 삼신할머니한테 아들을 보내 달라고 기도했으니 분명 내 기도를 들어주실 거라 믿어 의심치 않았다. 그때는 마침 아버지가 한의사로 활동하시기도 해서 아버지에게 아들 낳는 한약을 받아와 꾸준히 마셨다. 홀숫날에 관계를 하라는 아버지의 당부를 잊지 않고 지켰고, 그렇게 둘째를 임신했다. 첫아이를 아들로 낳은 여자의 속바지를 입으면 아들을 낳는다고 해서 난 온 부평을 다 뒤져 그런 여자들을 찾아냈고 속바지를 10장이나 구해 왔다. 많으면 많을수록 확률적으로 좋을 것 같아 10명의 여자들에게서 비싸게 돈을 주고 속바지를 구해 와 입었다. 친정어머니는 어디에서 제주 돌하르방의 코를 갈아 마시면 아들을 낳는다는 소리를 들으시고 제주도까지 날아가 어렵게 그것을 구해 오셨다.

예전에 문성 씨 아이를 임신했을 때처럼 난 매일 잘생긴 미국 사내아이의 사진들을 보며 태교를 했다. 예쁜 남자아이들의 사진을 많이 보게 되면 그렇게 예쁜 아들을 낳을 수 있다 해서 잡지에 있는 사진들을 모두 오려 온 집안을 사진들로 도배를 하였다. 사람들은 내 배 모양을 보며 분명 아들이라고 했고 나도 아들이라고 믿었다. 임신 내내 고기와 매콤한 음식들이 당겼고 생쌀을 많이 먹었다. 그런 나를 보고 어른들은 아들이라고 하였고, 나도 철석같이 그 말을 믿으며 출산 준비를 했다.

1982년 6월 중순, 성격 급한 무더위가 이른 여름부터 기승을 부릴 때 가게에서 일하는 도중 갑자기 진통이 시작되자 난 남편을 불러 시어머니와 함께 병원으로 달려갔다. 내진을 한 의사선생님의 표정이 너무 어두워 걱정이 돼서 물어보니 아이가 거꾸로 들어 있어 출산 자체가 위험할 수 있다며 아이를 포기하자고 하셨다. 이 상태로 진행하게 되면 산모든 아이든 둘 중 하나는 위험하다는 것이었다. 나는 의사선생님에게 애원했다. 내가 죽는 한이 있더라도 이 아이를 지킬 것이니 상관하지 말고 진행해 달라고 했다.

"선생님! 이 아이는 무조건 낳아야 해요. 전 죽어도 괜찮아요. 그러니 이 아이만 살려주세요!"

나는 그렇게 몸이 두 동강 날 것 같은 고통을 참으며 아이를 내 몸 밖으로 내보내기 위해 안간힘을 썼다.

"선생님 아들이죠? 아들 맞죠? 무조건 아들이어야 해요."

그렇게 아이의 다리가 먼저 빠져나오고, 나는 아득해지는 정신을 겨우 붙잡으며 남아 있는 힘을 모두 짜냈다. 덤프트럭이 내 몸을 밟고 수도 없이 지나가는 듯한 고통에 세상이 빙글빙글 돌고 금방이라도 정신을 잃을 것 같았다. 의사선생님은 아이의 머리가 보이기 시작했으니 조금만 더 힘을 내라고 하였고, 몇 번의 힘을 주던 내 귓가에 아이의 우렁찬 울음소리가 들렸다. 잠시 눈을 감고 금방이라도 떨어져 나갈 것 같은 숨을 움켜잡았다. 그리고 간신히 눈을 뜨고 내 눈앞에 있는 아이의 얼굴을 보았다. 아들이었다. 드디어 내가 아들을 낳은 것이다. 내 눈은 서서히 아이의 얼굴에서 아래로 향했다. 그리고 움직일 수 없었다. 내 눈동자는 충격과 배신감, 그리고 어찌할 수 없는 분노로 흔들리며 더 이상 그 아이를 볼 수가 없었다.

내가 기다리던 아들이 아니었다. 회복실에서 아이와 함께 남겨진 나는 혼란스러움에 어찌 해야 할지 몰라 눈물을 멈출 수가 없었다. 남편과 시어머니는 회복실에 있는 나를 보러 들어왔다. 그들의 표정에서 실망과 분노 그리고 절망을 느낄 수 있었다. 그들은 나를 흘깃 쳐다보고는 아이를 보러 가까이 다가왔다. 남편은 멍한 눈으로 아이를 보더니 아무 말도 하지 않고 방을 나가버렸다. 시어머니는 그런 자신의 아들을 애처롭게 바라보며 혀를 끌끌 차셨다.

"너는 어찌 되서 이런 거 하나 제대로 하지 못하니! 첫째가 딸이었으면 둘째는 아들을 낳았어야지. 네가 우리 집안을 망하게 하려고 들어왔구나, 돈 좀 번다고 유세 떠니! 어디서 눈을 똑바로 뜨고 시어머니를 쳐다봐, 뭘 잘했다고!"

시어머니는 씩씩거리면서 방을 나가셨다. 이러다 곧 씨받이를 들이겠다는 말까지 나올 것 같았다. 10년 동안 아이를 가지지 못한 어머니를 기다리지 못하시고 사랑방에 첩실을 둔 아버지가 떠올랐다. 그런 아버지를 지켜보며 수도 없이 자신의 타는 가슴을 쥐어뜯으셨을 어머니가 떠올랐다. 그 장면들이 마치 내가 본 것처럼 선명히 내 눈앞에 떠오르며 나를 더 심연에 빠지게 했다. 아들을 못 낳는 내게도 마찬가지일 거라는 생각이 들었다.

나는 조용히 아이를 쳐다보았다. 아이는 자신에게 무슨 일이 일어나고 있는지 알지도 못한 채 깊은 잠에 빠져있었다. 아들만 낳는다면 흔들리는 남편의 마음을 바로잡을 수 있을 거라고 생각했다. 아들만 낳는다면 내 앞에 닥친 모든 문제들이 저절로 해결될 거라고 믿었다. 그런데 딸이었다. 나는 아이의 볼을 가볍게 손으로 감쌌다. 아이를 안아보고 싶었지만 그럴 수 없었다. 아이를 한 번이라도 안는다면 내가 지금 하고자 하는 일을 하지 못할 것 같았다. 난 아이를 조심히 들어 바닥에 얼굴과 코가 눌리도록 엎여 눕혔다. 이렇게 하면 아이가 숨을 쉬지 못해 질식 해 죽을 수 있다는 걸 언뜻 들은 기억이 났다. 그리고 조용히 회복실을 빠져나왔다. 병원을 나온 나는 미친 여자처럼 울며 거리를 쏘다녔다. 태어나질 말아야 할 아이가 태어났다. 살아 있어 봤자 좋은 꼴은 절대 보지 못할 것이다. 지옥에 살게 하느니 차라리 이게 옳다고 생각했다.

저녁 늦게 집으로 들어갔다. 친정어머니가 집에 와 계셨다. 아이를 데리고 말이다. 내가 회복실을 나간 후 바로 친정어머니가 날 보러 오셨다가 혼자 남겨진 아이를 발견하고 데리고 오신 거다. 아이의 명은 다행히 질겼고 신은 아이의 귀환을 반기지 않으셨다. 아이는 이곳에서 더 할 일이 남았나보다. 나는 안도의 한숨을 내쉬며 아무 말도 하지 않고 내 방으로 들어갔다. 딸을 잘못 키워 죄송하다고 비시는 친정어머니의 울음 섞인 목소리만 간간히 들려왔다. 친정어머니가 돌아가시자 시어머니는 남편과 함께 방에 들어오시더니 나같이 독한 년은 처음 본다고 악을 쓰며 소리를 지르셨고, 남편은 그런 어머니와 가만히 앉아있는 나를 보고는 조용히 집을 나갔다.

그렇게 집은 숨 막히고 살얼음판 같은 분위기가 되었다. 남편은 물론 시댁식구들은 아이를 보려 하지 않았고, 나를 그림자 취급을 하며 상대도 하지 않으려고 했다. 어느 누구도 아이의 이름조차도 생각해 보려 하지 않았다. 나는 그 누구의 환영도 받지 못한 불쌍한 이 아이의 이름을 혜미라고 지었다. 법적인 권리조차도 몰랐던 나는 남편이 그의 호적에 아이를 올리지 않을 까봐 불안하기만 했다. 다행히 그리고 당연히 아이의 이름은 당당히 그의 아래에 들어갔고 나는 그것만으로도 안심이 되었다.

시어머니는 나만 보면 대를 끊은 망할 년이라며 욕을 하셨다.

내가 더 이상 아이를 갖지 못하는 몸도 아니고 노력만 한다면 아들은 낳을 수도 있는데 말이다. 하지만 난 이미 대를 끊은 나쁜 년이 되어 있었다. 나는 사실이 아닌 일로 욕을 들을 바에는 사실로 만들자고 생각했다.

나는 다음 날 바로 둘째를 낳은 그 병원을 찾아갔다. 더 이상 임신을 하지 못하게 수술을 하기로 결정을 한 것이다. 수술을 하겠다는 내게 의사선생님은 말씀하셨다.

> "아주머니 너무 독하시네요. 좀 더 생각해 보시고 결정하세요. 아이를 더 낳을 수 있으신데 왜 이런 무모한 결정을 하세요. 훗날 아이를 더 가지고 싶을 때는 어떻게 하시려고 이러세요."

나는 그냥 수술을 해달라고 했고, 그날 나는 '진짜 대를 끊은 망할 년'이 되었다. 다르게 생각해 보려 해도 어차피 두 아이로도 충분했다. 생활력이 없는 남편 대신 내가 아이 둘을 먹여 살려야 할 게 뻔했다. 아이 둘도 키우기 힘든데 더 이상의 아이를 갖는다는 건 무리였다. 거기에 나와 남편의 관계가 회복될 가능성도 전혀 없어 보였다. 그래서 여기서 내 손으로 그 끈을 끊어주기로 한 것이다.

얼마 후 남편은 내게 동생이 있는 뉴욕으로 가겠다고 통보했다. 이미 시어머니와 이야기를 끝낸 일이니 아무 말도 하지 말라고 하였다. 어떤 말도 할 생각이 없었다. 있으나 없으나 마나한 그런 남자였다. 그 남자가 떠나는 것만으로도 내가 먹여 살려야 할 식구 하나가 없어지는 건데, 내게는 고마운 일이었다. 그 사람은 두고두고 아들을 낳지 못한 나를 원망했고 미워했다. 그랬기에 나를 피해 미국으로 떠나는 그의 행동은 너무나 자연스러웠다. 그렇게 그는 나와 어머니 그리고 두 딸을 한국에 남겨 놓은 채 홀연히 뉴욕으로 떠났다.

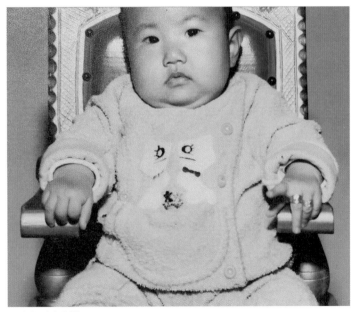

둘째딸 혜미의 첫돌

05

▶ 잠들지 않는 도시
빅애플

남편은 미국으로 떠난 후 내게 따로 연락은 하지 않았다. 시어머니에게는 이따금 전화는 드리는 것 같았지만 예상했던 대로 나를 찾지는 않았다. 어차피 우리 부부는 작은 딸 혜미가 세상에 나왔을 때 진즉 끝이 났다. 그냥 이렇게 떨어져 사는 것도 괜찮을 것 같았다. 혜영이랑 혜미에게 필요한 건 그저 아빠라는 존재일 뿐이라고 생각했다. 필요한 건 아이들이 훗날 시집 갈 때 손을 잡고 식장에 들어갈 수 있는 그 정도의 아빠면 되었다.

다른 사람들이 흉을 보지 않을 정도의 집안의 자식으로 클 수만 있으면 되었다. 이혼가정의 자식이나 편모가정만 만들어 주지 않으면 될 거라고 생각했다. 나머지 부모 노릇은 내가 충분히 할 수 있었다. 감사하게도 나는 사업가로서 큰 성공을 거두고 있었다. 남편이 미국으로 들어가고 얼마 후 작지만 내실 있는 빌딩도 매입했다. 나는 말 그대로 승승장구 하고 있었기에 아이들을 내 손으로 충분히 키울 수 있을 것 같았다.

장사를 하는 동안 혜영이는 시어머니가 맡아 주셨다. 그러나 둘째인 혜미가 문제였다. 시어머니는 혜미의 얼굴을 보려고 하지 않으셨다. 시어머니는 두 아이를 당신 혼자 돌보기 힘이 드니 혜미는 나보고 알아서 하라 말씀하셨지만 나는 둘째를 향한 시어머니의 분노를 느낄 수 있었다. 일주일에 한 번씩 가게를 쉬는 날에는 혜미를 데리고 집에 갔다. 그럴 때마다 시어머니의 표정은 굳어지셨고, 아이를 안아보려고도 심지어 눈을 맞추려고도 하지 않으셨다. 그저 혜영이를 품에 안고는 뭐가 그렇게 좋으신지 하루 종일 싱글벙글이셨다.

나는 가게 옆에 구해 놓은 사글세방에서 혜미와 지내며 일할 때는 가게 근처 노부부에게 맡겼다. 중간 중간 장사를 하다가도 시간이 날 때마다 가게를 잠시 옆집 가게 아줌마한테 부탁해 놓고 아이를 보러 노부부 집에 가곤 했다. 다행히도 노부부가 아이를 친손녀마냥 예뻐해 주는 모습을 보며 난 안심하고 장사를 할 수 있었다. 그런데 어느 날 점심시간에 아이를 보러 갔는데, 부부가 같이 방문을 닫아놓고 안에서 담배를 피우고 있는 것이었다. 아무것도 모르는 아이는 담배연기가 꽉 찬 방 안에서 울지도 않고 천장만 보고 누워 있었다. 나는 아무 말도 하지 않고 아이를 불끈 안은 채 급히 그 집을 나왔다. 아이를 그 부부에게 맡겨 놓을 수는 없었다. 혜미를 예뻐하는 건 고마운 일이지만 위생관념이나 양육방법이 나와 맞지가 않았다. 어린아이를 옆에 두고 문을 꼭 닫은 채 담배를 피우는 부부를 본 이상 난 아이를 그 누구한테도 맡길 수가 없었다.

나는 혜미를 업고 장사를 할 수밖에 없었다. 하지만 그게 보통 일은 아니었다. 매일 매일 허리가 끊어지는 것만 같았고, 때때로 아이에게 분유를 먹일 때 손님이 들어오면 정신이 하나도 없었다. 손님과 이야기하는 중에 갑작스런 울음소리가 나면 아이의 기저귀를 갈기 위해 안으로 뛰어 들어갔다. 일주일에 한 번씩 아이를 업고 서울에 물건을 떼러 갔는데, 아이를 업은 채 물건을 두 손 가득이 들고 인천으로 내려오는 그 길이 어찌나 힘이 드는지, 이건 아무나 할 수 있는 일이 아니었다. 하지만 아이를 믿고 맡길 만한 사람이 없었다. 친정어머니에게 부탁드릴까라는 생각도 했지만, 나는 서울에 아이를 떼어 놓고 장사 일을 제대로 할 자신이 없었다.

가끔 시어머니가 외출을 하시거나 혜영이가 너무 보고 싶어 견디기 힘들 때는 첫째를 가게로 데리고 와 며칠씩 같이 있다가 시어머니 집으로 다시 데려다 주곤 했다. 둘째를 등에 업고 청방지축인 3살짜리 여자아이를 돌보며 장사를 하는 게 그리 녹록하지는 않았다. 하지만 딸들과 같이 있을 수 있다는 사실 하나만으로도 난 행복했다. 남편의 부재도, 시댁식구들의 차가운 눈길도 전혀 날 아프게 하지 않았다. 내겐 내 아이들만 있으면 됐다.

혜영이는 가게에 있다가도 내가 잠시 손님이랑 이야기를 하느라 한눈을 파는 사이에 진열해 놓은 팬티들을 손에 쥐고 냅다 밖으로 뛰어나가곤 했다. 그리고는 시장 근처에 있는 마트에 가서 카운터에 팬티들을 던져두고 자신이 고른 과자들을 들고 유유히 현장을 빠져나갔다. 3살짜리 여자아이의 첫 물물교환이었으리라. 난 며칠에 한 번씩 마트에 가서 혜영이가 가져간 과자 값을 모두 계산하고 마트 아줌마가 모아 놓은 팬티들을 수거해 오곤 했다. 어떤 때는 아이가 근처 놀이터 그네 밑에 누워 팬티를 머리에 쓴 채 잠이 들어 있기도 했다. 난 그 모습이 너무 귀엽기도 하고 기가 막히기도 해서 한참 웃음을 터트리곤 했다. 첫째를 품에 안고 둘째를 업은 채 가게로 돌아오는 그 길은 행복하기만 했다. 그렇게 우리 세 모녀는 어찌 보면 평범하면서도 그래서 더 행복하고 평화로운 시간들을 보내고 있었다. 그리고 그게 우리가 같이 할 수 있는 마지막 시간이 될 것이라는 사실을 나도 아이들도 전혀 예상을 하지 못했다.

그렇게 1년이 흐른 어느 날, 뉴욕에 있는 남편한테 연락이 왔다. 자신은 신분문제 때문에 한국에 나올 수 없으니 내게 대신 들어오라고 하였다. 평생 연락을 하지 않을 것만 같았던 남편이 내게 미국으로 들어와 자신과 같이 살자고 이야기하고 있었다. 미국... 이 단어 자체가 내 마음을 흔들었다. 기회의 나라 미국... 그곳에 들어갈 수 있다니 꿈만 같았다. 새로운 곳에서 새롭게 시작하자는 그 사람의 말을 믿었고, 끓어오르는 희망에 몸이 날아갈 것만 같았다.

미국에서 자리를 잡을 때까지 혜영이는 시어머니가, 혜미는 친정어머니가 맡아 주시기로 했다. 감사의 마음과 함께 혜영이를 잘 부탁한다는 의미로 빌딩의 명의도 시어머니 이름으로 바꿔 드렸다. 미국에 들어가면 친정어머니의 생활비도 내가 매달 챙겨 드리기로 했다. 1983년 여름 둘째의 돌이 갓 지났을 때 난 급하게 가게를 팔고 미국으로 들어갔다. 아무 생각도 없이 그렇게 큰 꿈만 품고 무작정 들어갔던 나를 기다리는 게 무엇인지 전혀 상상도 하지 못한 채 말이다.

미국이라는 땅은 상상했던 것보다 더 거대하고 기대 이상이었다. 거의 1년 만에 만난 남편은 미국 물을 1년 먹더니 다른 사람이 되어 있었다. 공항으로 날 데리러 온 남편이 내 앞에서 영어를 하는데, 이 사람이 정말 내가 알던 그 사람이 맞는지 싶었다. 남편은 몇 년 만에 나를 보고 환하게 웃어주었다, 그것만으로도 난 안심이 되었다. 갈기갈기 찢어져 다시 붙일 수 없을 것만 같았던 우리의 결혼생활에 희망이 보이기 시작했다. 하지만 그 희망은 얼마 못가 산산조각 깨져버렸다.

남편이 미국으로 떠나고 나서 얼마 되지 않아 시누이도 뉴욕으로 들어갔는데, 남편은 시누이 부부네 집에서 방을 하나 빌려 월세를 주며 살고 있었다. 1년을 뉴욕에서 살면서 어느 정도 자리를 잡았을 거라는 내 생각은 어긋나 버렸다. 방 3개짜리 좁디좁은 아파트에서 그들 부부와 아이들하고 부대끼며 생활한 남편은 시누이의 남편과 함께 야채가게에 취직해 파트타임으로 일하고 있었다. 아무것도 준비해 놓지 않은 채 나를 여기까지 불러들였나 싶어 화가 났다. 나는 한국에서 가게를 팔고 가지고 온 돈으로는 아이들과 살 집을 매입하기로 했다. 남편에게 매입할 집을 찾아보자고 했지만 남편은 지금은 시기상조라며 기다리자는 말만 되뇌일 뿐이었다.

말이라도 통해야 일을 해서 돈도 벌고, 집도 구하고, 아이들도 데리고 오는데 어디서부터 어떻게 시작을 해야 할지 막막했다.

남편은 맨해튼에 있는 한식집 사장님을 소개시켜 주며 거기서 한번 일을 해보라고 하였다. 홀에서 서빙을 하는 일이었는데, 체력적으로 힘든 건 둘째 치고 손님을 상대하는 게 너무 힘이 들었다. 술을 먹은 남자 손님들의 추태가 이어졌고, 나는 견딜 수가 없었다. 서빙 일을 한 지 1주일째가 되던 날 테이블에 반찬들을 내려놓고 있는데 남자 손님의 손이 내 엉덩이에 닿았다. 어디서 술을 먹고 왔는지 혀는 꼬여서 무슨 소린지 모를 어투로 내게 추태를 부렸다.

나는 소리를 지르며 그 사람의 손을 치우고 말했다.

"아저씨! 내가 이렇게 국밥이나 나르고 있다고 나를 우습게 보고 이러는 것 같은데, 나 남편 멀쩡히 있는 두 아이의 엄마예요. 어디서 못된 것만 배워서는 미국에 와서까지 이럽니까?"

그러자 사장이 급하게 뛰어왔고, 내게 손님이 좀 만졌다고 싸가지 없이 군다며 소리를 질렀다. 난 사장 얼굴에 입고 있던 앞치마를 집어 던지며 말했다.

"그럼 사장님 마누라나 데리고 와서 일 시키던지요. 나는 이런 일 못하니까."

그 말을 끝으로 난 식당을 박차고 나왔다. 살다 살다 별일을 다 당해 본다고 생각했다. 고향을 떠나 잘살아보겠다고 남편만 믿고 말도 통하지 않는 타지에 와서 살고 있는데, 이런 더러운 일을 겪다니 눈물이 앞을 가려 아무것도 보이지가 않았다. 눈앞에 희미하게 서있는 엠파이어 스테이트 빌딩을 보니 더욱 눈물이 터졌다. 높은 빌딩을 보니 내 자신이 더 초라해지는 것만 같아 견딜 수가 없었다.

하지만 빨리 돈을 벌어 혜영이랑 혜미를 데리고 와야 했다. 아무것도 몰랐던 나는 돈만 있으면 아이들을 데리고 올 수 있을 거라 생각했다. 그때 당시 나는 대사관에 가서 관광비자를 받아 미국에 들어왔는데, 그 후에 비자는 어떻게 해야 하는지 전혀 알지를 못했다. 비자의 종류가 여러 가지라는 것도 몰랐고, 그저 대사관에서 주는 대로 받아 미국에 들어온 것이었다. 관광비자라도 미국에서 계속 살아도 되는 줄 알았고, 아이들도 나와 같은 비자를 받기만 하면 되는 것인 줄만 알았다.

남편에게 식당을 그만뒀다고 다른 일자리를 소개시켜 달라고 했다. 그래서 취직하게 된 곳이 한인이 운영하던 네일 가게였다. 영어를 아무것도 알아듣지 못하고 말할 줄 몰라도 몇 가지 단어만 알면 일을 할 수 있었다. 내가 하는 일은 여자들의 발을 닦아주고 그들의 어깨를 안마해 주는 일이라 더더욱 영어가 필요 없었다.

가만히 있어도 땀이 줄줄 나는 여름이었다. 출근하자마자 엉덩이를 붙여 보지도 못했는데, 주인이 손님의 발부터 먼저 닦으라고 하였다. 덩치가 있는 여자였는데 의자에 다리를 쫙 벌리고 앉더니 발을 나한테 갖다 댔다. 땀 냄새와 시큼한 냄새가 뒤엉킨 불쾌한 냄새가 내 코를 찔렀다. 나는 나도 모르게 손님의 발을 씻기며 인상을 찌푸렸다. 그걸 놓치지 않고 본 주인이 내게 손님 앞에서 얼굴 찡그리고 있다고 한 소리를 하였고, 나도 참을 수 없어 받아쳤다

"전 웃는 거고 뭐고 이건 도저히 못하겠어요. 아줌마가 여기 앉아서 냄새 맡아 보시던지요."

난 다시 입고 있던 앞치마를 집어던지고 네일 가게를 박차고 뛰쳐나왔다. 절대 그녀에 대한 악감정을 가지고 그랬던 것도 아니고, 나와 피부 색깔이 다른 그 여자를 향한 거부감도 아니었다. 하지만 그녀한테서 나는 그 땀 냄새와 함께 뭐라 설명할 수 없는 그 쾌쾌한 냄새는 그 무엇보다 참을 수 없었고, 남편만 믿고 타지까지 와서 다른 누군가의 발을 닦아주고 있는 내 자신한테 견딜 수가 없어서 화가 났다.

집에 돌아가 남편에게 이야기하니 그거 하나 참지 못하고 그만두었다고 내게 화를 냈다. 그럼 네가 가서 발 닦아 보라는 소리가 목구멍까지 올라오는 걸 꾹 참고 나는 다른 일자리를 구하기로 했다. 그렇게 구한 게 봉제공장에서 옷의 실밥을 뜯는 일

이었다. 봉제공장에서 일하는 대부분의 사람들은 서울에 있는 시장에서 봉제 일을 하던 기술자들이었다. 내가 다니던 공장에서 봉제 일을 하던 아줌마들은 하나같이 모두 자신들이 이화여대 출신 이라고 하였고 그들은 자신들이 미스코리아 우승자들이라고 했다. 그게 진실인지 아닌지는 아직도 확인이 불가능 하지만 말이다. 1970년대부터 재봉틀은 영어를 못하는 한인 여성들의 입에 풀칠을 할 수 있게 해주는 고마운 기계였다. 경력을 가진 이들은 그때 당시 돈으로 일주일에 500불에서 1,000불을 받았지만, 나는 옷의 실밥을 제거하는 일을 하며 150불 정도밖에 벌지 못했다.

그렇게 나는 미국 생활에 천천히 적응하고 있었다. 남편은 제대로 된 직장을 구하지 못하고 야채가게에서 파트타임 점원으로 일하면서 버는 족족 시어머니에게 보냈다. 혜미 분유값도 좀 보내달라고 남편에게 부탁을 했지만, 그는 내 부탁을 철저히 무시해 버렸다. 친정어머니에게 맡긴 혜미의 생활비를 나 혼자 충당하기에는 어림도 없었다. 그럼에도 불구하고 남편의 주급을 나는 구경도 할 수 없었고, 미국에서 필요한 생활비를 뺀 나머지는 모두 시댁으로 흘러 들어갔다. 아이들을 위해서라도 우리는 빨리 자리를 잡아야 했지만, 남편은 그럴 마음이 전혀 없어

보였다. 모아놓은 돈도 아예 없었고 가지고 있는 돈은 내가 한 국에서부터 가지고 온 그 돈 뿐이었다. 그 돈은 절대 건드리지 말아야 했다. 그 돈이 있어야만 아이들을 데리고 올 수 있고 집을 구해 우리 가족 모두 같이 살 수 있었다. 그 돈이 있어야지 이 타지에서 무언가 시작 할 수 있었다. 우리가 버는 수입으로만 버텨야만 하는데 순간순간 그 돈까지 건드릴 것만 같아 불안했다. 그 돈까지 까먹게 되면 다시는 돌아갈 곳이 없을 것만 같아 두려웠다.

나는 남편에게 되도록 빨리 집을 구해 시누이 집을 나오자고 했다. 아이들과 살 집을 매입 후 바로 두 애들을 데리고 오자고 했다. 그나마 우리보다 형편이 나은 시누이한테 돈을 빌려 같이 튀김장사를 하자고 설득을 했다. 시누이도 매달 이자만 충분히 계산해 준다면 사업자금을 빌려주겠다고 했다. 하지만 남편은 원하지 않았다. 남편은 살던 그대로 시누이 집에서 지내며 야채가게 점원으로 남아 있고 싶어 했다. 그러면서 자신과 나의 체류신분에 대해 내게 자세하게 설명해 주었다. 그때 처음으로 알게 되었다. 나나 그나 그곳에서는 불법 체류자들이라는 것을... 우리 둘 다 관광비자로 미국에 들어왔으므로 정해진 날짜에 한국으로 돌아갔어야 했다는 것이었다. 그 날짜를 넘기고 이 땅에 불법으로 거주하고 있는 우리는 환영받지 못하는 사람들이라고 했다. 그렇기에 무언가를 새로 시작한다는 것 자체가 위험한 일이라는 것을 그때서야 알게 되었다. 그때의 나한테는 더 이상 미국은 기회의 땅이 아니었다.

06

진짜가 되어 버린
위장이혼

남편에게는 뉴욕에서 만나 친해진 친구가 있었다. 그 사람도 우리 부부처럼 아내와 아이들을 데리고 관광 비자로 미국에 들어왔다가 날짜를 넘겨버리고 불법 체류자가 되었다. 그렇게 몇 년을 미국에서 살다가 한국에 계시는 그의 어머니가 위독하다는 연락을 받았지만, 체류신분 때문에 한국에 나갈 수 없었고, 그렇게 그는 어머니의 임종을 지키지 못했다. 그 일이 있은 후 그는 끝없는 후회와 죄책감으로 힘들어 하다가 알콜 중독으로 일생을 망치게 되었다. 그 모습을 모두 지켜본 남편은 한국에 홀로 계신 자신의 어머니를 너무나 그리워했고, 체류신분 때문에 한국으로 나갈 수 없는 자신의 처지를 한탄하며 괴로워했다.

그러던 어느 날 남편이 내게 오더니 이혼을 하자고 했다. 한인

신문에서 미국시민권이 있는 한인들이 몇만 불만 주면 결혼을 해서 영주권을 받을 수 있게 해준다는 광고를 봤다고 했다. 계약결혼이기에 영주권만 받으면 바로 이혼을 할 수 있다고 했다. 진짜 이혼이 아닌 위장이혼을 한 후 자기가 시민권 있는 여자와 결혼을 해서 몇 달 안에 영주권이 나오면 나와 다시 합치면 된다고 했다. 자기가 영주권을 받으면 다시 결혼한 후 영주권자의 배우자로 나를 신청하면 나도 금방 영주권을 받을 수 있다고 했다. 영주권만 받으면 우리가 이 나라에서 자리를 잡기가 더 쉬워질 터였다.

1980년대 초반에는 이민 단속이 너무 심해서 불법체류자로 돈을 벌며 미국에서 산다는 게 그리 쉬운 일은 아니었다. 불법체류자로 취직을 하기도 힘들었으며, 이민국 단속에 걸리면 바로 한국으로 추방되었고 다시는 미국으로 돌아오지 못했다. 아무 예고도 없이 공장들이나 가게에 불법 이민 단속반이 들이닥치면 순식간에 그곳들은 아수라장으로 변했다. 하루하루가 불안해서 견디기 힘들었는데 남편의 제안은 매력적이기까지 했다. 영주권만 받으면 모든 게 해결되는 것이었다. 나는 망설임 없이 이혼서류에 사인을 했고, 그렇게 우리는 법적으로 남남이 되었다. 나는 한국에서 가게를 팔고 가지고 온 돈 모두를 남편에게 주었고, 남편은 그 돈을 계약금으로 주고 미국 시민권자와 계약

결혼을 했다. 한국에서 가지고 온 돈은 절대 건드리지 말자고 생각했던 나였지만 그 보다 체류 신분을 변경하는 게 급선무였다. 이 나라에서 내 꿈을 펼치려면 합법적인 신분이 필요했다. 그래야지 부동산 구입부터 일자리까지 모든 문제들을 해결 할 수 있었다. 영주권이 있어야지 아이들도 미국으로 데리고 올 수 있었다. 서류로만 이혼했지 나와 남편의 사이는 달라진 게 없었기에 크게 신경을 쓰지 않았고, 난 미국에서 빨리 자리 잡는 데에만 몰두했다.

그러던 어느 날, 나와 남편은 시누이 부부 집에서 나오는 문제로 의견 차이를 보이며 갈등을 겪고 있었다. 나는 하루라도 빨리 그 집에서 나와 우리 부부만 살 수 있는 집을 구하고 싶었다. 시누이에게 월세로 주는 돈이나, 원룸 아파트 월세나 그리 차이가 나지 않았다. 우리의 체류 신분을 문제 삼지 않는 집주인들도 많았다. 충분히 월세집을 구할 수도 있는데도 불구하고 남편은 쓸데없는 고집을 부리고 있었다. 그리고 나는 내가 일하는 공장이랑 가까운 퀸즈로 이사 가길 원했다. 시누이집에서 맨해튼까지는 거리가 있어서 출퇴근 시간으로만 몇 시간을 잡아먹고 있었다. 남편은 시누이 부부만 믿고 혼자 일어설 생각을 하지 않은 채 그저 하루살이처럼 하루 먹고 하루 살기에 바빴다. 그는 정당한 이유도 없이 그 집에서 나오는 걸 거부만 하고 있었다. 난 그 고리를 끊어야 했고, 그러려면 그 집이 있는 롱아일랜드를 떠나 맨해튼과 가까운 퀸즈로 가는 게 첫 번째 할 일이었다.

내 설득에도 불구하고 남편은 내 말을 듣지 않았다. 난 결국 혼자 그 집을 나오기로 했다. 내가 먼저 그 집에서 나와 자리를 잡아 놓으면 그 사람도 따라 나올 것이라고 확신했다. 그 사람의 우유부단함으로는 어떤 것도 시작할 수 없었다. 내가 뭔가 일을 벌려야 그 사람을 움직일 수 있었다. 난 무작정 집을 나와 월세 두 달치를 보증금으로 주고 퀸즈에 집을 구했다.

그 전에 일하던 봉제공장을 계속 다닐까도 생각을 해봤지만 실밥을 뜯고 버는 돈으로는 내 생활비도 나오지 않았다. 한국에 혜미 생활비도 보내야 하는데, 영어 한 마디 못하고 신분도 안 되는 내가 안정된 직장을 찾는다는 것은 거의 불가능했다. 나는 무작정 한인들의 의류 도매상들이 모여 있는 브로드웨이로 갔다. 한국에 있을 때 양품점을 운영한 경력이 있으니 거기라면 확실히 내가 할 수 있는 일을 찾을 수 있을 것 같았다.

나는 종일 배를 쫄쫄 굶고 돌아다녔다. 하늘이 노랗다 못해 빙빙 돌았다. 한 푼이라도 아껴야 했기에 아침을 간단하게 빵으로 때운 후 점심시간이 한참 지나도록 아무것도 먹지 못한 상태였다. 하늘이 내 간절한 바람을 알아준다면 내 살길도 열어줄 거라고 생각했다. 그러다 한 옷가게에 한국말로 봉제 기술자를 구한다는 광고가 눈에 띄었다. 가게에 들어가 광고지를 보고 들어왔다고 하니 사장님이 내게 뭘 할 수 있는지 물어봤다. 난 한국에서 양품점을 성공적으로 운영한 경력을 바탕으로 물건 하나는 끝내주게 잘 팔 자신이 있다고 했다. 그리고 만약 재봉기술을 가르쳐주면 짧은 시간 안에 무조건 다 배우겠다고 했다.

사장님은 그럼 한번 해보라고 하며 가게 안쪽에서 일하고 있던 여자 분한테 가서 재봉기술을 배우라고 했다. 가게의 앞은 옷을 판매하는 매장으로 꾸며져 있었고, 안에는 재봉틀이 있고 수선을 하는 공간이 따로 마련되어 있었다. 사장님이 그녀의 이름을 불렀다.

"미세스 곽! 여기 새로운 직원이 들어왔으니 한번 일 좀 시켜 보세요!"

미세스 곽이라면 성이 곽씨라는 건데 혹시나 하는 생각이 들었다. 워낙 곽씨 성을 가진 사람들이 흔하지 않았기 때문에 조금은 기대를 하며 그 여자 분에게 다가갔다. 지하에는 옷을 만드는 공장까지 있었다. 사장님이 옷을 디자인하면 지하에서 옷을 만들어 위에서 파는 구조였다. 미세스 곽은 나를 지하로 데리고 갔고, 그곳에서 내게 재봉기술을 가르치기 시작했다. 하나라도 더 배우기 위해 나는 눈을 부릅뜨고 열심히 배웠다. 재봉기술만 잘 배워 놓으면 어딜 가든 돈은 충분히 벌 수 있었다. 나는 시간이 날 때마다 재봉기술을 배웠고, 그 외 시간에는 옷가게 점원으로 손님에게 물건을 팔며 돈을 벌었다.

어느 날 점심시간이 돼서 난 사수인 미세스 곽과 함께 점심을 먹으러 나갔다. 나는 미세스 곽에게 고향이 어디냐고 물어봤다. 그분도 나와 같은 고향이었고, 알고 보니 아버지의 먼 사촌의 딸로 내 고모뻘이 되는 분이었다. 먼 타지에서 같은 핏줄을 만나니 그렇게 반가울 수가 없었다. 난 고모한테 열심히 재봉기술을 배웠고, 남편도 얼마 후 시누이집에서 나와 내가 마련해 놓은 집에서 같이 살게 되었다. 그렇게 모든 것이 술술 풀려 가는 줄 알았다.

하지만 얼마 후 이민법이 더 강화가 되면서 영주권 취득을 위한 위장결혼 단속이 심해졌다. 결혼을 통한 영주권 신청자들 집에 이민국에서 단속이 나와 부부가 진짜 같이 사는지, 영주권 취득을 위한 위장결혼인지를 조사했다. 심지어 부부들을 이민국으로 불러 각자 따로 인터뷰를 했고, 같은 질문에 같은 대답을 할 수 있는지 조사를 했다. 예를 들어 부부라면 알 수 있는 개인적인 질문들까지 했고, 틀린 대답을 할 경우 심사를 통과할 수 없었다. 결혼 전 데이트할 때의 이야기부터 결혼사진과 가족사진까지 검사를 했으며, 검사는 시간이 지날수록 더욱 어려워지고 까다로워졌다.

남편은 우리가 살고 있는 집을 나와 자신과 위장결혼을 한 그 여자 집으로 들어가기로 결정을 했다. 어쩔 수 없는 일이었기에 난 아무 말 없이 그를 보내주었다. 영주권만 나오면 되는 일이었다. 그 사람만 영주권이 나오면 나도 바로 영주권을 신청할 수 있고, 우리 둘 다 신분이 회복되는 것은 시간 문제였다. 그러면 이 땅에서 더 이상의 제약 없이 새로운 인생을 시작할 수 있었다. 그에게 연락이 오는 횟수가 줄어들었다. 하지만 난 전혀 걱정하지 않았다. 조금만 참으면 남편은 다시 돌아올 거고, 바로 혜영이와 혜미를 데리고 와 미국에서 다 같이 살 수 있다는 희망이 있었기 때문이다.

하지만 내 바람은 그렇게 쉽게 이루어지지 않았다. 얼마 후 남편이 만나자고 연락이 왔다. 카페에서 만난 그의 얼굴은 이루 말할 수 없이 행복해 보였다. 남편은 얼마 동안 입을 열지 못한 채 우물쭈물 거리더니 힘들게 말을 꺼냈다.

"혜영이 엄마! 나 이 여자를 사랑하게 됐어. 정말 진심으로 사랑해. 그렇다고 당신을 사랑하지 않는다는 건 아니야. 당신도 사랑하지만 이 여자도 사랑해. 어떻게 해야 할지 모르겠어. 정말 미안하다. 당신은 강한 사람이잖아. 나 없이 살 수 있는 사람이잖아. 이 여자는 내가 필요해. 이 여자의 남편으로 살고 싶어."

온몸이 부들부들 떨리며 난 아무 말도 할 수 없었다. 혜영이랑 혜미는 어떻게 하냐고, 어떻게 이렇게 무책임할 수 있냐고 소리를 질렀다. 카페에 앉아 있던 외국인들이 우리 테이블을 쳐다보았다. 카페 주인인지 매니저인지 어떤 남자가 와서 내게 뭐라 했지만 알아 들을 수가 없었다. 목소리를 낮춰달라는 소리 같았지만 그때는 아무 소리도 내 귀에 들리지 않았다. 난 그 남자를 붙잡고 바닥에 같이 쓰러졌다. 눈물이 터져 나왔다. 그 남자는 어찌 할 줄 몰라 하며 내게 계속 말을 걸었지만, 난 그 사람의 말을 전혀 알아 들을 수가 없었다.

남편은 내게 다가오더니 날 일으켜 세우며 말을 했다.

"여기서 이러지 말고 일단 나가자고. 아이들 때문에 그렇다면 혜영이는 내가 잘 키울게. 혜미는 당신이 키우던 대로 계속 키워. 이렇게 울 일이 아니잖아. 당신 자주 만나러 갈게. 그러니 이렇게 울지 말고... 한국으로 돌아가겠다면 비행기표는 내가 준비해 줄게."

난 내 귀에 들려오는 이 말도 안 되는 소리를 믿을 수 없었다. 난 테이블에 놓인 콜라를 들어 그의 얼굴에 끼얹고 그의 얼굴을 향해 소리를 질렀다.

"그래 이 쌍노무 새끼야! 그년이랑 얼마나 잘 먹고 잘 사는
지 내가 두 눈 부릅뜨고 지켜볼 테니까 한번 잘 살아봐. 딴
년 때문에 본처 버린 남자들 잘 사는 꼴 한 명도 못 봤으니
까. 넌 내가 본 놈 중 두 번째로 무능력하고 저질이야."

그 말을 끝으로 난 카페를 나왔다. 뒤도 돌아보지 않고 난 맨
해튼 한복판을 걸었다. 이젠 정말 혼자였다. 말도 통하지 않는
이 타지에서 난 철저하게 혼자가 되었다. 남편에게 씹던 껌처
럼 처량하게 버려진 채 이혼녀라는 딱지를 붙이고 한국으로는
절대 돌아갈 수 없었다. 친정식구들에게, 그리고 친구들에게
내가 이렇게 헌신짝처럼 버림받았다는 것을 절대 알릴 수 없
었다.

나를 버린 이 사람에게 제대로 복수하는 방법은 그보다 내가 더
잘 사는 것, 그뿐이었다. 되도록 이 사람을 빨리 잊고 성공하는
것, 그게 내가 할 수 있는 최고의 복수였다. 나는 흐르는 눈물을
닦고 다짐했다. 이제는 맹세코 뒤를 돌아보지 않겠다고...

07

▶ 노숙자가 되어
버린 두 아이의 엄마
그리고 재회

울고 있을 시간도 여유도 없었다. 앞으로 계속
나아가자고 마음을 먹은 이상 난 계속 내가 가고자 하는 길을
걸어가야만 했다. 하늘이 무너져서 정신을 똑바로 차렸는데도
솟아날 구멍이 없으면 내가 직접 그 구멍을 만들면 된다. 난 알
고 있었다. 한쪽 문이 닫히면 다른 쪽 문이 열린다는 것을... 남
편이 떠나면서 조금은 열려있던 문이 완전히 닫혀 버렸다. 다른
문이 열리던지, 내가 찾아서라도 열어야 되는 상황이었다. 혼자
라면 어떻게든 먹고 살겠지만 내겐 잘 키우고 싶고 잘 키워야만
하는 아이가 있었다. 나를 너무나 닮은 그 아이... 내가 한번 죽
이고자 했던 그 아이가 나만 바라보고 있었다. 정신을 바짝 차
리고 있어야 했다.

전남편이 떠나고 나니 그동안 같이 부담하던 아파트 월세를 혼자 감당하기가 힘들어졌다. 난 한순간에 집도 절도 없는 노숙자가 되었다. 가지고 있던 돈을 전남편의 영주권 때문에 다 썼기 때문이었다. 내 돈으로 그가 새로운 사랑을 할 수 있게 해준 것이다. 나는 이른 새벽부터 밤늦게까지 가게에서 일하고, 밤에는 공원 벤치에 가서 잠을 청했다. 나보다 몇 배나 더 큰 덩치를 가진 사내들이 득실대는 곳에서 내가 여자라는 걸 들키지 않기 위해 버려진 신문들을 머리끝까지 뒤집어쓰고 억지로 잠을 청했다. 끊임없이 흘러나오려는 울음을 겨우 삼키고 지옥 같은 두려움과 싸우며 난 하루하루를 견뎌냈다. 고모에게 부탁을 해볼까도 생각해 봤지만, 이 사실을 말하기에는 너무나 내 자신이 부끄럽고 비참해서 도움을 청할 수 없었다.

난 고모에게 재봉기술을 배우며 일주일에 200불씩 한 달에 1,000불 정도를 벌었고, 최소한의 생활비를 빼고 모두 한국으로 보냈다. 밤에는 공원에서 자고 다른 이들에게 얼굴을 들키지 않기 위해 꼭두새벽에 일어나 움직였다. 가게 열쇠를 가지고 있었던 난 문도 열기 전에 출근해 화장실에서 씻고 하루를 준비했다. 수입을 더 늘려야 하는 고민을 하던 차에 고모가 마른땅에 비를 내려주었다. 맨해튼 8가에 가면 봉제공장들이 많은데, 그쪽이 월급이 세니 거기서 봉제 기술자 일을 찾아보라고 했다. 대신 자기가 보증을 설 테니 봉제기술 경력을 2년으로 이야기하라고 했다. 그때 나는 기술을 배운 지 몇 개월도 안 된 시점이었다.

고모 이름이 그래도 그쪽에서 좀 알려져 있는지 난 바로 한 봉제공장에서 기술자로 일을 할 수가 있었고 내 주급도 올라갔다. 전남편과 헤어지고 얼마 동안 난 일만 하였다. 고급기술자가 아니었기에 한 공장에서 일을 많이 받아 할 수가 없었다. 나는 일이 없는 날에는 공장마다 돌아다니며 일손이 부족한 공장에서 하루 일하고 일당을 받아오곤 했다. 손이 빠르다 보니 많은 봉제공장에서 연락이 왔고, 주말에 쉬는 날이나 일이 없는 날에는 꼭 가서 일을 해주고 버는 돈 족족 한국으로 보냈다. 그리고 얼마 후 돈을 모아 조그만 원룸 아파트를 마련할 수 있었다.

어느 날 겨울이었다. 그날도 어김없이 출근을 하기 위해 내가 일하는 봉제공장이 있는 펜스테이션 전철역에 내려 계단을 바쁘게 올라갔다. 계단을 올라가면 바로 위에 카페가 하나 있었는데, 회색코트 깃을 빳빳하게 세우고 선글라스를 낀 남자가 카페 창가 테이블 바에 서서 커피를 마시며 내 쪽을 바라보고 있었다. 결혼 전 아버지와 가족들의 강력한 반대에 부딪혀 헤어진 그 남자와 닮은 모습에 온몸에 있는 털이 쭈뼛 서는 걸 느꼈다.

하지만 여긴 서울도 아닌 그렇다고 한국도 아닌 미국 뉴욕이었다. 그 사람을 10,000킬로미터나 떨어진 이곳에서 만날 리 만무했다. 그 사람을 피해 대전으로, 그 후에 인천으로 도망을 갔던 기억이 나며 내 얼굴에는 슬픈 미소가 번졌다. 그때 그 사람의 손을 놓지 않았더라면 내 인생이 달라졌을까 싶었다. 불쌍한 어머니를 두고 그 사람과 부산으로 도망가 결혼을 하고 살았다면 어땠을까 하는 생각에 심장이 아리듯 아파왔다.

'문성 씨는 지금 어떻게 살고 있을까? 결혼해서 두 아이를 낳았다는 이야기를 얼핏 들었는데... 그 사람이라면 아내를 진정으로 아껴주며 잘 살고 있을 거야. 내가 이렇게 이혼을 당하고 뉴욕에서 버려졌다는 걸 알게 되면 그 사람은 뭐라고 할까?...'

오만가지 잡생각이 떠오르며 그날 난 아무 일도 할 수 없었다. 그리고 그 다음 날부터 공장에 가기 위해 펜스테이션 역에 내려 계단을 올라가면 난 먼저 그 카페 안을 둘러보았다. 그 남자는 어김없이 그 스탠드 바에 서서 내 쪽을 바라보고 있었다. 그 다음 날도, 그 다다음 날도 마찬가지였다. 그렇게 한 달이 넘게 그 남자는 그곳에 서있었다. 분명 근처 공장에서 일하는 사람일 거라 생각했다.

그날은 다른 때보다 추운 날씨였다. 난 목에 두꺼운 목도리를 두른 채 전철에서 내려 계단을 올라갔다. 스탠드 바가 있는 유리창을 쳐다보았지만 항상 거기에 서있던 남자는 보이지 않았다. 나도 모르게 내 발걸음은 카페를 향했다. 영어로 주문을 할 줄 몰라 카페에 혼자 들어간 적이 없던 나였다. 난 스탠드 바를 힐끗 다시 쳐다보고 주문을 하기 위해 줄을 섰다. 그런데 누군가가 뒤에서 내 목도리를 만지는 게 느껴졌다. 고개를 돌린 나는 풀어진 내 목도리를 다시 매주고 있는 그 남자를 보고 얼어버렸다. 그리고 익숙한 목소리가 그에게서 흘러나오며 그가 쓰고 있던 선글라스를 벗었다.

"혹시 금산에서 온 수양 씨가 아닌가요?"

그일 리가 없다. 절대 그를 여기서 만날 수가 없다. 하지만 내 이름과 고향까지 알고 있지 않았던가? 아니다... 그가 너무 그리운 나머지 내 귀가 장난을 친 게 틀림없을 것이다. 나는 너무 놀라 황급히 그 자리에서 도망쳤다. 분명 다른 말을 했는데 내가 잘못 알아들은 것이라고 생각했다. 난 그를 피해 대전으로 그리고 인천으로 도망을 갔고, 그는 날 찾지 못했다. 난 숨바꼭질의 고수다. 절대 그가 한국도 아닌 이곳에서 날 찾아 낼 수 있을 리 만무했다. 하지만 뉴욕에서 난 고모도 만났다. 한국에서 한 번도 보지 못했던 고모를 바로 이곳 뉴욕에서 만난 것이다. 세상에는 늘 기적이 일어난다.

그 후로 그를 볼 수 없었다. 출근하면서 카페에 몇 번 가보았지만 그는 없었다. 그렇게 심란한 마음으로 몇 개월이 흘렀고, 억지로 그를 머릿속에서 지워버렸다. 그런 쓸데없는 생각을 할 틈이 없었다. 이곳에서 살아남는 게 그리고 돈을 벌어 딸한테 보내는 게 내겐 급선무였다. 그러던 중 한인신문을 보는데 미스터 오라는 봉제공장 사장이 일요일마다 일할 사람을 구한다는 구인광고가 눈에 띄었다.

난 바로 그 주 일요일에 공장을 찾아갔다. 공장의 문을 살그머니 열고 안으로 들어가니 일요일이라 불을 켜지 않아서 공장 안은 어두웠다. 조금 더 들어가 보니 안쪽에서 여자들 웃는 소리에 섞여 어느 남자의 노랫소리가 내 귓가에 들려왔다.

  "뜨으라면 뜨겠어요. 가라면 가겠어요. 하라면 하겠어요.
  가져가라면 가져가겠어요..."

노래가사가 참 웃긴다고 생각하며 불빛이 희미하게 비치는 그곳으로 걸어갔다. 거기에는 사람들이 나란히 앉아 옷을 뜯고 있었다. 처량하게 노래를 부르며 옷을 뜯고 있는 사람이 그 공장의 주인이었다. 같이 작업하고 있던 여자들이 구성진 노래가사에 웃음을 터트리며 바쁘게 손을 움직이고 있었다. 그의 이야기에 의하면, 의류회사에서 주문을 받아 보내온 디자인에 맞게 원피스를 만들어 보냈는데 잘못 만들었다고 전량 반송돼 왔다고 한다. 완성된 원피스들을 모두 다 뜯어서 다시 만들어야 하는데 일손이 부족해 사람을 구한 것이었다.

그렇게 난 미스터 오하고 인연이 돼서 일요일마다 그 공장에서 일을 받아 했다. 그런데 어느 날 미스터 오가 내게 현재 일하는 공장에서 돈을 얼마나 받는지 물어봤고, 난 사실대로 말을 해주었다. 그랬더니 너무 적게 받는 것 같다며 다른 데로 옮기라고 권했다. 자신의 공장에서는 사람을 구하지 않고 있으니 다른 공장으로 가보라고 하며 그곳의 연락처를 내게 알려 주었다. 미스터 오가 소개시켜 준 공장에 면접을 보기 위해 갔고, 여자직원의 안내를 받아 공장 사무실에 들어가 기다리는데, 얼마 후 어떤 남자가 사무실에 나타났다. 카페에서 본 그 남자였다. 심장이 뛰며 몸이 떨리기 시작했다.

　"곽수양 씨라고요? 봉제 경력이 3년이라고요?"

나는 미스터 오가 가르쳐 준 대로 말했다. 기술을 배운 지 1년 정도밖에 되지 않았지만, 3년이라고 해야 돈을 더 받을 수 있다고 했기 때문이다. 그는 웃으면서 내가 앉아 있는 소파 건너편에 앉았다. 자신을 이 공장의 매니저라고 소개하며 이름은 타미 킴이라고 했다. 닮아도 너무 닮았다. 하지만 정말 그 사람이라면 내 이름을 안 이상 아는 체를 해야 하는데, 그는 날 처음 본 것처럼 행동을 했다. 몇 달 전 카페에서 만나 내게 금산에서 온 곽수양 씨 아니냐고 물어본 건 내가 잘못 들은 게 분명했다. 그는 카페에서 있었던 일도 기억을 못하는 듯했다. 대체 뭘 기대하고 있었던 건지 실망감에 가슴이 내려앉는 것 같았다.

그는 날 재봉틀이 있는 곳으로 데리고 가더니 내게 옷감을 주며 한번 안감을 달아보라고 했다. 나는 떨리는 손으로 앞에 있는 재봉틀로 옷에 안감을 달았고 그걸 보더니 그가 말했다.

"정말 3년 일한 거 맞아요?"

나는 3년 경력이 있다고 우겼고, 그는 웃으며 알았으니 한번 일해 보라고 하였다. 그 공장은 피스워크로 마무리한 개수대로 돈을 주었는데, 지퍼 하나 다는데 10전, 칼라 하나 다는데 50전을 주었다. 매니저는 내게 칼라 달을 거 주면 할 수 있냐고 물어봤고, 난 칼라는 골치 아파서 못하니 쭉쭉 소화할 수 있는 간단한 일을 달라고 하였다. 그는 3년이나 됐으면서 돈벌이가 되는 일을 하지 않고 간단한 일만 달라고 하는 나를 의아해 하면서도 내가 부탁하는 대로 쉬운 일들만 주었다. 그는 일감을 갖다 줄 때마다 꼭 커피 한 잔을 내 재봉틀 옆에 놓고 갔다. 문성 씨처럼 자상한 그를 보며 마음이 따뜻해지면서 위안을 받았다.

일주일이 되어 주급을 받는데 내가 예상했던 것보다 더 주급이 높아도 너무 높았다. 이상하다고 생각했지만, 여기가 워낙 주급이 센 곳이고 내가 보기보다 더 일을 많이 해서 그런가 보다고 짐작했다. 그렇게 내가 한 달에 벌어들이는 돈이 예전보다 높아지자 한국에 보낼 수 있는 돈이 많아졌다. 이렇게만 계속 돈을 벌 수 있다면 좋겠다고 생각하며 난 그래도 행복한 사람이라는 걸 느꼈다. 혼자인데 철저하게 혼자가 아니라는 생각이 들었다. 누군가 나를 지켜주는 것만 같았다. 낯선 뉴욕에 살며 고모랑 친구만으로는 채워지지 않는 무언가가 있었는데, 그게 채워지는 그런 충만한 느낌에 마음이 설렜다.

그러던 어느 날 퇴근을 했다가 공장에 놓고 온 물건이 있어서 밤에 다시 돌아갔는데, 매니저가 재봉틀에 앉아 옷감에 칼라를 달고 있었다. 몇 개의 봉제공장을 운영하느라 바쁜 사장님 대신 공장 운영과 일감을 따오는 일만 하던 그가 왜 재봉틀에 앉아 칼라를 달고 있나 했지만 무슨 다른 사정이 있겠거니 싶었다. 난 놓고 온 물건만 찾아 다시 공장을 나왔고, 그 일은 금방 잊어버렸다. 그리고 얼마 후 경리일을 맡고 있는 직원을 통해 모든 진실을 알게 되었다. 내가 그동안 왜 그렇게 높은 주급을 받고 있었는지 말이다. 내가 하지 않은 칼라 다는 일까지 내가 한 걸로 되어 있었다.

나는 단번에 그 사람이 한 일이라는 걸 알 수 있었다. 바로 그였다. 그 사람일 수밖에 없었다. 난 그의 퇴근시간에 맞춰 공장 앞에서 그를 기다렸다. 공장에서 나온 그는 나를 보지 못한 채 계속 길을 걸어갔다. 난 몇 년 동안 내 입 밖으로 내뱉지 못했던 그 그리운 이름을 불렀다. 그가 뒤를 돌아보았다. 내 눈에서 눈물이 터져 나왔다. 난 달려가 그를 안았다.

"당신이지? 당신 맞지?"

나는 문성 씨의 품속에서 울고 또 울었다. 그의 심장소리가 내 귀에 들려왔고, 그의 손이 나를 감싸 안는 걸 느끼며 더욱 오열을 하였다. 1985년 겨울, 나는 그렇게 맨해튼 한복판에서 내 첫사랑과 재회하였다.

문성씨와 난 지구를 반 바퀴 돌아 뉴욕에서 다시 만났다.

이방인
그리고
사업가
아줌마의
비즈니스
전략

01

▶ | **이별이라는
그 슬픈 단어**

첫사랑은 잘 이루어지지 않는다고 하는데, 나와 내 첫사랑은 그렇게 뉴욕에서 재회를 했고 우리의 사랑은 결실을 맺었다. 서울역에서 막차가 끊길 때까지 나를 기다렸던 그는 그 후 미친 사람처럼 나를 찾아 헤맸다고 했다. 나를 만나기 위해 우리 집 앞에서 몇 날 며칠을 기다렸지만 끝내 만날 수 없었으며, 내 남동생이 있는 대전까지 내려가 한동안 그곳에서 머무르며 나를 찾기 위해 갖은 애를 썼지만 실패했다고 했다. 성진이 오빠를 찾아가서 내가 있는 곳이 어디인지 알려달라고 무릎까지 꿇고 사정을 했지만 끝내 오빠는 그에게 알려주지 않았고, 그렇게 그는 절망하고 좌절했다고 했다.

몇 년 후 자포자기하고 방황하던 그는 누나의 성화에 나처럼 선을 본 후 결혼을 해서 아이 둘을 보았다. 하지만 한 여자의 남편이자 두 아이의 아빠가 되었는데도 불구하고 그는 좀처럼 마음을 잡지 못했고 계속해서 밖으로만 나돌았다. 아이들 엄마와 아이들에게 마음을 주려고 노력을 했지만 그럴 수 없었고, 그럴수록 그는 그 집에서 이방인이 되어 갔다. 그의 몸과 마음은 단 한 번도 그 집에 머무른 적이 없이 계속 방황을 했고, 그런 그로 인해 그의 아내와 아이들은 외로움과 버려졌다는 상처, 그리고 상실감이라는 고통 속에 몸부림쳤다.

그러던 어느 날 술집에서 친구들과 술을 마시던 중 옆 테이블에 앉아있던 남자들과 싸움이 붙었다. 유도로 몸이 다부졌던 그와 그의 친구들은 그 사람들을 보기 좋게 패줬고 그렇게 광란의 밤이 지나갔다. 그런데 알고 보니 그와 그의 친구들에게 얻어터진 남자들 중 한 명이 고위층의 아들이었다. 그는 가까스로 도망쳐 몸을 피했지만, 그의 친구들은 힘 한번 써보지 못한 채 잡혀가 갖은 고문과 폭행을 당하고 겨우 풀려났다고 한다. 그 중 한 친구는 그 후 몸에 장애까지 생겼다고 하니, 그때 끌려가서 얼마나 심한 고생을 했을지 상상만 할 뿐이었다. 그 사건으로 인해 그는 더 이상 한국에서 살 수 없는 지경까지 왔고, 그의 작은 아버지는 그에게 당장 한국을 떠나라고 하셨다. 그리고 그분의 도움으로 그는 1970년대 후반 미국으로 들어올 수 있었고, 그렇게 겨우 목숨을 부지할 수 있었다고 한다.

보통 한인들이 미국에 오면 LA나 뉴욕에 정착을 했는데, 그는 성공하기 위해서는 뉴욕에서 자리를 잡아야 된다고 생각했고, 그렇게 이곳에서 이민생활을 시작했다고 했다. 한국에서 운영하던 유도장을 팔고 받은 돈 모두를 아내에게 주고 자신의 주머니에는 몇백 불이 전부였다고 한다. 영어도 잘 못하고 체류신분도 안 되는 그가 취직을 하여 돈을 벌 수 있던 곳은 한인들이 운영하는 소규모 비즈니스나 봉제 공장뿐이었다. 그때 당시 한인들이 주로 많이 하던 사업은 야채가게나 생선가게, 가발이나 의류 비즈니스 아니면 세탁소였다. 그래도 빠른 시간 안에 돈을 벌고 체류신분을 해결할 수 있는 방법은 봉제공장에 취직하는 것뿐이라고 판단한 그는 숙식이 해결이 되는 한인 식당에서 청소를 하고 접시를 닦으면서 돈을 모았고, 그 후 봉제공장에 취직해 봉제기술을 배웠다.

그는 하루라도 빨리 영주권을 취득해서 한국에 있는 아내와 아이들을 미국으로 데리고 오려고 했다. 그래서 이를 악물고 배웠고, 얼마 지나지 않아 지금 일하는 공장의 매니저로 취직할 수 있었다. 그의 실력을 인정한 공장에서 영주권을 취득할 수 있게 도움을 줘서 바로 신분도 해결할 수 있었다, 하지만 영주권자의 배우자와 자녀라는 자격으로 그의 가족을 미국으로 초청을 하려는 찰나 한국에 있던 아내에게서 이혼서류가 보내졌고, 그는 그렇게 이혼도장을 찍을 수밖에 없었다고 한다. 남편 한 사람만 보고 긴 시간을 인내하며 기다리다 지쳐버린 그의 아내는 그렇게 그에게 작별인사를 고했고, 아이들은 아빠인 그가 키우기로 합의하고 이혼을 했다.

영주권자의 미성년자 자녀로 자신의 아이들을 초청한 후 아이들의 영주권이 나오기를 기다리던 중 나와 재회하게 된 것이었다. 나로 인해 그의 인생이 어떻게 뒤집혔는지 그의 이야기를 들으며 깨달았고, 가슴이 저려옴에 마음이 찢어지는 것 같았다. 덤덤히 자신의 지난 이야기를 하는 그의 모습에 더욱 그의 아픔과 고통이 내게 고스란히 전해졌다. 나도 그에게 내 이야기를 해주었다. 그와 헤어지고 어떻게 여기까지 오게 되었는지 말이다. 서로가 헤어져 있는 동안 어떤 일이 있었는지 이야기를 하며 우리는 밤이 새도록 서로의 손을 놓지 못하고 울었다.

우리는 누가 먼저라고 할 것 없이 다시 사랑에 빠졌고, 난 그의 집에 들어가 같이 살기 시작했다. 그리고 그동안 그가 봉제공장을 다니며 모은 돈으로 우리는 조그마한 잡화점을 열었다. 우리는 함께 가게를 운영하며 24시간 내내 붙어 있었다. 서로 떨어져 있었던 그 시간을 보상받기라도 하겠다는 듯이 우리는 항상 함께하며 행복한 시간을 보내고 있었다.

문성씨와 뉴욕에서
우리의 첫 비즈니스인
잡화점을 열었다.

그는 따뜻한 남자였다. 미국과 한국의 좋은 문화만을 조금씩 받아들여 자신만의 것으로 만든 듯했다. 그는 가부장주의에 빠져있던 보통의 한국남자들과는 확연히 달랐다. 남자는 부엌에 들어가면 절대 안 되고, 집안일은 모두 여자가 해야 한다는 한국남자들의 유교 사상에 젖은 생각을 전혀 가지고 있지 않았다. 가끔 일이 있어 늦게 퇴근해 집에 들어가면 그가 미리 만들어 놓은 얼큰한 김치찌개 냄새가 온 집안에 진동을 하여 내 식욕을 돋우는 맛있는 저녁식사가 차려져 있었다. 주말이 되면 빨래랑 청소 등 집안일을 도와주었고, 조금이라도 날 편하게 해주기 위해 노력을 했다. 쉬는 날에는 맨해튼에 나가 연극도 보고 멋진 레스토랑에서 식사도 했다. 여행을 좋아하는 우리는

업스테이트 뉴욕이랑 펜실베니아 등 가까운 주에 여행도 많이
다녔다. 내 인생에 다시 또 없을 것만 같은 행복한 시간을 보내
며 나는 이 시간이 끝나지 않기만을 기도하고 또 했다.

지금의 남편과 나는
쉬는 날마다
여행을 많이 다녔다.

1986년 그 해, 우리는 결혼을 서두르기로 했다. 이민국 단속이
심해진 마당에 영주권도 없이 불법체류자 신분으로 살 수는 없

었다. 문성씨가 영주권이 있으니 배우자 자격으로 내 영주권을 신청 할 수 있었고 큰 문제가 없는 한 난 바로 영주권을 받을 수 있었다. 혜미도 미국으로 데리고 와야 했다. 영주권자의 자녀로 초청을 하면 몇 년 안에 아이도 영주권을 받아 미국으로 들어 올 수 있었다. 몇 년이 걸릴지는 모르겠지만 일단 내 신분 먼저 해결을 해야 했다. 둘 다 재혼이기에 결혼식은 생략하기로 하고 대신 시청에 가서 선서식을 하고 혼인신고만 하기로 했다. 그렇게 며칠이 흐르고 갑자기 혜영이(첫째 딸) 숙모한테서 연락이 왔다. 전남편과 이혼 후에도 혜영이의 소식을 듣기 위해 그녀와 가깝게 지냈는데, 혼인신고를 앞두고 그녀에게서 연락이 온 것이다. 한국에 있는 전남편의 어머니가 나와 급히 통화를 하고 싶어 한다며 한번 연락을 해보라고 했다. 무슨 일인지 자기도 모르겠다며 급한 일 같다고 내게 연락처를 알려 주었다.

혹시 혜영이에게 무슨 문제가 생겼나 싶어 걱정이 되어 하루 종일 일이 손에 잡히지가 않았다. 나는 그 사람에게 몸이 좋지 않다고 말하고 일찍 집으로 돌아왔다. 그리고 옷도 갈아입지 않은 채 급하게 혜영이 친할머니한테 전화를 했다. 통화 연결음 소리가 흐르고 얼마 지나지 않아 익숙한 목소리가 전화 너머로 들려왔다. 혜영이 아빠가 그 여자와 이혼을 하고 한국으로 나온다는 소식을 전하며 혜영이 할머니는 오열을 하셨다.

아이들의 미래를 위해서라도 자신의 아들과 합쳐달라고 사정을 하셨다.

"혜영이 엄마야. 내가 그동안 했던 모진 행동들은 잊고 혜영이 아빠가 저지른 실수는 용서할 수 없겠니? 그래도 아이들한테는 부모가 필요하지 않겠어? 혜영이랑 혜미한테 상처주지 말고 한국으로 돌아오거라. 혜영이 아빠랑 합치기만 한다면 예전에 네가 해준 집과 빌딩은 모두 네 명의로 바꿔주고 너네가 먹고 살 수 있게 있는 힘껏 도와줄게."

그 독한 양반이 내게 처음으로 약한 모습을 보이며 울고 계셨다. 전화를 끊고 나는 아무것도 할 수 없었다. 혜영이와 혜미를 위해 전남편과 합쳐달라는 말에 마음이 흔들리기 시작했다. 갑자기 문득 그런 생각이 들었다. 지금 이대로라면 그 두 아이들 모두 남의 손에 자랄 게 뻔했다. 그 사람이 계속 혼자 살 사람도 아니고, 계속 바뀌는 계모들 손에 혜영이가 상처받을 거라는 생각이 들었다. 혜영이는 새어머니 손에, 혜미는 새아버지 손에 자라며 망가진 가정 속에서 혼란스러운 성장과정을 거칠 게 눈앞에 필름처럼 그려졌다.

이제 그 여자와 갈라선 혜영이 아빠가 한국으로 돌아간다니 우리가 노력만 한다면 망가진 우리 가정을 다시 회복시킬 수도 있을 거라는 희망이 머릿속에 맴돌았다. 혜영이 친할머니가 우리가 먹고 살 수 있도록 모두 다해 주겠다고 했으니 크게 걱정할 것도 없을 것 같았다. 그 사람을 더 이상 사랑하지 않는다고 하더라도, 믿지 못한다고 하더라도 두 아이만 보면서 살 수 있을 것 같았다. 몇 시간이 흐르고 문성 씨가 집에 돌아왔다. 난 떨리는 목소리로 그를 잡고 이야기했다. 아이들을 위해 전남편과 합치기로 했다고. 그래서 다시 한국으로 돌아가겠다고 했다. 아무 말 없이 듣고만 있던 그는 내 손을 잡더니 말했다.

"수양아! 네 마음이 편한 대로 해. 넌 네 마음이 움직이는 대로 가면 돼. 나는 네가 다시 날 떠난다고 해도 언제나 그랬듯이 여기서 널 기다릴 테니까. 갔다가 내게 돌아오고 싶으면 언제든지 돌아오면 돼."

그는 한국에 나가게 되면 돈이 좀 필요할 거라며 남아 있는 전 재산을 내게 전부 주었다. 나와 함께 사업을 하기 위해 가지고 있던 돈을 모두 투자해 비즈니스를 차린 직후라 돈도 얼마 없었던 그는 자신에게 남은 모든 것을 탈탈 털어 내게 준 것이다. 그는 그런 사람이었다. 나를 위해서라면 뭐든 하는 사람이었고, 내게만은 아까운 게 없는 그런 사람이었다. 아낌없이 주는 나무처럼 그곳에 뿌리를 박고 나만 기다렸다, 그리고 모든 것을 내주었다.

나는 뻔뻔하게 그가 주는 돈을 받아 한국으로 나왔다. 불법체류자 신분이라 한국으로 나가면 다시는 미국으로 들어오기 힘들다는 걸 뻔히 알면서도 난 나와야만 했다. 그렇게 난 그를 두 번이나 버렸다. 나는 그에게 독하고 나쁜 여자였다. 그래도 내게는 아이들이 먼저였다. 아이들을 위해서라면 사랑 따위 몇 번을 버리라 해도 버릴 수 있을 것 같았다.

나는 한국에 도착하자마자 아무것도 모르는 친정부모님을 먼저 찾아뵙고 인사를 드렸다. 친정어머니는 혜미를 맡으시면서 아버지와 다시 합치셨다. 혜미라는 존재는 다른 여인네들로 인해 어머니로부터 떠났던 아버지의 마음을 완전히는 아니지만 어느 정도는 어머니에게로 다시 돌아오게 했다. 자신을 버리고 다른 여자들에게 가버린 남편을 어머니는 어떤 조건 없이 다시 받아 주셨다. 그때까지도 계속 유지되고 있던 아버지와 첩들의 관계를 어머니는 너무나 쉽게 무시해 버리셨다. 혜미를 키우는 재미로 하루하루가 즐겁기만 하셨던 어머니는 남편의 외도는 눈에 들어오지 않으셨다. 나와 우리 남매들은 거들떠보지도 않으셨던 아버지의 손녀 사랑은 무한대였고 맹목적으로 아이를 사랑해 주시고 아껴주셨다. 아버지는 캠핑카를 구입해 아이와 첩들을 데리고 전국 방방곡곡을 여행 다니셨고 어머니는 그런 아버지를 이해 해 주셨다. 아이가 행복해하며 웃는 모습이 그저 좋기만 하셨던 것이다.

부부는 그런 거였다. 사랑을 하지 않아도 자식들을 위해 같이 사는 게 부부였다. 더 이상 상대를 사랑하지 않아도 정 때문에 사는 게 부부이다. 나도 그래야만 했다. 남편에게 오만정이 다 떨어졌다고 해도 내 피붙이를 위해 다시 그랑 살아야만 한다. 단란한 가정을 만들어 아이들을 위한 따뜻한 보금자리를 마련해줘야 한다. 난 부모님께 남편은 미국에서 정리할 게 많아 내가 먼저 나왔다고 말씀드렸다. 몇 년 만에 혜미도 볼 수 있었다. 북북 기어 다닐 때 본 게 마지막이었는데... 이제 말도 하면서 뛰어다니고 혼자 책도 죽죽 읽어 내려가는 똑똑한 내 어린 딸을 보며 난 흘러나오려는 눈물을 억지로 참았다.

아이를 몇 년 만에 품에 안았다. 그리고 아이의 얼굴을 바라보았다. 아이가 돌이 지나고 바로 난 미국으로 떠났다. 아이는 그새 많이 성장해 있었다. 몇 살이냐고 하니 고사리 같은 손으로 손가락 4개를 세우며 환하게 웃었다. 나는 울먹이는 목소리를 겨우 진정시키고 말했다. 내가 네 엄마라고... 아이는 뭐가 그리 좋은지 내 손을 끌고 밖으로 나가더니 동네 친구들을 모두 불러내 나를 한 명 한 명한테 엄마라고 소개시켰다. 이런 못난 엄마가 뭐가 그리 좋다고 그 조그마한 궁둥이를 실룩거리며 춤을 추며 뛰어다니는데 나는 목 놓아 울고만 싶었다. 나는 아이에게 이제 아빠랑 엄마랑 언니 우리 네 식구 모두 같이 살자고 했다. 아이는 좋아서 어찌할 줄을 몰라 했다. 나는 아이에게 금방 데리러 올 테니 외조부모님 말씀 잘 들으며 조금만 기다려 달라고 했다.

부모님께 시댁으로 가겠다고 이야기하고 집을 나섰다, 얼마 후 혜영이 아빠도 한국으로 돌아왔고, 우리는 그렇게 다시 합쳤다. 하지만 문제는 그 후부터였다. 그 사람이 내게 조금이라도 손을 대도 소름이 끼치고 끔찍했다. 다른 여자에게 가기 위해 나를 버렸던 그가 내게 손을 댈 때마다 나는 소름이 끼쳐 견딜 수가 없었다. 첩이랑 같이 있다 가끔 집에 들어오시는 아버지를 피해 밤마다 집을 나가 계셨던 어머니가 이해가 갔다. 도저히 그를 똑바로 쳐다볼 수도, 그와 어떤 말도 섞을 수도 없었다. 나는 이미 다른 남자의 여자였다. 매일 미국에 있는 그 사람이 그리워 미칠 것만 같았다.

거기에 우리가 먹고 살 수 있게 도와주신다던 시어머니도 아무 말씀이 없으셨다. 장사를 할 수 있게 돈 좀 해달라고 했지만, 시어머니는 알아서 하라며 고개를 돌려 버리셨다. 집과 빌딩의 명의 변경 이야기도 쏙 들어갔다. 전남편은 취직할 생각이 아예 없었다. 내게 모든 걸 맡기고 다시 예전의 그 때 그 모습으로만 살고자 했다. 그렇다고 가정에 충실 하지도 않았다. 얼마못가 밖으로만 돌았다. 그때서야 난 깨닫게 되었다. 우리의 관계는 절대 회복될 수 없다는 걸... 아이들을 위해 합치자고 해서 돌아왔지만 난 할 수 없었다. 깨달음과 함께 난 바로 그 집에서 나왔다.

친정으로 돌아가 모든 사실을 이야기했다. 어머니는 나를 안고 통곡을 하셨다. 혼자 얼마나 힘들었냐며 어머니는 나를 안고 계속 우셨다. 아버지는 고개만 내저으며 아무 말씀도 하지 못하셨다. 나는 뉴욕에서 문성 씨를 다시 만난 사실을 말씀드렸고, 어머니는 두 사람은 절대 헤어질 수 없는 인연이라며 그 사람을 꼭 잡으라고 하셨다. 혜미는 내가 준비가 될 때까지 맡아 키워줄 테니 먼저 내 인생을 찾으라고 하셨다.

미국에서 문성 씨가 날 기다리고 있었다. 나는 그에게로 돌아가야만 했다. 이미 산산조각이 나고 무너져 버린 가정을 어떻게든 살려보겠다고 했던 내 오만과 무모함이 내 발등을 찍었다. 아버지와 어머니처럼 아이들을 위해 모든 걸 희생하고 참고 살기에는 난 부족한 사람이었다. 능력도 없이 겉만 맴도는 남편과 나를 자꾸만 속이려고만 하시는 시어머니를 보양하며 그렇게 돈버는 기계로 내 삶을 희생하며 살고 싶지 않았다. 나는 내게 기댈 사람이 아닌 내가 기댈 수 있는 사람이 필요했다.

그리고 내게는 사랑도 중요했다. 사랑 없이 살기에는 내 가슴속에 있는 뜨거운 불을 잠재울 수 없었다.

그렇게 나는 가지고 있는 돈을 몽땅 털어 캐나다 행 비행기표를 구입했고, 미국에 있는 그에게 연락을 하였다. 그를 떠난 지 3개월 만이었다.

02

▶️ 목숨을 건
밀입국

      1986년, 한국에 돌아온 지 3개월 만에 다시
미국으로 들어가겠다는 나의 말에 문성 씨는 고맙게도 아무것
도 묻지 않았다. 한국인은 비자면제로 사증 없이 캐나다 입국
이 가능했고, 캐나다 공항에 도착해서 방문비자를 받으면 됐
다. 나는 일단 캐나다 토론토로 날아간 후 거기서부터 어떻게
미국으로 들어갈 수 있을지 알아보기로 했다. 그는 몇 시에 도
착하는지만 물어보고 전화를 끊었다. 긴 비행을 마치고 토론토
피어슨 공항에 도착해 게이트를 통해 나오니 그리웠던 그 얼굴
이 나를 보며 환하게 웃었다. 나는 뛰어가 그의 품에 안겼다.
미안하다는 말 밖에 할 수가 없었다. 그는 날 기다리겠다고 한
그 약속을 지켜 주었다, 두 번이나 자신의 손을 놓아 버린 나를
미워할 만도 한데 그는 그러지 않았고 더욱 더 큰 사랑으로 나

의 부족함을 감싸주었다.

몸이 아파 쓰러질 지경이어도 가게 문은 무조건 여는 그인데, 가게 문까지 닫고 8시간을 넘게 운전을 해서 토론토로 나를 보러 와 주었다. 나는 왜 비행기를 타지 않고 운전을 해서 여기까지 왔냐고 물어봤다. 말이 8시간이지 그 긴 시간을 운전해서 나를 보러 온 그에게 미안하고 고마워서 더욱 가슴이 아려왔다. 그는 날 데리러 왔다고 했다. 캐나다와 미국을 연결하는 다리 하나만 넘으면 미국으로 입국이 가능하니 자신이 운전하는 차 트렁크에 숨어만 있으면 된다고 했다. 나는 그 말을 듣고 기겁을 하였다. 아무리 뻔뻔함의 극치인 나라고 해도 그의 인생을 망칠 수 있는 그런 위험한 일은 할 수가 없었다. 만약 국경에서 걸리게 된다면 그도 무사할 수 없었다.

나는 단번에 안 된다고 했다. 이미 한 번 그의 인생을 망쳐 놨는데 다시 또 그럴 수는 없었다. 나는 다른 방법을 찾아보겠다고 했고, 내 고집을 꺾을 수 없었던 그는 알았다고 했다. 그러면서 토론토에 머무는 동안 필요한 게 많을 테니 그때 쓰라고 돈이 들어 있는 봉투를 내밀었다. 내가 아무리 염치가 없는 사람이라고 해도 그 돈은 절대 받을 수가 없었다. 나는 받지 않겠다고 거절을 했고, 그도 더 이상 권하지 않았다. 그는 며칠을 토론토에 머물면서 내가 지낼 곳을 알아봐 주었다. 호텔에서 지내라는 그의 권유에도 불구하고 나는 룸메이트가 있는 집을 얻었다.

그가 뉴욕으로 떠나고 집으로 돌아와 내 핸드백을 열어보니 그가 내게 주려고 했던 돈 봉투와 편지가 눈에 보였다. 돈 봉투에는 몇만 불의 돈이 들어 있었다. 가게 차리느라 모아 놓았던 돈 모두 다 쓰고, 그 후 내가 한국으로 나간다고 했을 때 자신이 가지고 있던 돈 전부를 내게 준 사람이었다. 이제 남은 게 아무것도 없었을 텐데, 분명 있는 돈 없는 돈 모두 끌어다가 겨우 만들어 온 돈일 게 분명했다. 그의 자존심에 다른 사람에게 손을 벌리기 힘들었을 텐데, 그는 나에 관한 일 앞에서는 언제나 자존심이든 뭐든 모두 다 내려놓는 그런 사람이었다. 떨리는 손으로 편지를 열어 읽어 보았다. 그와 다시 만나 함께 하는 며칠 동안 하도 울어서 더 이상 나올 눈물이 없다고 생각했는데, 내 눈에서는 고장 난 수도꼭지처럼 끊임없이 눈물이 흘렀다.

"수양아!... 기다리고 있을 테니 너무 애타지 말거라. 죽을 때까지 너는 내가 책임질 테니까 너무 걱정하지 말고 힘을 내라. 분명히 미국으로 들어올 수 있는 길이 열릴 것이다. 그러니 이 돈은 아끼지 말고 필요한 데 쓰거라. 돈 떨어지면 내게 바로 이야기하고... 네가 못 들어오면 내가 캐나다로 넘어 올 테니 절대 걱정 말거라. 사랑한다. 수양아."

그때 마음을 먹었다. 맹세코 이제 그의 손을 놓지 않겠다고 말이다. 그를 위해 내 한 목숨이라도 바치겠다고 생각했다. 나를 항상 감싸주었던 그를 이제는 내가 지켜주겠다고 다짐했다.

그 다음 날 나는 일자리를 구하러 근처에 있는 한인마트에 갔다. 그가 내게 준 돈은 미국에 들어갈 때 필요한 비용으로 써야 할 터였다. 그는 돈이 떨어지면 자신에게 바로 이야기하라고 했지만 난 그럴 수가 없었다. 이곳에 있는 동안 내 앞가림은 내가 하는 게 옳은 것 같았다. 마트 앞에 있는 비치대에서 벼룩시장 신문을 가지고 와 구인광고란을 빠르게 훑어보았다. 봉제공장에서 봉제 기술자를 구한다는 광고가 보였고, 그 공장에 기술자로 취직을 할 수가 있었다. 난 그곳에서 일하며 미국으로 들어갈 방법을 모색했다.

그러던 어느 날, 내가 미국으로 들어갈 방법을 찾고 있다는 걸 알게 된 동료가 이민 브로커를 잘 알고 있다며 그의 연락처를 가르쳐 주었다. 다음 날 바로 약속을 잡고 이민 브로커를 만나러 나갔다. 브로커는 미국에서 부동산업자로 일하고 있는 미국 남자였는데, 미국 시민권을 가진 한국 남자와 한 팀으로 짜여 있었다. 그들은 그때 돈으로 2만 불을 요구했고, 난 망설임 없이 문성 씨가 준 돈으로 지불했다. 두려워할 여유가 없었다. 사기를 당할 수도 있다고 염려할 시간이 없었다. 할 수 있는 모든 방법을 동원해서 하루빨리 문성 씨에게 돌아가야만 했다. 그가 날 기다리고 있었다. 또한 한국에 남겨둔 아이의 미래를 위해서 움직여야만 했다. 나와 아이의 미래는 그곳 미국 뉴욕에 있었다.

토론토에서의 3개월의 여정을 마무리할 시간이 다가왔다. 방을 빼고 봉제공장에 일을 그만두겠다고 알렸다. 많지도 않은 짐을 모두 정리해 소포로 뉴욕에 부쳤다. 이제 모든 준비가 끝났다. 다시 그에게 돌아갈 일만 남았다. 얼마 후 난 집 앞에 대기하고 있던 차에 몸을 실었다. 두 명의 이민 브로커와 함께 차로 10시간 정도 되는 거리를 쉬지 않고 달렸고, 그렇게 인디언 마을에 도착했다. 그 마을에 사는 인디언들은 근처에 있는 나이아가라 폭포 물줄기에서 낚시를 하며 생계를 이어가고 있었다.

이민 브로커들은 나이아가라 강만 넘으면 미국으로 바로 들어갈 수 있다고 했다. 한국인 남자가 먼저 차로 다리를 건너간 후 강 건너편에서 대기하고 있으면 나와 미국인 브로커가 인디언들의 낚시배를 타고 넘어오면 된다고 했다. 만에 하나 국경 경비대원에게 걸리면 미국에 땅을 구입하기 위해 간다고 이야기하라며 내게 미리 준비해 놓은 가짜 부동산 매매계약서도 건네주었다.

인디언들이 노를 젓기 시작하자 난 떨리는 가슴을 진정시키려

노력하며 강 건너를 바라보았다. 저 강 건너가 미국이었다. 나이아가라 폭포의 물소리가 귀를 가득 채우며 방망이 치듯 쿵쾅거리는 내 심장소리를 잠재웠다. 강 너머로 미국 국경 경비대원들의 시선이 느껴졌다. 나는 억지 미소를 지으며 아무렇지도 않은 듯이 앞만 바라보았다. 피가 거꾸로 흐르고 구토가 나올 것만 같았다. 떨리는 손이 멈추지가 않아 두 손을 꼭 잡고 눈을 감았다. 친정어머니의 얼굴과 아이들의 얼굴이 하나씩 스쳐 지나갔다. 그리고 문성씨의 얼굴이 떠올랐다. 두려움과 그리움이 한꺼번에 몰려오며 눈물이 터져 나올 것만 같았다.

당장이라도 총알이 날아와 내 가슴에 박힐 것만 같았다. 경비원의 의심을 잠재우기 위해서였던 건지 낚시배가 잠시 강 중간에 멈췄다. 인디언들은 30분 정도를 침묵 속에서 낚시를 했다. 온몸이 식은땀에 젖어 금방이라도 쓰러질 것만 같았던 나는 배에 앉아 이 지옥 같은 시간이 빨리 지나가기만을 기다렸다. 미국인 브로커도 긴장한 자신의 모습을 들키지 않으려고 적잖이 애쓰고 있었다.

30분 후 낚시배는 다시 움직이기 시작했고, 우리는 그렇게 강을 건너 미국 국경에 발을 내딛었다. 배에서 내리니 국경 경비대원들이 우리에게로 다가왔다. 그들의 눈에는 갑자기 낚시배를 타고 건너온 동양 여자와 인디언 남자들, 그리고 미국남자로 이루어진 이 조합이 이상해 보이는 게 당연했다. 난 준비한 대로 땅을 구입하러 왔다고 하며 외워둔 땅 주소를 자신 있게 말했다. 의심의 눈초리를 거둔 그들에게 인사를 한 나와 브로커는 천천히 걸음을 옮겼고, 우리가 떠나는 걸 본 인디언들도 다시 배를 저어 캐나다로 돌아갔다.

약속한 대로 한국인 브로커가 우리를 기다리고 있었고, 우리는 그의 차를 타고 이동했다. 얼마 후 그레이하운드 버스 정류장에 도착을 했고, 그렇게 그들은 날 그곳에 내려주고 사라졌다. 정말 이곳이 미국이 맞는지 갑자기 의심이 들었다. 곁에 아무도 없었다. 혼자 남겨진 나는 두려움에 미칠 것만 같았다. 난 비틀거리며 매표소까지 걸어갔고, 매표소 직원에게 손가락으로 땅을 가리키며 떨리는 목소리로 몇 번이나 물어봤다.

"아메리카? 아메리카? 웨어? 웨어?"

매표소 직원은 이상한 사람 보겠다는 듯 날 쳐다보며 미국이 맞다고 뉴욕이라고 했다. 나는 그 말을 듣고 다리가 풀려 그 자리에 주저앉았다. 다시 뉴욕으로 돌아왔다. 그가 있는 곳으로 돌아온 것이다. 무사히 버스에 오른 나는 10시간 후 새벽이 돼서야 맨해튼에 도착했다. 택시를 겨우 잡아타고 내가 떠나온 그 집으로 향했다. 6개월 전 우리의 행복한 미래를 그리며 같이 신혼집으로 꾸민 그 집으로 다시 돌아온 것이다. 엘리베이

터를 탈 생각도 못하고 계단으로 뛰어 올라간 나는 현관 벨을 누르고 또 눌렀다. 그가 졸린 눈을 비비며 문을 열어주자 난 그의 품으로 뛰어들었다.

내가 돌아오는 줄을 전혀 몰랐던 그는 너무 놀라 그 자리에 멈춰 섰고, 나는 그의 품안에서 울음을 터트렸다. 빠르게 뛰는 그의 심장소리를 들으며 나는 천천히 진정이 되었고, 그의 얼굴을 올려다보니 그는 아무 말도 하지 못하고 나를 보며 혼란스러워했다. 그를 데리고 소파에 가 앉은 나는 무슨 일이 있었는지 차근차근 그에게 이야기를 해주었고, 그의 얼굴은 붉으락푸르락 달아오르며 목에 핏대가 섰다. 왜 미리 자신에게 이야기도 하지 않고 이런 무모한 짓을 벌였냐고 꾸짖는 그를 보며 나는 웃기만 했다. 그렇게 나는 그가 있는 뉴욕으로 다시 돌아왔다.

03

▶ │ 가먼트 디스트릭트의 돌I
부부사업가

어릴 때 만나 이어진 그 소중한 인연은 돌고
돌아 뉴욕에서 다시 만나 10년 후 드디어 결실을 맺었다. 헤어
질 사람은 어떻게 해도 헤어지고, 만날 사람은 어떻게 해도 다
시 만나게 된다고 하지 않았던가. 우리도 그렇게 지구를 반 바
퀴 돌아 다시 만나게 되었고, 10년이 흘러서야 부부의 연을 맺
을 수 있었다. 10년 전 어리석은 판단으로 그의 손을 놓았다.
그리고 또다시 바보 같은 선택으로 잡지 말아야 될 손을 잡았
고, 그렇게 첫 결혼을 실패했다. 그리고 1986년, 그는 내게 다
시 그의 따뜻한 손을 내밀어 주었다.
6개월 전에 약속한 대로 우리는 결혼식을 생략하고 시청에서
선서식 후 혼인신고를 하였다. 그날 밤 한국에 계신 어머니에
게 전화를 해서 결혼 소식을 알리자 어머니는 진심으로 기뻐하

시면서 어렵게 이어진 인연 소중히 생각하며 잘 살라고 당부 또 당부하셨다. 이미 우리 둘 다 한 번씩 결혼에 실패했었는데, 우리 인생에 두 번의 실패가 있어서는 절대 안 되었다. 무조건 행복해야 했고, 너무 행복해서 그 행복이 깨질까봐 두려워지기까지 했다. 다시 내게 맞는 신발을 신은 것 같았다. 어디든 갈 수 있었고, 뭐든지 할 수 있을 것 같았다.

돈도 없고, 힘도 없고, 빽도 없었던 남편은 젊은 날 한국에서 내쫓겨 이곳까지 오게 되었다. 힘이 없는 자가 힘이 있는 자를 실수로 건드렸고, 그렇게 한국에서의 삶에 마침표를 찍었다. 선택권이 없이 미국으로 올 수밖에 없었던 남편과 달리 나는 성공하겠다는 굳은 의지 하나로 뉴욕까지 왔다. 내 선택이었고 내 결정이었다. 이곳이라면 내가 이루고자 하는 꿈 모두를 이룰 수 있게 해줄 것 같았다. 지금의 남편과 제대로 된 가정을 꾸려가면서 내 아이도 데려와 행복하게 살고 싶었다. 아이에게 해주고 싶은 것들... 그 아이가 하고 싶은 것들 모두 다 해주고 싶었다. 이 모든 걸 해내려면 성공해야만 했다.

전 세계 사람들이 꿈과 큰 포부를 가지고 뉴욕으로 모여 들었고, 뉴욕은 노력하는 자에게 그 만큼의 결과를 던져주는 그런 기회의 땅이었다. 여기에서만큼은 나는 그저 그런 한 여인네가 아니었다. 뭐든지 할 수 있고 뭐든지 될 수 있었다. 여자이기 때문에, 배우지 못했기 때문이라는 핑계는 이곳에서는 통하지 않았다. 더 이상의 한계는 내게 없었다. 한 가지만 빼면 말이다. 그때까지도 나의 발목을 붙잡는 게 하나 있다면 그건 내 체류신분이었다. 언제 어떻게 잡혀 한국으로 추방될지 모르는 상황이었다.

예전에 봉제공장에서 일할 때는 그 공장 사장님에게 뇌물을 받은 이민국 직원이 공장에 조사를 나오기 전에 미리 경고를 해 주었다. 그러면 사장님은 체류신분이 안 되는 공장직원들에게 미리 연락을 주었고, 우리는 그날 출근을 하지 않았다. 하지만 이민국의 급습이 있을 때는 그 직원도 사장님에게 미리 알려 주지 못했고, 우리는 속수무책으로 당할 수밖에 없었다. 공장은 아수라장이 되어 전쟁터를 방불케 했다. 불법체류자들을 체포하기 위해 이민국 차가 공장 앞에 대기하고 있었고, 도망가는 사람들을 붙잡기 위해 출입문을 봉쇄했다. 나를 포함한 많은 사람들이 소리를 지르며 여기저기에 숨기 바빴고, 어떤 이들은 옥상으로 뛰어 올라가 굴뚝을 타고 전쟁터가 되어 버린 그곳을 빠져 나가기도 했으며, 어떤 이는 옥상에서 뛰어내리다 크게 다치기도 했다. 한국으로 다시 돌아가고 싶지 않았던 사람들은 그렇게 죽음도 불사하며 미국에 남아 있기 위해 무슨 일이든 마다하지 않았다.

남편은 혼인신고 후 바로 영주권자의 배우자로 내 영주권을 신청하였고, 난 더 이상 미국에서 불법체류자로 숨어 살 필요가 없어졌다. 이제 음지에서 양지로 나가 떳떳하게 내 꿈을 펼칠 수 있게 된 것이다. 영주권 신청 전의 불법체류자라는 신분은 마치 내 발목에 채워진 무거운 쇠사슬처럼 날 음지로 끌고 내려갔다. 나는 이곳 미국에서 이름도 뭐도 없는 그냥 이방인이었다. 하지만 남편이 그런 나를 양지로 데리고 나온 것이다.

혼인신고 후 남편은 내게 자신의 전 재산 6만 불을 맡기면서 이제 모두 내가 관리하라고 했다. 나는 남편에게 지금 하고 있는 가게를 팔고 이 6만 불을 합쳐 맨해튼에 봉제공장을 차리자고 제안했다. 맨해튼은 지역의 특성에 맞게 미트패킹, 소호, 첼시, 가먼트 디스트릭트 등으로 나눠진다. 가먼트 디스트릭트는 말 그대로 전 세계 글로벌 의류 브랜드 회사들이 모여 있는 패션 거리이다. 근처에 역과 터미널이 있어서 다른 곳들보다 위험한 지역에 속했다. 그 때문에 임대료가 저렴했고, 브로드웨이 중심으로 36가와 40가 사이에 패션기업들이 위치해 있으며, 한 블록에서 두 블록만 가면 봉제공장들이 즐비했다. 1990년까지 한인들이 운영하는 봉제공장만 해도 600개가 넘었다. 패션의 도시인 뉴욕에서 패셔니스타 뉴요커들과 전 세계 사람들의 옷을 생산하기 위해 봉제공장을 여는 건 어쩌면 자연스러운 수순이었다.

나는 공장 자리를 임대한 후 재봉틀 100여 대를 구입하여 들여 놓았다. 그렇게 우리는 한국인 직원 40명과 남미 직원 40명을 고용한 후 공장을 돌리기 시작했다. 남편의 뛰어난 봉제 기술과 체계적인 운영방식으로 공장은 시작한 지 얼마 지나지 않아 자리를 잡았고, 많은 투자자들이 따라붙었다. 그 후 우리는 공장을 점차적으로 확장해 나갔고, 남편이 많은 의류회사들과 계약을 체결하면서 공장은 실로 엄청나게 빠른 속도의 성장을 이루었다.

남편의 성실함과 끈기와 인내는 타의 추종을 불허했는데, 나는 그런 그를 보며 혀를 내두를 때가 한두 번이 아니었다. 봉제공장을 운영하다 보면 제일 많이 지출되는 비용이 인건비였는데, 직원들 주급과 쉽게 고장이 나는 재봉틀 수리비용에 따라오는 인건비가 제일 높았다. 남편은 인건비를 줄이기 위해 공장의 기계화를 빠르게 추진했다. 기계화를 위해 은행에서 필요한 대출을 받는 한편 투자자들에게 투자를 좀 더 이끌어 낸 후 그동안 우리가 저축해 놓은 돈 모두를 투자했다.

또한 남편은 운영비용을 줄이기 위해서 자신이 직접 재봉틀을 수리하겠다고 했다. 그는 멀쩡한 재봉틀을 열고 일회용 카메라로 내부의 사진을 찍은 후 모두 해체했다, 그리고 몇 날 며칠을 뜯었다 조립하기를 반복했고, 그렇게 재봉틀의 기능과 원리를 파악했다. 그 후부터 재봉틀이 고장 나면 남편이 즉시 수리하게 되었고, 그렇게 해서 운영비용을 크게 줄일 수 있었다.

빠르게 성장해 나가는 봉제공장임에도 불구하고 나와 남편은 더욱 정성을 기울였다. 하지만 고비는 언제든지 찾아온다.

"하나를 잃으면 다른 하나를 얻고, 하나를 얻으면 다른 하나를 잃는다."(나폴레온 힐, 결국 당신은 이길 것이다. P.70)

하나를 얻었으니 이제 다른 하나를 잃는 순간이 온 것이다. 우리와 계약을 맺은 한 의류회사가 작업한 물량에 대해 결제를 해주지 않기 시작했다. 돈을 받으러 의류회사에 가 보면 한인 봉제공장 사장들이 회사 밖에서 돈을 받기 위해 몇 시간 동안 기다리곤 했고, 못 받고 되돌아가는 경우가 더 많았다.

수금이 제대로 이루어지지 않으면서 자금 흐름에 문제가 생긴 우리는 급기야 직원들에게 주급을 주지 못하는 상황에 부딪혔다. 공장기계화에 모든 자금을 투자해서 전적으로 수금에만 의존할 수밖에 없었기 때문이다. 수금이 제대로 되지 않자 문제가 심각해진 것이다. 얼마 후 거의 모든 직원들이 파업을 했고, 공장은 마비상태에 이르렀다. 어느 날 금요일 남편은 돈을 구하기 위해 외부에 나가 있었고 난 혼자 사무실을 지키고 있었다. 분노에 눈이 뒤집힌 남아 있던 몇몇 직원들이 사무실로 찾아와 밀린 주급을 달라며 폭력을 휘둘렀다. 나는 그들 앞에 무릎을 꿇고 월요일에는 무조건 줄 테니 조금만 참고 기다려달라고 설득했다. 그들은 나의 눈물을 보고 조용히 돌아갔고, 그렇게 일단락이 되는 듯했다.

남편은 그 일이 있기 전에도 수금을 위해 매일 의류회사를 찾아갔지만 직원은 사장이 없다며 돌아가라고만 했다. 직원들에게 월요일에 밀린 주급을 주겠다고 약속했으니 그 약속을 꼭 지켜야만 했다. 약속한 월요일이 다가왔고, 그날도 어김없이 의류회사에 갔지만 사장을 만날 수가 없었다. 남편은 더 이상 참지 못하고 사장실 문을 발로 박차고 들어갔다. 예상대로 사무실 안에는 회사 사장과 그의 직원들이 앉아있었다. 직원들이 남편에게 다가오더니 다짜고짜 발로 차 쓰러뜨렸고, 남편은 그들의 발길질을 온몸으로 막아내며 혼신을 다해 소리를 질렀다.

　　"오늘 내 돈을 안 주면 너희들 모두 죽일 거야! 돈 안 주면 여기서 절대 움직이지 않을 거야!"

남편은 계속된 폭력에도 자신의 돈을 달라고 소리를 질렀고,

마침내 사장에게 돈을 받고 공장으로 돌아와 직원들에게 밀린 주급을 모두 나눠주었다. 그리고 얼마 후 나는 남편에게 공장을 정리하자고 했다. 더 이상 이들의 횡포를 견딜 수 없었다. 작업을 하고 수금을 해야 하는 봉제공장이 아닌 바로 현금이 도는 그런 사업체를 운영하는 게 나을 것 같다고 남편에게 말했다. 항상 내 말을 들어 주던 남편이 이번에는 완강하게 거부했다. 그런 일을 겪고서도 남편은 계속 공장을 운영하고 싶어 했다. 난 남편에게 말했다.

"여보! 우리 당장 공장을 정리해야 해요. 수금도 수금이지만 더 중요한 문제가 있어요. 봉제공장은 오래 갈 수 없을 거예요. 내가 확신하는데, 의류회사들은 생산라인을 분명히 인건비가 훨씬 싼 다른 나라로 옮길 거예요."

내 이야기를 듣고 곰곰이 생각하던 남편은 내 의견에 손을 들어 주었고, 그렇게 우리는 봉제공장을 정리했다. 1980년 후반, 임대료가 비교적으로 저렴한 흑인 거주 지역에 세탁공장 몇 개를 열었다. 손님이 옷을 가져오면 그 자리에서 드라이클리닝과 세탁이 가능할 수 있도록 기계들을 여러 대 들여놓았다. 수선할 옷들은 남편이 직접 수선하기로 했다. 임대료가 다른 지역에 비해 비싼 맨해튼에는 작은 평수의 공간에 세탁기계들이 없는 드롭스토어(Drop Store)를 여러 군데 차렸다. 손님이 세탁물을 가져오면 주문만 받은 후 퀸즈나 브루클린에 있는 세탁공장으로 보내는 구조였다. 공장에서 세탁된 옷들은 다시 맨해튼 드롭스토어로 배달되었다. 지금의 크린토피아와 비슷한 시스템이었고 사업은 성공적이었다. 얼마 후 내 예상대로 의류회사들의 생산라인이 인건비가 저렴한 멕시코나 중남미, 중국이나 동남아로 옮겨가자 600개가 넘던 뉴욕의 봉제공장들 대부분이 문을 닫게 되고 겨우 100개만 살아남았다.

첫 세탁공장 개업식

그때 당시 대다수의 한인들은 흑인지역에 진출해서 소규모 자영업을 하며 자리를 잡았는데, 보통 의류 관련 비즈니스나 야채가게 아니면 슈퍼마켓을 하며 자신들의 기반을 구축해 나갔다. 그런데 일부 몰지각한 한인 상인들이 흑인을 인종차별하면서 두 인종 간에 불미스러운 마찰이 잦아졌다. 흑인지역에서 장사를 하며 돈을 벌고 있음에도 불구하고 몇몇 한인 상인들이 흑인손님을 도둑으로 몰거나 무례하게 행동하는 등 그들에게 인종차별을 했고, 그로 인해 흑인들 사이에 한인 비지니스 불매운동이 일어났다.

1991년 LA에서 발생한 "두순자 사건"(한인상인이 흑인 여자아이를 도둑으로 오인해 다툼 끝에 총으로 쏴 아이가 사망한 사건)을 시작으로 1992년 4. 29 LA 폭동으로 이어졌고, 그로 인해 뉴욕에서도 한인들을 향한 흑인들의 악감정은 더욱 고조되었다. 한인자영업자를 상대로 한 대규모의 시위가 이어지자 한인 비지니스들은 힘든 시간을 보내고 있었다. 그렇게 두 인종 간의 갈등이 깊어져만 갔고 상황은 바로 끝이 날 조짐이 보이지가 않았다.

어느 날 세탁공장에서 남편과 다른 직원들은 안에서 일을 하는 중이었고, 나와 함께 한인 여자 직원들이 카운터를 보고 있었는데, 한 흑인 손님이 자신의 옷을 찾으러 왔다. 옷을 내주자 그 손님은 바지 밑단 안쪽의 얼룩이 모두 사라지지 않았다며 큰소리로 내게 화를 냈다. 아무리 살펴봐도 얼룩이 없는데 남아 있다고 주장하는 손님으로 인해 분하고 억울한 마음에 화가 났다. 끌어 오르는 화를 겨우 참고 나는 미안하다고 사과하며 다시 세탁을 해주겠다고 했다. 하지만 손님은 분을 못 참고 계산대에 있는 컴퓨터 자판기를 나를 향해 집어 던졌다. 지나친 그의 행동에 나도 더 이상 참지 못하고 카운터 밖으로 나와 그의 멱살을 잡았다. 그는 멱살이 잡힌 채 나를 밖으로 질질 끌고 나가더니 손으로 나의 목을 조르며 당장 너의 나라로 돌아가라고 했다. 내 비명소리를 듣고 밖으로 뛰쳐나온 남편이 그의 명치와 얼굴에 주먹을 날린 후 바로 경찰을 불렀다. 그렇게 사건은 일단락이 되었지만 그 후 난 깊은 고민에 빠졌다.

언어와 생김새가 현저하게 다른 우리 같은 동양인들은 백인이나 흑인 그리고 그 외의 인종들에게는 철저하게 이방인일 수밖에 없었다. 거기에 한인들에 대한 그들의 감정이 극도로 악화된 상황에서 이렇게 비즈니스를 할 수는 없었다. 난 남편과 상의해 손님들을 상대해야 하는 카운터 직원들을 그 지역에 사는 흑인들로 고용함으로써 두 인종 간의 장벽을 넘기로 했다. 우리가 흑인들을 차별하는 몇몇 몰지각한 한인들과 같은 사람들이 아니라는 걸 보여주기 위해서는 꼭 필요한 일이라고 판단했다. 그 전에는 언어 문제 때문에 한인들만 고용했는데, 언어문제는 어떻게든 극복하기로 했다. 그 후 흑인들과의 문제는 급격하게 줄어들었다. 그들도 자신들의 이웃들이 일하고 있는 우리 공장에 대해 더 이상 나쁜 감정을 갖지 않게 되었고, 오히려 더 우리 공장을 애용하며 자신들의 커뮤니티의 일원으로 받아주었다. 우리는 그렇게 그 지역에 일자리를 창출하는 선한 비즈니스로 알려졌으며, 그 후에도 일자리가 없어 방황하는 그 지역 주민을 고용함으로써 더욱 그 지역 주민들의 지원을 받게 되었다.

어느 날이었다. 흑인 손님이 옷을 맡기러 공장에 왔는데, 갑자기 심장 쪽에 고통을 호소하며 그 자리에서 정신을 잃고 쓰러지는 것이었다. 나는 너무 놀라서 911을 부를 생각도 못하고 무작정 밖으로 뛰어 나갔다. 쌩쌩 달리는 차를 막아서며 도움을 요청했다. 다행히 경찰차가 지나가다 나를 봤고, 그렇게 그 손님은 생명을 건질 수가 있었다.

알고 보니 그 사람은 심장병을 앓고 있던 사람이었고, 그 지역 주민들에게 존경을 받는 인물이었다. 그는 나를 위험을 무릅쓰고 자신의 생명을 구해준 은인으로 생각하며 그 지역 사람들에게 우리 세탁공장에 대해 선전을 해주었고, 그렇게 해서 단골손님이 기하급수적으로 늘게 되었다. 그때 나는 깨달았다. 사업을 하는데 무엇보다 중요한 것은 상대에 대한 진심이라는 걸 말이다. 그래서 그 후에도 상을 당한 손님에게는 무료로 세탁을 해 준다거나 혹은 그 지역사회의 문제들에 깊이 관여하며 같이 해결해 나가기 위해 노력했다. 그 후 나와 남편은 우리의 비즈니스를 더욱 확장해 다른 지역으로 넓혀 나갈 수 있었다.

나는 그 후에 라틴계 인종들이 많이 사는 지역에 대형마트를 열었다. 라틴계 동네에서 동양인이 운영하는 유일한 대형마트이다 보니 우리 비즈니스는 다른 인종들의 표적이 되는 경우가 많았다. 미국에서 동양인은 소심하고 겁이 많으며 공격적이지 않고 싸움을 싫어하는 인종으로 많이 알려져 있다. 유순하고 성실한 성향 덕분에 사회적으로 어느 정도의 위치에 올라갈 수 있었지만, 한편으로 다른 유색 인종들의 시기와 질투를 받는 동시에 동양인들을 우습게 보는 몇몇 몰지각한 사람들로 인해 자주 피해를 보기도 한다.

사무실에서 매장에 설치되어 있는 CCTV 영상을 보고 있으면 매장의 물건들을 훔치려고 시도하는 사람들을 자주 볼 수 있었다. 특히 고기랑 세정용품들이 가격이 좀 나가다 보니 정육점 파트와 세정용품 파트에는 특히 더 도둑들이 많았다. 그 사람들은 우리 마트에서 물건들을 훔쳐 다른 라틴계 마트에 시세보다 현저하게 저렴한 가격으로 팔았고, 다른 마트 오너들도 훔친 물건들이라는 걸 뻔히 알고 있으면서도 그 물건들을 돈을 주고 구입하곤 했다.

슈퍼마켓 주차장

어느 날 평소와 같이 사무실에 있는데 CCTV 화면에 소시지를 훔치려는 남자가 눈에 잡혔다. 나는 경비를 부를 생각도 못한 채 곧바로 정육점 파트로 쏜살같이 뛰어갔다. 생각할 겨를도 없었다. 그저 내 몸이 자동적으로 움직였다. 그의 멱살을 잡는 순간 그대로 그를 바닥으로 내리꽂아 버렸다. 그리고 도망가지 못하게 그의 몸 위로 내 몸을 날렸다. 내 몸 아래에 깔려있던 그 남자는 빠져나오기 위해 치열하게 움직였지만 난 그를 놓아주지 않았다. 경비가 오고 그의 가방을 열어보니 소시지와 고기들이 수도 없이 나왔고, 난 바로 그를 경찰에게 넘겼다. 남편은 혹시 그 남자에게 총이나 칼이라도 있었으면 어쨌을 거냐며 나의 무모한 행동에 대해 뭐라고 했지만, 나는 그 후에도 같은 행동으로 남편을 몇 번이나 놀라게 했다.

그렇게 몇 번 그런 일이 있은 후 우리 매장을 털려고 시도하는 도둑들이 현저하게 줄었고, 우리는 큰 문제없이 마트를 운영할 수 있었다. 사람들은 내 행동이 위험하고 무모하다고 뭐라 할 수는 있지만 난 그들에게 알려주고 싶었다. 우리가 그렇게 우습게 볼 수 있는 사람들이 아니라는 걸 말이다. 그 후 그 동네에 있는 여러 마트에도 찾아가 우리 마트에서 훔친 물건들을 구입하면 반드시 경찰에 신고하겠다고 통보를 하였고, 그 후 다시는 그런 불상사가 일어나지 않았다.

내 나라가 아닌 타지에서 사업을 하다 보면 생김새와 언어문제로 다른 인종들과 마찰이 생기는 건 어쩌면 자연스러운 일이다. 하지만 한 가지만 기억한다면 문제는 쉽게 극복할 수 있다. 그들이 원하는 건 복잡하고 큰 게 아니라는 사실이다. 인간으로서의 존중과 대우 그리고 진심을 원할 뿐이다. 가끔은 그것조차 통하지 않는 경우도 종종 있다. 그럴 때는 강한 모습으로 불의에 맞서 싸울 수 있는 용기와 의지를 보여줘야 할 때도 있다고 생각한다. 보자 보자 하니 보자기로 본다고, 너무 유한 모습은 때때로 부작용을 일으키기도 한다. 난 참을 때는 참고 싸울 때는 싸울 수 있는 용기도 분명 필요할 때가 있다고 생각한다.

사업을 하다 보면 여러 위기에 봉착하게 된다, 하지만 위기가 때로는 기회가 될 수 있다는 걸 기억하고 역경을 이겨나가야 한다. 나폴레온 힐은 그의 저서 〈결국 당신은 이길 것이다〉에서 말했다.

> "온갖 실패는 그에 상응하는 성공의 씨앗을 가져온다... 모든 실패가 그저 일시적인 좌절일 뿐이라는 사실을 깨닫는 사람, 어떠한 환경에서도 방황의 이유를 실패 탓으로 돌리지 않는 자의 손에 들어갔을 때만 씨앗의 생명력은 살아나지." (P. 152-153)

수금 문제로 힘들어 하던 나와 남편은 고개를 돌려 다른 기회를 포착했고, 그 기회가 우리를 지나쳐 가게 하지 않았다. 수금 문제가 힘들다면 그런 문제가 없는 다른 사업으로 눈을 돌리면 되는 것이고, 또 다른 문제가 발생하면 방법을 강구해 풀어나가면 된다. 사업을 하다보면 문제는 수시로 닥친다. 한 고비를 넘으면 다른 고비가 온다. 그럴 때마다 절망하지 않고 그 고비를 기

회로 바꿀 수 있는 능력, 그게 사업하는 사람들에게는 제일 중
요한 자산이라고 생각한다.

04

▶ 이수일과 심순애
부부사기단

언어가 통하지 않는 낯선 타국에서 다양한 인종들과 부딪히며 살다보면 정말 말도 안 되는 일도, 웃어야 할지 울어야 할지 모를 그런 일들도 많이 생긴다. 한국에서라면 거의 경험하지 못할 황당할 수도, 정말 억울할 수도 있는 일들을 수시로 겪으며, 그래도 자신의 꿈을 이루기 위해 얻어터지면서도 살아가는 곳이 바로 이곳 미국의 뉴욕이다. 언어가 통하고 하나의 문화를 공유하는 내 나라에서 같은 민족을 상대로 장사를 하는 것도 녹록하지 않은데, 하물며 낯선 타국에서 사업을 성공하기 위해서는 얼마나 많은 장애물을 넘어야 하는 것인지... 그러나 그 많은 장애물을 넘어야 하는 대신 3억 명이 넘는 인구가 살고 있는 이 거대한 나라에서 얻는 성공의 달콤함도 그만큼 크다. 특히 뉴욕은 수도 없이 많은 인종들이 사는 경제의 도시로 성공을 하고 싶어 하는 많은 사람들을 유혹한다.

이런 매력적인 도시에서 난 내 꿈을 위해 쉬지 않고 달렸고, 하나씩 내가 그리던 세상을 만들어 갈 수 있었다. 그 과정이 절대 쉬웠던 건 아니다. 이민생활을 해본 이들은 안다. 얼마나 삭막하고 각박한 게 이민생활인지... 언어의 장벽으로 인해 마땅히 주장하여야 할 권리를 주장하지 못하는 경우도 허다했고, 쉽게 구할 수 있는 총기의 두려움으로 싸워보지도 못하고 포기를 하는 경우도 많았다.

나는 이민 초기에 당연히 알아야 할 법규를 몰라 너무나 위급한 순간까지 간 적도 있었다. 교통법규 위반으로 경찰이 차를 세웠는데, 당황한 나는 핸들에서 손을 떼고 차에서 내리려고 했다. 그저 경찰한테 항의를 하고자 차에서 내리려고 했는데, 경찰은 오히려 내가 위험한 인물인 줄 알고 총을 쏘려고 했으니 얼마나 위급한 순간이었는지 상상이 갈 것이다. 미국에서는 경찰에 의해 차를 세웠을 때는 손을 핸들에 올려놓고 있어야 하는데 난 그걸 몰랐던 것이다. 그렇게 나와 남편은 먼 타지에서 웃기도 많이 웃고, 울기도 많이 울며 성공과 패배의 순간을 몇십 차례나 겪으며 40년이 넘는 세월을 보냈다.

우리 부부는 1980년대 후반 세탁공장을 시작으로 사업을 더 크게 확장시켜 나갔고, 그 후 요식업부터 유통사업 그리고 호텔사업까지 손을 안 댄 곳이 없을 정도로 다양한 사업을 했다. 그 중 우리에게 웃기면서도 큰 가르침을 준 사업이 하나 있다. 1990년 중반 프렌차이즈 빵집을 열어 운영할 때이다. 그날 팔고 남은 빵들은 모두 버려야 했는데, 난 그게 아까워서 남은 빵들을 동네 사람들에게 나눠주기 시작했다.

얼마 후 무슨 이유에서인지 매상이 급격히 줄게 되자 나와 남편은 깊은 고민에 빠졌다. 그리고 그 고민은 우리 빵집에서 일하는 직원이 해결해 주었다. 우리가 장사를 끝낸 후 남은 빵들을 나눠준다는 것을 알게 된 동네사람들이 빵집에서 더 이상 빵을 사먹지 않고 빵집이 장사를 끝낼 때까지 기다렸던 것이다. 웃을 수도 웃지 않을 수도 없는 이 상황에서 나는 우리의 현명하지 못한 행동이 오히려 우리 물건의 가치를 떨어뜨렸다는 것을 알게 되었다. 또한 지역의 특성을 잘 파악하지 못한 우리의 실수가 얼마나 큰 손해를 가져 올 수 있는지 깨닫게 되었다.

나와 남편은 부동산 투자에도 관심이 많아 쉬는 날마다 이곳저곳을 돌아다니며 투자할 빌딩들을 찾아다녔다. 그러다 브루클린에 화재가 난 건물을 발견하게 되었다. 화재로 인해 건물이 손상돼 있었기 때문에 낮은 가격으로 우리 소유의 첫 빌딩을 매입할 수 있었다. 우리는 건물을 깨끗하게 수리한 후 1층에는 200대의 기계가 돌아가는 24시간 셀프 빨래방을 차렸고, 2층 은 우리 부부가 살면서 남은 8가구는 월세를 주었다. 빨래방은 직원을 구해 돌렸고, 우리는 아침마다 다른 지역에 있는 사업 체들을 운영하기 위해 출근을 했다.

어느 날 아침 남편과 출근하기 위해 집에서 나오는데 어떤 남 자가 우리에게 다가왔다. 그 남자는 사이드미러 2개를 보여주 면서 우리에게 사지 않겠냐며 한 개에 20불이라고 하였다. 우 리는 필요 없다고 한 후 길가에 주차되어 있는 우리 차를 빼러 걸어갔다. 남편이 시동을 걸고 후방을 확인하기 위해 사이드미 러를 체크했는데 아무것도 보이지 않는다고 하였다. 아직 새벽 이라 어두워서 그런가 보다 했는데, 자세히 보니 양쪽 사이드 미러가 없었다.

남편과 나는 차에서 내려 주위를 둘러보았다. 우리 차 근처에 서 조금 전에 본 그 남자가 우리를 지켜보고 서있었다. 나는 남 편에게 그 남자가 우리한테 팔려고 했던 게 우리 차의 사이드 미러인 것 같다며 빨리 가서 사오라고 했다. 다시 매장에서 구 입하려면 몇백 불은 족히 지불해야 할 터였다. 하나에 20불이 라니 무조건 다시 사와야 했다. 남편은 급하게 그 사람에게 가서 40불을 주고 우리 차의 사이드미러를 찾아왔다. 차에 돌아온 남편의 표정이 웃고 싶은 건지 울고 싶은 건지 미묘하기만 했다. 경찰에 신고를 하고 싶었지만 영어가 능숙하지 않은 우리에게는 쉬운 일이 아니어서 그냥 웃고 넘어가기로 했다. 그 후 난 알게 되었다. 한국인들이 워낙 고급차를 많이 소유하다 보니 한인들의 차가 자주 표적이 된다는 사실을 말이다. 자동차의 부속품들을 훔쳐 다시 차 주인에게 되파는 범죄가 한인타운에서 많이 일어난다는 이야기를 듣고 남편과 나는 한참 웃었다.

몇 년 후 빨래방을 팔기로 결정을 하고 부동산에 내놓았는데, 리스팅에 올라가자마자 매입을 원하는 사람이 여럿 붙었다. 그때 당시 나와 남편은 매입하는 부동산마다 많은 수익을 보고 높은 가격에 팔았는데, 그러다보니 우리에게 부동산을 구입하면 부자가 된다는 소문이 한인사회에 퍼지기도 했다. 그 중 제일 높은 가격을 부른 한인부부와 계약을 하게 되었는데, 이수일과 심순애라는 특이한 이름을 가진 사람들이었다.

계약을 체결하기 위해 정해진 날에 상대 변호사와 우리 변호사 동석 하에 변호사 사무실에서 모두 만났다. 지금은 부동산을 거래할 때 현금을 받지 않고 자동이체를 하거나 보증수표만 받지만, 예전에는 거래를 현금으로 했다. 그 부부는 현금이 두둑하게 든 007가방을 들고 나타났고, 우리에게 가방을 건네주며 계약을 체결하려 했다. 그들은 우리에게 돈의 액수는 정확하니 세볼 필요는 없다고 했다. 나는 액수가 크고 하니 모두 세볼 시간이 없고, 변호사들도 기다리니 그냥 가자고 했다. 하지만 남편은 돈 앞에서는 그 누구도 믿을 수 없다며 다른 사람의 도움 없이 우리끼리 다른 방에 가서 모두 세보자고 했다.

변호사들은 짜증스런 기색으로 기다리고 있었고, 나와 남편은 아랑곳 하지 않고 그 많은 현금을 세 시간에 걸쳐 모두 세었다. 그런데 그 부부의 말과 다르게 거의 50만 불 정도가 모자라는 것이다. 우리는 부부와 변호사들이 있는 방으로 들어가 이 사실을 밝히고 계약을 무효로 하겠다고 했다. 난 그들 부부의 얼굴을 똑바로 쳐다보며 이야기를 했다.

"이름값 확실히 하시네요. 소설에 나오는 돈에 환장한 이
수일, 심순애와 어쩜 하는 짓까지 똑같아요?"

내 말이 끝나자마자 이수일 씨가 나와 내 남편 앞에 무릎을 꿇더니 잘못했다고 빌며 사정을 하였다. 10일 안에 나머지 돈을 꼭 가지고 올 테니 여기서 계약을 마무리하자고 애걸하였다. 나와 남편은 설마 무릎까지 꿇었는데 설마 거짓말을 할까 싶어 계약을 체결한 후 변호사 사무실을 나왔다.

그렇게 그들이 빨래방을 매입하고 운영을 시작한 지 10일이 지

났다. 하지만 그 부부는 남은 돈을 가지고 오지 않았고, 우리는 그 부부를 만나러 빨래방에 갔다. 이수일 씨가 근처에 있는 카페에 가서 이야기하자며 우리를 그곳으로 안내했다. 그는 사람이 많이 있었음에도 불구하고 다시 무릎을 꿇으며 울먹이는 소리로 부탁했다.

"사장님! 사모님! 정말 죄송합니다. 염치가 없는 걸 알면서도 이런 부탁을 드릴 수밖에 없는 제 자신이 참 원망스럽네요. 하지만 저희가 현재 가진 돈이 없어요. 일주일에 한 번씩 가게에 오시면 돈을 드릴게요. 정말 죄송합니다."

그렇게 우리는 '인수 후 분납조건(오너 파이낸싱)'을 하기로 결정하고 일주일에 한 번씩 그들 부부를 찾아가 돈을 받아왔다. 그리고 남은 돈을 받는데 2년이라는 시간이 걸렸다. 외국에 나가서는 다른 인종보다 내 나라 사람들을 더 조심하라는 말이 있다. 슬픈 이야기지만 한인이 한인을 상대로 사기를 치는 경우가 더 많다. 하긴 언어장벽 때문에 다른 인종에게 사기를 치기가 쉬운 일이 아니니 그럴 수밖에 없다는 걸 알면서도 우리가 직접 겪어보니 참 씁쓸하기만 했다.

몇 년 후 우리는 호텔을 매입하게 되었고, 호텔 리모델링 등 자금이 많이 투입되면서 어려움을 겪고 있던 차에 빨래방 건물을 팔기로 결정했다. 세입자인 이수일, 심순애 씨 부부와 사인한 계약서에는 건물을 팔 때 우선권을 먼저 세입자에게 준다는 조항이 있었다. 우리는 두 부부를 찾아가 가격을 제시하며, 구입을 원한다면 그들에게 팔겠다고 했다. 그러나 그들은 너무 비싸다며 자신들이 인수하지 않겠다고 했다. 부부의 거절 의사를 확인한 우리는 건물을 부동산에 내놓았고, 얼마 지나지 않아 구입을 원하는 사람들이 몰려들었다. 우리는 부동산에 내놓은 지 1주일도 안 돼서 계약을 하고 계약체결일만 기다리고 있었다.

그런데 세입자가 우리를 계약 위반으로 고소를 했고, 우리는 법적으로 재판이 끝날 때까지 건물을 매도할 수 없었다. 그들 부부는 계약서에 있는 조항대로 자신들이 건물을 먼저 구입할 수 있는 우선권이 있는데, 우리가 그걸 무시하고 다른 사람과 계약을 했다고 주장했다. 우리는 그들이 거절 의사를 밝힌 걸 증명할 수 없었기에 판사는 그들의 손을 들어주었다. 그것 때문에 건물을 매입하기로 한 계약자에게 위약금을 물어줄 수밖에 없어 우리는 큰 손해를 보았다.

그 일이 있은 후 우리는 어떤 일이든지 반드시 문서화를 해야 한다는 사실을 깨달았다. 오너 파이낸싱을 할 때도 마찬가지였다. 다행히 2년 후 남은 돈을 모두 받을 수 있었지만, 정말 최악의 시나리오에서는 그들이 이미 모든 돈을 지불했다고 거짓 주장을 할 수도 있었다. 그렇게 되면 우리는 그 사실을 반박할 증거가 없었다. 이미 그날 변호사 사무실에서 계약을 체결하고 소유권을 그들에게 이양했다. 50만 불을 그대로 날릴 수도 있었던 상황이었다. 이 일로 인해 돈 앞에서는 누구도 믿지 못하며 뭐든지 정확히 해야 한다는 걸 알게 되었다. 인정에 끌려 사업을 술에 물탄 듯 물에 술 탄 듯하면 후에 큰 문제가 생긴다는 사실을 우리는 큰 금액을 지불하고 깨달았다.

05

▶ 50세 한국 아줌마, 뉴욕 시장을 뒤엎다

우리처럼 교육을 제대로 받지 못하고 스펙도 없는 사람들이 언어의 장벽을 가지고 타국까지 와서 성공할 수 있는 유일한 방법은 몇 가지밖에 없다고 생각한다. 탁월한 능력과 재능으로 실력을 당당히 인정을 받던지, 아니면 성실함과 인내로 똘똘 뭉친 한국인의 긍지를 보여주는 방법이 있다. 그외에 근자감이라고 사람들이 수군거려도 꿋꿋이 밀고 나가는 뻔뻔한 실행력과 함께 자기 자신에 대한 믿음으로 역경이 닥쳐와도 이겨내며 계획을 지속적으로 수정해 나가는 방법도 있다. 자신의 목표와 방향에 대해 자신감을 가지고 끊임없이 계획을 수정해 나가며 달리다 보면 그 끝에는 성공이라는 보상이 기다리고 있다. 나와 내 남편은 특유의 성실함과 자신감, 그리고 우리 자신에 대한 절대적인 믿음으로 그렇게 뉴욕에 자리를 잡았다.

수많은 역경을 헤쳐 나오면서 우리는 모든 역경 속에는 훗날 우리의 사업과 인생에 꼭 필요한 어떤 가르침 같은 것이 존재하고 있었다는 것을 깨달았다. 그 후 우리는 어떤 고난 속에서도 그 안에서 들려오는 메시지를 듣기 위해 노력을 했고, 그렇게 하나하나 이겨 나갔다. 죽을 것 같이 힘든 상황 속에서도 '전화위복'이라는 말을 항상 떠올리며 기회를 잡아냈다. 나폴레온 힐의 저서에 보면 이런 말이 나온다. 겉으로 보기에 아무리 어려운 역경이라도 모든 적법한 문제에는 해결방법이 있다고... 그 위기의 순간마다 악마는 두려움이라는 무기로 사람들을 포기하게 하고 방황하게 한다고 한다. 저자에 의하면 깊은 마음속에서부터 들려오는 두려움의 소리를 잠재우고 자신에 대한 의심을 내려놓는 게 성공의 열쇠이다.

우리 부부는 뉴욕에서 세탁공장을 하며 사업을 확장해 나갔다. 인종 간의 갈등 속에서 우리는 위기보다 기회를 찾았고, 사업가로서 더욱 승승장구할 수 있었다. 그 후 바쁜 스케줄로 인해 공장에 들를 시간도 없는 어떤 의사를 본 후 우리는 배달(딜리버리) 서비스까지 제공하게 되었다. 처음에는 특별한 사정으로 인해 공장까지 나오지 못하는 몇몇의 손님들(장애, 바쁜 스케줄, 아이가 있는 부모)을 위해 아침에 출근하기 전 우리가 그들의 집에 들러 세탁물을 픽업해서 퇴근할 때 갖다 주는 걸로 시작했다. 그 후 입소문이 퍼져 더욱 많은 사람들이 배달 서비스를 이용하게 되자 우리는 배달 트럭을 구입해 더욱 지역을 넓혀 갈 수 있었고 다른 지역에도 여러 개의 세탁공장을 열게 되었다.

빌 클린턴 전 대통령의 안정적인 정치와 더불어 미국은 1990년대 당시 미국 역사상 최고의 호황기를 보냈다. 그때 당시의 상황을 사람들에게 이야기할 때마다 난 이렇게 말하곤 한다. 돈을 삽으로 퍼서 담았다고 말이다. 돌고 돌아서 돈이라고 하더니 경제 호황 속에서 미국인들은 높은 구매력을 보여주었고, 그럴수록 우리의 사업도 크게 번창해 갈 수 있었다. 우리 비즈니스가 워낙 현금장사다 보니 업무가 끝나고 공장들을 한 바퀴 돌면 현금이 빨래 자루로 몇 자루가 나왔다. 퇴근하고 집에 돌아오면 돈 세는 기계로 지폐들을 정리했으니 정말 대단한 시기였던 건 분명했다. 많은 한인들이 그때 큰 부를 축적을 했고, 맨해튼과 뉴욕에 있는 건물들을 하나씩 사들이기 시작했다.

세탁공장

새로운 사업을 시작할 때 우리 부부는 그 비즈니스가 들어갈 빌딩도 같이 구입하는 걸 선호했다. 그렇게 매상이 오르면 사업체는 물론 빌딩값도 자연히 오르기 때문에 시세차익으로 더 큰 이익을 볼 수 있었다. 우리는 사업체를 인수할 때 매도자의 말을 곧이곧대로 믿지 않았다. 사업을 하며 너무나 많은 사람들에게 뒤통수를 맞은 터라 우리는 우리의 눈으로 직접 확인하기 전까지는 절대 계약을 체결하지 않았다. 우리는 캠핑카를 타고 돌아다니며 직접 인수할 사업체를 찾아 나섰다. 사업체의 매상장부 검토는 물론 우리는 캠핑카 안에서 일주일 이상 침식을 하며 실제 유동인구와 거래내역을 체크했다. 모든 것이 확실해졌을 때 우리는 사업체와 함께 건물을 매입했고, 그 사업체는 우리가 직접 운영 관리하며 때를 기다렸다.

우리가 찾는 사업체가 없는 경우에는 직접 발품을 팔아 돌아다니며 화재로 망가진 건물들을 찾아 나섰다. 화재로 인해 심하게 손상된 건물들을 낮은 가격으로 매입해 모두 수리한 후 우리가 하려는 사업에 맞게 리모델링을 하였다. 그 후 매상이 오르면 건물과 함께 비즈니스를 팔았는데, 시세차익과 높은 권리금으로 많은 수익을 볼 수 있었다.

어느 날 우리는 건물을 보러 다니다가 우연히 어떤 건물을 보게 되었다. 건물 앞에 6차선 도로가 있어서 유동인구가 많았고, 다양한 쇼핑몰들이 주위에 자리 잡고 있어서 투자성이 높겠다는 판단이 섰다. 건물 주위로 소방서는 물론 경찰서와 시청이 있었고, 은행들이 즐비해서 사업하기에는 너무나 좋은 조건이었다.

건물 안에는 대형마트가 입주해 있었는데 사업체 오너가 따로 있었고, 주차장과 건물은 주인이 모두 달랐다. 우리는 먼저 사업체 오너를 찾아가 거래를 제안했고, 오너는 흔쾌히 우리에게 사업체를 팔기로 했다. 주차장도 큰 어려움 없이 매입할 수 있었다. 하지만 건물을 매입하기 위해 건물주를 찾아갔지만 시세보다 상당히 높은 가격을 불러도 그는 팔지 않겠다고 고집을 부렸다. 우리는 일단 주차장과 사업체만 먼저 매입하기로 했다. 건물 안에 입주해 있는 사업체만으로도 수익이 높을 거라는 판단 하에 내린 결정이었다.

그때 당시 정부에서는 푸드 스탬프(Food Stamp)라고 저소득 가정에 식량을 보조하는 프로그램을 제공했는데, 지금에 비하면 그 액수가 매우 높았으며, 매달 나오는 일정한 금액을 다 쓰지 않으면 없어졌기 때문에 사람들은 매달 그 액수를 모두 쓰기 위해 마트로 모여들었다. 그 사업체가 위치해 있는 지역은 푸드 스탬프를 받는 사람들이 많이 사는 지역이었고, 비즈니스 가격도 시세보다 낮은 가격이라 우리에게는 절대 손해 보는 장사가 아니었다. 사업체를 매입한 후 우리는 줄기차게 건물주를 찾아가 설득했고, 마침내 1년 후 건물까지 매입할 수 있었다.

그때 이미 사업체의 매상은 높은 편이었지만 우리는 더욱 매상을 높혀 건물값을 올리기로 했다. 마트를 운영할 때 제일 중요한 점은 아무래도 다양하고 트렌드에 맞는 상품들, 그리고 그 지역사람들이 많이 찾는 물품들을 충분히 비치해 놓는 것이다. 우리는 많은 공급업체들과 계약을 맺고 그 지역에서 제일 다양하고 많은 종류의 물건들을 팔기 시작했다. 그러다보니 규모나 여러 가지 면에서 다른 마트들이 우리를 따라 올 수가 없었고, 그만큼 우리 마트를 찾는 손님들이 정말 많았다.

마트의 레이아웃이나 진열방식 또한 모두 내가 원하는 방향으로 바꾸고, 기존 영업방식에도 큰 변화를 주었다. 그리고 직원들 복지문제로 눈을 돌렸다. 나를 대신해서 고객들과 제일 가까운 곳에서 소통하고, 현장에서 움직이는 직원들이 내게는 제일 중요한 자산이었다. 나는 내 사무실을 완전히 오픈하고 직원들이 공적인 문제들은 물론 사적인 문제들이 있을 때도 나를 찾아오게 했고, 같이 하나씩 해결해 나갔다. 가정문제로 어려움을 겪고 있는 직원들은 심리상담사나 변호사를 연결해 주는 한편, 직원들의 집안 대소사도 살뜰히 챙기기 위해 최선을 다했다. 공과 사는 구분해야 한다고 하지만, 나는 직원들의 가정에서 일어나는 일들이 어느 정도는 바깥일에도 영향을 끼친다고 생각했기 때문에 더욱 그리 하였다. 내가 생각하는 직원이란 나와 한 배를 탄 동료였고 전쟁터에서 같이 싸우는 전우 같은 것이었다. 그렇기에 나는 더욱 내 직원을 아끼고 사랑했으며, 내 가족보다 더 오랜 시간을 함께 지내는 그들을 소중히 대했다.

나는 마트를 평가하는데 제일 중요한 위치에 있는 것이 식품이라고 생각했다. 고기나 생선 같은 경우는 각 부서의 매니저들이 잘 관리를 했기에 크게 걱정하지 않았는데, 야채나 과일 쪽은 내 바람만큼 따라오지 못한다는 생각이 들었다. 야채와 과일들은 매일 아침 공급업자들에게 배달을 받아 냉장창고에서 직원들이 다시 한 번 확인하고 포장하는 작업을 거쳐 냉장고 진열대에 올라갔다. 나는 창고 안에서 야채를 다듬고 포장을 하는 직원들을 잘 관리하는 게 내가 최우선으로 해야 할 일이라 생각했다.

창고 안은 식품들의 신선도를 위해 내부 온도가 매우 낮다. 안에 잠시라도 들어가 있으면 몸이 꽁꽁 얼 정도로 추웠다. 난 남편의 만류에도 불구하고 앞치마를 두르고 자켓을 그 위에 몇 장을 겹쳐 입은 후 매일같이 그 안에 들어가 하루 10시간씩 수개월 동안 직원들과 함께 야채를 다듬고 포장을 했다. 사장이 들어와 그러고 있으니 직원들도 정신이 번쩍 들었는지 얼마 후 야채와 과일의 상태 및 포장 상태가 눈에 띄게 달라졌고, 그렇게 우리의 매상도 올라갔다.

또한 공급 시스템에도 변화를 주기로 했다. 보통 마트들은 주문한 물건들을 공급업체의 배달을 통해 받았는데, 그렇게 하면 아무래도 야채나 과일 같은 경우 품질이 떨어졌고, 배달비용도 포함돼 그만큼 물건값이 올라갈 수밖에 없었다. 나와 남편은 청과물을 직접 떼어오기로 결정하고, 트럭을 구입해 일주일에 몇 번씩 직원 한 명을 데리고 뉴욕 헌츠 포인트 청과물시장으로 나갔다. 내가 가게마다 돌아다니며 신선해 보이는 야채와 과일들을 고르면 뒤따라오던 남편은 계산을 하고 직원과 함께 물건을 트럭에 실었다.

헌츠 포인트 청과물시장에서 여자는 거의 볼 수 없다 보니 빨빨거리며 가게마다 기웃거리는 내가 눈에 더 띌 수밖에 없었고, 그런 나를 유심히 지켜보던 다른 지역에서 야채가게를 운영하는 분과 친해지게 되었다. 그는 여자의 몸으로 항상 새벽 4시쯤 시장에 나와 직접 물건을 구입해 가는 나를 대단하다고 생각했다. 어느 날 나는 그에게 물건을 파렛트로 많이 구입하면 가격이 현저히 내려가게 되니 같이 구입해서 필요한 만큼 나누자고 했더니 그도 좋다고 했다. 그렇게 공동구매를 시작했고, 그 후 당연히 청과물을 예전보다 현저히 낮은 가격에 구입하게 됨으로써 그만큼 그것들의 가격도 내릴 수 있었다.

그렇게 우리 마트는 그 지역에 있는 그 어떤 마트보다 높은 경쟁력과 가치를 가지게 되었고, 그에 따라 많은 투자자들도 모여들었다. 그리고 몇 년 후에는 미국에서 제일 큰 의약품과 화장품, 그리고 잡화를 판매하는 프렌차이즈 회사가 우리의 사업체를 빌딩과 함께 매입하겠다는 제안을 해왔다. 결국에는 그들에게 매도하지 않았지만, 그 제안에 대하여 그 지역사람들이나 부동산 마켓 관계자들이 알게 됨으로써 더욱 우리 회사의 가치를 높여 주었다.

06

▶ | 포기하면
뭐하니?

사업을 하다 보면 상황에 따라 울다 웃다할 때가 많은데, 항상 롤러코스터를 타는 기분이다. 위로 올라갈 때는 어지간히 느리게 올라간다. 하지만 내려갈 때는 급격한 속도에 몸도 정신도 엉망진창이 되곤 한다. 갑자기 몰아치는 폭풍우 속에서 희망을 잃지 않고 버틸 수 있는 것... 피폐해지는 몸과 정신, 땅으로 곤두박질치는 자존감과 잃어버리는 자신감, 끝없이 내 자신을 질책하고 의심하는 내 목소리를 막아내는 게 사업에서 성공하기 위해 갖추어야 할 중요한 자세라고 생각한다.

나는 언제나 사업을 시작하려는 사람에게 이렇게 조언한다. 시작하고 나서 1년, 그리고 그 후 문제가 생길 경우를 대비해서 1년, 총 2년을 버틸 수 있는 자금을 미리 준비해 놓고 사업을 하라고 말한다. 항상 밝은 날만 있는 게 아니기에 흐린 날도 철저하게 대비를 하고 있어야지 고비를 잘 넘길 수 있다. 대부분 사업에 실패하는 이유는 그 고비를 넘기지 못해서이다. 잠깐의 시련은 씩씩하게 넘겨버리고 잘못된 운영방식을 빨리 깨닫고 바로 수정할 수 있는 융통성, 그게 사업 성공의 비밀이라고 생각한다.

몇 년 동안 우리가 운영하던 마트는 큰 이익을 보고 있었고, 그로 인해 건물값도 하늘 높은 줄 모르고 치솟았다. 사업체를 사고 싶어 하는 사람들이 줄을 섰고, 경쟁은 다시 매입 가격을 높였다. 나와 남편은 한동안 행복한 고민에 빠져 하늘을 나는 기분이었다. 얼마 후 제일 높은 가격을 제시한 한국남자에게 사업체를 팔기로 했다. 마트비지니스는 처음이었던 남자였기에 그 업계에서는 신용도를 쌓을 기회가 전혀 없었다. 이런 경우에는 공급업자들과의 관계에서 어느 정도 신용도가 쌓이기 전까지는 공급업자들로부터 물건들을 선불제로만 구입해야 했다. 자금적으로 여유가 없는 그에게는 자금 흐름에 문제가 생길 수 밖에 없는 구조였다. 우리는 우리의 기존 사업체에 그 사람을 매니저로 넣어 비즈니스를 돌리게 했다. 표면적으로 우리가 사업체의 주인으로 남아 있기로 한 것이었다. 그가 우리의 사업체 이름으로 공급업자들이랑 거래를 계속 할 수 있게 해준 것이다. 대신 그 사람이 우리 대신 건물의 부동산세를 내기로 계약을 했다. 사업체를 매도하고 남은 수익으로 우리 부부는 은퇴를 결심했다. 우리가 하던 다른 사업들도 모두 넘겼다. 우리 부부는 건물들에서 나오는 수입으로 남은 인생을 좋아하는 일들만 하며 좀 더 여유롭게 살기로 했다. 쉬지 않고 달려온 인생이었다. 숨도 제대로 쉬어 본 적이 없었다. 오줌도 편하게 누어 본 적이 없었다. 한번은 오줌을 다 누지도 않았는데 변기 물부터 먼저 내리는 내 모습을 보며 '난 참 숨 가쁘게 사는구나' 하는 생각이 든 적도 있었다. 아침에 일어나면 정신없이 회사로 나갔고, 점심도 먹을 시간 없이 바쁘게 움직였다. 집에 오면 자느라 바빴고 눈을 뜨면 다시 새로운 하루를 시작하느라 내 자신을 돌볼 시간도 없었다. 이제는 그럴 때가 온 것이다.

골프장이 있는 커뮤니티에 단독주택을 매입한 우리 부부는 하루 종일 필드에서 골프를 치고 친구들을 집에 초대해 하우스 파티를 열며 조금은 느리게 그러나 여유롭게 하루하루를 보냈다. 이런 인생도 있구나 싶었다. 바쁘게 사느라 생각도 못했던 느림의 행복을 그때서야 느낄 수 있었다. 백인 친구들도 많이 사귀었다. 언어장벽 때문에 서로가 서로의 말을 완전히 이해할 수는 없었지만 우리는 더욱 더 가까워졌고, 미국생활 30년 만에 한인이 아닌 다른 인종의 친구들과 서로 마음을 터놓으며 지낼 수 있었다. 한 친구는 나를 만나고 처음으로 한국으로 여행을 갔다 왔다. 나와 너무 닮아서 사왔다고 돌하르방 장식인형을 꺼내는데 웃음이 터져 나와 혼났다. 남편은 평소 자신이 좋아하는 정원 가꾸는 일에 많은 시간을 보냈다. 마당에 토마토부터 오이, 옥수수까지 손수 키워 이웃들과 나눠 먹고, 내가 좋아하는 수국들로 온 정원을 가득 채웠다.

하지만 1년도 안 돼서 난 지루해지기 시작했다. 일 중독자였던 내가 집에서 놀고만 있으려니 좀이 쑤셨다. 남은 인생을 좋아하는 골프나 치며 편하게 살자고 했지만 생각만큼 쉽지 않은 일이었다. 놀 줄 아는 사람이나 놀 수 있나 보다. 평생 일만 하다 보니 일을 하지 않는 인생은 잊어버렸다. 일을 하지 않으니 안 아프던 몸이 아프기 시작했고, 내가 직접 돈을 벌지 못하고 들어오는 돈만 기다리고 있자니 불안함에 견딜 수가 없었다. 그 불안함이 내 몸을 삼켜버렸고 병원에서 췌장암이 의심된다는 진단을 받았다.

큰 병원으로 옮겨 정밀검사 날짜를 기다리고 있었다. 병원 침대에 누워 천장을 바라보고 있자니 별별 생각이 다 들었다. 이렇게 생을 끝내고 싶지 않았다. 나는 아직 젊었다. 나이를 먹으며 이미 쇠약해진 남편의 건강을 생각해서 은퇴를 결정했다. 한번쯤은 다른 사람들처럼 살아보고 싶어서 하던 일을 모두 정리하고 시골 전원생활을 택했다. 하지만 정말 내가 원한 건 그게 아니었다. 더 일하고 싶었다. 내가 잘하는 일을 하며 보람을 느끼는 삶, 그게 내가 원하는 인생이었다. 다행히 정밀검사 결과 췌장암이 아니었고, 그렇게 내 두 번째 인생이 시작되었다.

나는 남편을 설득해서 보스턴으로 내려갔고 그곳에 레스토랑을 차렸다. 큰돈을 들여 인테리어 공사를 하고 직원도 뽑았다. 요식업이라고 해봤자 오래전에 해본 빵집이 처음이자 마지막이었다. 그것도 큰 손해를 보고 급하게 정리한 사업이었다. 그런데 왜 또 요식업 비즈니스에 들어갔는지 나도 잘 모르겠다. 그저 다시 한 번 도전해 보고 싶었던 건지도 모르겠다. 처음 몇 달은 괜찮더니 얼마 후부터 여러 예기치 않은 상황에 부딪혔다. 다른 비즈니스도 그렇겠지만 특히 요식업 비즈니스는 주인이 주방 일을 잘 알아야 한다. 그런데 아무것도 모르는 우리 부부가 하려니 너무 힘이 들었다.

주방장들과 매니저를 관리하는데 문제를 많이 겪으며 수익보다 잃는 게 더 많은 나날들이 이어져 갔다. 버는 돈보다 우리 돈이 들어가는 날들이 더 많아지면서 나와 남편은 지쳐 가고 있었다. 식재료들이 하나씩 주방 창고에서 사라졌고, 직원이 아무 이유 없이 출근을 하지 않는 일이 많아졌으며, 매니저와의 갈등은 끊임없이 지속되었다. 그 후 매니저를 어쩔 수 없이 해고를 했지만, 그는 황당한 이유로 우리를 고소했다. 재판을 하게 되었고, 재판부는 결국 우리의 손을 들어주었지만, 우리가 겪은 그 고통의 시간은 결코 보상을 받을 수가 없었다. 피를 말리는 것 같은 그 시간과 매니저를 향한 배신감은 우리의 육체와 영혼을 잠식당하게 했다.

나쁜 일은 한꺼번에 일어난다고, 그 와중에 제때 들어오던 마트 건물의 월세와 부동산세도 6개월 전 부터 밀리기 시작했다. 세입자는 자금난이 금방 해결될 거라며 조금만 기다려 달라고 했다. 우리도 오랫동안 사업을 하며 자금이 안 돌아 힘든 적이 있었기에 모두 정리가 될 때까지 기다려 주기로 하고 세입자를 재촉을 하지 않았다. 같은 한인끼리 힘들수록 서로 도와야 된다고 생각했고, 우리가 내미는 도움의 손길이 무참히 이용되지 않을 거라는 믿음도 있었다.

하지만 얼마 후 세입자는 감쪽같이 사라졌고, 직원의 전화를 받고 달려간 매장의 문은 자물쇠로 굳게 잠겨 있었다. 우리는 자물쇠의 쇠사슬을 절단기로 끊은 후 매장에 들어갔다. 매장은 전쟁이 끝난 후 초토화된 도시와 별반 다를 게 없었다. 우리의 땀과 눈물의 결정체인 그곳은 엉망이 된 채 버려져 있었다.

세입자는 공급업체들에게 물건만 받고 결제를 하지 않아 몇십 억에 가까운 외상값이 있었다. 우리와 오랫동안 거래해 왔던 업체들은 우리 사업체만 믿고 그동안 해왔던 대로 그에게 선결제 없이 후결제하는 조건으로 물건을 먼저 대주었다. 우리에게 라틴 음식과 물건을 공급해 주던 거래처들은 밀린 외상값을 결제해 주지 않는 한 더 이상 물건을 공급해 줄 수 없다고 선언했다. 라틴계 인구가 절반 이상인 동네에서 라틴 음식과 물건들을 안 판다는 건 절대 있을 수 없는 일이었다. 또한 이 두 거래처가 독점을 하고 있어서 다른 거래처를 찾기는 불가능했다. 거래처들이 우리와 손을 떼기 시작하니 소문이 금방 퍼졌고, 일반 식품들과 음식들을 공급하던 업체들도 거래를 중단하기에 이르렀다.

모두가 우리의 어리석음으로 발생한 일이다. 그렇게 오래 사업을 했던 우리가... 산전수전 다 겪으며 이 사람한테 당하고 저 사람한테 당하며 여기 까지 온 우리 부부가 이렇게 말도 안되게 뒤통수를 맞았다. 큰 리스크가 있음에도 불구하고... 그 사람이 나쁜 마음만 먹으면 몽땅 우리가 뒤집어 쓸 수 있음에도 불구하고 우리 사업체의 이름을 그 사람에게 빌려주었다. 피눈물이 나고 속이 뒤집혀 미쳐버릴 것만 같았다. 가슴 속에 뜨거운 것이 차올라 내 온몸을 불태워 버릴 것만 같았다. 먹을 수도 잠을 잘 수도 없었다.

세입자를 고소하고 손해배상을 청구했지만 그는 파산신청을 해버렸다. 자기 명의로 되어 있던 자산들도 모두 자신의 가족들에게 넘겨 버린 상태였다. 기가 막혀 펄쩍펄쩍 뛸 노릇이었다. 나와 남편은 사면초가에 빠져 이러지도 저러지도 못하는 상황에 끔찍한 지옥을 맛보고 있었다. 나와 남편이 사업체를 다시 맡아 운영할 수밖에 없는 상황이었다. 이 상황을 빨리 수습하지 않는 한 빠져 나갈 구멍이 없었다. 그런 와중에 우리 소유의 다른 빌딩들까지 하나씩 문제가 발생하기 시작했다. 한 빌딩은 세탁공장을 운영하는 세입자에게 임대를 주었는데, 그들의 실수로 토지가 오염이 되었고 환경청에서 벌금과 함께 토지 정화 명령이 떨어졌다. 그 세입자는 그 사실을 숨긴 채 다른 이에게 사업채를 넘겼고, 토지 정화 책임이 건물주인 우리에게 넘어왔다. 너무나 급작스럽게 막대한 자금이 토지 정화에 들어가게 된 것이다.
급하게 레스토랑을 말도 안 되는 가격에 넘겨야 했다. 매달 나가는 건물 융자에 부동산세까지 우리는 피가 마를 것만 같았다. 건물 융자도 얼마 남지 않은 상황에서 융자를 내지 못해 건물을 은행에 넘어가게 할 수는 없었다. 나와 남편은 우리 지역에 있는 다른 인도인이 운영하는 슈퍼마켓에서 우리 물건들까지 주문해 달라고 부탁했고, 그렇게 해서 라틴 음식과 물건들을 공급받았다. 도매값의 2퍼센트를 수고비로 줘야만 했고, 그러다보니 우리 매장에서 물건을 팔아도 남는 게 없었다. 심지어 현상유지도 되지 않았다. 한곳이 뚫리니 다른 곳까지 매서운 속도로 뚫리는 전쟁터처럼 나와 남편의 땀과 눈물로 일군 재산이 우리 눈앞에서 사라지고 있었다. 우리는 가지고 있는 자산들에서 돈을 빼 빌딩을 살리기 위해 애를 썼지만, 밑 빠진 독에 물 붓기 격이었다.

건물 융자도 내기 힘들어지자 숨이 막혀 오는 기분이었다. 우리가 가지고 있던 다른 건물들도 흔들리기 시작했다. 경기침체까지 겹쳐 이러지도 저러지도 못하고 나는 발만 동동 걸 뿐이었다. 도망갈 수도 피할 수도 없는 상황인데 적은 계속 몰려오고 있었다. 두려움이 내 가슴 깊은 곳까지 몰려오며 나는 흔들리기 시작했다. 부정적인 메시지들이 나의 영혼까지 갉아 먹는 기분이었다. 이렇게 무너질 수는 없었다. 산 넘어 산이라고 둘째 아이까지 이혼을 하고 집에 와 있는 상태였다. 내 사랑하는 아이가 우울증과 공황장애로 힘든 시간을 보내고 있었다. 나라도 정신을 차려야 했다. 나만 보고 있는 내 아이와 가족을 위해 일어서야만 했다.

나는 남편에게 매장을 맡기고 다시 일어설 수 있는 방법들을 모색해 나갔다. 그러던 중 같이 지옥에 갇혀 있던 둘째 아이가 드디어 꿇었던 무릎을 다시 펴고 자신의 꿈을 향해 걷기 시작했다. 그리고 내게 말했다. 집 근처에 자그마한 문 닫은 세탁공장이 있으니 그걸 인수하자고 했다. 전 주인이 월세를 내지 못해 기계도 모두 버린 채 나갔고, 건물주는 급하게 공장을 내놓은 상태였다. 시세보다 현저히 낮게 나온 세탁공장을 딸이 매입했고, 우리 두 사람이 운영하기 시작했다. 지하실을 수리한 다음 옆의 상점 자리까지 매입해 벽을 트고 공장을 확장시켰다, 그리고 공장을 운영하며 그 공장에서 나온 수익으로 마트 건물의 융자를 갚아 나갔다.

그러던 중 한 공급업체가 사업체를 상대로 고소를 했다. 전 세입자가 외상으로 물건을 가지고 오면서 사업체의 기계들과 트럭을 포함한 모든 값나가는 물건들을 공급업체에 저당을 잡혀 놓은 상태였다. 금액이 워낙 커서 우리가 감당할 수 없게 되자 계약서대로 이행하라는 판결이 내려졌고, 업체 사람들과 경찰

시세보다 현저히 낮게 나온 세탁공장을 딸이 매입했다.

들이 몰려와서 물건들을 모두 실어갔다. 도미노의 블록 하나가
쓰러지자 나머지 블록들도 빠르게 넘어지기 시작했다. 그날 남
편은 퇴근하고 돌아와 내 앞에서 처음으로 눈물을 보였다. 한
번도 내 앞에서 눈물 한 방울 보이지 않던 내 강한 남편은 그날
내게 울며 말했다.

"난 참 독한 사람인데... 경찰이랑 업체에서 몰려와 매장 문에 딱지를 붙이더라고.. 그것도 뭐라고 쓰여 있는지 읽지를 못해 변호사한테 물어보는데 내가 참 한심하더라. 아무것도 할 수 없다는 그 무력함이 날 뭉개 버리는 것 같더군. 물건들을 모두 실어가고 매장이 텅텅 비는데 그렇게 눈물이 나

더라고..."

우리는 서둘러 우리가 가지고 있던 집들과 건물들을 손해를 보며 정리했고, 그 돈으로 사업체와 건물을 살리기 위해 갖은 애를 썼다. 마지막에는 우리가 끝까지 지키려고 했던 그 건물과 비지니스까지 잡혀 은행에서 돈을 빌렸다. 여기서 이렇게 무너질 수는 없었다. 매장의 전기세를 내지 못해 전기를 끊으러 전기회사에서 찾아왔다. 남편은 지하실을 자물쇠로 잠가 놓고 그 앞에서 온몸으로 전기회사 사람들을 저지했다. 전기를 끊지 못하고 돌아가는 그 사람들을 보며 그 강했던 남편은 바닥에 주저앉아 오열할 수밖에 없었다.

그날 남편과 나는 누워서 천장만 바라보았다. 서로 할 수 있는 말이 없었다. 우리의 젊은 날을 바친, 그리고 아이들까지 희생시키며 모든 것을 건 우리의 미래가 사라지고 있었다. 남편은 떨리는 목소리로 내게 이야기했다. 이제는 더 이상 할 수 있는 게 없다며, 빌딩하고 매장을 모두 은행에 넘기자고 하였다. 모두 넘긴다 하더라도 주차장은 아직 우리 이름으로 되어 있으니 희망은 있다고 하였다. 은행에 건물을 넘겨 다른 사람의 소유가 된다 하더라도 주차장 없이 건물을 유지하기 힘들 터였다. 그렇기에 주차장을 가지고 있으면 높은 가격에 팔 수 있을 것이었다.

나는 남편에게 은행이 소유권을 주장할 때까지 사업체를 운영하며 버텨보자고 했다. 분명 돌파구가 있을 거라고 생각했다. 남편은 매장을, 나는 딸과 세탁공장을 운영하며 희망을 잃지 않으려고 노력했다. 호랑이가 물어가도 정신만 바짝 차리면 살 수 있다고 하지 않았는가... 나는 흔들리지 않는 바위를 생각하며 하루하루를 씩씩하게 버텨 나갔다. 그런데 어느 날 남편이 저녁 식사를 하며 내게 이야기를 했다. 어떤 허름하게 옷을 입은 라틴계 남자가 매일 하루 두 번씩 같은 시간에 건물주를 만나게 해달라며 매장에 찾아온다는 것이었다. 남편은 부랑자라 생각하고 자신이 건물주라는 걸 밝히지 않은 채 그를 그냥 보냈다고 했다. 나는 남편에게 말했다.

"여보! 사람은 겉모습으로만 판단할 수 없어요. 그렇게 몇 주째 건물주를 찾는다면 뭔가 이유가 분명히 있을 거예요. 밑져야 본전이니 한번 만나서 이야기라도 들어봐요."

다음 날 같은 시간에 그 사람이 매장에 찾아왔고, 남편은 자신이 건물주라고 밝히고 대화를 나누었다. 알고 보니 그 남자는 브롱스에서 대형마트를 운영하는 사람이었다. 남편에게 자신의 집문서와 통장의 잔금을 보여주며 주차장과 건물 그리고 사업체를 한꺼번에 매입하고 싶다고 하였다. 그 사람은 우리가 생각했던 것보다 더 높은 금액을 불렀고, 일주일 만에 계약을 하게 되었다. 그리고 딱 두 달 후 모두 매각하여 큰 수익을 얻을 수 있었다. 그 후 우리는 그걸로 다시 사업을 일으켜 세웠고, 꾸준한 부동산 투자로 일어설 수 있었다.

우리 부부가 운영하던 마트의 내부모습니다.

사업을 하다 보면 이렇게 큰 역경들이 수시로 닥친다. '화불단행'이라고 재앙은 한꺼번에 와서 사람의 혼을 빼놓는다. 사업의 실패, 사기, 배신, 아이의 이혼... 모든 불행이란 불행은 초대도 하지 않았는데 한꺼번에 불쑥 우리 집을 방문해 모든 걸 휘저어 났다. 인간이 겪는 온갖 역경과 고난은 모두 그들이 스스로 만들어 냈다고 한다(나폴레온 힐, 결국 당신은 모두 이길 것이다). 나는 그 사실을 기억하고 내가 겪고 있는 문제들에 대해 책임을 지기 위해 최선을 다했다. 모두 나의 오만이었고 나의 방황으로 인해 일어난 일이었다.

그 후로도 많은 시련들이 있었다. 2020년부터 전 세계를 휩쓴 코로나바이러스는 다시 내 무릎을 꿇리기에 충분했다. 특히 뉴욕과 뉴저지가 큰 타격을 입었는데, 뉴욕 같은 경우 5만 명의 시민들이 코로나로 사망할 정도로 상황은 너무나 심각했다. 뉴저지도 크게 다르지 않았다. 끝내 뉴욕과 뉴저지는 셧다운을 선포했고, 필수 비지니스가 아닌 모든 사업체들은 문을 닫아야만 했다. 내 사업체는 다시 흔들렸다. 하지만 나는 이번에는 흔들리지 않았다. 방황하지 않는다면 이 위기는 지나간다는 사실을 몸소 깨우쳤기 때문이다. 나는 정부에서 나오는 지원금과 그동안 비상금으로 준비해 놓은 자금으로 한 명의 직원도 내보내지 않고 최근까지 모두 지켜낼 수 있었다.

하지만 코로나라는 시국이 길어지면서 직원의 반 이상을 줄여야 했다. 나와 오랜 시간 동고동락했던 그들을 보내며 난 가슴을 쥐어뜯으며 오열을 했다. 우리 부부는 최소의 인원들만 남긴 채 우리가 더 일하며 버텼다. 하루 15시간을 일하며 이 시기가 지나가기만을 기다렸다. 나의 경쟁업자들이 무너지고 하나씩 문을 닫았다. 하지만 우리 업체는 살아남았다. 경쟁업자들이 더 이상 버티지 못하고 무너지면서 그들의 고객들이 우리 업체로 몰리는 현상을 내 눈으로 지켜보며 난 지금은 버티는 방법 밖에 없다는 생각이 들었다.

코로나라는 생각지도 못했던 적이 전 세계를 강타하면서 나를 포함 많은 자영업자들이 너무나 힘든 시간을 보내고 있다. 금방 끝날 줄 알았던 이 전쟁은 아직도 이어지고 있고 미국 국민의 70프로가 백신을 맞았음에도 불구하고 확진자는 계속 늘어나고 있다. 하루에도 몇 번씩 고비가 오고 숨이 막히는 순간들이 있지만 나는 아직 살아있고 그것에 감사하며 하루하루 버텨나가고 있다. 어느 누구도 미래는 알 수 없지만 난 그저 내 자신을 믿을 뿐이다. 더 힘들었던 많은 순간들도 이겨온 내 자신이 이번에도 어김없이 이 시기를 무사히 보낼 것이라는 걸 말이다. 코로나는 어떤 위기에도 무너지지 않는 더 강한 나로 만들어 줄 뿐이었다.

영원한
학생,
나도
엄마는
처음
입니다

01

▶ 괴물이
되어 버린
아이

1983년 나는 전남편과의 새로운 삶을 꿈꾸며 미국에 왔고, 얼마 못가 그의 손에 무참히 버려졌다. 생각지도 못한 거센 인생의 폭풍 속에서 나는 살이 베일 것처럼 불어오는 그 바람에 비틀거렸다. 하지만 그렇게 무너지기에는 내 인생이 너무 억울했고, 한국에 남아 있는 아이들이 눈에 밟혀 정신을 차려야만 했다. 그래서 더 이를 악물고 그 모진 폭풍을 온몸으로 받아내며 헤쳐 나갔다. 그리고 뉴욕, 그곳에서 10년 전 헤어진 내 첫사랑을 우연히 다시 만났고, 그 첫사랑 문성 씨와 남은 인생을 같이 하기로 했다. 하지만 난 그 약속을 다시 깨버리고 전남편과 합치기 위해 한국으로 나갔다 쓰디쓴 패배를 맛보았고, 그렇게 다시 캐나다 국경을 넘어 힘들게 미국으로 돌아왔다.

이미 무너진 신뢰는 산산조각 나버린 유리처럼 다시 붙일 수 없었고, 나와 전남편의 관계는 아이들을 위해서라는 명목만으로는 회복 불능이었다. 첫째 아이인 혜영이는 그대로 전남편의 어머니가 맡아 주기로 하셨고, 막내 혜미는 내가 미국에서 자리잡을 때까지 친정부모님이 키워주기로 하셨다. 두 번이나 자신과의 약속을 지키지 못한 나를 문성 씨는 아무 말 없이 받아 주었고, 내 모든 허물을 감싸 안아 주었다. 그리고 10년 만에 드디어 그와 가정을 꾸릴 수 있었다. 그와의 약속을 지키는데 10년이라는 긴 시간이 걸린 것이다.

첫째 아이인 혜영이에 관해서는 그리 큰 걱정이 되지 않았던 게 사실이었다. 내가 아닌 아빠가 옆에 있다는 게 다른 것일 뿐 혜영이라면 자신의 목숨까지 걸 수 있을 정도로 그 아이를 아끼고 사랑하는 친할머니를 비롯한 친가 식구들까지 걱정할 일이 딱히 없었다. 그 아이를 내 손으로 직접 키우지 못한다는 그 죄책감만 가슴에 묻어버리고 눈만 감아버리면 될 뿐이었다. 나는 내가 책임져야 할 둘째 아이 혜미만 잘 키워내면 엄마로서의 모든 역할을 다 하는 것이라고 생각했다.

혜미를 당장 미국으로 데리고 오기에는 여러 상황들이 맞물려 그럴 수 없었다. 영주권자의 자녀로 혜미를 미국으로 데리고 오려면 내가 먼저 영주권을 받아야만 했다. 전남편은 이미 영주권을 포기하고 한국으로 나간 후여서 혜미를 합법적으로 미국으로 데리고 올 수 있는 방법이 없었다. 지금의 남편과 혜미는 법적으로 아무 관계가 아니었기 때문에 나 말고는 혜미를 미국으로 데리고 올 수 있는 사람이 없었다. 내가 영주권을 받는다고 해도 영주권자의 자녀로 혜미를 초청하면 아이가 한국에서 영주권을 받아 미국에 들어오기까지 어차피 10년 정도가 소요되었다.

영주권을 받은 후 5년이 되면 미국시민권을 신청할 수 있고, 시민권을 취득하면 시민권자의 자녀로 아이를 바로 초청할 수 있었다. 그러면 신청하고 6개월 정도만 되어도 아이를 미국에 데리고 올 수 있었다. 하지만 어른의 손길이 아직 많이 필요한 어린 아이를 미국에 데려와 내 손으로 키우기에는 그때 내 상황이 그리 녹록하지가 않았다. 새벽달을 보며 출근해 저녁달을 친구 삼아 집으로 돌아오는 게 우리 부부의 일상이었고, 딱히 쉬는 날도 없이 공장 운영에만 매달리던 시절이었다. 미국 법상 13살 이하의 어린 아이를 홀로 집에 둘 수도 없었고, 부모가 직접 아이를 학교에 데려다 주고 데리고 와야 했기 때문에 그또한 쉽지가 않았다. 그런 이유로 난 영주권이 나오자마자 혜미를 초청하고 10년이 지나기만을 기다리기로 결정했다.

친정어머니와 통화할 때마다 혜미의 소식을 전해 들었고, 오빠와 동생들이 우편으로 아이가 커가는 사진들을 보내주었다. 혜미는 커갈수록 나와 많이 닮아갔다. 딸은 엄마의 팔자를 따라간다고 하는데, 생김새부터 성격까지 나를 쏙 빼다 닮은 그 아이가 더 애처롭고 정이 갔다. 그리고 조금은 그 아이에게 두려움까지 느껴졌다. 파란만장한 내 인생처럼 내 딸도 힘든 삶을 살까봐 걱정이 되었지만, 이미 그 아이는 그런 길을 걷고 있었다. 가정이 무너지면 그 안에 있던 아이들은 어쩔 수 없이 그 폭풍우에 휘말릴 수밖에 없다. 부모가 만들어 놓은 가시밭길을 건너갈 수밖에 없는 게 이혼가정에서 자라나는 아이들의 슬픈 숙명이었다. 부모가 할 수 있는 유일한 일이란 그 아이들이 상처를 덜 받게, 아니면 이미 받았거나 받아야 할 그 상처를 이겨내는 강한 아이로 성장할 수 있게 도와주는 일 뿐이리라.

다행히 아이는 총명했고 그 누구보다 밝고 명랑했다. 호기심이 왕성하여 질문이 많았고, 어딜 가든 만지지 않는 게 없었다. 해결능력도 뛰어나서 문제가 닥쳤을 때 기발한 방법으로 해결해 나가곤 했다. 될 성싶은 나무는 떡잎부터 알아본다고 혜미는 어릴 때부터 남달랐다. 5살도 되지 않았는데 혼자 집을 나서서 그 큰 횡단보도를 사람들을 따라 건넜다. 그리고 항상 파출소에서

아버지 어머니 혜미
혜미의 존재는
아버지와 어머니의
관계를
회복시켰다.

발견이 됐다. 세 번이나 같은 일이 반복이 되니 지구대에서 한 번만 더 아이가 혼자 돌아다니게 하면 벌금을 물리겠다고 할 정도였다.

아이가 엄지손가락을 너무 심하게 빨아 어머니가 손가락에 빨간약을 발라놨더니 혜미는 약국에 찾아가서 이 빨간약을 지울 수 있는 약을 찾았다고 한다. 그때 나는 친정어머니에게   이 이야기를 들으며 그 영리함과 명석함에 뿌듯함을 느꼈을 뿐 그 아이가 왜 그렇게 피가 나고, 피부에 염증이 생길 때까지 손가락을 빨아댔는지 이유를 알려고 하지는 않았던 것 같다. 사랑에 허기지고 모든 게 불안하기만 했을 아이의 외로움과 그 아이만의 어려움을 왜 나는 놓치고 살았는지 이제야 한탄을 하며 가슴을 칠 뿐이다.

그저 그때는 5살 이전부터 글을 읽고, 친정어머니와 지하철을 타면 사람들이 버리고 간 신문을 죽죽 읽어나간다는 이야기를 어머니와 형제들에게 들으며 그 아이의 미래를 설계하고 준비할 뿐이었다. 이 아이의 교육은 꼭 내 손으로 책임지고 제대로 시키겠다고 다짐하며 이를 악물고 일만 했다. 돈이 없어 눈물을 머금고 포기했던 공부를 아이만은 모두 꼭 할 수 있기를, 그래서 어떤 꿈이든 원하는 모든 걸 이뤄 나갈 수 있기만을 바랐다.

아버지와 어머니
그리고 나의 딸 혜미
이때까지 만해도
아이는 다른 아이들같이
평범하게 잘 자라고
있었다.

이렇게 똑똑한 아이가 돈이 없어 자신의 미래를 망친다면 그것만큼 억울한 게 없을 것 같았다. 내가 이 아이의 갈 길을 닦고 준비해 주어야 한다고 생각했다. 그게 내가 사는 이유였고, 나를 앞으로 나갈 수 있게 하는 원동력이었다.

아이는 큰 문제없이 잘 자라고 있는 듯했다. 부모의 부재 속에서도 외조부모님의 사랑을 듬뿍 받으며 잘 성장하고 있었다. 그런데 어느 날, 혜미가 6살이 되던 해에 전남편에게 연락이 왔다. 두 자매가 떨어져서 크는 건 안 될 말이라며 혜미를 자신이 데리고 가 키우겠다고 했다. 그 사람은 이미 세 번째 결혼을 해서 새 부인이 있었기에, 난 노파심에 처음에는 안 된다고 했다. 하지만 전남편은 새 부인이 혜미에게 좋은 엄마가 되어 줄 거라고 확신을 했고, 내가 혜미를 미국으로 데리고 오려면 적어도 10년은 넘게 걸릴 텐데, 그때까지 부모의 부재 속에서 외조부모님 손에서 자란다는 건 아이한테 너무 가혹한 거라고 했다. 친정어머니를 시켜 아이에게 아빠랑 살고 싶냐고 물어보니 아이는 방방 뛰며 장롱에 있던 자기 옷들이랑 인형들을 다 꺼내 짐 가방에 집어넣었다는 이야기를 듣고 씁쓸하면서도 가슴이 미어졌다. 어쩌면 아이에게 필요한 건 멀리 떨어져 있는 엄마가 아닌 항상 곁에 있을 수 있는 아빠일 수도 있다는 생각이

들었다.

그렇게 아이를 전남편에게 보내고 난 단 하루도 마음 편할 날이 없었다. 혜미를 아이 아빠에게 보내고 나니 부모님을 잇고 있던 약한 끈이 떨어져 나가버렸다. 아버지는 다시 어머니를 떠나셨고 어머니는 다시 혼자가 되셨다. 혜미의 소식이 궁금해 계속 전화해서 아이의 소식을 물었지만, 어머니도 아이가 어떻게 지내는지 모른다고 하셨다. 전남편에게 연락을 해보고 싶었지만 그렇게까지 해서 그와의 연이 이어지는 게 싫었다. 또한 지금의 남편에게도 미안해서 그렇게 할 수 없었다. 무소식이 희소식이라고 아무 일 없을 거라고 생각하기로 했다. 설마 친아빠가 데려간 건데 무슨 일이 있을까 싶었다. 그러던 어느 날, 아이가 친가로 간 지 1년도 채 지나지 않았는데, 내 전화번호를 어떻게 알았는지 전남편의 부인이 내게 전화를 했다. 그 여자는 흔들리는 목소리로 제발 자신의 남편을 놓아달라고 했다. 그가 나로 인해 마음을 잡지 못한 채 갈팡질팡하고 있다며 내가 그를 보내줘야 한다고 했다. 난 그녀에게 내 재혼 사실을 알리며 그녀의 남편과 아무 관계가 없음을 몇 번이나 설명을 했지만, 그녀는 내가 하는 어떤 말도 들지를 않았다.

그리고 얼마 후 아이는 머리와 온몸에 심한 부상을 당한 채 다시 외갓집으로 보내졌다. 그의 마음을 붙잡지 못한 그녀는 이미 인간임을 포기한 채 악마에게 영혼을 팔아버리고 말았다. 자신의 남편과 나를 향한 분노와 원망, 그리고 자신도 나처럼 버려질 수 있다는 합리적인 두려움에 빠져버린 그녀는 나를 쏙 빼닮은 아이에게 모든 것을 쏟아냈고, 극심한 폭력과 고문 그리고 학대로 아이의 몸과 영혼을 파괴시켜 버렸다.

아이를 며칠씩 굶기는 건 물론 툭하면 심한 폭력을 가해 아이의 부상은 끝이 없었고, 자주 병원을 왔다갔다해야 했다. 그 뿐만 아니라 계속 되는 물고문으로 아이를 고통 속에 몸부림치게 했다. 6살밖에 안 된 아이의 머리를 물속에 처박으며 그 여자는 도대체 무슨 생각을 했을까? 작은 몸이 헐떡이는 모습을 보며 그 여자는 어떤 환희를 느꼈던 걸까. 숨이 쉬어지지 않는 그 고통 속에서 내 딸은 어떻게 그 끔찍한 두려움과 공포를 그 작은 몸으로 모두 받아 냈던 것일까? 밖으로만 나돌던 전남편과 혜미에 대한 것은 일체 무관심으로 일관했던 그의 어머니는 혜미가 학대를 당하고 있다는 것을 전혀 알지 못했다고 한다.

그 이야기를 들은 나는 하늘이 무너지는 것만 같았다. 잘 키운다고 데려가 놓고 아이를 그렇게 방치한 전남편에게 분노가 치밀었다. 하지만 책임감 없고 무능력한 사람이라는 걸 알면서도 아이를 보낸 건 나였다. 모두가 내 잘못이었다. 갈대와 같은 그 줏대 없는 마음에 옆에 있는 여자가 상처를 받을 거라는 걸 알면서도... 그로 인해 내 아이가 다칠 수도 있다는 걸 알면서도 난 아무것도 하지 않았다. 악마는 따로 있는 게 아니라는 걸 알면서도.. 상황에 따라 인간은 미칠 수도 악마가 될 수 있다는 걸 알면서도... 난 내 아이를 그런 지옥구덩이에 쳐넣었다. 엄마가 지은 죄를 내 아이가 대신 벌을 받고 있었다.

외갓집으로 다시 돌아갔으니 이제 아이가 내 대신 받는 벌이 끝날 줄 알았다. 하지만 내가 틀렸다는 걸 얼마 지나지 않아 알게 되었다. 학대를 하는 사람들만 바뀐 것뿐이었다. 부모 없는 고아 취급을 받으며 내 피붙이가 다른 내 피붙이들과 그들의 식구들에게 또 다른 색깔의 학대와 폭력을 그 작은 몸으로 받아내고 있었다. 그 자그마한 몸뚱이 한군데가 성한 곳이 없었다. 도대체 뭐로 그렇게 때리는 건지 아이의 등은 채찍으로 맞은 것처럼 날카로운 상처들로 가득했다. 난 친정어머니로부터 그 이야기를 들으며 배신감에 치를 떨었다. 하지만 내가 할 수 있는 게 없었다. 당장 아이를 데리고 올 수 없는 그 빌어먹을 상황에 한탄만 하며 눈물만 흘릴 뿐이었다. 할 수 있는 게 없었기에 그냥 외면하기로 했다. 그게 내가 사는 방식이었다.

아이의 지옥은 끝날 조짐이 보이지 않았다. 대체 그 아이가 전생에 무슨 죄를 그렇게 많이 지었길래 신은 이 어린 아이에게 이렇게 모질게 하실까 싶을 정도로 아이의 삶은 험난하기만 했다. 사람들에게 그 아이는 그저 자신들의 발뒤꿈치에 부딪치는 돌멩이보다 못한 존재였다. 돌멩이보다 못했기에 구두 밑바닥으로 밟고 또 짓밟으며 어린 아이의 인생을 망가트렸다. 사람들에게 그 아이는 부모 없는 철부지 고아였고, 그저 귀찮고 성가신 존재였다. 모두가 그 아이가 사라지기만을 바랐다. 그리고 그 아이는 그렇게 애물단지 고아에서 괴물이 되어 버렸다.

초등학교 3학년이 될 때까지도 아이의 앞니 하나가 나오지 않았다. 친정어머니가 치과에 데려가니 몇 년 전 그 악마 같은 여자의 폭력으로 인해 이빨 신경에 문제가 생기면서 앞니가 코아래 잇몸 안에서 자라났다고 했다. 수술을 해서 잇몸 안에 있는 이빨을 꺼낸 후 고무줄을 이용하여 아래로 끌어내려야 한다고 했다. 그 고통을 이 어린 아이가 견딜 수 있을지 모르겠다고 했다. 그 미친 여자가 내 아이를 이렇게 만들었다. 그 빌어먹을 아빠라고 하는 놈이 내 아이의 삶을 깨뜨려 부숴 버렸다. 못난 엄마를 만나 내 아이가 고통 속에 살게 되었다.

혜미는 온몸이 찢기는 듯한 그 고통을 모두 이겨내며 수술을 받았고, 몇 년 동안 입 안에 장치를 하고 아이들에게 괴물이라는 소리를 들으며 학교를 다녀야 했다. 장치와 코 아래 잇몸에 난 이빨을 고무줄로 연결하여 1미리미터씩 아래로 내려야 했는데, 그 고통이 어느 정도였을지 상상이 가지 않았다. 하지만 혜미는 잡초 같은 강인한 아이였다. 강하고 굳은 의지를 가진 아이였기에 어떤 고통도, 그 무엇도 그 아이를 쉽게 무너뜨리지 못했다.

초등학생 혜미
이아이에게는
좌절은
어울리지 않는
단어였다.

온몸이 찢어지는 그 고통 속에서도 아이는 자신이 무엇을 해야 할지, 그리고 어떤 걸 원하는지 확실히 아는 듯했다. 절대 쉽게 무너지는 아이가 아니었다. 아프다고 징징대며 어리광 부리는 아이도 아니었다. 아픈 건 아픈 거고, 과거나 현재나 지속적으로 이어지는 폭행 속에서도 자신의 인생이 거기서 끝나는 게 아니라는 걸 확실히 알고 있었다. 그 와중에도 인생은 계속 이어진다는 걸 알고 있었고, 좌절은 아이하고는 어울리지 않는 단어였다.

학교에서 방학숙제로 백제에 대한 조사를 해오라고 하면 그 아이는 할머니를 졸라 같이 직접 부여와 공주로 내려갔다. 유물과 유적을 자신의 눈으로 직접 보고 공부하고 싶다고 했다. 아이는 총총 걸어 다니며 그 많은 유물과 유적들을 눈에 담으며 모두 사진을 찍었다. 그리고 집에 돌아와서는 전지에 사진들과 함께 각각의 설명을 붙여 과제를 완성을 했고, 그 과제로 전교 대상을 받았다. 다른 아이들이 백과사전을 뒤지며 노트 한 장에 해간 과제를 그 아이는 이렇게까지 할 정도로 열정과 의지가 남다른 아이였다. 그 아이를 크게 키우려면 돈이 필요하다고 생각했다. 과거는 이미 지나간 일이었다. 과거만 생각하고 억울해하며 신세를 한탄만 할 수는 없었다. 분노 속에 날을 지새우기에는 앞에 기다리고 있는 날들이 더 많지 않은가...

그래서 세상 모든 부모가 그렇듯이 나는 아이를 위해 쉬는 날도 없이 이른 새벽부터 밤까지 죽자 살자 일만 했다. 그게 그 아이에게 일어났었고, 일어나고 있는 그 모든 끔찍한 일들에 대한 보상이라고 생각했다. 돈이 충분히 있어야 아이를 제대로 키울 수 있다고 생각했고, 돈만 있으면 아이가 입고 싶은 거, 먹고 싶은 거, 하고 싶은 거 모두 하게 해줄 수 있고, 행복하게 해줄 수 있다고 생각했다. 돈이 없어 배를 곯던 시절을 경험한 나였다. 그렇기에 내 아이는 풍족한 환경에서 키우고 싶었다. 먹을 게 없어서 그리고 돈이 없어서 당하는 서러움을 내 아이만큼은 겪게 하고 싶지 않았다. 그러려면 돈을 벌어야 했다.

아이가 초등학교 4학년 쯤 되었을 때 울면서 혜미에게 전화가 왔다. 갑자기 아빠라는 사람이 보고 싶어서 외할머니를 졸라 전화번호를 알아냈다고 한다. 7살 때 헤어진 아빠도 자기 핏줄이라고 많이 그리웠나보다. 악마 같은 여자에게 그렇게 고통을 받는 상황에서도 자신을 지켜주지 못한 그런 아빠라도 보고 싶었나보다. 아이는 오열을 하며 내게 얘기했다.

"할머니한테 전화번호를 받아 전화를 했는데 어떤 여자가 받더라고… 그 여자가 누군지 단번에 알겠더라고… 그래서 조카라고 고모부 바꿔 달라고 했더니 그 여자가 그냥 전화를 끊어버렸어. 그리고 바로 친할머니한테 전화 왔어. 아빠한테 전화했다고 나한테 막 뭐라 소리 지르면서 내가 자기 옆에 있었으면 도끼로 목을 쳐 죽였을 거래,,,"

아이의 우는 소리를 들으며 가슴이 찢어 질 것만 같았다. 남편의 몇 번째 부인인지도 모를 그 여자가 분명 아이의 정체를 눈치를 챘음이라. 그리고 바로 시어머니에게 전화를 해서 난리를 친 게 분명했다. 아이는 어디서도 환영 받지 못하는 존재였다. 친가에서도 외가에서도... 그런 환경을 만들어 준 것도 분명 나였다. 빨리 미국으로 데리고 오고 싶었지만 그것조차도 할 수 없었다. 아이를 위해 당장 내가 할 수 있는 일이 전혀 없었다.

초등학생 혜미
많은 아픔을 겪은
아이지만
나와 닮았다면
분명 이겨낼 수
있으리라 믿었다.

내게 돈은 힘이었고 자존심이었다. 돈이 있으면 아무도 그 사람을 함부로 대하지 못한다고 생각했고, 돈의 액수가 그 사람의 가치를 정한다고 생각했다. 돈만 있으면 뭐든지 원하는 건

할 수 있다고 믿었기에 그 돈이라는 것을 많이 벌어 아이에게 모두 주고 싶었다. 그게 내가 아이의 미래를 위해 할 수 있는 단 한 가지 일이라고 생각했다. 내 아이는 하고 싶은 공부 모두 다 하고 펑펑거리며 살기를 원했다. 화려한 인생을 살기 위해 잠시 요구되는 희생을 받아들이고 이겨내기를 기대했다. 나이가 들고 머리가 커지면 어른들의 학대는 계속 되지 못하기에 10년 정도면 끝날 가시밭길을 이를 악물고 헤쳐 나가길 바랐다.

많은 아픔을 겪은 아이지만 나와 닮았다면 분명 이겨낼 수 있으리라 믿었다. 그 아픔이 그 아이를 강하게 만들고 성장시키리라 생각했고, 당하지 않아도 될 일을 겪었으니 엄마로서 피눈물이 나는 일이지만, 이미 지나간 일이기에 그 아이가 빨리 잊고 잘 커주기만을 바랐다. 강한 사람이 살아남는 게 아니고 살아남는 게 강한 거라 하지 않은가... 그 아이가 끝까지 살아남아 당당히 내 앞에 설 그날만 기다리며 난 아이의 뒤에서 든든한 조력자로 남기를 결심했다.

02

▶ 두 번째 공포의
밀입국

황량하고 척박한 이민생활에서 나와 남편은 서로를 믿고 의지하며 힘든 시간들을 이겨냈다. 남편은 한국에 남겨 놓고 온 자신의 두 아이들을 미국으로 데리고 오기 위해 열심히 일했고, 나도 친정어머니에게 맡겨 놓은 딸아이와 함께 하는 미래를 꿈꾸며 하루하루를 버텨 나갔다. 나도 사람인지라 힘들 때가 있었다. 주말도 없이 새벽부터 밤까지 시계 바늘 움직이듯이 일만 해야 하는 게 고달플 때도 있었다. 하지만 내 땀과 눈물의 결실이 모두 내 자식에게 간 다는 걸 너무나 잘 알았기에 난 웃을 수 있었다.

1950년대 대한민국은 희망이 보이지 않았다. 전쟁이 끝나고 모든 것이 황폐화되었다. 사람들은 굶주렸고 불행했다. 길가에는 고아들과 배고픔에 희망도 기쁨도 모두 잃어버린 사람들이 즐비했다. 난 항상 배가 고팠다. 먹을 게 없어서 마을의 밭이란 밭은 다 서리를 해서 끼니를 해결했고, 이웃집 부엌에 몰래 들어가 남은 밥과 반찬을 훔쳐 먹으며 곯은 배를 채워야 했다. 아버지는 6개월에 한 번 아니면 1년에 한 번 아니면 어떤 때는 몇 년에 한 번 집에 오셨고 그때마다 나는 신데렐라로 변신했다. 집에는 장작이 쌓였고, 흰쌀과 음식들로 가득 찼다. 그렇게 몇 달을 버티고 나면 난 다시 바닥으로 추락했다. 위로 올라가질 못해 봤으면 덜 힘들었을지도 모르겠다. 위 꼭대기의 달콤함을 맛본 나로서는 밑바닥으로 계속 추락했다 다시 올라가는 그 패턴들이 숨이 막히고 괴로웠다. 남부럽지 않은 부잣집 딸이었다가 다시 짐승으로 전락하는 반복된 내 삶은 내게 혼란과 고통을 남겨 주었다.

경제적으로 여유로웠던 사촌언니가 비닐봉지 한가득 복숭아를 가지고 오면 내 앞에서 자기 혼자 다 그것들을 먹어치우곤 했다. 혼자 먹을 거면서 왜 굳이 나를 불러 앉혀 놓고 그 앞에서 먹었는지는 어림짐작할 뿐이었다. 언니가 우물거리며 먹고 있는 복숭아가 먹고 싶어 한 입만 달라고 애처롭게 사정하는 나를 언니는 비웃었고 거지라고 놀려댔다. 난 자존심이고 뭐고 없이 언니가 먹다 땅바닥에 버린 복숭아씨를 주워 조금 붙어있던 살을 쪽쪽 빨아 먹었다.

그 서러움과 분노를 내가 더 잘 알기에 난 내 자식만큼은 그렇게 크게 하고 싶지 않았다. 하고 싶다는 모든 걸 다해 주고 싶었다. 가정이 무너지고 소용돌이에 휘말려 버린 이 아이들의 삶속에 적어도 경제적인 여유로움은 마련해 주고 싶었다. 그게 그 아이들의 인생을 망쳐버리게 한 내 죗값이라고 생각했다.

남편이 드디어 한국에 있던 자기 아이들을 미국으로 데리고 왔다. 큰애는 다 커서 따로 살기로 하고 작은애인 유영이만 우리가 맡아 키우기로 했다. 부모의 이혼으로 상처를 많이 받고 컸을 그 아이들을 내가 안아주고 보듬어 주어야 했지만, 그건 생각만큼 쉬운 일이 아니었다. 그 아이들을 볼 때마다 한국에 남겨 두고 온 내 아이들이 생각나 견딜 수가 없었다. 남편의 아이들이 남편과 함께 웃고 있는 모습을 보면 두려움에 미쳐버릴 것만 같았다. 그 아이들로 인해 내 아이들이 설 자리가 없어질 것 같아서 무서웠고, 그 아이들로 인해 남편이 그의 전처와 합치게 될까봐 두려웠다. 내가 미처 모르던 나의 악하고 약한 모습을 매일 발견하면서 절망감과 내 자신을 향한 혐오감에 난 몸부림쳤다.

1989년이었다. 재혼하고 3년 후 전남편에게 맡긴 혜영이의 소식을 우연히 듣게 되었다. 전남편은 혜미의 인생을 180도 뒤집어버린 그 악마 같은 여자와 이혼을 했다. 그리고 9살인 혜영이와 6개월 전에 미국에 들어왔고, 관광비자 기간을 넘겨 불법체류자가 되어 있었다. 체류신분과 상관없이 아이들은 학교를 다닐 수 있는 데도 불구하고 그는 아이를 학교에 보내지 않고 있었고, 혜영이는 철저히 방치된 채 집 안에 틀어박혀 망가지고 있었다. 난 전남편에게 연락해서 혜영이를 내가 키우겠다고 했다. 그도 기다렸다는 듯이 당장 그렇게 하라고 했고, 난 바로 아이를 데리고 왔다. 그와 그의 가족들만 믿고 혜영이를 가슴에 묻은 채 혜미만 책임지고 키우고 있었는데 이런 날벼락이 어디에 있겠는가. 혜영이에 대한 죄책감과 그들을 향한 분노와 배신감으로 미쳐버릴 것만 같았다. 혜영이를 내가 버린 것이었다. 혜미만 신경 쓰고 앞만 보고 달려가다 다른 내 아이의 상처를 보지 못했다. 혜영이에게 무조건 보상을 해야 했다. 내 죄를 씻어야만 했다.

혜영이가 내게 오고 얼마간은 괜찮았다. 하지만 나나 남편이나 둘 다 원하던 대로 서로의 자식들을 데리고 왔으니 행복할 줄만 알았는데, 오히려 그로 인해 집에는 긴장감만 흘렀다. 내 아이가 무슨 잘못이라도 하면 난 남편의 눈치를 볼 수밖에 없었고 남편도 마찬가지였다. 나쁜 새엄마라는 소리는 듣고 싶지 않아 유영이를 제대로 훈육할 수가 없었고, 가끔 남편이 혜영이에게 언성을 높이기라도 하면 그 상황이 견딜 수 없이 싫었다.

또한 내 다른 아이는 데리고 오지도 못하고 있는데, 남의 자식을 키우려니 유영이한테 마음이 가지가 않았다. 그러다보니 난 유영이를 무관심과 냉담함으로 대했고, 남편도 혜영이에게 마찬가지였다. 단둘이 살 때는 몰랐던 갈등이 아이들로 인해 더 깊어지자 난 숨이 막혀 왔다.

혜영이는 혜영이대로 적응을 못하고 힘들어했다. 3살 때 나와 떨어져 친할머니 밑에서 자란 혜영이는 갑자기 엄마라는 이름으로 나타난 나와 새아버지라는 새로운 존재로 인해 혼란스러워했고 전혀 적응하지 못했다. 유영이하고도 잘 지내지 못했고, 나를 비롯한 가족들과 어울리지 못한 채 겉돌기만 하였다. 친가에 있으면서 도대체 무슨 소리를 듣고 자랐는지 나에 대한 원망과 분노가 아이 가슴속에 깊이 자리 잡혀 있었다. 아이가 잘못해서 내가 바로 잡으려고 하면 혜영이는 내게 울면서 말했다.

"이게 모두 엄마 때문이야. 엄마가 바람이 나서 우리 가족이 이렇게 망가진거라고…"

기가 막혔다. 아이에게 그게 절대 아니라고 몇 번이나 설명을 했지만 혜영이는 내 말을 믿어 주지 않았다. 그저 자기를 친할머니에게 다시 보내 달라고 울기만 할 뿐이었다. 나는 어찌 할지 몰라 발만 동동 구를 뿐이었다.

거기에 미국법상 초등학생 아이들 같은 경우 학교에 데려다 주고 데리고 와야 하는 것은 물론 아이를 집에 혼자 둘 수도 없는데, 어떻게 해야 할지 방법이 떠오르지 않았다. 중학생이었던 유영이는 괜찮았지만 혜영이는 손이 많이 가는 나이였다. 혜영이를 키우기 시작하면서 내가 좋은 엄마가 될 수 없다는 걸 깨닫게 되었다. 나는 그럴 마음의 여유도 그렇다고 그럴 수 있는 여자가 되지 못했다.

난 혜영이를 LA에 있는 남동생 부부에게 보냈다. 올케는 가정주부였기에 혜영이를 나보다 더 잘 보살필 수 있을 거라고 생각했다, 또한 새아버지 밑에서 눈치 보며 사느니 차라리 외삼촌 부부와 지내는 게 아이 정서에도 더 좋을 것이라고 판단했다. 하지만 아이는 거기서도 적응에 실패했고, 내게 자기 아빠와 할머니가 있는 곳으로 보내달라고 사정을 했다. 아무 능력도 없고, 아이를 제대로 키울 마음도 없는 그들에게 혜영이를 보낼 수는 없었다. 그렇다고 한국에 계시는 친정어머니에게 보낼 수도 없었다. 불법체류자가 돼 버린 혜영이는 한국에 한 번 나가게 되면 다시 들어오지 못하는 상황이었다.

하지만 난 혜영이의 고집을 꺾을 수가 없었다. 혜영이는 아무것도 먹지 않은 채 출석 거부까지 하면서 자신을 다른 곳으로 보내달라고 했다. 난 어쩔 수 없이 아이를 한국의 친정어머니에게 보내기로 했다. 친가로 돌려보낼 수는 없었다. 그럴 바에는 훗날 일은 그때 걱정하기로 하고 내 날개 밑에 있으면서도 그나마 안전한 곳으로 보내자고 생각했다. 그렇게 혜영이를 친정으로 보냈지만 아이는 거기서도 마음을 잡지 못했다. 처음 보는 외할머니와 외삼촌 식구들, 그리고 몇 년 만에 다시 만난 자신의 여동생을 어려워했고 불편해했다.

혜영이를 한국으로 보내고 몇 년이 흘렀다. 내성적이고 조용한 성격의 혜영이는 끝내 적응을 못해 우울증이 심해져만 갔고, 학교생활에도 문제가 생길 지경까지 갔다. 방에 자신을 가둔 채 세상과 단절하고 울고만 있는 혜영이를 계속 그렇게 둘 수는 없었다. 나는 이번 기회에 혜미와 혜영이를 미국으로 다시 데리고 오기로 결정했다. 둘 다 중학생이 되었기 때문에 엄마의 손길이 많이 필요하지 않을 때였다.

두 아이를 합법적인 방법으로는 도저히 데리고 올 수가 없었다. 혜영이는 이미 불법체류자로 미국에 거주하다 한국으로 나갔기에 미국으로 다시 들어오는 데 문제가 있었고, 혜미도 영주권자의 자녀로 몇 년 전에 초청해 놨기에 아직 들어오려면 시간이 걸렸다. 마음이 급해진 나는 불법으로라도 데리고 오기로 결정을 하고 이민 브로커를 알아보았다. 내가 미국으로 다시 들어온 그때처럼 캐나다 국경을 넘어 데리고 오기로 했다. 지인을 통해 이민 브로커를 소개받은 나는 그에게 몇만 불을 주었고, 그는 아이들을 데리러 한국으로 나갔다. 캐나다 국경을 넘는 다른 어른들 틈에 껴서 아이들도 같이 들어오게 될 거라고 했다.

1995년 겨울, 이민 브로커로부터 아이들이 캐나다에 무사히 도착했다는 연락을 받은 그날 난 아무 일도 손에 잡히지가 않았다. 남편은 두 아이 모두 전남편을 통해 이미 영주권을 받은 거로 알고 있었기에 끊임없이 걱정을 하며 안절부절 못하는 나를 이해할 수 없다는 듯이 이상하게 쳐다봤다.

"혜영이 엄마! 왜 이렇게 안절부절 못해? 애들 오늘 비행기 탄다고 하지 않았어?"

나는 그의 물음에 대답을 할 수가 없었다. 국경을 넘어오다 걸리면 바로 추방이었다. 그러면 아이들을 다시는 미국에 데리고 올 수 없었다. 아마 남편은 그런 내 모습을 보며 씁쓸한 기분을 어쩌지 못했을 것이다. 남편의 자식들은 끝까지 키우지 못하고 전처에게 다시 돌려보낸 상황이었다. 그 상황에서 내 자식들이 그 빈자리를 메꾸듯이 미국으로 들어오고 있는 것이었다.

하지만 나의 걱정을 뒤로 하고 아이들은 무사히 뉴욕 공항에 도착을 했고, 난 공항 게이트를 빠져나오는 아이들을 보며 안도의 한숨을 내쉴 수 있었다. 옆에 서서 게이트를 나오는 아이들을 바라보는 남편의 표정을 흘깃 쳐다보았다. 남편의 표정은 얼음장처럼 차가왔고 잔뜩 굳어 있었다. 계속 되는 갈등으로 유영이를 키울 수 없어 전처한테 보내고 얼마 지나지 않았는데, 이번에는 아내의 두 아이들이 들어오니 남편의 기분이 심란할 수밖에 없을 거라고 생각했다. 남편의 기분이 상하지 않도록 조심하자고 다짐했다. 자신의 딸을 지키지 못했다는 그 분노가 내게 원망으로, 그리고 아이들에게 분노로 돌아올 수 있다고 생각했다.

게이트에서 빠져나온 혜미는 처음 보는 남편을 향해 "아빠"라고 소리를 지르며 달려와 그의 품에 안겼다. 그런 내 아이를 보며 나는 뭐라 할 수 없는 이상한 기분을 느꼈다. 대체 이 아이가 무슨 생각으로 이러는지 알 수가 없었다. 아빠 없이 컸던 아이라서 아빠라는 존재가 그리워서 그러는 건지 아니면 아이의 생존본능이 그러라고 한 건지 궁금했다. 알 수 없는 묘하고 서늘한 기분에 기분이 나빠진 나는 남편의 표정을 살폈다. 여전히 그의 표정은 굳어 있었다.

그날 집으로 돌아온 나는 아이들을 방으로 데려다 준 후 바로 그 방에서 나왔다. 남편 앞에서는 절대 엄마가 되지 말자고 다짐했다. 내가 전에 유영이한테 했던 것처럼 냉담함과 무관심으로 아이들을 대해야만 했다. 그래야 남편의 가슴 속에 숨어있는 그 분노를 끌어올리지 않을 거라고 생각했다. 그 다음 날 나는 공장에서 일하다 평소에 하던 것처럼 점심을 사러 나갔다. 공장을 나서기 전에 남편 몰래 미리 전화로 주문을 했고, 포장까지 마친 상태라 식당에 가서 가지고만 오면 됐다. 남편에게는 식당에서 오래 걸렸다고 하면 될 터였다. 나는 음식을 픽업한 후 바로 집으로 향했다. 그렇게 그리워하던 내 아이들이 시차 때문에 자고 있었다. 내가 들어가자 혜미가 눈을 떴다.

언니와 다르게 활발하고 명랑한 혜미는 나를 보자마자 눈을 반짝이며 캐나다 국경을 넘으며 겪었던 자신의 모험을 이야기하기 시작했다. 캐나다가 미국이라고 생각했던 혜미는 공항에 도착했지만, 엄마가 나와 있지 않아서 놀랐다고 했다.

"엄마, 공항에서 나오니 봉고차가 있어서 그 차를 타고 다른 어른들과 같이 당구장으로 갔어. 날이 저물 때까지 거기서 기다렸다가 늦은 밤 우리 안내해 주는 아저씨 따라 당구장 밖으로 나오니 길다란 차가 기다리고 있더라고... 내가 완전 공주가 된 것 같았어. 그걸 타고 조금 이동했는데 아저

씨가 산 밑에 차를 세우더니 산속으로 뛰어 들어갔고 아저씨 아줌마들이랑 뒤따라 산으로 들어갔어. 아저씨가 숨소리도 내지 말라며 산속을 기라고 해서 그냥 뭔 일인가 해서 기었는데 혜영이 언니는 내 뒤에서 계속 울고 있고 내 앞에서 기던 아줌마는 그 상황에 오줌 마렵다고 오줌 누고 난리가 아니었어. 산길도 너무 좁아서 한 줄로 기었잖아. 아줌마가 그러고 있으니 더 이상 앞으로 가지도 못하고...이상해. 미국에 들어오는데 왜 그렇게 와야해?'

혜미는 왜 미국을 오는데 그렇게까지 해야 하냐고 의아해 했고, 난 아무 말도 해주지 못 한 채 웃기만 했다, 예전에 미국에 다시 들어올 때 인디언들의 배를 타고 건넜던 기억이 떠오르며, 이 아이들도 내가 갔던 길을 똑같이 걷고 있다는 생각에 기분이 더욱 이상해져 왔다. 혜미는 조금은 무서웠지만 너무 스릴 있고 재미있었다며 깔깔깔 웃어댔다. 역시 내 딸이 맞구나 하는 생각이 들었다. 나의 어릴 때 그 모습 그대로였다. 나와 꼭 닮은 얼굴에 성격까지 똑같은 혜미를 보며 알 수 없는 기분에 눈물이 나올 것 같아 난 자리를 박차고 일어났고, 급하게 집을 나와 다시 공장으로 발길을 향했다.

나의 아이들이 드디어 내 곁으로 왔다. 아이들이 받은 상처 내가 다 고쳐주겠다고 다짐했다. 조금만 참고 견디거라. 그럼 화려하고 멋진 삶이 너희들을 기다리고 있을 것이다. 아무한테도 무시받지 않고 모두가 우러러보는 그런 삶을 선물해 주기로 난 결심하며 주먹을 꼭 쥐었다.

03

▶ | ## 365일
007작전

"내가 너의 아빠가 되어도 되겠니?"

한 남자가 6살 소녀 앞에 무릎을 꿇고 반지를 건넨다. 소녀는 울음을 터트리며 "네"라는 대답과 함께 자신의 새아버지가 될 남자의 품에 안긴다. 브라질에서 찍힌 실제 결혼식 동영상이다. 아이를 향한 사랑과 따뜻한 배려가 느껴지는 감동적인 영상이다. 남편은 내 아이들에게 그러지 못했다. 엄마인 나조차도 그럴 필요성을 느끼지를 못했다. 아이들의 동의를 얻지 않고 독단적으로 재혼을 했다. 그렇게 몇 년이 지나고 갑자기 아이들을 미국으로 데리고 오기 전까지 아이들에게 나의 재혼 사실을 알리지 않았다. 그 아이들이 느꼈을 상실감과 상처를, 그리고 낯선 가족들에게 받았을 혼란과 스트레스를 난 전혀 눈치 채지 못했다. 그저 아이들이 견뎌야 할 하나의 난관이라고만 생각했고, 방황하는 아이들을 제대로 이해하고자 노력조차 하지 않았다.

심리학자 윌리엄 머르켈에 의하면, 재혼가정은 "인류가 알고 있는 인간관계 중 가장 복잡하고 까다로우며 부자연스러운 관계"로 이루어진 가족관계라고 한다. 그렇기 때문에 초혼가정과는 달리 독특한 문제점들을 가지고 있을 수밖에 없고, 그 문제들을 해결하기 위해서는 가족들의 엄청난 노력이 요구된다. 이혼의 실패를 이미 겪은 두 부부와 그 과정 속에서 많은 상처와 고통을 받은 아이들이 가족을 이루어 진짜(?) 가족이 되려면 보통 4년에서 7년이라는 긴 시간이 필요하다고 한다. 그런데 난 아무 준비도 없이 아이들을 미국으로 데리고 왔다. 그리고 아이들에게 빠른 적응과 함께 어느 정도의 희생을 요구했고, 그게 당연하다고 생각했다.

주거환경조차도 제대로 정리하지 않은 채 아무 마음의 준비도 되어 있지 않았던 남편에게 무작정 내 아이들을 데리고 오겠다고 일방적인 통보로 내 계획을 알렸다. 그 당시 나와 남편은 모든 자금을 공장에 쏟아부은 후 고급 원룸 아파트를 매입해 살고 있었다. 아이들을 데리고 오면 주거 문제부터 먼저 급하게 해결해야만 했다. 난 남편에게 다른 집을 구입하기 전까지 안방은 아이들에게 주고 우리는 당분간 거실에서 생활하자고 했다.

내게 남편은 아무 말도 하지 않았지만, 그의 불편하고 서운한 마음을 나는 느낄 수 있었다. 자기 자식도 키우지 못하고 보낸 마당에 남의 딸을 둘이나 맡게 되었으니 얼마나 속이 터질 일인가. 거기에 안방을 양보하고 거실생활을 해야 하니 속으로 날 얼마나 뻔뻔스런 여자로 생각했을까? 내 핏줄도 아닌 아이를 키우고 힘들게 번 돈을 그 아이에게 쓰며 아껴주고 사랑해 준다는 것 자체가 너무나 힘든 일이라는 것을 유영이를 키우며 알게 되었다.

남편의 딸이 우리와 살게 되었을 때 난 그 아이를 진심으로 사랑해 줄 수도 아껴 줄 수도 없었다. 그 아이의 입에 들어가는 음식과 그 아이에게 쓰는 돈이 아까워 견딜 수가 없었다. 그 음식을 내 아이들에게 하나라도 더 넣어주고 싶었고, 그 아이에게 쓰는 돈 한 푼이라도 한국에 있는 내 아이들에게 더 보내고 싶었다. 심지어 아이의 얼굴을 보고 싶지 않아 일부러 방에서 나가지 않은 적도 있었고, 내 손으로 그 아이에게 밥 한 번 해서 먹여보지도 않았다.

혜미를 지옥으로 떨어트린 그 독하고 모진 여자를... 심청이에게 그렇게 악독하게 굴었던 뺑덕어미도, 그리고 신데렐라를 못 살게 괴롭혔던 그 새엄마도 난 이해가 가기 시작했다. 내 뱃속으로 낳은 내 자식들이 더 중요했다. 내 아이를 내 손으로 키우지 못하고 친정에 맡겨 놓은 채 보지도 못하고 있는데... 다른 아이는 미국으로 데리고 왔다가 끝까지 키우지도 못하고 한국으로 보냈는데, 남의 자식에게 마음을 열고 사랑을 준다는 건 내게 불가능한 일이었다.

또한 내게 그 아이는 단순히 남의 자식이 아닌 내 남편과 남편의 전처를 이어주는 연결고리였다. 그 아이로 인해 내가 버려질 수도 있다는 생각에 불안하고 두려웠다. 그 아이의 존재만으로도 난 매일 내 마음속에 숨어있었던 악한 내 자신을 마주하게 되었고, 그럴수록 더 그 아이가 미웠다.

그 아이에게 폭력을 휘두르지 않은 것뿐 나의 냉랭함과 무관심은 폭력보다 더 무서운 칼날이 되어 그 아이에게 상처를 주었을 것이다. 좋은 엄마가 되어 주지 못했기에 더 남편에게 미안했다. 자신의 아이에게 조금도 마음을 내주지 않았던 내가 내 아이들에게 퍼붓는 사랑을 남편이 느낀다면 나를 어떻게 생각할까 두려웠다. 아이를 밀어내는 나를 느끼고 어쩔 수 없이 아이들을 전처에게 돌려보냈던 남편처럼 나도 그런 선택을 하게 될 날이 올까봐 무서웠다. 그렇기에 더 내 아이들을 꽁꽁 숨겼다. 그의 눈에 보이지 않으면 난 아이들도 내 결혼생활도 지킬 수 있다고 생각했다.

난 혜영이와 혜미에게 남편이 집에 있을 때는 얼굴을 내보이지 말라고 했다. 나와 남편이 출근하기 전까지는 방에서 나오지 말고 퇴근해서 집에 오기 전까지 저녁식사와 샤워를 하고 미리 화장실도 다녀오라고 했다. 그가 쉬고 있는 동안 아무 소리도 내지 말고 방에서 조용히 있으라고 했다. 남편이 보지 않을 때 그 아이들을 마음껏 사랑해 주어도 된다고 생각했다.

난 남편이 샤워하는 그 5분 동안 아이들을 보기 위해 방으로 들어갔다. 그 5분이 내게는 너무 소중했다. 새벽부터 밤까지 말도 통하지 않는 손님들을 상대하다 지쳐서 집에 돌아오면 저 방 안에 내 아이들이 있다는 것만으로도 힘이 되었다. 내게 주워진 5분이라는 시간 동안 아이들의 웃는 얼굴을 보고 있으면 피곤함이 모두 사라졌다.

남편이 샤워를 하러 간 동안 난 급하게 방으로 들어갔다. 아이들이 필요한 게 뭐가 있는지, 하루는 어떻게 보냈는지 물어보며 아이들의 입에서 나오는 그 예쁜 소리에 귀를 기울였다. 내가 물어보는 게 뭐가 그렇게 신나는지 조잘조잘 웃으며 대답하는 아이들을 보며 나도 웃었다. 물소리가 그치면 나는 주머니에서 집히는 대로 현금을 꺼내 아이들 손에 쥐어 주고 급하게 방에서 나왔다. 내가 돈을 버는 유일한 이유인 그 아이들에게 내 죄책감의 크기만큼 돈을 주었다. 돈의 액수와 그날 내가 아이들에게 느끼는 미안함이 비례했다.

나와 남편은 새벽 6시만 되면 출근을 했다. 남편이 차를 빼러 먼저 나가면 나는 5분 정도 늦게 나갔다. 그리고 현관문에 귀를 대고 남편이 탄 엘리베이터가 내려가는 소리에 집중했다. 엘리베이터가 움직이는 소리에 나도 바로 방으로 뛰어 들어갔다. 그리고 조용히 아이들 자는 모습을 지켜보았다. 어느 날은 아이들을 깨울 때도 있었다. 아이들은 일어나자마자 꿈 이야기를 했고 나는 그런 아이들을 보며 웃었다. 아이들의 이야기를 듣는 게, 그 아이들의 미소를 보는 게 내게 유일한 낙이었다. 막내 혜미가 사춘기에 접어들면서 얼굴과 몸에 빨간꽃이 폈다. 난 아이를 내 무릎에 눕혀놓고 하나하나 짜나갔다. 아침에 5분. 남편이 샤워하는 동안 내게 주어진 그 5분이 내게는 그 아이들의 엄마가 될 수 있는 유일한 시간이었다.

어느 날 새벽에 화장실 소리가 나서 잠이 깼다. 자고 있던 거실 소파에서 일어나 남편이 누워있는 소파를 확인해 보았다. 제발 남편이 화장실을 쓰고 있기를 바랐는데 남편은 몸을 뒤척이며 누워있었다. 남편이 깰 수도 있다는 생각에 나는 깜짝 놀라서 화장실로 달려가 문을 열어보았다. 혜미가 볼일을 보고 손을 씻고 있었다. 난 급하게 아이 손을 잡아끌고 방으로 들어갔다.

"혜미야! 엄마가 말했잖니. 네 아빠가 있을 때는 화장실 쓰지 말라고. 아빠 깨면 어쩌려고 그래!"

혜미는 알았다고 하며 다시는 새벽에 화장실을 가지 않겠다고 했다. 아빠가 집에 오기 전 볼일을 미리 보고 방에서 조용히 있을 테니 용서해 달라고 했다. 아이가 받았을 상처를 둘러 볼 여유는 내게 전혀 없었다. 힘들게 일하고 집에 들어온 남편이 다른 이유도 아닌 내 아이들 때문에 잠도 제대로 자지 못하면 안 된다는 그 생각뿐이었다. 아이들과 남편 사이에 분란만 일어나지 않기를 기도했고, 집을 구해 나갈 때까지 몇 개월만 아이들이 아무 문제를 일으키지 말고 조용히 지내주기만을 바랐다.

어느 날 남편이 샤워하고 있는 동안 방에 들어가니 혜미가 나를 보며 밝게 웃었다. 빈 오렌지주스 종이갑을 내 눈앞에 흔들며 자기가 방법을 찾아냈으니까 화장실 문제는 걱정하지 말라고 했다. 그런 아이를 보며 가슴이 아려왔다. 하지만 그렇게 해서라도 가정의 평화를 지키고 싶었던 나는 웃으면서 역시 내 딸이라며 똑똑하다고 칭찬했다. 아이는 내 칭찬을 받고 천진난만하게 미소를 지었고, 그 미소에 다시 한 번 심장이 찢기는 아픔을 느끼며 차오르는 눈물을 꾹 참았다.

내 노력에도 불구하고 남편과 아이들로 인한 갈등은 완전히 없어지지 않았다. 어쩌다 가끔 아이들을 마주치게 되면 남편은 아이들에게 훈육을 목적으로 한마디씩 했고, 나는 그럴 때마다 견딜 수가 없었다. 친자식이 아니기 때문에 내 아이들에게 저러는 건 아닐까 싶어 화가 나고 서운했다. 난 엄마니까 아이들에게 어떻게 해든 상관없지만 남편이 그러는 건 용납을 할 수가 없었다. 친아빠도 아니고 피도 섞이지 않은 사람에게 야단을 맞을 때 느낄 아이들의 상처가 더 눈에 들어왔다. 아이들도 자신의 새아버지에게 별일 아닌 일로 야단을 맞고 나면 더욱 기가 죽어 있었고, 그럴 때마다 내 분노를 남편에게 분출하지 않기 위해 이를 악물고 참아냈다. 간혹 그런 일이 있던 날은 남편을 향해 웃어줄 수도 없었고 가시 돋친 말이 나가기 일쑤였다.

한번은 아이들 머리가 너무 새카만 것 같아서 머리를 갈색으로 염색을 해보라고 아이들을 미용실에 보냈다. 퇴근 하고 돌아와 남편이 샤워를 할 때 방으로 들어가 보니 아이들 머리가 세련된 갈색으로 바뀌어 있었다. 난 흡족해하며 방에서 나왔다. 며칠 후 우리는 보통 때보다 일찍 퇴근 하게 되었고 집으로 오니 아이들은 미처 저녁식사를 다 하지 못한 채 거실에 나와 있었다. 남편은 아이들의 바뀐 머리색깔을 보고 아이들에게 호통을 쳤다.

"아니 대체 머리에 무슨 짓을 한 거야. 발라당 까져서 벌써

부터 머리 염색이나 하고... 당장 머리 원래대로 안 돌려 놓
으면 혼날 줄 알아!"

아이들은 내게 도움의 눈길을 보냈지만 나는 순간 아무 말도
할 수 없었다. 난 아이들에게 조용히 하라는 눈치를 주었고 아
이들은 입을 다물어 버렸다. 그리고 풀이 죽은 채 방으로 들어
가 버렸다. "결혼은 3번, 재혼은 30번을 고민해야 한다"는 말
이 이해가 갈 정도로 남편과 내 아이들 사이에서 난 이러지도
저러지도 못하고 피가 바짝바짝 마르는 것만 같았다.

중학생 혜미(미국)
남편이
집에 있을 때는
이 방에서
절대 나오지
못하게 했다.

아이들도 많이 힘들어했다. 갑자기 자신들의 인생에 찾아든 낯선 가족들과 새로운 환경에 적응할 시간도 주지 않은 채 난 아이들을 그 자그마한 방에 가둬버렸다. 고분고분한 혜영이와 달리 혜미는 그 환경에 전혀 적응하질 못하고 있었는데, 나는 그걸 깨닫지 못했다. 버려지지 않기 위해 내게 억지로 웃으며 씩씩한 척하던 그 아이의 본모습을 나는 전혀 알지 못했다. 그 아이가 느꼈을 두려움과 분노, 상실감을 애써 외면해 버렸다. 내 아이들과 남편 사이에 커다란 장벽을 세워놓고 아무도 그 벽을 넘지 못하도록 했던 건 나였다. 아이들을 지키고자 했던 내 노력이 어쩌면 아이들이 아닌 내 자신을 위했던 건 아니었을까? 어쩌면 아이들도 남편도 언젠가는 부딪치고 무너뜨렸어야 할 장벽을 내가 더 높이 쌓아 올렸던 것은 아니었을까?

04

▶ 내 손으로
아이를 두 번이나
죽였다

혜영이와 혜미는 같은 뱃속에서 태어났는데
도 불구하고 달라도 너무 달랐고, 물과 기름처럼 전혀 섞이
가 않았다. 곰 같은 혜영이와 달리 혜미는 여우 같았다. 말이
없고 내성적인 혜영이는 사람들과 잘 어울리지 못했고, 항상
혼자 있는 걸 좋아하는 아이였다. 평소 할 말만 또박또박하는
아이다 보니 그 아이의 말에 더 무게가 실리기도 했다. 반면 혜
미는 명랑하고, 활발하고, 사람들이 주위에 모이는 아이였다.
모험을 좋아하고, 마음먹은 것은 꼭 이뤄야만 하고 또 이뤄내
는 어떤 불굴의 의지가 느껴지는 아이였다. 좋고 싫음이 분명
해서 자기가 아니라고 생각하는 건 아니었고, 자신의 마음속에
있는 말은 모두 해야만 직성이 풀리는 아이이기도 했다.
혜미와 나이 차이는 1살 반밖에 나지 않았지만 그래도 장녀였

기에 혜영이에게 심적으로 더 많이 의지했던 것도 있었다. 그리고 혜영이에게 알게 모르게 죄책감도 많이 가지고 있었다. 혜미는 내 손으로 키운 건 아니지만 그래도 내 돈을 쓰며 내 날개 그늘에서 자랐다. 하지만 혜영이는 달랐다. 친가에 맡겨 놓은 채 그 아이에게 신경을 전혀 쓰지 못했다. 혜영이 할머니가 혜영이를 몹시 예뻐해서 걱정할 필요가 없다고 생각했다, 어떻게 보면 내가 버린 자식이라고 할 수도 있었다. 거기에 미국에 처음 왔을 때도 난 아이에게 엄마 노릇을 제대로 할 수 없었고, 끝내는 한국으로 다시 되돌려 보내게 되었다. 어쩌면 두 번이나 아이를 버린 셈이었다.

혜영이를 볼 적마다 그때 내게 받았을 상처 때문에 항상 미안했다. 그래서 그런지 남 보기에 혜영이가 잘못한 일인데도 혜미를 더 야단쳤다. 억울하게 야단맞을 때에는 날 닮아 성격이 불같은 혜미는 눈에 쌍심지를 켜고 내게 달려들었다. 왜 자기가 잘못한 게 아닌데 자기를 혼내냐고 악을 쓰며 울고 불고 난리를 쳤다. 하지만 그때뿐이고 또 돌아서면 헤헤거리며 내게 다가와 아까 소리 질러 미안하다고 하는 게 혜미였다. 불같은 성격이지만 마음도 약해 쉽게 풀어지는 아이였다.

혜영이는 달랐다. 자기가 잘못해 놓고 야단을 맞으면 한 달이고 두 달이고 말도 하지 않은 채 꽁해 있었다. 눈물도 많아서 혜미나 내가 무슨 말 한마디 하면 몇날 며칠이고 구석에 쪼그리고 앉아 자책하고 더 숨어버리는 게 혜영이었다, 말도 잘 듣고 공부도 잘하는 착한 딸이지만 항상 기가 죽어 있는 게 걱정이 되었고, 기가 센 동생에게 눌려 사람 구실도 하지 못할까봐 항상 염려가 되던 그런 딸이었다. 내게는 너무나 아픈 손가락이었다.

그러던 어느 날 공장에서 일하는데 혜영이가 공장으로 울면서 찾아왔다. 혹시라도 남편이 볼까봐 혜영이를 급하게 비상구 계단으로 데리고 갔다, 혜영이는 서럽게 울면서 그동안 혜미가 얼마나 자신을 괴롭혔는지 내게 전부 말했다. 내가 혜영이에게 준 용돈을 빼앗고, 툭하면 자기를 때렸다고 했다. 혜미라면 그럴 만하다고 생각했다. 기가 세고 영악한 아이였다. 목표하는 게 있으면 무조건 이루고 마는 독한 면도 있는 아이였다.

학교에서 자신을 놀리고 괴롭히는 흑인 남자아이들을 상대로 달려든 아이가 혜미였다. 자신보다 덩치가 몇 배나 큰 남자아이 몇을 상대로 혼자 달려들었다. 한국에 있을 때는 오락실 선도부장이었던 아이였다. 방과 후 오락실을 쫓아다니며 오락실에 간 같은 반 학우들을 잡으러 다녔다. 아이들이 혜미한테 걸리면 바로 멱살이 잡혀 담임선생님한테 끌려왔다. 처음 본 새아버지를 "아빠"라고 부르며 품안에 달려드는 영악한 면이 있는 아이가 혜미였다. 혜미의 기에 눌려 아무 말도 하지 못하고 울고 있는 혜영이를 몇 번이나 본 나였다.

난 그 강한 의지가, 그리고 그 독한 의지력과 영악함이 가끔은 무섭기까지 했다. 그 기로 혜영이를 누르고 잡아먹을 것만 같았다. 두려움을 모르는 아이였다. 영어 한마디 못하던 아이가 중학교에 들어가 첫 시험을 망치더니 눈에 독기를 품고 공부를 했다. 그리고 얼마 안 돼서 기말고사에서 높은 점수를 올렸고, 입학 후 6개월 만에 전교 톱으로 졸업을 했다. 고등학교에 올라가서는 더욱 더 그 아이의 무서운 힘을 느낄 수 있었다. 어릴 때 미국에서 살아서 영어를 잘하는 혜영이에 비해 영어를 거의 하지 못했던 혜미는 자신의 한계를 극복하고 한 학년에 몇천 명이 다니는 학교에서 전교 8등을 했다. 그런 혜미를 보며 혜영이는 더욱 자괴감을 느끼곤 했다.

공부뿐만 아니고 연극부 활동을 하면서 대본을 직접 쓰고 연극까지 했다. 항상 혼자 있는 혜영이와 달리 친구들과 어울려 다니느라 정신이 없었다. 학교에서는 혜미에 대한 칭찬이 대단했다. 머리가 비상하고, 공부도 잘하고, 글도 잘 쓴다며 작가로 만들라고 했다. 선생님들의 평가가 높을수록 아이의 교만은 하늘을 찔렀다. 겸손함이라는 것을 모르는 아이였다. 항상 어른들에게 칭찬을 받기 위해 눈에 불을 켜고 있는 하이에나 같은 아이였다. 내 딸이기에 사랑했지만, 그 교만으로 인해 아이가 다치기 전에 한번쯤은 눌러줘야 한다고 생각했다.

분노가 치밀어 올랐다. 난 남편 몰래 혜영이와 함께 공장을 빠져나왔다. 집에 가보니 혜미는 침대에 누워서 책을 읽고 있었다. 나는 거실에 있던 대걸레를 손에 집어 들었다. 눈이 벌게진 채 방으로 들어오는 나를 보며 혜미는 놀라서 벌떡 침대에서 일어났다. 대걸레로 아이의 온몸을 때리기 시작했다. 혜미는 자기가 뭘 잘못했는데 그러냐며 내게 소리를 질렀다.

"네 할머니가 너한테 그렇게 가르치디? 남의 돈이나 훔치고 니 언니 쥐어 패라고 할머니한테 배웠니? 네가 그렇게 못된 년인 거 알았으면 나 너 미국으로 안 데려왔어. 이 건방진 가시나가..."

이쯤 했으니 아이가 잘못했다고 용서를 빌 줄 알았다. 하지만 혜미는 눈에서 레이저를 쏘며 내게 달려들었다. 자신은 그런 적이 없다고 발뺌을 하며 소리를 질렀다. 내 딸이지만 그 뻔뻔함에 더 화가 치밀어 올랐다.

나는 끌어 오르는 화를 이기지 못하고 방에 있던 옷 선반대를 밀어 넘어뜨리며 손에 쥐고 있던 대걸레를 휘둘렀다. 아이들의 옷들이 바닥으로 떨어지고 화장대의 거울이 깨지는 소리가 들렸다. 책장에 있던 책들을 모두 꺼내 던져버렸고, 책상에 있는 아이들 물건들도 손으로 다 쓸어버렸다. 하지만 혜미의 입에서는 잘못했다는 소리가 나오지 않았다. 나를 쏘아보며 생사람 잡는다고 소리를 질러대기만 했다. 혜미의 기를 눌러 버리고 싶었다. 그래야 혜영이가 기를 피고 살 수 있을 거라 생각했다. 세 살 버릇 여든까지 간다고 언니에게 폭력을 휘두르고 돈을 빼앗는 그 못된 행동을 뿌리까지 뽑아 버리고 싶었다.

아이의 입에서는 끝까지 자신의 잘못을 시인하는 말이 나오지 않았다. 내가 소리를 지르면 내 목소리보다 더 크게 소리를 지르며 내게 대들었다. 난 밖으로 나가 집 앞에 있는 슈퍼마켓으로 갔고 거기서 흰 종이봉투 하나를 얻었다. 그리고 다시 집으로 들어갔다. 혜미는 아까 그대로 서있었다. 두 주먹을 꼭 쥐고 씩씩대고 있었다. 나는 봉투를 혜미의 얼굴에 집어던졌다. 그리고 비행기 티켓이니 당장 한국으로 돌아가라고 했다.

아이는 그제야 정신이 들었는지 내게 울면서 다가왔다. 울면서 무릎을 꿇더니 손바닥을 비비며 잘못했다고 용서해 달라고 빌었다.

"엄마 잘못했어. 내가 다 잘못했으니 용서해 줘. 엄마 나 버리지 않을 거지? 나 여기서 쫓겨나면 갈 데가 없어. 친가에서는 날 받아주지 않아. 아빠도 친할머니도 내가 싫대. 외가에서도 똑같아. 모두가 나 보고 다 사라지래. 아무데서도 받아주지 않으면 나는 어디로 가야 해?"

난 아이의 눈을 똑바로 쳐다보고 말했다. 모두 널 싫어하는 건 다 네 탓이라고... 네가 나쁜 아이라서 그런 거라고 했다. 네가 잘했으면 어른들이 왜 너한테 그렇게 했겠냐고 가슴에 손을 얹고 네가 잘못한 일들을 생각해 보라고 했다. 혜미는 내가 하는 소리를 들으며 고개를 떨구었다. 아이의 어깨가 심하게 흔들리는 게 보였다, 하지만 아이의 우는 소리는 더 이상 들리지 않았다.

이 정도면 됐겠지 싶어 난 집에서 나왔다. 매서운 바람이 뺨을 스치며 지나갔고 정신이 번쩍 들었다. 대체 내가 뭘 한 건가 싶었다. 그 정도로 아이를 잡을 필요는 없었다. 집으로 돌아가서 아이를 달래줘야 하나 싶었지만 시간이 너무 지체되었다. 다시 빨리 공장으로 되돌아가야 했다. 남편이 어디 갔다 왔냐 하면 뭐라 할지 머릿속으로 생각을 하며 공장으로 돌아갔다.

그리고 그날 집으로 돌아와 남편이 샤워하고 있을 때 아이를 보러 방으로 들어갔다. 빈 봉투였다는 걸 알아챈 것 같았다. 혜미는 평소 때하고는 달리 내게 다가오지 않았고 웃지도 않았다. 내게 인사만 하고 다시 자신의 책상으로 돌아갔다.

그 조그마한 어깨가 그날따라 더 작아보였다. 그리고 평소와 다른 건 혜미뿐만이 아니었다. 말이 없고 무뚝뚝하기만 했던 혜영이가 내게 다가 와서 웃어주었다. 혜영이가 그렇게 웃는 건 처음 보았다. 항상 조용하던 아이가 그날 따라 말이 많았지만 난 이상하게 생각하지 않았다. 그리고 그날 이후로 더 이상 난 혜미의 밝은 미소를 볼 수가 없었다.

내가 알던 혜미는 허구였다는 걸 깨닫기까지 참 오래 걸렸다. 교만하고 겸손함과는 거리가 먼 아이... 자신이 원하는 걸 얻기 위해서 상대를 희생시키는 아이... 남의 물건에 손을 대고 폭력을 일삼는 그런 아이... 내가 알던 그 아이는 그 아이가 사라지길 바랐던 사람들이 만들어 낸 허상이라는 걸 깨닫기까지 20년이 걸렸다. 나는 아이의 진실된 모습을 보지 못하고, 다른 이들의 입에서 나오는 말을 통해 그 아이를 보았다. 그리고 그 아이를 내 손으로 짓밟았다. 내 손으로 아이를 두 번이나 죽였다. 두 아이 모두 두 번이나 내 손으로 죽였고 망가뜨렸다.

05

> ▶ 더 이상 그때의
> 아이는 없다

혜미는 누구보다 더 강한 아이였다. 새엄마 밑에서 갖은 죽을 고비를 겪으면서도 살아남은 잡초 같은 생명력을 가진 아이였다. 그 여자의 구타로 이빨신경에 문제가 생겨 몇 년 동안 수술과 치료를 받으며 살이 찢기는 고통을 겪는 중에도 그 아이는 살아남았다. 다른 아이들 같으면 진즉에 포기하고 무너졌을 그 고통 속에서 아이는 눈물 한 방울 보이지 않고 이겨냈다. 철없는 아이들이 입에 장치를 끼고 있는 혜미에게 괴물이라고 놀리며 아이를 짓밟으려 했을 때도 혜미는 무너지지 않았다. 밟히면 밟힐수록 더 잘 살아남는 한 포기 잡초처럼 더 이를 악물고 자신에게 내려진 시련을 받아들였다.

외갓집으로 보내지면서 끝날 거라고 생각했던 아이를 향한 무참한 학대와 폭력은 사라지지 않았다. 세상을 향한 분노였는지, 자신에 대한 실망감과 절망감이 분노로 변해 힘이 없는 아이에게로 표출이 된 건지 나도 모르겠다. 그때 나는 친정어머니로부터 나와 핏줄을 나눈 그들과 그들의 식구들이 내 아이에게 행한 온갖 가혹행위를 들으면서도 어머니의 말씀을 믿지 않았다. 믿고 싶지 않았다. 그 사실을 믿는 즉시 내가 잃어버릴 모든 것들에 대해 두려움부터 앞섰다. 어린 혜미의 작은 등에 채찍처럼 나있는 매질자국과 온몸에 나타나있는 멍을 이야기하며 펑펑 우시는 친정어머니의 흔들리는 목소리를 억지로 외면하고 눈을 감아버렸다. 어머니가 말씀하시는 게 사실이라고 해도 당장 내가 할 수 있는 일이 없었다.

어머니가 집을 비우실 때마다 혜미에게 행해지는 폭력과 학대를 한 귀로 듣고 한 귀로 흘려 들을 수밖에 없었다. 그들이 내게 전하는 혜미는 그저 극성스럽고 말도 안 듣는 그런 아이였다. 아이가 얼마나 말을 안 듣고 사고를 치고 다녔으면 그렇게 때렸을까, 그냥 그렇게 믿고 싶었다. 알고 있으면서도 계속 내 자신에게 핑계를 만들어 들려줘야만 했다. 당장 내가 할 수 있는 게 없었기에 그렇게 해야만 했다. 내 자식의 상처도 배고픔의 고통도 난 모두 무시해 버려야 했다. 황량하고 척박한 이민생활과 재혼을 하고 새로운 가정을 이루면서 생긴 여러 문제들로 내 앞가림하기도 벅찼다. 내가 살아남아야 내 아이들도 키울 수 있었다. 그래서 내 눈을 가리고 내 귀를 막아버렸다.

그때 내가 그랬던 것처럼 난 이때도 내 눈을 가리고 귀를 막아
버렸다. 진실을 알아볼 생각도 하지 않고 아이에게 하지 말아
야 할 말과 행동을 하고 말았다. 상황을 빨리 해결 하고 자 하
는 욕심에 내 의무를 져버렸다. 다른 이들로 인해 아이에게 씌
여진 가면을 난 벗겨버리지 못하고 허구만 보았다. 아이의 억
울한 비명을 난 듣지 못했다. 버려진다는 두려움... 평생 그 두
려움으로 고통 받던 아이에게 내가 한 행동은 아이의 이마에
총구를 겨눈 것과 같으리라. 내 아이에게 한국으로 나가 버리
라고 했다. 네가 미움 받는 이유는 모두 네 잘못이라고 했다.
아이를 코너에 몰아붙이고 벼랑 끝까지 끌고 갔다.
그 사건이 있고 얼마 후 퇴근하고 집에 들어왔는데 방에 있어
야 할 혜미가 보이지 않았다. 혜영이도 혜미가 어디에 있는지
모른다고 했다. 저녁 시간이 훌쩍 지나버린 늦은 시간이 되도
록 아이는 집에 들어오지 않았다. 남편은 평소처럼 혜미가 방
안에 있다고 생각하고 거실에서 TV를 보고 있었고, 나는 주방
을 왔다갔다하며 걱정에 피가 말라오는 것 같았다. 폭풍이 오
기 전의 고요함이었을까?... 그날 이상하리만큼 보통 때보다
더 평화롭고 조용한 분위기 속에서 나 홀로 애를 태우며 안절

부절 못하고 있었다.

밤 11시가 넘어 초인종이 울렸고, 문을 열어보니 술에 잔뜩 취한 혜미를 어떤 여자아이가 부축하고 있었다. 남편은 무슨 일인가 해서 현관문 쪽으로 다가왔고, 술 냄새를 잔뜩 풍기며 비틀거리며 서있는 혜미를 발견했다. 나는 급하게 아이를 부축해 방으로 데리고 갔다. 화가 잔뜩 난 남편이 집안 꼴 잘 돌아간다며 밖에서 소리를 질렀다. 아이를 눕혀 놓고 주방으로 가서 꿀물을 타고 있는 나를 남편은 기가 찬 눈빛으로 쳐다봤고, 나는 아무 말도 하지 못한 채 꿀물을 가지고 방으로 들어가 아이에게 먹였다.

난 아이의 등을 있는 힘껏 몇 차례 때리며 이게 무슨 짓이냐고 소리를 질렀다. 16살밖에 안된 여자아이가 술이나 마시고 돌아다니고, 아빠한테 뭐라 하냐고 하며 아이에게 화를 냈다. 상처 입은 짐승처럼 웅크리고 앉아 내 상처를 봐달라고 울부짖고 있는 아이의 상처를 더 후벼팠다. 그때조차도 난 남편의 눈치를 보느라 아이의 말을 전혀 들으려고 하지 않았다. 아이는 풀린 눈으로 나를 바라보며 말했다.

"그래 나 술 좀 마셨어. 인생 참 엿 같아서 마셨어. 이 감옥 같은 집에 어떻게 맨 정신으로 있어. 대체 누가 내 아빠라는 거야? 나한테 아빠가 어디 있는데? 왜? 또 저 인간이 뭐라

해? 그만 좀 하라고 해. 역겨우니까. 엄마는 뭔데? 당신이

진짜 내 엄마가 맞긴 맞는 거야?"

난 아이의 입에서 나오는 말들을 믿을 수 없었다. 자기가 할 말

은 모두 다 내뱉고 보는 성질이지만 그렇다고 엄마에게 이렇게

독한 말을 쏟아 낼 아이는 절대 아니었다. 아이의 눈에서 난 나

를 향한 분노와 미움을 느낄 수 있었다. 난 아무 말도 못하고

방에서 나왔다.

아이는 그 후로 학교도 가지 않고 밖으로만 돌았다. 그렇게 공

부도 잘하고, 내 말이면 죽는 시늉까지 하던 그 착한 아이가 순

식간에 변해 버렸다. 학교를 자퇴하거나 퇴학을 당한 다른 아

이들과 어울려 며칠씩 집에 들어오지 않았다. 혜미로 인해 나

와 남편은 자주 싸우게 되었고 집안 분위기는 살얼음판이었다.

가끔씩 집에 들어오면 혜미는 나와 남편을 적대적으로만 대했

다. 퇴근하고 집에 돌아오면 혜미와 혜미 친구들은 남편이 소

장하는 술들을 모두 꺼내 마시고 취해서 널브러져 있었다. 방

안에 숨어 우리의 눈치만 보던 그 아이는 사라졌다. 소리를 지

르고 화를 내도 아무 소용이 없었다. 돌아오는 건 그 아이의 야

유와 비웃음, 그리고 몇 백 배에 달하는 공격뿐이었다.

아이를 달래보려고 따뜻하게 말을 건네 봐도 마찬가지였다. 밥

을 먹었냐고 물어보면 언제부터 자기한테 그렇게 신경 썼냐며

가증스럽다고 했다. 어디를 그렇게 돌아다니다 왔냐고 물어보면 자기한테 신경 끄고 나나 잘 살라고 했다. 그런 모습을 계속 남편에게 보이기가 미안하고 민망했던 나는 급하게 집을 산 후 그 집에서 나왔다. 그리고 한국에서 어머니를 모셔와 혜미와 혜영이를 부탁드렸다. 혜미가 원망스러웠다. 가만히 말 잘 듣고 조용히 있어도 모자란 마당에 온 집안을 쑥대밭으로 만들고 있었다. 얌전한 혜영이까지 불안함을 감추지 못하고 흔들리고 있었기에 내 인내심은 바닥을 치고 있었다. 미국에 데리고 오지말 걸...그냥 친정어머니 밑에서 계속 크게 할 걸... 별 생각과 후회들로 미쳐 버릴 것만 같았다. 남편과 아이 사이에 끼여 이러지도 못하고 저러지도 못하는 내 상황에 화가나 어딘가로 사라져 버리고 싶었다.

그리고 얼마 후 혜미는 짐을 싸서 완전히 그 집에서 나가버렸다. 자신을 찾지 말라고 했다. 사랑하는 사람이 생겼다며 자신의 힘으로 자신만의 가정을 이루겠다고 했다. 나는 눈이 뒤집혀 밤낮을 가리지 않고 아이를 찾아 헤맸고, 친정어머니는 당신 잘못이라며 매일 눈물 바람이셨다. 하지만 아이는 꽁꽁 숨어버렸고 어디서도 찾을 수 없었다. 혜미가 학교를 그만두기 전 친하게 어울리던 친구들을 모두 연락해 만났다. 울면서 아이가 어디에 있는지 알려달라고 사정을 했다. 하지만 그 아이들도 혜미를 보지 못한 지 오래 됐다고 했다. 혜미는 자신이 살던 세계에서 그렇게 떠나버린 것이었다.

그러던 어느 날 밤 혜미의 한 친구가 혜미를 노래방에서 봤다고 내게 알려 주었다. 난 잠옷 차림으로 코트만 걸쳐 입고 신발도 거꾸로 신은 채 밖으로 뛰쳐나갔다. 남편이 놀래서 내 이름을 부르며 달려 나왔지만 난 아무 생각도 할 수가 없었다. 길가에 주차되어 있던 차를 급하게 빼고 거리로 차를 몰았다. 몸이 부들부들 떨리고 눈에 가득 차는 눈물로 인해 앞이 제대로 보이지 않았다. 꽝 하는 소리와 함께 내 차와 다른 차가 부딪치는 소리가 들렸지만, 난 차를 세우지 않고 계속 달렸다. 혜미를 만나야만 했다.

백미러를 통해 불빛이 번쩍거리는 게 보였다. 경찰차였다. 스피커를 통해 내게 차를 세우라는 급박한 목소리를 들을 수 있었다. 어쩔 수 없이 차를 세운 내게 경찰관이 다가왔다. 내가 주차되어 있는 차를 들이박고 그냥 그 자리에서 도주했다고 했다. 나는 잘 안 되는 영어로 더듬거리며 내 딸을 찾아야 해서 빨리 가야 한다고 했다. 아이가 잘못될 수도 있으니 보내달라며 오열을 했다. 무슨 일인지 대충 눈치를 챈 경찰관이 내게 말했다.

"나도 자식이 있는 아빠입니다. 어떤 심정인지 저도 압니다. 지금 운전을 제대로 하실 수 없는 상태 같네요. 제가 앞에서 에스코트해 드릴 테니 저만 따라서 오세요."

경찰차가 앞에 가고 난 그 차를 따라 천천히 운전을 했다. 이성을 되찾기 위해 숨을 차분히 몰아쉬며 아이를 만나면 할 말을 머릿속에서 끊임없이 되뇌었다. 아이를 달래서 다시 집으로 데리고 와야 했다. 이렇게 아이의 인생을 망치게 해서는 안 되었다.

노래방 앞에 무사히 도착하고 경찰관이 내게 다가왔다. 아이를 꼭 찾아서 데리고 가라고 하였다. 그리고 내게 말했다. 온힘을 다해서 사랑해 주라고... 그러면 아이가 돌아올 거라고 하였다. 나는 고개를 끄덕이고는 건물 안에 있는 노래방을 향해 뛰어갔다. 아이의 이름을 목이 터져라 부르며 노래방 곳곳을 뒤지고 다녔고, 몇 분 후 노래방 창문 너머로 당황한 아이의 얼굴을 볼 수 있었다. 테이블 위로는 술병들이 널브러져 있었고, 내게 혜미와 결혼하고 싶다고 당돌하게 말했던 그 남자아이와 함께 있었다. 분노가 치밀어 올랐다. 온몸을 다해서 사랑을 해주라던 그 경찰관의 말은 순식간에 내 머릿속에서 지워져 버렸다.

억지로 붙잡고 있었던 이성의 끈이 끊어져 버렸다. 건물 계단을 어떻게 내려갔는지 기억도 나지 않는다. 내려가 보니 어떻게 쫓아왔는지 남편이 굳은 얼굴로 차 옆에 서있었다. 난 차 트렁크에 있던 골프채를 가지고 다시 올라갔다. 소리를 지르며 방문을 열었다. 노래방 기계 뒤에 숨어 바들바들 떨고 있는 혜미를 찾을 수 있었다. 난 아이를 끌고 나와 골프채로 아이를 때리며 소리를 질렀다.

"이 나쁜 년아. 내가 너 때문에 얼마나 네 아빠 눈치를 보며 살고 있는데... 내 뱃속으로 난 자식 잘 먹이고 잘 키우겠다고 얼마나 고생하는지 뻔히 알면서 네가 나한테 이렇게 해?"

혜미는 독기 어린 눈으로 나를 바라보며 말했다.

"내가 엄마 딸이긴 한 거야? 역겨우니까 나 생각하는 척 그만해. 엄마한테 나는 그냥 장난감이었잖아. 필요할 때 가지고 놀다 싫증나면 버리는 그런 장난감 아니었어? 내가 필요할 때 엄마는 대체 어디에 있었는데? 돈이면 다야? 돈만 주면 다 끝나는 거야? 지폐 몇 장 던져주고 입 다물고 조용히 살라고 하면 난 그렇게 살아야 하는 거야? 언니 말만 믿고 내가 사라져 주길 바랐던 건 엄마 아니었어? 사라져 주겠다는데 왜 이제 와서 난리야?"

나는 들고 있던 골프채로 아이를 계속 때렸다. 어떻게 이런 생각을 하는지 믿을 수가 없었다. 내가 가지고 있는 물질을 나눠주는 게 내 사랑의 방식이었다. 사랑하지도 않는데 죽어라 돈

벌어 그 돈을 왜 다른 사람한테 주겠는가? 난 나눠 주는 돈의 액수와 사랑의 크기는 비례한다고 생각했다. 나를 사랑하니까 자신의 전 재산을 모두 내 준 남편처럼 나도 내가 버는 모든 돈을 아이에게 쓰면서 내 사랑을 모두 주고 있다고 생각했다.

골프채로 맞고 있는 혜미를 J가 막아섰다. 혜미를 때리려면 자기를 때리라고 했다. 그러면서 혜미가 바라는 건 따뜻한 가정... 혜미를 믿어주고, 안아주고, 사랑해 주는 가족들로 넘쳐나는 그런 가정이라고 했다. 그러면서 자신이 그런 가족을 만들어 줄 거라며 결혼을 허락해 달라고 했다. 아직 16살밖에 안 된 내 딸을 19살밖에 안 된 어린 남자아이가 책임을 지겠다며 말도 안 되는 소리를 지껄이고 있었다. 아빠가 밖에서 기다리고 있다고 빨리 가자고 혜미의 손을 잡았다. 혜미는 내 손을 강하게 뿌리치더니 J의 손을 잡고 방을 뛰쳐나갔다. 두 아이들을 따라 잡을 수 없었고, 그렇게 그 아이들은 사라졌다,

얼마 후 카페에서 그 아이들을 다시 찾아냈고, 혜미를 집으로 끌고 들어왔다. 내게 이렇게 수모를 주고 가슴에 대못을 박는 혜미가 원망스러웠다. 내게 그냥 한마디만 하면 되는데... 죄송하다고 한마디 하고 다시 정신 차려서 예전의 그 모습으로만 돌아와 주면 되는데, 아이는 내 말을 듣지 않았다. 자식이 잘못 되길 원하는 부모가 어디에 있겠는가... 제발 빨리 마음을 잡기만

을 바랐다.

난 캘리포니아에 사는 남동생을 뉴욕으로 불러들였다. 내 말은 안 들을 지라도 외삼촌 말은 듣지 않을까 싶어 내린 결정이었다. 혜미에게 따끔한 맛을 보여주라고 했다. 죄송하다는 소리가 입에서 나올 때까지, 자기의 잘못을 깨닫고 반성할 때까지 야단치라고 했다. 동생이 아이를 방으로 데리고 들어가더니 문을 닫았다.

아이의 독기 어린 비명소리가 거실로 울려 퍼졌다. 자신을 죽이지 않으면 자기가 우리를 죽일 거라며 각오 단단히 하고 있으라며 소리를 질렀다. 폭력으로 경찰에 신고하겠다고 악을 쓰며 몸부림치는 소리가 들렸다. 시간이 흐르고 남동생이 고개를 절레절레 흔들며 나왔다. 나는 남동생을 데리고 급하게 그 집을 나왔다. 혜미가 경찰에 신고할 수도 있다는 생각에 두려웠다. 얼마 후 남동생은 LA로 돌아갔다. 우리 부부는 혜미를 피해 다녔고 아이를 보러 집에 가지도 않았다. 아이의 얼굴을 똑바로 쳐다 볼 수 도 없었다. 아이를 어떻게 대해야 할지... 그 아이가 진짜 혜미가 맞는지 혼란스럽기만 했다. 혜미는 어른들이란 모든 족속들은 믿을 수 없다며 자신을 키워준 외할머니까지 공격하기 시작했다. 아이의 마음을 잡으려고 무슨 짓을 해도 어머니가 하는 모든 행동들은 아이의 분노를 더 끌어올리기만 했다. 난 어쩔 수 없이 어머니를 한국으로 보내고 그 집에서 혜영이와 혜미 단 둘이 살게 했다. 하지만 아이의 방황은 쉽게 끝날 기미가 보이지 않았다.

내가 아이를 위해 한다고 했던 모든 행동들이 모두 비수가 되어 내게로 돌아왔다. 전남편과 이혼하면서 아이들이 겪어야만 했던 상처를 언젠가는 꼭 보상하겠다고 마음을 먹었다. 미래만 보며 앞만 보고 달려가는 그 와중에 지금 당장 아이가 겪고 있을 아픔과 상처를 보지 못했다. 아니 보지 않았다. 아이가 정말 뭘 원했던 건지 알려는 노력도 그럴 마음도 없었다. 아이를 있는 그대로 보지 못하고 다른 사람들의 렌즈로 아이를 보려고 했다. 그리고 나조차도 다른 사람들이 한 것처럼 아이를 학대하고 폭행했다.

동생과 새아버지의 사이에 끼여 자신의 자리를 잃어버릴 것을 두려워했던 다른 아이도 난 살펴보지 못했다. 그 두려움이 아이를 어떻게 변화 시키고 있는 지 난 알지 못했다. 어렸을 때부터 떨어져 살며 보통 자매의 정이 없을 아이들인데 난 대체 아이들에게 무엇을 기대하고 있었는지 모르겠다. 뿐만 아니라 남편과 아이들 사이에 서서 장벽을 세워놓고 그들이 진짜 가족이 될 수 있는 기회조차도 깡그리 뺏어버렸고, 어린 그들에게는 고통뿐이었을 희생을 요구했다. 그리고 한 아이의 방황을 이해하지 못하고 난 더욱 더 그 아이를 코너로 몰아넣었다. 이기적이기만 했던 내가 자식을 위한다는 핑계 아닌 핑계를 만들며 혼자만의 착각 속에 살았다. 그러는 동안 내 눈이 멀어버리는 줄 몰랐고, 그렇게 세상을 똑바로 볼 수 없게 되었다. 아이가 진정으로 원했던 게 무엇이었는지 난 전혀 깨닫지 못한 채 바보가 되어 버렸다.

06

▶ 정말로
사라지다

얼마 후 공장에 전화소리가 유난히 크게 울려
퍼졌다. 급히 수화기를 들었더니 혜미였다. 아이는 무미건조한
말투로 빠르게 단어들을 토해 냈다.

"엄마! 나 한국으로 나갈게. 비행기 티켓만 준비해 줘. 나
오늘이라도 나갈래."

심장이 덜컥 내려앉는 느낌에 난 아무 말도 못하고 전화를 끊어
버렸다. 지금 한국을 나가면 적어도 10년 동안은 미국으로 들어
오지 못할 터였다. 미국에 합법적으로 들어온 게 아니었기에 미
국 영주권이 나오기 전까지는 외국으로 나갈 수 없었다. 캐나다
를 통해서 국경을 넘어왔기에 다시 캐나다로도 들어올 수 없을
것이었다. 캐나다를 들어온 기록은 있는데 떠난 기록이 없으니
캐나다도 입국이 불가능할 게 분명했다.

철없는 아이가 아무것도 모르고 객기를 부린다고 생각했다. 나는 혜미에게 다시 전화를 걸어 여행사에 알아봤는데 오늘은 한국행 비행기 티켓이 매진되어서 준비해 줄 수 없다고 거짓말을 했다. 내일도 모레도 없다고 할 생각이었다. 그렇게 떠나려는 아이를 잡으려고 했다. 그렇게 하다 보면 언젠가는 포기할 거라고 생각했다. 얼마의 시간이 흐르고 혜미한테 전화가 왔다. 자기가 직접 여행사에 전화를 해보았다며 왜 티켓이 있는데 자신을 속였냐고 하며 내게 소리를 질렀다.

"난 엄마한테 딸인 적은 단 한 번도 없었어. 그냥 다른 누군가의 부속품이었고, 엄마한테는 장난감이었지. 날 미국으로 데리고 올 때도 난 언니의 부속품으로 온 거잖아. 언니를 데리고 와야 하니 그 참에 날 데리고 온 거 아니었어? 그러다 싫증이 난 거고. 내가 사라져 주길 바란 건 엄마와 언니였잖아. 이제 두 사람 뜻대로 해주겠다는데 왜 날 잡는 거야. 이곳은 내게 창살 없는 감옥 같은 곳이었어. 나에게는 지옥이었다고! 나 좀 숨 쉬며 살고 싶어. 나도 행복하게 살고 싶단 말이야!"

난 그 말에 아무런 말도 할 수 없었다. 내가 아이를 위해 한 그 많은 행동들이 아무것도 아니었다고 혜미는 말하고 있었다. 내 딸이 더 좋은 집에서 하고 싶은 건 모두 다하며 화려하게 살기를 바랐다. 돈이 없어서 하고 싶은 공부를 못하고, 보고 싶은 걸 못 본다면 얼마나 그 삶이 고통스러운지 나는 알고 있었다. 돈 만 있다면 가고 싶은 곳은 어디든 갈 수 있지 않은가. 하고 싶은 것도 모두 다 할 수 있고, 사람들에게 무시받지 않고 살 수 있지 않은가. 그 삶을 마련해 주기 위해 내가 할 수 있는 건 전부 다 했는데 아이는 그런 나를 원망하고 있었다. 잠깐의 불편함은 참으면 그만이고, 순간의 억울함과 분노는 삼켜버리면 그만인데, 아이는 전혀 나를 인정도 이해도 하지 않고 있었다.

바로 비행기 티켓을 구입해 아이에게 주었다. 당장 한국으로 나가 버리라며 다음 날 날짜로 비행기 티켓을 준비해 주었다. 아이를 보러 집에 가지도 않았다. 집에 전화를 하니 혜영이가 받았고, 아이가 J랑 통화한 후 열심히 짐을 싸고 있다고만 했다. 남자한테 미쳐서 온 집안을 뒤집어 놓더니 이제는 한국으로 나가겠다고 저렇게 난리라니 믿을 수가 없었다. 그 다음 날 아이는 자기 혼자 택시를 불러 공항으로 갔고, 그렇게 미국을 떠났다. 내 손을 놓은 건 그 아이였다고 생각했다. 그 아이를 밀어낸 건 바로 나였다는 사실을 난 미처 깨닫지 못하고 그렇게 혜미를 보냈다. 1997년 겨울, 그 아이는 그렇게 내 눈앞에서 사라졌다.

혜미는 한국에 도착한 지 얼마 되지도 않아서 집을 나가버렸다.

친정어머니는 전화할 때마다 울기만 하셨다. 당신이 아이를 잘못 키워서 이렇게 된 것 같다며 미안하다고만 하셨다. 혜미는 얼마 후 집으로 돌아오긴 했지만 계속 마음을 잡지 못했고, 반복되는 가출로 온 집안을 몇 번이나 뒤집어 놓았다. 아이가 걱정이 돼서 기회가 생길 때마다 한국으로 전화를 했다. 한 달에 전화세만 2,000불 가까이 나왔고, 난 남편이 알까봐 전전긍긍했다. 내 아이로 인해 모두가 혼란스럽고 힘든 시간을 보내고 있는 와중에 또 그 아이로 인해 한 달에 몇천 불씩 전화세가 나온다는 걸 그가 알면 집이 또 한 번 시끄러워질 거라고 생각했다. 가지 많은 나무에 바람 잘날 없다고 하지만 자식 둘을 키우는 게 내겐 너무나 벅찼다.

그래도 고등학교는 졸업해야지 자기 앞가림은 하고 살 텐데 걱정이 되었다. 그렇게 공부를 잘하던 아이가 편입한 한국의 중학교에서는 공부를 할 뜻이 전혀 없었고, 출석일수도 모자랄 정도였다. 겨우 중학교를 졸업시키고 나서 혜미를 어떻게 하면 좋을까 고민하던 중에 올케언니한테 전화가 왔다. 혜미를 대안학교에 입학시키자고 하였다. 그곳은 혜미처럼 마음을 잡지 못하는 학생들을 좀 더 자유로운 환경에서 교육을 시키는 학교라고 했다. 일반 고등학교에 가봤자 혜미는 적응하지 못할 거라고 했다. 난 그렇게 하라고 했고, 아이도 큰 거부감 없이 학교에 입학을 했다.

얼마 동안은 아이가 마음을 잡고 좋아지는 모습이 보였다. 기숙사 생활을 하며 자기와 비슷한 상처를 가지고 있는 아이들과 소통을 하며 잘 지내는 것 같았다. 하지만 그것도 얼마 못가 아이는 학교를 그만뒀다. 아무것도 하고 싶지 않고, 아무것도 하지 않을 것이니 자기를 포기하라고 했다. 혜미가 걱정이 돼서 전화를 하면, 내 형제들과 그들의 가족들은 자기들이 알아서 할 테니 걱정하지 말고 있으라고 했다. 그리고 또 다시 아이는 가출을 하였다. 도대체 그 머릿속에는 무슨 생각을 하고 있는지, 그리고 대체 뭐가 그리 싫어서 집에 있지 않으려고 하는지 이해가 되지 않았다. 친정어머니는 혜미가 그저 사춘기를 심하게 겪고 있는 것뿐이라고 하셨다.

아이는 얼마 후 다시 집에 돌아왔지만, 난 그런 아이를 지켜보면서 하루하루 지쳐만 갔다. 아이가 잠시 길을 잃은 것뿐이라고 생각했다. 순간순간 아이로 인해 분노도 느끼고, 포기하고 싶은 적도 있었다는 건 인정한다. 하지만 잠시 기다려 주면 돌아올 거라고 생각한 내 똑똑하고 총명했던 딸은 그렇게 한곳에만 맴돌고 있었고, 누군가 손을 내밀어 주면 그 손을 잡고 그 구렁텅이를 빠져나와야 하는데, 아이는 모든 걸 거부하고 혼자 남겨지기만을 바라는 것 같았다. 더 이상 그 눈빛에서 그 어떤 희망도

꿈도 찾아 볼 수 없었다. 화장실에서 물을 틀어놓고 변기에 걸터앉아 동생이 보내 준 내 아이의 사진을 보며 난 오열을 하였다. 아이에게 더 이상 기대를 갖지 않기로 했다. 더 나쁜 곳으로 빠지지 않고 살아 있어 주기만을 바랐다.

얼마 후 올케언니한테서 전화가 왔다. 가출을 했던 아이가 다시 집에 돌아왔고, 방 안에 틀어박혀 나오지를 않고 있다고 했다. 그녀는 아이를 요양원에 보내자고 했다. 이렇게 집에 있어 봤자 아이에게 좋을 게 하나도 없다며, 괜히 또 밖으로 기어나가 술집에라도 팔려 가면 안 되니 요양원으로 잠시 보내자고 했다. 공기 좋은 곳에서 좀 쉬면서 전문가들의 상담을 받으면 아이도 정신을 차릴지도 모른다고 했다. 너무나 아픈 사춘기를 겪고 있는 내 아이가 그곳에서 생각을 정리하고 다시 예전으로 돌아올 수 있다면 더 이상 바랄 게 없었다. 원하지 않으면 학교는 보내지 않기로 했다. 그냥 집에만 붙어있으면 됐다. 돈은 내가 버니까 괜찮았다. 설마 내 머리가 하얗게 셀 때까지 계속 마음을 잡지 못하고 방황하지는 않을 거라고 생각했다. 지금 당장 할 수 있는 건 오직 기다림뿐이라 생각하고 올케언니 뜻대로 하라고 했다.

그렇게 혜미는 요양원으로 보내졌다. 올케언니와 동생 부부에

게 혜미가 있는 요양원 전화번호를 알려달라고 했다. 하지만 그
들은 마음을 잡기 위해 애쓰고 있는 아이한테 엄마 목소리를 들
려주면 더 안 좋을 수 있으니 지금은 혼자 두는 게 좋을 것 같다
고 했다. 나는 아이가 나올 때까지 기다리기로 했다.

3개월 후 아이가 퇴원을 해서 난 아이랑 통화할 수 있었다. 오
랫동안 정적이 흐른 뒤 그 아이가 가까스로 먼저 입을 열었다.
오랜만에 들어보는 아이의 목소리에는 예전보다 더 날카로운
칼날이 숨겨져 있는 듯했다.

"엄마! 나한테 지은 죄들 어떻게 다 갚으려고 그래? 엄마 꼭
오래 살기 바랄게. 두고두고 엄마의 눈에서 피눈물 나게 해
줄 거야"

그 말을 끝으로 혜미는 전화를 끊었다. 아이는 전혀 달라지지
않았다. 오히려 내게 더 깊은 분노를 가지고 있었다. 도대체 내
게 왜 이러는지 이해가 가지 않았다.

하지만 모든 진실을 그 후에 알게 되었다. 아이는 요양원에 보
내진 게 아니라 정신병원에 갇혀 있었다고 한다. 죄를 은폐하기
위해 아이를 정신병원에 가둔 것이었다. 아이에게 우울증 상담
을 받자고 병원에 데리고 간 그들은 그렇게 아이를 강제로 병원
에 입원시켜 버렸다. 그곳에서는 혜미와 같은 아이들만 입원해

있었다. 모두 지극히 정상이었고, 두려움에 떨고 있는 어린 아이들이었다. 나쁜 어른들의 욕심과 잘못으로 죄 없는 아이들이 그곳에서 고통을 받고 있었다. 새 아빠에게 성폭행을 당했지만, 그 사실을 은폐하기 위해 병원에 갇힌 아이부터 재산싸움에 휘말리면서 들어온 아이까지 다양했다.

말을 듣지 않으면 아이들을 폭행하고 침대에 묶어 독방에 감금을 했다. 아이들을 두려움으로 몰아 자신들의 말에 복종하게 하는 그곳에 내 딸이 3개월이나 갇혀 있었다. 혜미는 그 곳을 빠져 나오기 위해 자신이 어떻게 했는지 이야기하며 끊임없이 눈물을 흘렸다. 하루하루를 지옥 같은 두려움에 떨었던 자신의 이야기를 들려주며 아무것도 모르고 있었던 나를 원망했다.

엄마와 통화를 하고 싶다는 내 딸에게 돌아오는 것은 비웃음뿐이었다. 매일 먹어야 하는 정신병 약으로 인해 피폐해지는 정신을 붙잡기 위해 혜미는 갖은 노력을 해야만 했다. 되도록 빨리 병원에서 나가야 겨우 매달려 있는 정신을 잡을 수 있었다. 3개월 후 경찰에 신고를 하지 않겠다는 것과 그들의 말에 모두 복종을 하겠다는 각서를 쓰고 병원을 나올 수 있었다고 한다. 병원에 있는 동안 아이가 겪은 그 끔찍한 일들을 들으며 나는 배신감에 견딜 수가 없었다. 그들의 말을 믿은 내 귀를, 그들의 악한 이면들을 보지 못한 내 눈을 찌르고 싶었다.

고등학생 혜미
다니던 고등학교를
그만두고
방황을 할 때이다.

내 딸이 병원에서 나오고 얼마 후 나는 아무것도 모른 채 그 사람들을 미국으로 불러들였다. 한국에서 힘들어하던 그들을 돕기 위해 미국으로 모두 데리고 왔고, 그들이 자리 잡을 때까지 물심양면 지원을 아끼지 않았다. 내 딸은 그들로 인해 몸과 정신이 피폐해지고 고통 속에서 허우적대며 그 지옥에서 살고 있었는데, 무지했던 나는 그 악마들을 내 곁에 두고 그들을 살리기 위해 내가 할 수 있는 모든 일을 다했다. 뻔뻔스러운 그들은 이 모든 사실을 숨긴 채 날 속이고 기만했다. 눈을 가리고 귀를 막았던 나는 훗날 모든 진실을 알게 되었고, 가슴을 치며 후회의 지옥 속에서 피를 토해 내는 고통을 감내하며 회한의 눈물을 흘렸다.

07

▶ 아직, 끝나지 않았습니다

아이 둘 키우는 것도 이렇게 힘든데, 대체 사람들은 어떻게 그렇게 많은 아이들을 낳고 키울 수 있을까 싶었다. 일하며 육아에 살림까지 완벽히 해내는 슈퍼우먼들이 진짜 있기는 있는건지... 진짜 있다면 왜 난 할 수 없는 건지 내 자신이 한심해서 견딜 수가 없었다. 예전에 친정어머니나 다른 자식 가진 엄마들을 보면 자식 키우는 게 그렇게 어려워 보이지 않았다. 그저 자식 몸 하나 늬울 수 있는 집 하나 있고 아이들 입에 뭐 하나라도 더 넣어주면 되었다. 거기에 원하는 대로 공부까지 시켜주면 장땡이었는데 요즘 아이들은 원하는 게 왜 이리 많고 심오하기만 한지 알 수가 없어 더 답답하기만 했다. 나도 안다. 내 아이들이 평범하게 큰 건 아니라는 걸 나도 잘 안다. 내 이혼으로 인해 많은 고통과 힘든 시간을 보낸 것도 다 안다. 그래서 그 시간들을 보상해주려고 하지 않았는가? 고등학생들에게는 과분한 큰 용돈에 럭셔리한 집... 그리고 학교에 데려다 주고 데리고 오는 기사에 '삐까뻔적' 한 자가용까지... 삼시세끼 상다리 부러지게 올라가는 음식들에 하고 싶은 건 모두 다 하게 해줄 주 있는 경제력과 실행력을 두루두루 갖춘 엄마... 내가 할 수 있는 건 다했다고 생각했다. 하지만 난 엄마로서 철저하게 그리고 처절하게 실패했다. 내 등에 업혀 옹알이를 하던 내 사랑스러운 둘째 아이는 그렇게 내 눈 앞에서 사라져버렸다.

여기 저기 벌려놓은 사업들로 하루하루가 힘든 상황에서 혜영이 하나 키우기도 벅찼다. 첫째아이가 대학에 들어갈 준비를 시작하면서 더 정신이 없었다. 다행히 혜영이는 전교에서 10등 안에 들 정도로 수재였다. 하버드대학을 목표로 공부를 하고 있는 큰애 뒷바라지하기에도 힘이 부쳤다. 긴 방황을 끝내지 못하고 사막 위에 혼자 남겨져 길을 잃어버린 아이처럼 이리저리 갈대처럼 흔들리고 있는 혜미의 소식을 들을 때마다 난 분노가 끓어올랐다. 먹이고, 입히고, 공부시키고 내가 할 수 있는 모든 건 다하고 있는데 도대체 뭐가 부족해서 저러나 싶었다. 같은 뱃속에서 나온 혜영이는 아무 문제도 일으키지 않고 저렇게 조용히 잘하고 있는데 혜미만 속을 못 차리고 있었다.

그 아이를 잊고 살고 싶었다. 지울 수 있다면 지우고 싶은 내 삶의 오점 같은 아이였다 그 아이는 내가 아내로서도 엄마로서도 실패했다는 것을 증명하고 있었다. 그 아이의 입에서 나오는 모든 말들은 나에 대한 원망과 분노뿐이었다. 그 아이가 그럴수록 난 더 나만의 방어벽을 세웠다. 그 아이의 말이 옳다고 인정을 한다면 내 삶 전부가 부정당할 것 같았다. 난 단 일 분도 헛되게 살지 않았다. 아이들의 미래를 위해 내 모든 걸 희생했고, 그 아이들을 위해 해줄 수 있는 모든 것들을 다해 주었다고 생각했다. 당연히 완벽한 엄마는 못되었지만 내가 이렇게 모진 원망과 분노의 대상이 될 줄은 꿈에도 생각하지 못했다.

내 아이들은 나의 희망이었다. 내가 이루지 못한 꿈을 대신 이뤄줄 내 꿈이었다. 사업적으로 크게 성공을 거두고 있었던 나에게 혜미는 나의 부끄러운 인생의 오점이 되고 있는 중이었다. 미국에 있는 그 누구도 우리 부부의 과거를 알지 못했다. 정말 가까운 몇 사람만 빼고 우리의 실패를 아는 사람은 거의 없었다. 첫 결혼의 실패 그리고 재혼, 그 사실을 아는 사람은 거의 없었다. 그들에게 우리는 그저 성공한 사업가 부부였다. 아무도 나의 실패를 알기 원하지 않았다. 그런데 혜미가 그런 내 기대와 바람을 무너뜨리고 내 인생의 혹이 되어 가고 있었다. 좁으면 좁다는 뉴욕에서 사람들의 시선이 두려웠다. 고등학교도 졸업 못한 아무 쓸모가 없는 그런 딸, 부끄러운 딸...그게 나의 딸 혜미였다. 아이만 생각하면 숨이 막혀왔다. 그래서 잊고 살기로 했다. 그래야만 내가 살 수 있었다.

혜미가 한국에 나가고 3년 정도 흘렀다. 어느 날 아이에게서 전화가 왔다. 다짜고짜 자신의 인생을 바꿔야겠으니 경제적 지원만 해달라고 부탁했다. 혜미는 어떻게 해서든지 미국으로 다시 들어가겠다고 하며 자기가 모두 알아서 할 테니 돈만 보내달라고 했다. 혜미가 한국으로 나가고 얼마 후 혹시나 몰라 한국에서 미국 영주권을 새로 신청했다. 영주권을 신청해 놓은 이상 미국에서 거주할 목적이 의심되기 때문에 다른 비자는 받을 수 없었다. 미국에 들어오려면 영주권을 받아서 들어오는 방법밖에 없었다.

영주권 신청을 취소해도 마찬가지였다. 하지만 쓸데없는 희망이라도 그 희망과 오기가 무너져버린 아이를 일으켜 세워주길 바랐다. 인간은 삶의 목적과 목표가 생기면 갑자기 눈앞에 보이지 않던 길이 보이기 시작한다는 걸 난 알고 있었다. 그리고 혜미가 삶의 목표가 생기는 이상 어떤 수단과 방법을 가리지 않고 그 목표를 이루기 위해 자신의 인생을 살아나가리라는 것도 알고 있었다.

미국에 다시 들어오는 게 그 아이의 목표라면 어떠한 시도든 모두 해볼 수 있게 지원해 주기로 했다. 내 예상대로 아이는 세 번의 비자 인터뷰 모두 탈락했다. 얼마 후 혜미는 이번에는 미국인과 결혼해서 영주권을 받아 미국으로 들어오겠다고 했다. 18살밖에 안 된 어린 아이가 잘못될까봐 너무 걱정이 되었지만, 아이를 믿고 기다려 보는 수밖에 없었다. 인형처럼 방에 멍하니 앉아 초점 잃은 눈으로 벽만 바라보던 딸보다는 뭐라도 하려고 달려드는 그 모습이 더 좋았다. 하지만 그것도 계획대로 되지 않았는지 아이는 다시 방에 틀어박혀서 나오지를 않았다. 그런 아이를 보며 난 애가 탔지만 분명 다시 일어설 거라고 확신했다. 한번 목표를 잡은 이상 절대 포기를 하지 않는 아이였다.

그리고 얼마 후 아이로부터 전화가 왔다. 헤어디자이너가 되면 입에 풀칠은 할 수 있을 거라며 미용학원에 다니겠다고 했다. 나는 하고 싶은 게 있으면 뭐든 다해 보라고 하였다. 사람 일은 모르는 거였다. 정말 이게 전화위복이 될지도 모르겠다고 생각했다. 어쩌면 우리 아이가 유명한 헤어디자이너가 될 수도 있는 거였다. 어차피 공부는 혜영이가 잘하고 있으니까, 내가 돈이 없어 하지 못한 공부 첫째 아이가 다하면 되는 것이었다. 첫째가 잘하고 있으니까 혜미는 기술을 배워 그 분야에서 성공하면 되는 거라고 생각했다.

하지만 혜미는 해내지를 못했다. 미용학원을 보내도, 메이크업 학원을 보내도, 심지어 속기사 학원을 보내도 마찬가지였다. 나와는 달리 혜미는 손으로 하는 일은 잘하지 못했다. 아이는 그렇게 열심히 준비한 속기사 시험에도 불합격한 후 너무 힘들어하고 있었다. 나는 어머니에게 혜미한테 말을 전해 달라고 했다. 안 되는 걸 붙잡고 있는 것도 바보 같은 짓이라고... 포기해야 할 때 포기하는 것도 용기라고 말이다. 아무리 해도 되지 않으면 깨끗하게 포기하고 다른 곳으로 눈을 돌리라고 했다. 거기에 정답이 있을 수도 있다고 했다.

가만히 있을 수 없었는지 혜미는 급하게 일자리를 구해 일을 하러 다녔다. 하지만 거기서도 며칠을 가지 못했다. 피자가게에 취직을 하면 주문을 제대로 받지 못해 바로 잘렸고, 대형마트의 계산원으로 취직을 했을 때는 돈을 잘 세지 못해서 일을 그만둘 수밖에 없었다. 그러다가 한 곳에서 오래 일하길래 안심을 하고 있었는데, 알고 보니 자기가 아는 언니의 주민등록증을 빌려 나이를 속이고 호프집에서 일을 했다고 했다. 그러다가 술 마시러 온 경찰관들에게 걸려 경찰서까지 갔다 왔다고 어머니가 말씀해 주시는데, 뭐 이런 아이가 다 있나 싶었다. 어떤 일을 하겠다고 마음을 먹으면 물불을 가리지 않는 아이가 바로 혜미였다.

그러던 어느 날 혜미에게서 전화가 왔다. 이번에는 검정고시를 보겠다고 했다. 오빠가 검정고시를 봤다가 떨어진 기억이 났다. 한국에서 정규교육을 제대로 받지 못한 혜미가 그 어려운 시험에 합격할 수 있을까 싶었다. 하지만 공부를 다시 하겠다니 그것만큼 기쁜 소식은 없었다. 나는 열심히 해보라고 하며 모든 지원을 아끼지 않겠다고 했다. 그리고 바로 아이는 검정고시를 준비했다. 수학, 과학이 약했던 혜미는 수학, 과학 전문 학원에서 과외를 받으며 공부를 했고, 나머지 과목들은 혼자 문제지를 사서 독학을 했다. 비싼 과외비를 내는 대신 학원 원장 딸의 영어 과외를 맡기로 하고 무료로 과외를 받았다. 그리고 얼마 후 합격했다는 소식이 들려왔다. 3개월 만에 이루어 낸 기적이었다.

그리고 얼마 지나지 않아 아이의 입에서 생각지도 못했던 말이 나왔다. 아이는 대학에 들어가겠다고 했다. 대신 한국이 아닌 영국의 대학에 들어가겠다고 했다. 일단 영국에 있는 어학원에 등록을 해서 학생비자를 받은 후 영국으로 들어가 대학에 입학하면 된다고 했다. 대학 입학 서류를 받으면 그걸로 거기에서 비자를 연장할 수 있다고 했다. 혼자 모든 걸 알아본 후였고, 마음을 정한 혜미의 목소리에서 희망이 묻어 나왔다. 나는 흔쾌히 그러라고 했다. 아이는 다시 꿈을 꾸고 있었다. 그 꿈은 내가 그리는 아이의 미래와 일치했고, 무슨 일이 있더라도 그 꿈을 이뤄주기로 결심했다.

혜미는 영국으로 들어갈 준비를 착착 해나갔다. 비자를 받기 위해서 필요한 토플시험을 혼자 준비했고 원하는 점수를 얻었다. 공부할 어학원을 정하고 그곳에 입학해서 적응을 할 때 까지 현지 영국인 가정집에서 지내기로 했다. 아이는 비자를 받기 위해서 잔고증명서가 필요하다며 돈을 보내달라고 하였다. 남편 몰래 준비해야 하기 때문에 시간이 걸렸다. 자기 자식도 아닌 남의 자식에게 이런 큰돈이 들어간다고 하면 까무러칠 게 당연했다. 어렵게 돈을 준비해서 한국으로 그 돈을 보내려는 찰나 엄청난 사건이 터졌다.

혜미가 영국으로 들어가기 몇 주 전 2001년 9월 11일, 뉴욕에 테러사건이 일어났다. 많은 인명피해로 24시간 잠들지 않던 뉴욕이 잠이 들어버렸다. 전쟁터와 흡사한 모습이었다. 은행과 관공서들은 문을 닫았고, 전화도 연결이 되지 않았다. 혜미가 제 때에 비자를 받고 영국으로 들어가려면 당장 돈을 보내야 하는데, 어떻게 할 수 있는 방법이 없었다. 남편에게 티도 내지 못하고 발만 동동 구르며 애만 태우고 있었다.

며칠 후 전화가 연결이 돼서 혜미와 통화를 했다. 다행히 아이는 옆집 아줌마한테 부탁을 해서 돈을 빌렸고, 무사히 잔고증명서를 제출해 비자를 발급받았다고 했다. 그녀에게 5퍼센트의 이자를 약속했다며 그 돈 좀 보내달라고 하였다. 역시 내 딸은 내 딸이었다. 어떻게 그런 생각을 할 수 있었는지 감탄사가 저절로 흘러나왔다. 그리고 혜미는 내게 말했다.

"엄마 미안해. 그동안 엄마 속 썩이고 힘들게 해서 정말 미안해. 영국에 들어가서 나 정말 열심히 할게."

그 말을 끝으로 혜미는 내게 살아 있어 줘서 고맙다고 했다. 그리고 자기를 믿고 여기까지 와줘서 고맙다고 했다. 내 생각이 맞았다. 돈이 없었다면 이렇게 해주고 싶은 게 있어도 못해 주었을 것이었다. 아이가 진흙탕에 빠져 허우적거리고 있는 걸 뻔히 알면서도 그 아이를 빼낼 수 없었을 것이었다. 돈은 그렇게 내 아이에게 새로운 삶을 그리고 희망을 가져다주었다. 내가 틀린 게 아니었던 것이다. 그것만으로도 난 행복했다. 내 아이를 살릴 수 있었다는 거... 그리고 내가 틀리지 않았다는 거... 내 살아온 인생이 부정당하지 않는다는 것만으로도 난 행복했다.

그렇게 내 아이는 영국행 비행기에 몸을 맡겼다. 자신의 인생을 찾기 위해 모험을 시작했다.

PART
05

진짜
엄마가
되기로
했습니다

01

▶| 꼬리에
꼬리를 무는
이별이야기

　　　　나는 혜미가 천사처럼 웃으며 북북 기어 다닐
때 아이를 친정어머니에게 맡기고 미국으로 넘어왔다. 미국에
먼저 들어간 전남편과 이미 그곳에서 자리 잡고 살고 있던 그
의 형제들만 보고, 그곳이라면 내가 원하는 인생을 살 수 있을
거라는 확고한 믿음만 가지고 고국을 떠나 먼 이국땅으로 이민
을 왔다. 미국으로 들어오기 얼마 전, 친정어머니는 내 손을 꼭
잡고 우시며 말씀하셨다.

　"혜미는 내가 잘 키우고 있을 테니까 애는 걱정 말고... 에
미가 못나서 네 인생을 망친 것 같아 미안허다. 그때는 니
오빠랑 동생들 가르치느라 ... 니 공부도 못시키고... 너를
공부를 제대로 시켰으면 증말 큰 인물이 되었을 텐디..."
미국이라는 나라는 내게 그런 곳이었다. 노력한 만큼 큰 결실

과 행복을 보장해 주는 곳... 남녀에게 주어지는 기회가 평등하고, 남에게 피해를 주지 않는 선에서 자유를 만끽하고 내 꿈을 더 빨리 이룰 수 있는 곳.,, 그게 미국이었다. 서른도 안 된 나이에 생각지도 못한 이혼을 하게 되면서 내 인생이 잠시 흔들리기는 했지만, 나는 내 꿈과 내 아이들을 위해 포기하지 않고 여기까지 묵묵하게 걸어왔다.

혜미는 나를 닮아도 너무 닮았다. 혜미도 20살이 되던 해, 자신의 인생을 스스로 개척하기로 결정을 하고 한국을 떠나 영국으로 들어갔다. 아는 사람이 한 명도 없는, 문화도 언어도 다른 타지에서 아이는 자신의 꿈만 생각하며 전진해 나갔다. 두려움도 망설임도 없었다. 중간 중간 시련이 닥쳐와도 무너지지 않고 계속 자신이 선택한 길을 걸어 나갔다. 외국에 혼자 나가서 공부하고 있는 딸을 위해 내가 할 수 있는 건 거의 없었다. 경제적 지원만이 내가 엄마로서 할 수 있는 단 한 가지 일이었다. 그것조차도 중간중간 잘못된 상황이 참 많았지만, 사막에 떨어뜨려놔도 살 수 있는 그런 강한 아이란 걸 알기에 그저 믿고 지켜 볼 수밖에 없었다.

인간은 닥치면 뭐든지 다할 수 있다는 말을 증명이라도 하는 듯이 혜미는 그곳에서 빠르게 적응해 나갔다. 고등학교 자퇴 후 공부와는 전혀 인연이 없을 것만 같았던 아이는 6개월의 어학원 과정을 끝낸 후 대학에 무사히 입학하였다. 처음에는 영국의 독특한 교육 시스템으로 인해 아이는 너무 힘들어했다. 첫 시험에서 아이는 40점이라는 점수를 받았고, 큰 충격에 어찌할 줄을 몰라 했다. 한국과 미국의 시험이 보통 객관식으로 출제가 된다면, 영국은 모든 과제들과 시험들이 주관식 서술형으로 이루어져 있었다. 거기에 영국은 에세이 방식에 대해 더욱 엄격한 규격과 규칙을 요구했고, 혜미는 교수님 방을 자기 집처럼 들락날락거리며 에세이 향상에 온 힘을 기울였다.

모국어가 영어가 아닌 아이에게 영국 대학생활은 하루하루가 큰 도전이었다. 미국에서 교육을 받은 것도 1년 정도밖에 되지 않기 때문에 영어가 편하지도 않았고, 한국에 몇 년 있으면서 영어도 많이 잊어버린 상태였다. 대학에 들어가기 전 짧게 들었던 ESL 수업도 역부족이었다. 한국인 학생들이 전 학년에 20명도 채 되지 않는 학교에서 혜미는 자신과의 외로운 싸움을 이겨 나갔다. 나와 너무나 닮은 이 아이는 포기라는 걸 모르는 끈질긴 노력파였다. 밤을 꼬박 새워서라도 자기에게 주어진 일을 해내는 아이였다. 모르는 게 있으면 끊임없는 노력으로 부족함을 채워나갔고, 그렇게 아이의 성적은 항상 상위권을 유지했다.

그 어떤 시련도 아이를 완전히 무너뜨릴 수 없었다. 힘든 시간 속에서도 자신의 방식대로 방법을 찾아내는 아이였다. 아이가 대학을 졸업할 때까지 경제적 지원을 약속한 나였지만, 중간중간 내 오빠와 동생들에게 문제가 생길 때마다 그들을 도와주느라 정작 내 딸 혜미에게 고된 시간을 주기도 했다. 그래도 생활력이 강한 아이라 경제적으로 힘에 부치면 방학 때 학교 기숙사 청소로 돈을 벌어 학비에 보탰고, 2002년 월드컵 때는 영국인들 입맛에 맞게 담근 김치를 팔아 부족한 생활비로 썼다. 고급스러운 유리병에 자신이 담근 김치를 예쁘게 담아 펍(술집)이라는 펍은 다 돌아다니며 손님들에게 팔았다.

그때 당시 영국 식당들이나 펍에서 이렇게 개인적으로 장사를 하는 사람들이 많았는데, 영업에 크게 지장이 없는 한 가게 주인들도 크게 상관하지 않았다고 한다. 그 중 꽃을 파는 집시들이나 직접 악세서리들을 만들어 팔러 다니는 사람들에게서 아이디어를 얻은 혜미는 친정어머니에게 막김치 담그는 방법을 배워 장사를 시작했던 것이다. 자신이 담근 김치를 병에 담은 후 배낭에 가득 싣고 그것을 어깨에 메고 다니며 기분 좋게 취해 있는 영국인들에게 다가갔다. 그리고 예쁜 유리병에 담겨 있는 김치를 보여주며 한국을 대표하는 음식이라고 홍보를 하며 돌아다녔다. 독일의 사우어크라우트와 비슷한 김치를 영국인들은 거부하지 않았고, 어린 동양 여학생의 귀여운 상술을 웃으며 받아주었다. 그렇게 돈을 벌며 아이는 순간순간의 위기를 극복해 갔다. 아무 연고도 없는 나라에서 어린 나이에 홀로 지내고 있는 게 참 걱정도 되고 신경도 쓰였지만, 아이는 그런 내 염려가 아무것도 아니었다는 걸 계속 증명해 나갔다.

대학생 혜미(영국)
홀로 영국에 들어가
유학생활을 하며
자신의 꿈을
키워 나갔다.

그러던 어느 날 아이에게서 연락이 왔다. 결혼하고 싶은 남자를 만났다고 했다. 단순하게 연애를 하는 수준은 넘은 것 같아 벌려놓은 사업 때문에 움직이기 힘들었던 난 급하게 친정어머니를 영국으로 보냈다. 어머니는 혜미와 같은 대학에서 학업

중이던 그 남자와 런던에 있는 대학원에서 공부를 하던 그 남자의 형을 만난 후 혜미 팔자가 이제는 피나 보다며 너무 좋아하셨다. 예의 바르고 서글서글한 그 남자를 매우 마음에 들어 하셨고, 나 또한 좋은 가정에서 남편과 새로운 가족의 사랑을 듬뿍 받고 살 아이를 상상하며 이제야 아이가 온전하게 속할 곳을 찾았다고 생각했다. 갖은 설움을 다 겪으며 어떤 곳에도 속하지 못한 채 제대로 된 가정 한번 가져보지 못한 내 딸이었다. 너무나 외롭게 방황하며 살던 내 딸에게 드디어 가족다운 가족이 생기는 것이었다.

그 남자의 형은 친정어머니한테 이렇게 예쁘고 착한 아가씨를 자신의 가족에게 보내 주어서 감사하다며 두 사람의 학업이 끝나면 바로 결혼시키기를 바라신다는 부모님의 뜻을 전해 왔고. 그 남자의 부모님과 난 전화로 상견례 비스무리한 걸 한 후 서로 아이들의 결혼을 허락하고 축복해 주기로 하였다.

그 쪽 어머니는 독실한 기독교 신자로 1년 중 반은 기도원에 머무르며 가족의 건강과 행복을 위해 주님께 기도를 드리는 분이었다. 매일 한복을 곱게 차려 입고 단정하게 생활하시는 그런 분이 내 딸의 시어머니가 될 것이라는 생각에 내 가슴이 다 두근거렸다. 시아버지 되실 분도 사회적으로 존경을 받는 분이었고, 뭐 하나 빠지지 않는 집안이었다. 내 딸이 그런 좋은 집안에서 자란 남자와 자신만의 가정을 꾸밀 수 있다는 생각에 마냥 행복했다. 내가 처절하게 실패한 행복한 가정이라는 그 꿈을 내 딸이 보란 듯이 이뤄 주길 원했다. 그 남자의 어머니는 한 달에 한 번씩 힘들게 음식을 해서 혜미에게 소포로 보내주었고, 자신의 딸 마냥 잘 챙겨주고 사랑해 주었다.

그런데 어느 날, 그 남자의 어머니가 미국으로 전화를 했다. 그 여자는 떨리는 목소리로 감정이 격화돼서 내게 소리를 질렀다.

"아니 이런 더러운 것들 같으니라고... 어디서 쓰레기 같은 것들이 우리 집안과 사돈관계를 맺으려고 해! 감히 당신네들 따위가 내 귀한 아들 인생을 망치려고 했어! 콩가루 집안에서 자란 아이를 누구한테 보내!"

그 여자는 이미 우리 집안 뒷조사를 마친 상태였다. 나의 이혼과 재혼사실은 물론 전남편이 여러 번 재혼했던 사실도 모두 알게 되었다. 나와 내 딸이 일부러 숨긴 것도 아니고 자신의 아들이 숨긴 이야기를 마치 우리가 일부러 숨기고 사기결혼을 하려 한 것처럼 우리를 쓰레기 취급을 하고 있었다. 이혼한 부모를 둔 자식은 분명 모가 나고 어딘가에 문제가 있다는 편견에 똘똘 뭉친 그런 여자였다. 이혼 후 각자 재혼을 해서 살고 있는 나와 전남편을 무슨 범죄를 저지른 것 마냥 몰아 세웠다. 피를 토하고 쓰러질 지경이었다. 내 이혼으로 인해 아이에게 이런 일까지 벌어질지 난 상상도 하지 못했다. 나도 그 여자에게 소리를 질렀다. 내게 무릎 꿇고 내 딸을 보내달라고 해도 절대 보내지 않을 거니까 걱정하지 말라고 했다. 당신 같은 무식한 속물들에게 내 귀한 딸 절대 보내지 않을 거라며 그 여자의 고막이 터지도록 소리를 지르고 전화를 끊어버렸다.

내게도 이렇게 했는데, 내 딸에게는 얼마나 모질게 피눈물을 흘리게 했을지 보지 않아도 알 수 있었다. 마음이 급해져 혜미에게 바로 전화를 걸었다. 그 여자에게는 이미 연락을 받았다고 했고, 남자는 연락이 되지 않는다고 했다. 아무 일 없었다는 듯이 너무나 덤덤하게 그 여자가 자신에게 한 이야기들을 내게 전하는 아이를 보며 가슴이 찢어지는 것만 같았다. 아이가 받았을 그 큰 상처를 보듬어서 고쳐 줄 수 없는 그 무력함에 고개를 떨구고 소리 없는 눈물만 계속 흘릴 뿐이었다. 내 마음과 달리 혜미에게는 별일 아니니 너무 속 끓이지 말라고 했다. 세상에 남자들은 많으니 깨끗이 잊어버리고 네 할 일만 열심히 하라고 했다.

자신의 잘못이 아닌 이유로 수도 없이 버림을 받고, 온몸이 찢기고 영혼이 무너지는 경험을 수십 번, 수백 번을 했던 아이였다. 말도 안 되는 이유로 아이의 세상은 몇 번이나 뒤집히고 아이는 고통을 받았다. 나를 닮았다는 그 이유 하나만으로, 또한 고아라는 이유로, 그리고 이혼한 부모의 자식이라는 이유 등, 세상이 만들어 낸 말도 안 되고 바보 같은 이유들로 아이는 몇 번이나 지옥에 떨어져 고통에 몸부림치고 있었다. 그런데도 그 고통을 드러내지도 못하고 끊임없이 받았던 상처로 고통이 무뎌진 건지 아니면 그러지 않으며 죽을 것 같아서 그랬던 건지 아이는 그 시간을 그렇게 조용히 넘겼다. 몇 년 후 남자가 울면서 용서해 달라고 혜미에게 찾아왔지만 이미 아이는 마음을 정리해 버린 후였고, 그렇게 혜미의 사랑은 끝나버렸다.

그 일이 있고 나서 얼마 후 전남편의 어머니가 혜영이에게 연락을 했다. 전남편이 병원에 입원해 있는데 많이 위독하다며 혜영이한테 빨리 한국으로 나오라고 했다. 항상 그렇듯이 혜미에 대해서는 아무 말씀도 하지 않으셨다. 아들이 아니라는 이유 하나만으로도 혜미는 그들에게 이미 죄인이었다. 거기에 더해 자신의 욕심대로 자신의 사랑하는 아들과 다시 합치지 않은 날 원망하고 증오했던 그녀의 어두운 마음이 화살이 되어 아이에게 꽂혀버렸다. 그리고 그 아이는 영문도 모른 채 그 화살을 맞고 또 맞으며 온몸으로 상처들을 받아내고 있었다.

난 혜미가 아빠와의 마지막을 잘 정리하길 바랐다. 20년이 넘도록 아빠라는 존재의 부재속에서 많은 상처를 받으며 자란 아이였다. 그나마 혜영이는 자기 아빠와의 추억도 있고 친가와의 끈이 끊어지지 않고 그때까지 계속 이어져 있었기에 걱정이 없었다. 아이 아빠하고도 계속 연락하고 있었고 한국에 나갈 때마다 전남편이랑 그 사람의 새 부인을 만나 서로 안부를 주고받고 있었다. 그런데 혜미의 상황은 혜영이와 달랐다. 아빠와의 마지막 순간도 함께 할 수 없었다는 사실을 훗날 알게 되고 후회와 원망으로 아이가 망가질까봐 걱정이 되었다. 나는 혜영이를 통해 전남편이 입원해 있는 병원 이름을 알아 낸 후 영국으로 연락해 혜미에게 소식을 전했고, 이제 진짜 마지막인 것 같으니 한국에 나가서 아빠를 뵙고 오라고 했다. 아빠한테 그동안 하지 못한 말 모두 하고 마지막 작별 인사를 하라고 했다. 처음에는 망설이던 아이도 알겠다며 바로 한국으로 나갔다.

하지만 힘들게 찾아간 병원에서 혜영이 할머니는 아이의 가슴에 다시 한 번 대못을 박아 버렸다. 아빠와 마지막 인사를 하러 영국에서부터 쉬지 않고 날아온 아이에게 어머님은 예전 그대로 냉정하기만 하셨다. 혜미의 얼굴을 보자마자 윽박부터 지르셨다. 그곳에 있던 혜영이는 말리지도 못하고 그 상황만 지켜볼 뿐이었다.

"어디 감히 여기에 찾아오느냐. 아무도 널 반기지 않는다. 너는 우리 집안 식구가 아니니 당장 여기서 나가거라!"

침대에 누워서 그 상황을 지켜보던 전남편은 그런 혜미에게 어떤 말도 건네지 않았다. 언제나 그렇듯이 어머님이 하라는 대로 인형처럼 누워만 있기만 했다. 혜미가 그렇게 듣고 싶어했던 미안하다는 말도 사랑한다는 말 이외의 그 어떤 말도 그의 입에서는 나오지 않았다. 평생을 어머님 눈치를 보며 자신의 인생을 살던 사람이었다. 어머님의 열손가락에 걸려있는 보이지 않는 줄에 자신을 맡긴 채 꼭두각시처럼 살아온 그 사람은 마지막도 그런 모습으로 누워 있었다. 혜미는 그렇게 무기력하게 누워만 있는 아빠와 자신에게 여전히 모질게 대하는 친할머니를 보며 분노가 치밀어 올랐다. 혜미의 마음과 다르게 독한 말들만 입에서 쏟아냈다.

"누가 아빠가 보고 싶어서 왔는 줄 아세요? 아빠 죽기 전에 미안하다는 사과의 말 들으려고 찾아왔어요. 내가 어떤 마음으로 지금까지 살아왔는지 알려 드릴까요? 당신들이 내게 한 짓들만 생각하며 악을 품고 미친 듯이 살아왔다고요!"

그 말을 끝으로 혜미의 뺨 위로 어머님의 손바닥이 찰싹 내려앉았다. 그리고 머리채가 잡힌 채 로비까지 끌려 내려왔다. 병원에 있던 그 누구도 그들을 말리지 못했고, 그렇게 아이는 병원 밖까지 쫓겨났다. 아이는 병원 앞에서 아버지가 누워있는 그 병실을 바라보며 주저앉아 오열을 했다. 뭘 기대하고 여기까지 온 건지 아이는 후회하고 또 후회했다. 그 사건 이후 혜미는 바로 영국으로 돌아갔고, 얼마 후 전남편은 세상을 떠났다. 혜미는 장례식에도 참석할 수가 없었고, 아빠가 어디에 묻혔는지조차 알아낼 수가 없었다. 뭐가 두려웠던 건지 아니면 원치 않았던 건지 전남편의 임종부터 장례식까지 함께 했던 혜영이는 혜미에게 심지어 나에게 조차 입을 다물어 버렸다.

혜미는 태어날 때부터 그 집안에서 버려진 아이였다. 아들을 낳지 못하고 후에 전남편과 합치라는 어머님의 간절한 부탁을 들어주지 않은 나에 대한 분노는 나랑 생김새부터 성격까지 빼다 닮은 혜미에게 향했다. 평생을 혜미한테 독하게 하셨고, 악마라고 하며 내치기까지 하셨던 어머님은 끝까지 혜미를 인정하지 않으셨다. 그리고 90이 넘어 돌아가실 때까지 아이를 보지 않으셨다.

그렇게 자신의 잘못이 아닌 일로 여러 사람들로부터 받아온 비난과 미움은 혜미의 가슴에 생채기를 냈다. 그리고 나는 그 상처들이 아이의 가슴 속에 남아 곪아가고 있는 줄을 그때는 깨닫지 못했다. 그저 시간이 해결해 주겠거니 생각하며 대수롭지 않게 생각했다. 내가 아는 혜미는 강한 아이였다. 어떤 힘든 일이

닥쳐도 웃으며 넘어가는 밝고 씩씩한 아이였기 때문에 난 그런 아이의 깊은 상처를 바라보지 못했다. 그 상처들이 쌓이고 쌓여 폭발하기 전까지 나는 아무것도 알지 못했고, 아이는 그렇게 마음의 병을 키워나갔다.

02

▶ 꼭두각시의
반란

"우리 딸 이번에 의사가 됐어. 그동안 죽어라 고생한 보람
이 있네. 얘 때문에 얼마나 요즘 행복한지 몰라..."

"우리 아들 요즘 뭐하냐고? 변호사 돼서 맨해튼 대형 로펌
에 취직했지. 요즘은 정말 살맛 나."

남편과 함께 계모임을 가거나 친구들을 만나
면 대부분 하는 이야기가 자식 자랑이다. 자식 말고는 자신들의
인생은 전부 칼로 도려낸 듯 그들의 모든 것들은 자식들에게 포
커스가 맞춰져 있다. 거의 모든 부모들의 바람은 자식들 공부시
켜 "사"자가 붙은 직업을 갖는 것이라 짐작된다. 한국에 사는
사람들도 그렇겠지만 우리처럼 오래전에 고국을 떠나온 1세대
이민자들에게는 그 바람이 더 컸다.

돈이 없어 교육을 제대로 받지 못하고, 언어장벽과 인종차별로

주류사회로 진입하지 못한 우리 같은 1세대 이민자들은 자식만큼은 제대로 공부시켜 우리가 이루지 못한 꿈을 대신 이뤄주길 기대했다. 한국인 특유의 성실함으로 미국에서 자리를 잡고 경제적으로 풍요롭게 살게 된 우리 부부지만 어쩔 수 없는 열등감이 우리를 짓누르곤 했다.

다행히 큰아이가 공부를 잘해 아이비리그에 입학했기에 난 남편의 얼굴을 볼 낯이 생겼었는데, 큰아이는 우리의 기대를 무참히 저버리고 말았다. 학업을 중단하고 결혼을 한 것이다. 그 상대마저도 우리 기대에 전혀 미치지 않는 남자였기에 혜영이에 대한 실망감은 이루 말할 수 없었다.

그런 와중에 영국에서 대학을 다니던 혜미가 무사히 학업을 마치고 10년 만에 미국에 들어왔다. 그런 아이를 남편은 두 팔을 벌려 환영했다. 자신의 꿈을 대신 이뤄 줄 수 있는 아이가 우리 삶에 들어온 것이다. 자식농사 하나 제대로 짓지 못했는데, 사업만 성공하면 뭐하나 싶어 허무하고 슬펐던 우리 인생에 누구보다 숨기고 싶었던 이 아이는 누구보다 밖에 내보이고 싶은 아이로 둔갑해서 우리 곁으로 돌아왔다. 남편 앞에서나 알고 있는 사람들 앞에서 난 다시 떳떳해 질 수 있었다. 내 자식들은 내 얼굴이기도 했다. 내 아이들이 잘되면 남편을 포함한 모두에게 당당할 수 있었다. 아이들이 잘못되면 남편이 내게 "내 돈으로 네 자식들 공부시키고 뒷바라지한 결과가 이거야?"라고 말하는 것만 같아 괴로웠고, 사람들에게 실패한 인생으로만 보일까봐 두려웠다.

아이는 타고난 명석함과 생활력으로 나와 남편에게 기분 좋은 놀라움을 매일 선물해 주었다. 지역 퍼레이드가 있던 어느 무더운 여름날이었다. 그 지역에 거주하는 사람들이 모여 큰소리로 노래를 부르고 춤을 추며 길거리를 행진하는 중이었다. 우리는 그때 대형마트를 운영하고 있었는데, 마트 주변으로 엄청난 수의 사람들이 땀에 젖어 끊임없이 오가고 있었다. 혜미는 지금처럼 좋은 마케팅 기회를 놓칠 수 없다고 했다. 우리에게 자기가 직접 나가서 물과 음료수를 팔며 홍보를 할 테니 곧 들이닥칠 손님들을 맞을 준비를 하라고 하였다.

아이는 아이스박스에 물과 음료수를 가득 채워 밖으로 나갔고, 입구 앞에서 그것들을 80퍼센트의 가격에 판매를 하면서 마트를 홍보하기 시작했다. 더위에 지친 사람들이 몰려들었고, 아이는 마트에서 판매되는 물건들을 소개하며 더위도 식힐 겸 안에 들어가서 구경을 하고 가라고 했다. 그렇게 사람들이 몰리면서 당일 매상이 껑충 뛰어올랐고, 그날 홍보효과로 단골손님도 많이 늘게 되었다. 나와 남편은 그런 아이를 보며 보통 아이가 아니라는 생각이 들었다. 어렸을 때부터 평범한 아이가 아니라는 건 알고 있었지만, 더욱 성장해서 돌아온 아이는 이미 우리 예상을 넘어서고 있었다. 여기서 멈추기에는 아까운 아이였다. 더욱 더 위로 올라가야 했다.

부동산사업을 크게 하던 우리는 1년에 변호사 비용만 수억 원씩 허비되는 게 항상 못마땅했다. 미국에서는 집안에 변호사나 의사가 있는 게 돈을 버는 일이었다. 하늘 높은 줄 모르고 치솟는 의료비용과 별거 아닌 일에 고소를 하고 고소를 당하는 미국문화 속에서 집안에 의사나 변호사가 있으면 이민생활이 윤택해지는 건 당연한 일이었다. 우리는 우리 사업의 특성상 아이가 변호사가 되기를 바랐다.

나는 남편 대신 우리의 뜻을 전했고, 처음에 혜미는 자신은 변호사가 되길 원하지 않는다며 완강하게 거절했다. 난 아이에게 말했다.

"혜미야! 엄마 좀 살자. 네가 변호사만 된다면 엄마는 너무 행복할 것 같아. 네 아빠 얼굴 보기에도 당당하고... 남의 자식 키우는 게 보통 일인 줄 알아? 혜영이도 저렇게 된 마당에 네가 변호사만 되면 엄마가 네 아빠 앞에서 얼마나 당당하겠니? 남의 자식들한테 그 만큼 돈을 썼는데 네 아빠도 고생한 보람이 있어야지..."

고민을 하던 아이는 알겠다며 바로 LSAT(로스쿨 입학시험)을 준비하겠다고 했다. 몇 개월 동안 학원을 다니며 아이는 정말 열심히 공부를 했다. 거의 20년 치에 가까운 과거 기출 문제들을 몇 번이나 풀면서 문제 패턴들을 분석해 나갔다. 틀린 문제들은 오답노트에 적고 왜 틀렸는지 분석하며 다시는 비슷한 문제들을 틀리지 않도록 보완해 나갔다. LSAT의 특성상 합격여부를 결정하는 건 얼마나 빨리 문제를 읽고 이해한 후 답을 유추해 나가는 것이기 때문에 타이머로 시간을 재며 한 문제당 걸리는 시간을 줄여나갔다. 아이가 문제지들을 다 풀면 난 바로 새 문제지들로 채워 놓거나 아이가 자고 있을 때 문제지에 채워 놓은 답들을 모두 지우개로 깨끗이 지워 놓았다. 한국의 수능생 엄마처럼 나도 내 인생 처음으로 아이의 교육에 온 신경을 집중시켰다.

아이를 변호사로 꼭 만들겠다는 남편의 집념도 혀를 내두를 정도였다. 아이가 학원에 가는 날은 업무를 보다가도 직접 학원까지 데려다주었고, 밤늦게까지 아이를 기다리다가 수업이 끝나면 아이를 데리고 올 정도였다. 혜미는 대학을 졸업할 때까지 온통 혼자 하던 아이였는데, 나는 처음으로 수험생 엄마가 되어 아이의 건강부터 영양관리까지 신경 쓰며 아이의 시험 준비에만 열중했다. 그렇게 모두의 노력으로 아이는 목표하던 점수를 받아 원하던 로스쿨에 들어갈 수 있게 되었다.

하지만 로스쿨 입학을 앞두고 있던 아이가 갑자기 마음이 변해 변호사가 되고 싶지 않다며 학교에 들어가지 않겠다고 했다. 자기도 부모님이 원하는 그런 딸이 되고 싶어서 이를 악물고 노력했지만, 자기의 인생은 자신이 결정하고 자신의 행복을 위해 살고 싶다고 했다. 남편은 큰 배신감과 당혹감으로 어찌할 줄을 몰라 했고, 아이의 뜻이 어느 정도 이해가 가기도 했던 나는 남편과 딸 사이에서 이러지도 저러지도 못한 채 갈팡질팡했다. 겨우 진짜 가족 비슷하게 되어 가는 것 같았는데, 아이의 갑작스런 우회는 우리 가족에게 혼란을 가져다주었고, 다시 집안의 분위기는 냉랭해져만 갔다. 아이의 마음이 이해가 가다가도 하루에도 몇 번씩 화가 났다가 실망을 했다 체념하는 나날들이 이어져 갔다.

남편은 아이가 교회를 다니는 걸 끔찍이도 싫어했다. 기독교에 안 좋은 경험이 있던 남편은 아이가 종교 활동을 하는 걸 심하게 반대했다. 그런데 그날도 아이는 남편이 자고 있을 때 새벽같이 교회를 갔다가 저녁 늦게 집에 들어왔고, 참다못한 남편은 폭발을 하고 말았다. 남편은 아이를 바닥에 무릎을 꿇린 후 소리를 질렀다.

"넌 내 말이 그렇게 우습게 들리니? 로스쿨에 들어가라고 해도 싫다고 하고... 하지 말라는 건 끝까지 하고... 그리고 지금 시간이 몇 시니? 계집애가 지금 이 시간까지 싸돌아다니고... 너는 생각이 있긴 하는 거니?"

아이는 그렇게 바닥에 무릎을 꿇고 고개만 떨구고 있었다. 그런 아이를 보며 난 가슴이 갈기갈기 찢어지는 것 같았다. 아직 10시밖에 안 된 시각이었고, 이렇게까지 할 필요가 없는 데 남편은 과민반응을 보이고 있었다. 아마 자신의 뜻대로 되지 않는 이 아이로 인해 분노와 절망감이 폭발한 것이리라. 남편에게 그만 하라고 했다가 더 큰 싸움으로 번질까봐 두려워 아무 말도 할 수 없었다. 네 자식이라고 편드는 거냐는 말을 들을 것 같았고, 피 한 방울 나누지 않은 내가 네 자식 혼내는 게 그렇게 고깝냐는 소리가 나올 것만 같아 눈치만 볼 뿐이었다. 남편과 자러 방에 들어갔지만 난 도저히 잠을 이룰 수가 없었다. 난 방에서 나와 혜미가 자고 있는 방으로 들어갔다. 아이는 얼마나 울었는지 베개가 젖어 있었다. 난 조용히 아이를 깨워 말했다.

"혜미야! 너 그냥 이 집에서 나가 혼자 살아라. 이런 꼴 당하며 사는 네 모습 엄마가 힘들어서 못 보겠어. 이 집구석에서 벗어나 마음 편하게 살아. 엄마가 다 알아서 해줄 테니까..."

그리고 새벽 4시, 대충 짐을 챙겨 아이를 급하게 집에서 내보냈다. 아침에 아이를 찾는 남편에게는 아이 하는 짓이 못마땅해서 꼴 보기 싫어 내가 내쫓았다고 했다. 남편은 내게 독한 여자라며 당장 아이를 데리고 오라고 했지만 난 안 된다고 했다.

급하게 집을 구해 친구 집에서 지내던 아이를 이사시켰다. 10년 전 아이를 남편 눈에 띄지 않게 가뒀던 것처럼 이번에도 그의 눈을 피해 아이를 숨겨버렸다. 그런 나를 혜미는 도저히 이해가 되지 않는다고 했지만, 아이에게 뭐라고 설명을 해줘야 할지 몰랐던 나는 조용히 마음 편하게 살기 위해서는 이 방법밖에 없다고 했다. 상황이 정리되면 다시 들어오게 할 테니까 지금은 잠시 이렇게 살자고 했다.

어느 날 술이 잔뜩 취한 혜미에게서 전화가 왔다. 혜미의 마음만큼 꼬일 대로 꼬여버린 혀가 시린 말들을 뱉어 냈다.

"엄마!... 내가 가족으로 인정받기 위해서는 뭔가를 꼭 해야 되는 거야? 착한 짓을 하면 사탕을 받는 것처럼... 엄마랑 새아버지가 원하는 뭔가를 해야 난 그 사탕을 받을 수 있는 거야? 그게 가족인 거야? 나를 그냥 있는 그대로 봐주면 안돼? 그냥 보통 가족처럼 살 수는 없는 거야? 엄마는 왜 계속 그 사람 눈치만 봐야 하는 거야? 그냥 새아버지와 진솔하게 얘기를 하면 설득시킬 수 있지 않을까? 나를 정말 자신의 딸로 생각하면 날 이해해 주실지도 모르잖아. 그러다 서로 의견이 맞지 않으면 싸울 수도 있고..."

나는 그건 절대 안 된다고 했다. 피할 수 있는 갈등이라면 어떤 짓을 해서라도 피해야 한다고 아이에게 말했다. 같은 핏줄이 아닌 이상 진짜 가족이 될 수는 없기 때문에 알아서 눈치 있게 현명하게 잘 행동을 해야 한다고 했다. "안 먹는 물이라도 침을 뱉지는 말라"고 했다. 사람 일은 앞을 알 수가 없으니 언젠가 그 물을 마셔야 할 날을 대비해 새아버지에게 절대 침을 뱉지도 그 사람의 기분을 상하게도 하지 말라고 했다.

내가 아직 그 사람이랑 살고 있는데 내 딸이 내 남편이랑 관계가 악화 되는 걸 원하지 않았다. 훗날 아이의 미래를 위해서도 그게 옳은 것 같았다. 아이가 결혼 할 때 한 푼이라도 더 손에 쥐어 주고 싶고 신혼집도 준비 해 주고 싶었다. 그런데 새아버지와 사이가 안 좋아지면 그것조차도 힘들어질 것 같아 그 상황은 웬만하면 피하고 싶었다. 그 집에서 같이 있으면서 서로 침을 뱉느니 그 물을 잠시 잊고 사는 것도 좋겠다고 생각했다. 표면적으로 내게 쫓겨난 딸이 된 이상 남편의 화도 곧 누그러질 거라고 생각했다.

남편이 예전에 몇 번이나 내게 한 말이 떠올랐다. 헤미가 로스쿨을 졸업하고 바시험만 합격하면 근사하게 로펌을 차려주자고 했었다. 남편은 허투루 말을 꺼내는 사람이 아니었다. 남편하고 혜미하고의 관계만 잘 유지가 된다면 훗날 아이의 인생도 피는 것 이였다. 그래서 난 당분간 아이를 남편에게서 숨기기로 했다. 그리고 때를 기다리기로 했다. 이렇게 서로가 안보고 있다가 남편이나 혜미가 마음을 바꿀 수도 있고 아니면 더 좋은 방법이 생길 수도 있었다. 그게 더 상황을 악화시키고 있다는 생각을 해보지 못했다.

아이를 위해서라는 명목으로 우리의 꿈을 이루려고 했다. 아이의 미래를 우리가 좌지우지 하려고 했던 욕심과 욕망은 그렇게 우리 가족을 망가트리고 있었다. 우리의 욕심이 다시 한 번 아이의 영혼을 갈기갈기 찢어버리고 다시 아이를 어두운 적막 아래 홀로 가둬버렸다. 갈등을 해결하기보다 회피하고 숨기기에 급급했던 그 시절,.. 미래를 위해 현실을 희생시키는 어리석은 나였다. 그렇게 난 두 번째 실수를 범하고 말았다.

03

▶ 이혼이 죄는
아니잖아요

인연이라면 어떻게든 만나게 되어 있다. 같이 해야 할 운명을 가진 두 사람은 보이지 않는 빨간 실로 이어져 있어서 중간에 엉켜버려도 돌고 돌아 다시 만나게 된다. 하지만 다시 만나게 되었다고 해서 엔딩이 항상 아름다운 건 아니다. 달콤하게 그려지는 세기의 커플들의 사랑도 가까이 들여다보면 그렇게 예쁘게만 보이지 않는다. 영화나 드라마, 그 많은 소설에 등장하는 사랑은 현실을 제대로 대변하지 못한다.

서로 죽고 못살아 결혼한 부부들도 현실에 온몸을 두들겨 맞으며 살다보면 사랑의 색깔은 옅어져만 간다. 둘 사이에서 태어난 아이를 키우며 의리에 사는 부부들도 있고, 현실과 타협하여 그저 그렇게 사는 부부들도 많다. 주위를 둘러보면 서로를 못 잡아먹어 안달이라도 난 듯이 치고 박고 싸우며 상대를 향한 미움을 키우지만 어쩔 수 없이 사는 부부들 많이 볼 수 있다. 사랑이란 건 분명 존재하기는 한다. 하지만 시간이 지날수록 그 사랑의 색깔과 모양이 달라질 수밖에 없다. 신이 인간에게 주신 최고의 선물인 망각은 사랑 앞에서는 선물이 아닌 벌이 될 수도 있다. 서로가 죽을 만큼 사랑했던 그 기억조차 망각의 힘에서는 속수무책인 경우가 더 많다.

혜미는 지구를 한 바퀴 돌아 뉴욕으로 돌아온 후 자신의 새끼 손가락에 걸려있는 보이지 않는 빨간 실로 이어져 있었던 그 사람을 다시 만났다. 내게 눈을 부라리며 혜미를 행복 하게 해 줄 자신이 있으며 아이가 원하는 그런 따뜻한 가정을 자신은 만들어 줄 자신이 있다고 했던 그 19살의 소년은 10년 후 그 약속을 지키고자 했다. 10년 만에 첫사랑인 남자를 다시 만났지만 그 긴 시간이 무색하기만 했다. 10년이라는 이별이 나와 내 남편을 갈라놓지 못했듯 내 딸과 그를 떨어트릴 수 없었다. 딸은 엄마 인생을 닮는다더니 그 말이 맞았다. 그 질기고도 끈질긴 그 사랑을 응원해 주고 싶었다. 친정어머니가 10년 만에 다시 만난 나와 문성씨의 사랑을 진심으로 축하해 주셨듯이 나도 그럴 수 있기를 바랐다. 하지만 난 그럴 수가 없었다. 그 끝이 절망뿐일 거라는 게 내 눈에는 보였기 때문이다.

그러나 혜미의 고집을 꺾지 못해 아무것도 할 수 없었던 난 무력감과 자괴감에 빠진 채 식장 혼주 자리를 무표정으로 지키고 있을 뿐이었다.

혜미는 영국에서 좋은 성적으로 졸업하고 로스쿨 시험까지 본 아이였다. 내 계획대로였다면 로스쿨에 들어가 변호사가 될 준비를 하고 있을 아이였다. 남편 눈치를 보며 힘들게 아이를 공부시켰고, 그만큼 아이에게 거는 기대도 컸다. 그런데 아이가 제대로 꽃도 피워보지도 못한 채 그와 결혼하길 원했다. 난 결혼은 서로 비슷한 환경의 사람들이 만나야 한다고 생각했다. 교육환경과 집안환경이 완전히 다른 두 사람이 가정을 이루어 봤자 절대 제대로 융합되지 못한다는 게 내 생각이었다. 그렇다고 아이가 자신의 자아를 누르고 상대를 맞춰 가며 살 아이도 아니었다. 탈출구를 찾듯이 서둘러 결혼하는 아이의 모습에 불안하기만 했다.

혜미도 그 아이도 그때의 16살, 19살의 순수하고 풋풋한 아이들이 아니었다. 결혼은 현실이라는 사실을 아이들은 알지를 못했다. 그 두 사람은 10년 전 그때의 기억에 갇혀 서로를 제대로 보지 못하고 결혼이라는 굴레를 썼다. 막대한 책임감과 뼈를 깎는 인내심이 필요한 게 결혼이다. 서로의 다름을 인정하고 맞춰가는 것, 그것이 결혼생활이다. 자신의 자아를 누르고 희생을 해야 할 때도 있을 것이고, 혼자가 아닌 둘 그리고 그 이상의 사람들이 같이 걸어가는 게 결혼이다. 결혼이라는 건 두 사람만 하는 게 아니라 두 가족이 만나 합쳐지는 거라는 걸 그 두 아이는 알지 못했다. 하지만 10년이라는 그 긴 공백이 가지고 온 변화를 두 사람이 깨닫는 데는 그리 오래 걸리지가 않았다. 결혼한 지 얼마 되지도 않아 그 두 사람의 결혼생활은 산산조각이 나버렸다.

2011년 비가 쏟아지는 추운 겨울 날, 아이가 비에 온몸이 젖은 채 집 앞에서 날 기다리고 있었다. 큰 짐가방을 두 손에 든 채 혜미는 울면서 서있었다. 아이가 내 품에 뛰어들며 나를 안고 오열을 했다. 아이가 내 품에 안긴 건 생전 처음이었다. 혜미는 나를 보며 모두 끝났다고 했다. 남편의 기분을 삼킬 여유도 그럴 마음도 없었다. 내 아이가 죽어가고 있었다. 난 아이를 집으로 데리고 들어갔다. 아이는 더 이상 아무 말도 하지 못하고 침대로 비틀거리며 걸어가더니 그 자리에서 쓰러져 잠이 들었다. 일을 하다가도 딸이 걱정돼서 집으로 달려갔다. 뭐라도 먹어야 하는데 아이는 아무것도 입에 대지 않고 잠만 잤다. 몇 달은 자지 못한 사람처럼 그렇게 잠 속에서 빠져 나올 생각을 하지 않았다. 중간중간에 아이를 깨워 억지로 죽을 먹여 보았지만 몇

술 뜨지도 못하고 다시 잠 속으로 빠져들었다. 자신의 현실을 인정하고 싶지 않은 듯 잠이 선물해 주는 그 어둠 속에서 나오려 하지 않았다.

나쁜 일은 한꺼번에 일어난다고, 나와 남편의 사업까지 잘못되면서 가지고 있던 집과 빌딩들을 정리해야만 했다. 재산들을 정리해 운영하던 사업체에 쏟아 부었다. 우리의 젊음을 바친 나와 남편의 사업이 들판의 갈대처럼 이리저리 흔들리고 있었다. 회사가 무너지면 우리뿐만 아니라 그곳에 자신의 삶을 건 많은 직원들까지 거리로 나앉는 상황이었다. 지켜야만 했다.

거기에 한국에 계시는 친정어머니까지 미국으로 모시고 와야 하는 지경까지 다다랐다. 방 하나짜리 아파트를 구해 온 가족이 들어갔다. 나와 남편 그리고 친정어머니는 거실에서 생활을 했고, 몸도 마음도 망가져 버린 혜미는 방에 틀어박혀 나오지를 않았다. 새아버지의 눈치를 보는 건지, 그저 아무도 만나고 싶지 않은 건지 오후 내내 잠만 자다가 우리가 잘 때 몰래 일어나 식사만 대충 챙겨 방에 들어가 먹었고, 밤새 내내 술만 마셨다. 아침에 아이가 잘 때 방에 들어가 보면 쓰레기통에 술병만 가득 차있었다. 남편의 눈치가 보여 사는 게 사는 것 같지 않았다. 내가 소중히 생각했던 모든 것들이 무너지고 있었다. 나의 딸과 내 청춘을 전부 바친 사업... 나는 매일 밤 가족들이 자고 있을 때 욕실에 들어가 물을 틀어놓고 목 놓아 울고 또 울었다.

아이는 모든 걸 버리고 한국으로 돌아가고 싶어 했다. 말릴 수도 말리고 싶지도 않았다. 나도 너무 지친 상태였다. 하지만 끝내 아이는 비행기를 타지 못했다. 비행기가 추락할 것 같아 숨이 쉬어지지 않는다고 했다. 그렇게 비행기를 잘 타고 다니던 아이가 갑자기 비행기 공포증이 생겨버렸다. 시간이 지나면서 혜미는 엘리베이터도 혼자 타지 못했으며, 계속 되는 호흡 곤란으로 운전도 하지 못하는 지경까지 왔다. 다리를 건널 때면 다리가 무너질 것 같다고 했고, 샤워를 하다가도 잠을 자다가도 호흡곤란으로 고통의 시간을 보내고 있었다. 아이는 잠이 드는 게 무섭다고 했다. 자기 전 항상 침대 옆에 비닐봉투를 둔 채 잤고, 호흡곤란이 오면 봉투에 가쁜 숨을 내쉬며 하루하루를 겨우 버텨 나갔다. 병원에 가니 심한 우울증과 공황장애라며 약을 처방해 주었다.

마음의 병이 어떤 건지 나는 잘 알고 있었다. 미디어에서 우울증으로 인해 많은 사람이 자살까지 한다는 사실을 접하며 이게 얼마나 큰 병인지 알 수 있었다. 난 아이가 극단적인 선택을 할까봐 걱정이 돼서 미칠 것만 같았다. 그렇다고 24시간 내내 아이 옆에 붙어서 지켜볼 수도 없는 노릇이었다. 주말도 없이 하루에 15시간을 일하며 무너져가는 사업을 일으켜 세우려고 몸부림을 치고 있었다.

혜미가 일어설 수 있게 도와주고 싶었지만 내가 할 수 있는 게 없었다. 지켜봐 주면서 격려해 주어야 했지만, 아이에게 말을 건넬 때마다 돌아오는 건 비난뿐이었다. 대체 왜 그러냐고 말할 때마다 혜미는 내게 소리를 질렀다.

"나를 이렇게 만든 건 엄마야. 그때 왜 나를 믿어주지 않았어? 내가 원한 건 사랑이었는데 그게 그렇게 힘들었어? 그때 엄마가 날 몰아세우지만 않았다면 난 그 사람을 만나지도 않았을 거 아냐. 왜 날 평범하게 살도록 내버려 두지 않았어. 난 이제 고꾸라질 대로 고꾸라졌어. 내 인생은 실패야. 엉망진창이라고!"

나를 향한 아이의 가시 돋친 원망의 소리가 견디기 힘들었다. 지칠 대로 지친 나는 아이를 무관심으로 일관하며 피해 다녔다. 집에 들어오면 자기에 바빴고, 아침에 일어나면 출근을 하느라 정신이 없었다. 그 고통을 이해는 하지만 그걸 모두 받아주기에는 내가 너무 지쳐 있었다. 1970년 말 한국을 떠나 미국으로 건너온 남편은 그때 그 시간 속에 갇혀 있었을 뿐 힘들어 하는 아이를 이해하지 못했다. 그 시절 그때의 한국 사람처럼 그이에게 우울증이란 그저 게으르고 심약한 사람들의 핑계이고 꾀병일 뿐이었다. 그런 그는 방황하는 아이를 볼 때마다 속이 터져 울분을 토해 냈고, 아이가 있는 방을 향해 소리만 지를 뿐이었다.
그런 그가 원망이 되면서도 한편으로는 이해가 가는 내 자신이
싫었지만 어쩔 수 없었다.

"너는 어떻게 그 모양 그 꼴이니? 우울증은 무슨... 네가 복
에 겨워서 이 지랄을 하는 거야. 주위를 둘러봐. 너보다 못
한 사람들이 얼마나 많니? 쓰고 싶은 돈 다 쓰게 해주고,
공부 시켜 주고, 옷 입히고, 먹여주고 우리도 할 만큼 했잖
아. 그런데 뭐가 그리 불만이니?"

그럴수록 아이는 더 자신의 세계에 숨을 뿐 나오질 않았다.
열심히 살았다고 자부했는데, 내 인생은 모래성마냥 순식간에
무너져 내렸다. 최선을 다해 살았다고 생각했는데, 주변 사람
들은 내가 잘못 살았다고 하며 손가락질을 했다. 내 아이는 나
를 돈밖에 모르는 사람이라며, 이렇게 된 게 모두 내 잘못이라
고 했다. 남편은 내가 아이를 잘못 가르쳤다며 나를 비난했다.
친구가 그리워 전화를 하면 난 아무 말도 안했는데 친구는 내
목소리를 듣자마자 자기는 빌려줄 돈이 없다며 매몰차게 전화
를 끊어버렸다. 내가 살아온 삶 자체가 거부당하고 비난당하고
있었다. 엄마라는 이름도, 아내라는 숨 막히는 타이틀도, 60년
가까이 쓰던 내 이름도 모두 벗어던지고 어디로든 사라지고 싶
었다.

하지만 도망칠 수 없었다. 내게는 나만 바라보고 있는 내 어머니랑 딸들이 있었다. 나만 믿고 내 옆을 지키고 있는 내 남편과 직원들이 있었다, 내가 모두 책임져야 했다.

그렇게 1년이라는 지옥 같은 시간이 흘렀다. 시간이 약이라고 하더니 혜미가 천천히 일어서기 시작했다. 내가 생각했던 대로 아이는 쉽게 자신의 인생을 내팽개칠 아이가 아니었다. 그러기엔 자신이 그동안 살아온 삶을 너무나 억울해했다. 목숨이 왔다 갔다하는 고비를 몇 번이나 이겨내고 여기까지 온 아이였다. 이런 일로 쉽게 무너질 아이라면 내 딸이 아니었다. 새롭게 인생을 시작하고 싶어 하는 아이를 보며 난 다시 희망을 그리기 시작했다.

아이는 교사가 되고 싶다고 했다. 영국에서 대학을 졸업하고 미국에 다시 들어오기 전, 한국에서 거의 1년 동안 영어강사로 일했는데, 그때 학생들을 가르치는 직업에 큰 보람과 매력을 느꼈다고 했다. 아이는 다시 꿈을 꾸고 있었다. 이제는 다른 사람들의 꿈이 아닌 자신 만의 꿈을 자신의 손으로 직접 그리고 있었다. 아이는 TFA(Teach for America)라는 프로그램에 등록했는데, 대학학위가 있고 특정 자격조건에 부합하는 사람들에게 그쪽

프로그램을 이수하면 교사자격증을 주는 특별한 프로그램이었다. 미국의 빈부격차로 인한 교육 불평등을 없애기 위해 개설된 프로그램으로 취지가 매우 좋은 프로그램이었다.

아이는 시험에 합격했고 테솔 자격증도 취득하는 등, 교사가 되기 위한 스텝들을 한 개씩 밟아 나갔다. 그리고 프로그램 시작 전 놀고만 있을 수 없다며 로펌에 사무장으로 취직을 했다. 그리고 얼마 후 아이는 내게 로스쿨에 들어가서 변호사가 되고 싶다고 했다. 우리가 그렇게 바랄 때는 듣지 않았던 혜미가 그곳에서 다른 꿈을 키우고 있었던 것이다. 혜미는 내게 눈을 반짝이며 이야기했다.

"엄마! 변호사가 되겠어. 변호사가 돼서 내 인생을 망치고 고통스럽게 했던 그 사람들을 자근자근 밟아주겠어. 모두 감옥에 쳐 넣고 죗값을 치르게 할 거야. 그리고 내가 법을 알아야 내 자신을 지킬 수 있는 것 같아. 이제는 아무도 날 함부로 못 건드리게 할 거야."

나는 내 딸을 전혀 모르고 있었다. 도대체 뭐가 그렇게 아이를 괴롭게 하고 힘들게 하는지 나는 그때 알지 못했고 알려고 하지도 않았다. 진실을 알기가 두려웠는지도 모르겠다. 가끔 혜미의 입에서 나오는 퍼즐 같은 말들을 하나하나 맞춰 가며 그 아이가 겪은 그 고통의 시간들을 어림짐작할 수 있었다. 하지만 그뿐이었다. 아무것도 모르고 집에 그들을 초대하면 아이는 경기를 일으키며 그 짐승 같은 것들을 집에 못 오게 해달라고 내게 울며 사정을 했지만 난 아이의 말을 전혀 듣지 않았다. 진실이 모두 밝혀지는 그 순간 내게 일어날 그 지옥 같은 일들이 두렵기만 했던 것인지, 아니면 내가 믿었던 친인들의 사악한 모습을 모두 알게 되면 내가 무너질 것만 같아 그랬는지 나는 애써 외면하였고, 그렇게 아이의 병은 깊어만 가고 있었다. 아이가 겪어왔던 그 아픔과 고통들이 그 아이를 무너뜨리고, 내가 만들어 낸 지옥이 아이를 삼키고 있다는 것을 알기까지는 얼마 걸리지 않았다.

04

▶ 공황장애에
먹혀 버린 딸

내 딸의 지나간 인생을 돌이켜보면, 가족의 따듯한 정에 너무나 굶주렸던 이 아이는 자신만의 진정한 가족을 찾기 위한 끊임없는 여정 중에 있었던 것 같다. 자신이 한 번도 가져보지 못한 가족이라는 것을 갖기 위해 죽을 힘을 다해 몸부림쳤지만 끝내 이루질 못했고, 아이는 그럴 때마다 슬퍼했고, 무너졌고, 또 좌절했다. 그저 사랑을 하고 사랑을 받고 싶어 했던 이 아이에게 왜 하나님은 그다지도 모지셨을까?... 내 뱃속으로 낳은 내 아이의 엉클어져 버린 마음을 엄마인 나는 왜 알지 못했을까? 그냥 사는 게 너무 팍팍해서 알고도 싶지 않았고, 알려고도 하지 않았던 것 같다. 남편과 아이들 사이에서서 이러지도 저러지도 못하고 나 혼자 속만 끓이다 그렇게 시간을 흘려보낸 것 같다.

첫사랑은 이루어지지 않는다고 하지만, 아이는 그 말을 뒤엎고 결실을 맺었다. 하지만 10년 만에 돌고 돌아 만나 맺은 그 사랑이 가져다준 행복은 그리 길지 않았다. 현실의 벽에 부딪힌 그들은 서로 물고 할퀴며 상처를 주었고, 그 끝은 아름답지 못했다. 그 후 아이는 자신의 힘으로 가정을 이루겠다는 그 꿈을 포기한 채 변호사가 되겠다는 새로운 꿈만 생각하며 살기로 결심했다. 아이의 인생에 들어오는 온갖 장애물과 유혹을 떨쳐내며 아이는 오로지 자신의 목표만을 위해 앞만 보고 걸어갔다.

그러다 아이는 다시 사랑에 빠졌고 사랑은 용서라는 마음을 가져다주었다. 사랑이라는 감정은 아이에게 복수로 자신의 영혼을 갉아먹지 말고 이제는 자신의 인생을 값지게 살라고 말해주었다. 그리고 그렇게 아이는 점차 변해 갔다. 자신에게 상처를 주었던 많은 사람들에게 복수하고자 했던 어두웠던 목표는 차차 힘을 잃고 대신 다른 꿈들이 그 자리를 대신했다. 변호사가 되어 자신처럼 불우한 가정환경 속에서 고통 받는 아이들에게 희망과 용기를 주고, 상처 받은 마음을 치유해 주기로 마음을 먹었다. 그런 아이를 보면서 나는 안도의 한숨과 함께 아이가 그 고귀하고 숭고한 꿈을 이룰 때까지 끝까지 지원해 주기로 결심했다. 복수라는 삶의 목표는 인간을 앞으로는 가게 하지만, 복수를 하고 난 그 후의 삶을 더 지옥으로 만들어 버린다. 아이는 현명하게도 복수보다 용서를 택한 것이다.

하지만 그 사랑 또한 그리 오래 가지 못했다. 처음부터 그 사랑
은 오래 갈 수 없는 사랑이었다. 자신을 제대로 찾지 않은 채,
아무것도 치유가 되지 않은 상태에서 사랑을 한다는 건 불 속
을 자기 발로 들어가는 것과 같다. 혼자서 행복 할 때 다른 이
와도 행복할 수 있다고 하지 않는가... 아이는 행복을 자신의
내면에서가 아닌 다른 사람하고의 관계에서 찾으려고 했다. 그
리고 실패했다. 사랑이 가져다준 용서라는 마음과 새로운 꿈은
그렇게 다시 날아가 버렸다. 혜미는 자신이 사랑했던 모든 것
들을 한꺼번에 잃어버리고 무너져 내려갔다. 갑자기 자기 머리
위로 떨어진 폭탄에 아이는 혼란에 빠져 우왕좌왕했다. 빠져나
올 수 없는 늪에 빠진 아이는 그곳에서 빠져나오려는 시도조차
하지 않고 다시 숨어버렸다. 또다시 우울증과 공황장애가 아이
를 송두리째 잡아먹었다. 대인기피증까지 생긴 내 딸은 아무도
만나지 않은 채, 그리고 집에 자신을 가둔 채 자신만의 세계로
더욱 숨어들었다.
다시 혼자가 되었다는 그 슬픔에... 그리고 자신에 대한 분노와
절망은 아이의 이성을 모두 앗아갔다. 밤마다 숨이 안 쉬어진
다며 다급하게 전화를 한 아이는 모든 게 두렵다고 했다. 모두

자신의 잘못이라며, 자신은 진즉에 죽어버렸어야 했다고 엄마
인 내게 모진 말들을 내뱉으며 고통에 허우적거렸다. 급하게 몰
아쉬던 숨이 내 목소리를 들으며 천천히 안정이 되었고, 난 그
런 아이를 보며 깊은 슬픔에 빠졌다. 이런 엄마라도 엄마라고
아이는 너무나 고통스러울 때 나를 먼저 찾았다. 아무하고도
만나지 않고 자기의 세상에 숨어 있었지만 나를 완전히 밀어내
지 않았고, 난 그게 참 고마웠다. 혜미를 위해 해줄 수 있는 게
아무것도 없었다. 그저 그런 아이를 지켜보며 기다려 줄 수밖에
없었다.

나는 아이에게 말했다.

"혜미야! 생각해 보면 그동안 힘들고 고통스러운 일이 정말
많았잖아... 그래도 넌 항상 그 시간을 잘 버티고 잘 지나왔
지 않니... 네가 얼마나 강한 사람인지 그걸 한번 기억해 봐.
넌 이번에도 분명 다시 일어설 거야. 혜미야! 세상에 영원한
것은 없다. 사랑도, 행복도, 슬픔도, 불행도, 그 무엇도 영원
한 건 없어. 사랑하는 사람과 평생 같이 있을 수 있는 것도
아니야. 죽음으로 원하지 않는 이별을 하고 헤어지고..."

처음에 혜미는 내가 하는 말들을 전혀 듣지 않았다. 그저 왜 자
신이 사랑하는 사람들은 모두 자기를 떠나는지 그리고 왜 자신
을 미워하는지 그 자괴감에 몸부림쳤다.

"대체 왜 내가 사랑하는 사람들은 모두 날 떠나는 거야? 왜 모두 날 싫어하지? 이제 평생 이렇게 외롭게 살다 죽게 되겠지. 그저 내 가정만을 이루고 싶었던 건데, 왜 하나님은 이것조차 허락을 하지 않으시는 거야..."

아이는 깊은 상처에 너무 많이 힘들어했고, 그런 아이를 지켜보는 나도 가슴이 무너져 내리는 것 같았다, 혹시나 극단적인 선택을 할까봐 걱정이 돼서 한시도 편하게 마음을 놓을 수 없었다. 하지만 시간은 모든 걸 해결해 준다. 그 깊은 아픔도 시간 앞에서는 희미해져 갔다. 아이는 다시 교회에 나가며 자신에게 일어난 일들에 대한 의미를 하나님을 통해 찾고자 했다. 집에 찾아가 보면 온 벽이 성경 글귀와 이별을 극복하기 위한 글귀들로 도배가 되어 있었다. 혜미는 분명 이 모든 것에 하나님의 뜻이 있을 거라며 어떻게든 이겨내기 위해 몸부림을 쳤다.

영원한 사랑은 인간하고의 관계가 아닌 하나님과의 교제에서만이 존재할 수밖에 없다는 사실을 깨달았다. 누구보다 더 자신을 잘 아시는 분, 어디서나 항상 같이 하시는 그분 앞에 아이는 고개를 조아렸고 그분을 온몸으로 받아들였다. 하나님께서 당신의 품으로 돌아오게 하기 위해 이런 고난을 주셨음을 알게 되었고, 모두 그분의 뜻이라는 걸 깨닫게 되었다. 교회 목사님께 아이가 자신의 이야기를 하니 이런 말씀을 해주셨다고 한다.

"혜미 자매님! 예수님도 정말 많은 이별을 하셨고, 그 때문에 많은 아픔을 겪으셨답니다. 우리가 무슨 짓을 하더라도 떠날 사람은 떠난답니다. 하나님께서는 서로가 서로를 필요로 하기 때문에 그 기간에 그분과 혜미 자매님을 만나게 하셨던 거죠. 그리고 그분의 뜻에 따라 두 분이 이별을 하시게 된 겁니다. 모두 하나님의 뜻이었습니다."

아이는 목사님의 말씀을 들으며 묶여 있던 영혼이 자유를 찾는 기분이었다고 한다. 그게 그분의 뜻이라면, 그리고 자신을 향해 계획한 어떤 게 있으시다면 그 뜻을 믿고 따르리라고 마음을 먹었다, 그리고 그렇게 그 아이는 이별을 받아들이고 다시 자신의 꿈을 위해 정진하기 시작했다.

아이는 몇 달 후에 있을 변호사 시험을 다시 준비하기 시작했다. 자신이 소중하게 생각했던 모든 것들을 한꺼번에 다 잃어버렸는데 자신의 꿈까지 포기할 수 없다고 했다. 그렇게 하기에는 자신이 살아온 인생이 너무 불쌍하고 억울해서 견딜 수 없다고 했다. 그리고 이게 주님의 뜻이라면 "그리 아니 하실 지라도" 감사하는 마음으로 그 고난을 이겨내겠다고 했다.

아이는 그렇게 새벽부터 밤까지 15시간을 공부하며 시험을 준비하였다. 타이머를 켜놓고 자신이 정한 3시간이라는 시간 동안 온 정신을 집중해서 공부했고, 그 3시간이 지나면 하나님께 오열을 하며 자신의 상처와 아픔을 말하면서 그분에게 기도를 했다. 갑자기 몰려오는 불안함에 숨이 쉬어지지 않을 때에는 귀에 이어폰을 꽂고 자신이 좋아하는 가스펠을 들으며 밖으로 뛰쳐나갔다. 그리고 한 시간이고 두 시간이고 걷다가 다시 들어와 공부를 했다.

일주일에 두 번 심리상담도 받으러 다녔다. 아이는 자신에게 일어난 이 모든 일을 외부의 탓으로 돌리고 싶어 하지 않았다. 외부에 모든 책임을 떠넘기면 자신이 그 상황을 변하게 할 수 있는 힘까지 빼앗긴다고 했다. 그렇기에 자신의 내면에서 해답을 찾아내야 한다고 생각하며, 왜 이렇게 되었는지 계속 질문을 던졌다. 오랫동안 겪은 끔찍한 가정폭력과 학대로 자신의 자존감이 바닥이라는 걸 알게 되었다. 자신을 사랑하지 못하는 사람은 상대방도 진심으로 사랑할 수 없다는 걸 깨닫고, 자신이 그동안 했던 사랑이라는 이름으로 불렀던 모든 것들이 실제로는 사랑을 받고 싶다는 집착과 욕망이라는 것을 알게 되었다. 제대로 사랑을 받아보지 못했기에 제대로 사랑을 할 줄 몰랐던 것이다.

그렇게 아이는 변호사 시험을 준비하면서 자신의 내면에 대해 하나씩 알아나갔고, 오랫동안 곪아온 자신의 상처들을 천천히 치유하기 시작했다. 그리고 무사히 변호사 시험을 치른 후 치유 여정을 끝내기 위해 한국으로 나갔다. 그런 아이를 지켜보며 나는 마음속으로만 응원할 수 있는 게 안타까워 눈물을 흘렸다.

05

▶ 치유를 위한
여정

인간을 제일 고통스럽게 하고 극심한 스트레스를 불러일으키는 사건들을 보면 사별이나 이혼이 1, 2위를 차지하고 있다. 갑자기 자기 머리 위로 떨어진 벼락을 맞고 사람들은 얼마 동안 충격에 비틀거린다. 온 힘을 다하여 쌓아온 나의 성이 원래는 약하디 약한 모래성이었다는 걸 깨닫는 그 순간은 숨도 제대로 쉴 수 없을 정도로 가혹하고 견디기 힘들다. 하지만 시간은 모든 걸 해결해 준다는 말처럼 망각의 동물인 인간은 어느 정도 희미해진 상처들을 가슴 깊은 곳에 숨겨두고 다시 일어선다. 그리고 자신의 방식대로 다시 삶을 이어나간다. 하지만 그 상처들은 말 그대로 깊은 내면에 숨어 있을 뿐 숲 속에 자신의 존재를 숨긴 채 때만 기다리는 야수처럼 언제든지 그 모습을 드러낼 수 있다.

내 나이 서른도 채 안되었을 때 뉴욕에서 전남편은 내 손을 놓아버렸다. 나를 사랑하지만 그 여자도 똑같이 사랑하기 때문에 어쩔 수 없다는 말도 안 되는 헛소리를 지껄이며 말이다. 두 여자를 똑같이 사랑하게 되었다면 그건 첫 번째 여자를 진정으로 사랑하지 않았다는 의미이기에, 두 번째 여자를 선택하라고 했던 조니뎁의 말처럼 그 사람도 그렇게 두 번째 사람을 선택했고 날 떠났다.

갑자기 닥친 시련 앞에서 내겐 비탄에 빠져 울고 있을 여유가 없었다. 먹고 살아야 했고, 내가 책임져야 할 아이가 있었다. 내 몸뚱이 하나 눕힐 수 있는 집도 없었다. 난 노숙자 신세가 되어 타지에서 공원 벤치들을 전전해야 했다. 모든 게 두려웠다. 여기서 내게 무슨 일이 생긴다면 내 아이는 완전히 고아가 되는 것이었다. 누구에게 도움을 청할 수도 없었다. 그렇게 헌신짝처럼 버려진 내 초라한 모습을 한국에 있는 내 가족들에게 그리고 내 친구들에게 보여줄 수 없었다. 그렇게 결혼 잘했다고 나를 우러러보던 많은 사람들 앞에서 조롱거리가 되기 싫었다. 그렇기에 난 그 가시밭을 나 홀로 묵묵히 맨발로 걸어갈 수밖에 없었다. 그리고 겨울이 지나면 봄이 온다고 힘든 시간은 지나갔다. 내 삶의 의미는 내 아이들과 내 자존심이었다.

한꺼번에 소중했던 모든 걸 잃어버린 내 딸은 깊은 분노와 절망에 빠져 무너져 내렸다. 자신이 사랑했던 남자와 뱃속에 있던 아이까지 모두 잃은 내 딸의 눈은 희망이라는 단어를 처음부터 몰랐던 사람처럼 빛을 잃어버렸다. 첫 번째 이혼 후 그랬듯이 심한 우울증과 공황장애 그리고 대인기피증까지 다시 생겨 사람들을 만나지 못했고, 부정적인 생각에 갇혀 거기서 빠져나오질 못했다. 또 다시 실패했다는 그 수치심과 좌절, 그리고 다시는 못 일어설 거라는 생각에 사로잡혀 아이는 갈피를 잡지 못하고 길을 잃은 아이처럼 어쩔 줄 몰라 하며 그 작은 몸뚱이가 영혼 없는 인형처럼 흔들렸다. 전남편과 같이 그리던 꿈들이 순식간에 산산조각이 나고 겨우 겨우 지탱하고 있었던 다리는 무릎이 꿇려 주저앉아 버렸다. 다시는 아무도 사랑하지 못할 거라며, 이제 자신에게는 더 이상 행복은 없을 거라며 그 끝없는 암흑 속으로 자신을 계속 끌어내렸다.

그러다 시간이라는 선물은 그 아이의 손을 잡아 다시 일으켜 주었고, 하나님과의 교제를 통해 세상을 다른 눈으로 보게 되었다. 세상이 끝나 버린 것만 같고, 자신 혼자 사막 한가운데 떨어져버린 것 같았던 그 두려움은 하나님의 뜻을 알고 난 후 생각이 바뀌어 버렸다. 한 챕터가 끝난 자신의 인생 한 부분이라는 걸 알게 되었고, 하나님의 계획에 따라 우리의 삶속에서 많은 사람을 만나고 또 헤어진다는 것을 깨닫게 되었다. 하나님이 디자인하신 그 필연 속에서 인간은 더 강해지고 성장하며 하나님의 자녀로 다시 태어남이리라.

치유의 여정 속에서 아이는 무사히 이틀간의 마라톤 같은 변호사 시험을 끝냈다. 그리고 왜 자신에게 비슷한 일들이 반복되는지 그 이유를 알고 싶어 했고, 그 누구의 탓도 아닌 자신의 내부에서 그 질문의 해답을 찾고 상처들을 치유하고 싶어 했다. 첫 번째 이혼 후 제대로 자신의 내면을 바라볼 기회를 갖지 못한 채 목표만 보고 달려온 게 문제였다고 생각했다. 자신의 내면에서 행복을 찾는 게 아니라 상대에게서 그 행복을 찾고자 했던 욕심과 그럴 수 있다는 어리석은 착각으로 빚어진 고통이라는 걸 깨달았다. 지속적인 어른들의 이유 없는 비난과 학대는 아이의 방어기제를 끌어 올렸고 반대로 자존감은 떨어뜨렸다. 내 딸은 그때 그 시간에 갇혀 성장하는 걸 멈춘 셈이었다. 낮아진 자존감은 끝없는 불안감으로 둔갑을 해버렸고 그렇게 아이를 헤어 나올 수 없을 것만 같은 늪으로 끌고 내려갔다. 그리고 아이는 반복되는 사이클에서 벗어나지 못한 채 자신의 삶을 망가트리고 있었던 것이었다. 혼자서 행복 할 수 있는 방법을 알지 못했던 아이는 그 누구와도 행복 할 수가 없었다.

아이는 원래 있던 곳을 벗어나 다른 곳에서 자신의 본모습을 찾기로 했다. 한국으로 나간 아이는 명상과 요가를 하며 자신의 몸과 영혼의 소리를 듣기 시작했다. 이미 일어난 일에 대해서는 모든 걸 받아들이고 후회는 남기지 않기로 했다. "내가 이랬으면 이 사람이 날 떠나지 않았을까?", "내가 이렇게 해서 이 사람이 날 더 이상 사랑하지 않게 된 걸까?" 끝도 없이 이어지는 "만약에…"라는 질문을 끝내고 새로운 챕터를 시작해야 했다.

어렸을 때 10년 정도 치던 피아노를 다시 배우기 위해 성인 피아노 학원에 등록했고, 취미생활을 통해 그 시간을 이겨내고자 했다. 자신이 좋아하는 일에 열중하며 정신없이 바쁜 하루를 보냈고, 그러면서 고통스러운 시간이 지나갔다. 너무 힘들 때는 영상을 빨리 감기하는 것처럼 바쁘게 시간을 보내는 것도 한 방법이다. "시간이 모든 걸 해결해 주리라"는 말이 있듯이 차곡차곡 쌓이는 시간의 힘이 상처를 적어도 희미하게는 만들어 준다.

이별 후 사람들이 제일 힘들어 하는 건 결혼생활을 하는 동안 만들어진 습관을 깨는 일일 것이다. 아침에 일어나서 잠이 들 때까지 사랑하는 사람과 습관적으로 하던 행동들이나 배우자를 위해 하던 모든 행동들을 멈추는 것... 아침에 출근하는 그를 위해 미리 준비해 놓은 커피향이 온 집안을 채우고, 저녁식사 후 같이 마시던 차 한 잔 그리고 행복했던 산책... 주말마다 상대의 어깨에 머리를 기댄 채 책을 읽던 평화로운 오후... 서로에게 했던 습관들이 남아 그 기억들이 더 마음을 아프게 한다.

결혼생활을 하며 내가 아닌 우리를 생각하며 살아온 아이는 다시 자신을 우선순위에 두는 연습을 했다. 그가 좋아하는 음식이 아닌 자신이 좋아하는 음식... 그가 행복해 하는 일이 아닌 자신이 사랑하는 일들을 하나씩 하며 새로운 루틴을 만들어 나갔다. 아침에 일어나 그와 함께 마시던 커피를 향긋한 차로 대체하였고, 그와 함께 한국을 여행하면서 같이 다니던 단골 레스토랑들 대신 자신의 취향에 맞는 식당들을 찾아냈다. 그런 과정을 통해 그동안 해왔던 모든 일들이 자신이 좋아서 한 것이 아닌 상대방의 취향에 거의 맞춰져 있었다는 것을 깨달았다.

사랑에 목말라 있던 딸은 일주일에 몇 번씩 애견카페에 가서 시간을 보냈다. 조건 없이 자신만 바라봐주는 아이들을 품에 안고 사랑을 하고 받으며 천천히 치유해 나갔다. 그리고 그동안 아이가 해왔던 사랑은 아무런 조건 없이 사랑을 주고받는 그런 사랑이 아니었다는 걸 깨달았다. 내가 아이에게 내 사랑을 물질로 표현했듯이 아이도 나와 같은 방법으로 자신의 마음을 상대에게 표현했다. 그리고 그만큼 상대도 자신에게 해주어야 한다고 생각했다. 아이가 내가 기뻐하는 일 뭔가를 하거나 내 뜻대로 해줄 때 그 미안한 마음과 사랑을 아이에게 물질적으로 보상을 한 것처럼 아이도 같은 방식으로 상대에게 자신의 마음을 표현했고, 내가 그랬듯이 그만큼 사랑과 관심으로 돌아오길 기대했다. 그리고 자신이 주는 것만큼 상대에게 사랑을 받지 못한다는 생각이 들면 아이는 그만큼 상처를 받았고 악순환은 계속 지속되었다.

상대에게 버림을 받지 않기 위해 아이는 자신을 먼저 버렸다. 자신이 가지고 있는 물질을 나눠 주면 그 사랑을 지킬 수 있다고 생각했다. 하지만 아이는 그 물질의 크기가 일정하게 유지되거나 높아지지 않는 한 그 사랑은 유지되지 못한다는 걸 깨닫지 못했다. 100불을 주다가 50불로 그 금액이 내려가면 받기만 하던 상대의 실망은 관계를 망가뜨린다. 돈은 양면의 동전 같은 거라서 사람을 살리기도 죽이기도 하지만, 보통 사람과의 관계 안에서는 그 관계를 무너트린다. 진정한 사랑이 밑받침돼 있지 않은 관계에서 돈은 양날의 칼일 수밖에 없다

서점에 가서 자존감과 고독감에 대한 책을 찾아 읽으며 자신에

게 일어난 모든 일들의 원인이 자신의 내면 안에 있다는 걸 깨달았다. 아이는 줄곧 자신이 행복해지기 위해서는 가정을 이루어야 하고 누군가에게 사랑을 받아야 한다고 생각했다. 그 바람은 거짓된 욕망과 집착으로 바뀌어 버렸고, 그게 아이에게 불행을 야기시켰다. 행복은 외부에 있는 게 아니라 내면에서 찾아야 한다. 무엇을 보고 겪든 의미는 내면에서 발견할 수 있다. 순간순간 자신이 부여하는 삶의 의미와 행복을 느낄 줄 알아야한다. '이렇게 하면 행복해 질 거야.'가 아닌 현재에서 행복을 찾을 수 있어야지 진정 행복할 수 있다고 생각한다. 퇴근 하고 돌아오는 길에 우연히 보게 된 알록달록 무지개, 나를 향해 웃어주는 마트 점원, 등 행복은 어디든지 있다. 상대의 손에 자신의 행복의 열쇠를 주고 그 사람에게 문만 열어달라고 한다면 그 열쇠를 손에 쥔 상대는 그 관계에서 우위를 차지할 수밖에 없고, 상대가 없는 삶은 빈껍데기에 불과하다. 닫힌 문에서 꼼짝달싹 못하게 되는 것이다.

아이는 두 번째의 이혼을 통해 자신에 대해 배우고 있었다. 아이는 당연히 사랑을 받고 보호를 받아야 할 가족이라는 사람들로부터 끊임없는 폭력과 학대를 당하며 스스로의 가치를 잃어버리고 말았다. 그들이 말했던 것처럼 아무도 자신의 있는 그대로의 모습을 사람들이 사랑해 주지 않을 거라고 믿게 되었다. 성인이 되어서도 그들의 계속 되는 협박으로 영혼까지 병들어 버렸다. 그런 딸을 엄마인 나는 지키지 못했다.

어느 날 한국에 있던 딸에게 문자가 왔다.

"엄마! 나 산 정상에 올라와 있어. 오늘 등산을 하면서 끝도 없이 이어져 있는 계단을 밟아 올라가는데 땀과 눈물이 비 오듯이 쏟아지더라고... 아무리 올라가도 계단은 끝나지 않았고, 무심결에 계단을 쳐다보니 숫자가 적혀 있더라고... 뭔가 싶어서 지나가는 등산객에게 물어봤더니 이 산에는 1,480개의 계단이 있다면서 그것만 올라가면 된대. 그렇게 나는 줄어드는 숫자들을 보며 쉬다 걷다를 반복하며 계속 올라온 끝에 이렇게 정상에 도착했어. 끝이 없다고 생각했을 때는 너무 힘들었지만 끝이 있다는 걸 알고 나니 견디기 훨씬 쉬워지더라고... 인생도 마찬가지인데... 오르막이 있으면 내리막도 있고, 그런 게 인생인데... 모든 것에는 이렇게 끝이 있는데...이렇게 올라와 보니 아름다운 풍경도 기다리고 있고... 지금 내 인생은 오르막이지만 곧 멋진 풍경을 자랑하는 정상을 보게 되겠지? 모든 것에는 끝이 있으니 말이야."

아이는 다시 꿈을 꾸기 시작했다. 자신의 인생은 여기서 끝났다며 다시는 꿈을 꾸지 못할 것 같았던 아이가 또다시 새로운 꿈에 도전을 하고 새로운 삶을 그리기 시작했다. 모든 것에는 끝이 있으니 이 시련도 곧 지나갈 것이라는 사실을 아이는 깨달았다. 혜미는 그를 진심으로 사랑했기에 후회는 없다고 하였다. 두 번째 이혼을 하였지만 이혼은 실패가 아닌 자기 인생의 한 챕터가 끝난 것뿐 한 스토리의 엔딩이라는 것을 알게 되었다. 행복은 자신의 내면 안에 있으니 외부에서 찾을 필요가 없다는 걸 깨달은 내 딸은 그렇게 꿇었던 무릎을 펴고 다시 일어설 수 있었다. 그리고 3개월이 지나 치유의 여정이 끝난 후 미국으로 들어온 그 아이를 기다리고 있었던 건 변호사 시험 합격 통지서였다.

06

▶ 진짜 가족이 될 수
있을까?

"무슨 말을 할 때마다 엄마가 어쩌고저쩌고... 당신이 얘

엄마인 걸 누가 모르나? 그만 좀 해!"

남편이 윽박을 질렀다. 혜미에게 무슨 말을 할

때마다 문장에 "엄마가"라는 말을 붙이는 게 마음에 들지 않

는다며 그만 하라고 했다. 예를 들어 "엄마가 말했잖아. 이게

몸에 좋으니 많이 먹으라고... 엄마가 그랬지? 이렇게 하는 거

라고..." 오랜만에 집에 들러 저녁을 먹던 아이는 자신의 새아

버지가 내게 언성을 높이는 걸 보고는 고개를 떨구었다. 그리

고 며칠 집에서 쉬고 가라는 내 만류에도 다음 날 바로 자신의

집으로 돌아갔다.

아이는 남편이 하는 행동들이 언어폭력이라며 내게 언성을 높

이고 함부로 말을 내뱉는 새아버지를 항상 못마땅하게 여겼

다. 나는 아이에게 예전 사람은 원래 다 그런 거라고 하며 우리가 이해를 해야 한다고 했다. 남편은 요즘 아이들이 하는 말로 '츤데레' 같은 사람이다. 표현이 서툴러서 그렇지 뒤에서는 얼마나 가족들을 아끼고 신경 쓰는지 모른다. 계절마다 몸이 약한 혜미의 보약을 챙기는 사람이고, 라디오에서 어떤 게 몸에 좋다고 하면 기억해 놨다가 나와 아이를 먼저 챙기는 그런 사람이다. 다만 그걸 제대로 표현을 할 줄 몰라 항상 오해가 생겼고, 아이와 남편의 관계는 언제나 살얼음을 걷듯이 아슬아슬하기만 했다.

1970년 말 미국으로 건너온 남편은 언어장벽과 문화차이로 미국 주류사회에 진입하지 못한 채 미국 문화를 온전히 받아들일 뜻이 전혀 없는 듯 한국을 떠나온 그때의 기억에 갇혀 버렸다. 한국을 떠나올 때인 1970년대의 생활방식과 문화가 익숙해서인지 계속 그 사고방식을 유지해 왔다. 1980년 초 그를 뉴욕에서 다시 만났을 때 그의 신세대 적인 사고방식에 난 적잖이 놀랐다. 유교사상에 물든 다른 한국남자들 같지 않은 모습에 난 더 그 사람에게 매력을 느꼈다. 하지만 딱 거기까지였다. 세상은 빠르게 변하는데, 남편은 그 속도를 따라오지 못했고 그 시공간에 갇혀 버린 사람처럼 30년을 그렇게 미국에서 살았다.

많은 1세대 이민자들이 이 문제로 미국 문화에 동화된 자녀들과 심한 갈등을 겪곤 한다.

세상은 빠르게 변화하며 진화하고 있는데, 예전의 사고방식과 교육방식만을 고집하는 남편을 혜미는 적잖이 힘들어했다. 계속 되는 갈등으로 이미 성인이 돼서 다시 만난 두 사람의 관계는 서먹하기만 했고 가까워질 기미가 보이지 않았다. 아이가 어릴 때 1년도 채 같이 지내지 않았고, 그 후 성인이 되어 다시 만날 때까지 소통도 아예 없었던 두 사람이었다. 중3 때 한국으로 나간 아이는 10년 후 성인이 돼서 돌아왔고, 혼자 자유롭게 살던 아이는 남편의 갑작스런 개입과 관섭을 불편해했다. 또한 아이가 걱정이 돼서 하는 말들이 아이한테는 자신을 비난한다는 소리로밖에 들리지 않았을 것이다. 30년을 같이 산 나같은 경우 남편의 그런 의사소통 방식을 이해하지만 아이에게는 무리였다.

또한 옛날 사람들이 보통 그렇듯이 자신의 말만 옳다는 독단적인 생각과 결정에 아이는 분노하고 격분했다. 예를 들어 같이 뉴스를 보며 식사를 하다가 남편은 아이에게 정치적인 생각을 물어보았고, 아이가 자신과 다른 의견을 내보이면 그 생각이 틀렸다며 뭐라 했고, 로스쿨이나 다니고 있는 애가 세상물정을 모른다며 핀잔을 주기 일쑤였다. 그 후 아이가 어떤 질문에도 대답을 하지 않으면 남편은 로스쿨이나 다니는 애가 아무것도 모른다고 화를 냈다.

아이가 받을 극심한 스트레스와 혼란이 염려가 됐던 나는 남편과 아이가 같이 보내는 시간을 줄이는 게 최선책이라고 판단했다. 친부모에게 야단을 맞아도 아이들은 상처를 받는데, 다 큰 아이가 피도 한 방울 섞이지 않은 사람한테 아무것도 아닌 일로 혼이 나면 그 상처가 배가 될 것이라고 난 생각했다. 남편이 아이에게 하는 행동이나 말투를 고치길 원했지만, 난 그 말조차 그에게 꺼낼 수가 없었다. 혹시나 자신이 친아버지가 아니기 때문에 내가 뭐라고 하는 거라고 생각할까봐 겁이 났고, 그걸로 인해 부부간의 갈등까지 생길까봐 두려웠다.

처음에 혜미를 미국에 데려왔을 때 나는 남편의 눈치를 보며 아이를 방에 가둬버렸다. 갈등을 피하기 위해서는 아이가 그 사람 눈에 띄지만 않으면 된다고 생각했다. 그렇게 나는 새롭게 가족이 된 그들이 서로를 알아가며 관계를 발전해 나갈 수 있는 기회를 처음부터 모두 단절시켜 버렸다. 그렇게 가족이 될 수 있는 그 소중한 시간을 가지지 못한 채 10년 넘게 거의 남남으로 살았는데, 이제 와서 갑자기 아빠 노릇을 하려고 하니 아이가 불편하다 여기는 게 당연했다.

남편에게는 처음 만났을 때부터 존댓말을 하긴 했지만, 아이는 어릴 때부터 내게 반말을 하였다. 아이가 대학을 졸업한 후 미국으로 돌아왔고, 남편은 혜미에게 이제는 엄마한테 존댓말을 하라고 했다. 아이는 새아버지가 시키는 대로 내게 존댓말을 하기 시작했지만, 난 그게 끔찍하게 싫었다. 단 한 번도 완전한 모녀로 살아보지 못한 채 그동안 서로 떨어져 살았는데 갑자기 남편이 나와 내 딸의 사이를 갈라놓는 것 같았다.

아이가 내게 존댓말을 할 때마다 아이와 사이가 멀어지는 것만 같아 불편하기만 했다. 남편에게 내 뜻을 전달했지만 그는 듣지 않았다. 내가 아이 교육을 잘못시키고 있다고 하였다. 나는 아이에게 새아버지 말은 무시하고 그냥 계속 반말을 하라고 했다. 아이가 나를 엄마라고 애틋하게 부르며 재잘재잘 이야기를 할 때마다 행복했다. 다른 엄마와 딸처럼 그렇게 가깝게 지내고 싶었다. 아이는 이러지도 못하고 저러지도 못한 채 혼란스러워했다. 나는 남편이 있을 때 아이를 만나는 것을 줄이고 전화통화로 아이와 이야기를 나누는 걸로 그 불편한 상황을 피해나가려고 했다. 하지만 남편 몰래 아이와 통화를 하는 것도 쉬운 일은 아니었다.

어느 날 뉴욕에서 로스쿨에 다니던 딸에게 연락이 왔다. 자기도 다른 아이들처럼 엄마와 데이트도 하고 단둘이 시간도 보내고 싶다고 했다. 그러면서 내가 있는 곳까지 올 테니 같이 저녁도 먹고 차도 마시자며 몇 시간만 시간을 빼달라고 했다. 친구들이 딸들과 다녀온 여행 이야기라든지 딸이랑 단둘이 데이트를 했다는 이야기를 들을 때마다 나는 그들이 너무 부러웠다. 항상 사업 때문에 바쁘고 남편 눈치 보느라 아이랑 단 한 번도 단둘이 시간을 보낸 적이 없던 나는 한 번이라도 좋으니 그 소중한 시간을 아이와 같이 보내고 싶었다.

하지만 저녁 시간이 가까워지면서 나는 남편에게 어떻게 말을 해야 할지 몰라 초조해지기 시작했다. 혜미와 단 둘이 만나기로 약속해서 혼자 나갔다 온다고 하면 남편이 어떤 반응을 보일지 걱정이 되었다. 분명 두 모녀가 자기를 따돌리고 작당한다고 오해할지도 모른다는 생각이 들었다. 아니면 재산을 둘이 빼돌린다고 생각할지도 모르는 일이었다. 우리 둘만 같이 있을 때 싫어하는 눈치였고, 눈에 띄게 불안한 모습을 보이는 사람이었다. 그리고 그를 집에 혼자 놔둔 채 내 아이와 시간을 보내기 위해 나간다는 자체가 불편함으로 와 닿았다. 왜 처음부터 아이와 단둘이 약속을 잡았는지 후회가 밀려왔다.

그렇다고 친구와 약속이 돼 있어서 잠시 만나고 오겠다며 말하고 나갈 수도 없었다. 내가 갑자기 혼자 나간다고 하면 의심을 하고 싫어할 게 분명했다. 우리 부부는 어디를 가든 함께 다니며 혼자 외출을 하는 일이 절대 없었다. 친구들도 모두 남편도 아는 사람들이라 혼자 그들을 만나러 간다는 것 자체가 말이 되지 않았다. 나는 급하게 아이한테 전화를 했다. 아이는 차가 많이 막혀서 여기까지 2시간이 걸렸다며 거의 도착했으니 나오라고 했다. 나는 천진난만하게 웃으며 나와 같이 보낼 시간을 기대하며 행복해하는 아이에게 말했다.

"혜미야! 오늘 엄마 네 아빠 때문에 못나가. 네 아빠가 너 만나는 거 알아버렸어."

그 말을 끝으로 난 전화를 끊어버렸다. 혜미가 어렸을 때부터 내가 아이에게 항상 말했던 게 있다. 새아버지가 너와 단둘이 있는 걸 싫어한다는 그 말... 왜 그렇게 말했는지 모르겠다. 아이에게 미움을 받고 싶지 않아 책임을 남편에게 미뤘다. 새아버지 눈치 보느라 너와 단둘이 시간을 보낼 수 없다는 그 말, 그래서 오늘 너를 못 만나겠다는 말은 죽어도 하고 싶지 않았다. 그런데 이런 일들이 지속적으로 반복되면서 아이가 키워나갈 새아버지에 대한 증오를 난 미처 깨닫지 못했다.

그리고 내가 예상하지 못했던 그 분노는 생각지도 못한 곳에서 터져버렸다. 남편의 실수로 아이의 커리어에 문제가 생겼고,

아이는 남편이 그 문제를 해결해 주길 기대했지만 남편은 그 요구를 거절해 버렸다. 아이가 요구하는 것들은 절대 남편이 들어줄 수 없는 요구였다. 난 아이가 다른 방법을 찾길 원했고, 분명 더 좋은 방법들이 있을 텐데 저렇게 고집을 부리는 게 이해가 되지 않았다.

아이는 자기가 얼마나 큰 고통 속에서 피눈물을 흘리며 변호사가 되었는지 알면서 어떻게 자기한테 이럴 수 있냐며 남편을 원망했다. 아이는 자기가 몇 번이나 경고를 했는데 자신의 말을 무시하고 듣지 않아 생긴 일이라며, 그랬으면 그 일에 대한 책임을 져야 하는 게 아니냐며 화를 냈다.

몇 년 전 혜미가 남편에게 경고를 몇 번이나 했지만 남편은 어린 계집애가 잘난 척을 한다고 생각을 했고, 그런 아이에게 쌍욕을 하며 사무실에서 쫓아냈었다. 그리고 그때의 불똥이 훗날 아이의 미래에 튄 것이었다. 남편은 남편대로 그런 아이를 보며 큰 배신감을 느꼈다. 그동안 해준 게 얼마인데 자기한테 달려든다며 머리 검은 짐승은 거두는 게 아니라는 말이 맞는다고 하면서 가슴을 쳤다.

아이의 분노와 절망을 이해는 할 수 있었지만, 이렇게까지 남편을 몰아세우는 아이를 용서할 수 없었다. 남편이 쓸데없이 고집을 부려 일이 생긴 건 분명하지만, 그동안 남편이 아이에게 한 것들을 생각하면 혜미가 이렇게까지 할 일은 아니라고 생각했다. 어떤 사람이 자기 핏줄도 아닌 아이를 변호사로 만들겠다고 그리 애쓰겠는가... 내가 아이 교육과 양육을 위해 썼던 돈을 남편은 알면서도 모른 척해 주었다. 새엄마였던 나도 남편의 아이들에게 할 수 없었던 일을 남편은 해냈다. 끊임없이 사고를 치는 내 친정식구들을 모두 떠안아 준 것도 그랬고, 난 그런 남편이 항상 고마웠다.

나는 아이에게 말했다. 다른 방법들이 있는데 왜 너의 방법만 고집하냐고...새아버지에 대한 분노를 여기서 그냥 터트리는 게 아니냐고... 변호사 일을 더 이상 하지 못하면 다른 일을 하면 되지 않겠냐고... 아직 젊으니까 뭐라도 할 수 있는 거 아니냐고... 아이는 분노에 휩싸여 어찌할 줄을 몰라 했고, 나도 이성을 잃어 아이에게 하지 말아야 할 말을 해버리고 말았다.

"혜미야! 정신 좀 차려. 너 이러다가 네 아빠가 화나서 지금 네가 가지고 있는 것들도 다 뺏으면 어떡하니? 네 아빠가 뭐라고 하는 줄 알아? 이딴 식으로 계속 싸가지 없이 굴면 너를 끌어내리겠대. 여기까지 어떻게 올라왔는데, 네 아빠가 눈이 확 돌아 변호사 자격증까지 뺏으면 어쩌려고 그래. 지금보다 더한 지옥을 맛볼 수도 있어."

그렇게 말하면 남편이 무서워서라도 아이가 폭주를 멈출 줄 알았다. 그동안 그렇게 해왔고, 그럴 때마다 내 아이는 두려움에 뒤로 물러섰기 때문에 이번에도 그렇게 할 줄 알았다. 하지만 아이는 내가 그 사람을 떠나길 바랐다. 딸은 내게 울면서 사정을 했다.

"엄마! 제발 이제는 내 엄마로 살아줘. 누군가의 아내가 아닌... 누군가의 누나나 여동생이 아닌... 내 엄마로 살아주면 안 돼? 그 사람에게 모두 주고 우리 한국으로 떠나자. 요양원에 계시는 할머니 모시고 시골에 내려가 조용히 살자. 그 사람만 없으면 우린 행복하게 살 수 있어."

딸은 내게 내 생명보다 소중한 두 명의 사람 중 한 명만 선택할 것을 요구하고 있었다. 남편을 내 아이 때문에 버릴 수 없었다. 머리가 하얗게 셀 때까지 나와 같이 고생을 하며 여기까지 온 사람이었다. 나와 내 친정식구들, 혹 같은 남의 자식들을 키워가며 자신을 희생했던 사람을 배신하고 떠날 수는 없었다. 이미 그를 두 번이나 버렸던 파렴치한 내가 어떻게 또 그를 버리겠는가... 그리고 내 아이가 남편에게 가지고 있는 미움과 분노는 내가 만들어 낸 것이었다.

내가 현명하게 대처를 하지 못했기 때문에 그 크기를 키웠던 것이었다. 남편과 아이의 관계에 대해 단 한 번도 진지하게 생각해 본 적이 없었다. 뭔가를 적극적으로 해보려고 하지도 않았다. 그와 싸우고 싶지 않았고, 내가 무슨 염치로 남편한테 내 아이에게 이렇게 해 달라, 저렇게 해 달라는 요구를 할 수 있을까 싶었다. 친정식구들과 아이들 때문에 나는 남편 앞에서 항상 죄를 진 사람이었고 약자에 불과했다. 그러다보니 아이에 관련 된 일에 대해서는 숨기기 일쑤였고, 남편과 아이 사이에서 줄다리기를 하며 거짓된 삶을 살았던 것도 나였다. 집안이 조용하려면 피하는 게 상책이라고 생각했다. 자신의 아이들은 제대로 키워 보지도 못하고 평생을 남의 자식들을 위해 살아온 사람이었다. 그런 사람에게 그럴 수는 없었다.

아이를 통제하기 위해서 두려움이라는 수단을 이용했고, 그 두려움의 수단은 남편이었다. 아이에게 설명하기 귀찮아서, 그리고 그렇게 사는 게 편해서 더욱 남편이라는 핑계를 만들어 냈다. 그게 내가 살아가는 방법이었다. 그리고 그 거짓의 세계에서 드디어 폭탄은 터져버렸다.

07

▶ 화해 그리고
해드엔딩(HAPPY + SAD)

2000년 초 혜미가 영국에서 공부할 때이다. 저녁식사를 하기 위해 식탁에 모두 앉았다. 난 아무 생각도 하지 않고 식탁을 둘러보았다. 그리고 어떤 사실을 깨달았다. 남편을 제외하고는 모두 내 친정식구들이었고, 혜영이의 약혼자까지 우리 집에서 같이 살고 있었다. 다른 주에서 대학을 다니고 있던 혜영이가 결혼을 약속한 남자라며 내 밑에서 일을 하게 해달라고 부탁했다. 지낼 곳이 없으니 그를 우리 집에서 지내게 해달라고 간절하게 애원하는 큰딸의 부탁을 난 거절할 수 없었다. 난 남편에게 사실대로 그가 누군지 말도 못하고 그저 내 친척 조카라고 속인 후 몇 년을 우리 집에서 지내게 했다.

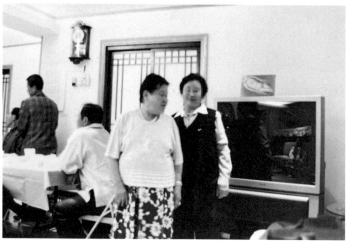

뉴욕 집에서 우리 부부와 같이 지내는 내 친정식구들만 15명이 족히 넘었다.

그렇게 내 딸의 약혼자를 포함한 15명이 넘는 내 친정식구들이

우리 집에서 우리 부부와 같이 살고 있었다. 한국에서 힘들게

살고 있던 내 형제들을 내가 모두 미국으로 데리고 왔고, 그들이 자리를 잡을 때까지 우리 집에서 머물게 하고 있었다. 남편은 단 한 번의 불평, 불만 없이 자기와 나이차도 얼마 나지 않는 장모님을 모시며 속을 차리지 못하고 사고만 치고 다니는 내 친정식구들을 3년 가까이 참아주며 보살펴 주었다. 그 후에 우리집을 나가서도 내 형제들은 계속 문제를 일으켰고, 그 모든 걸 눈 감아 준 게 내 남편이었다.

난 그런 남편이 항상 고마웠다. 그 누구도 이런 상황이었으면 진즉에 이혼하자고 했을 터였다. 하지만 남편은 나를 위해 인내를 했고 모든 걸 다 참아주었다. 친정에 들어가는 어마어마한 돈들과 내 아이들에게 쓰는 돈들도 모두 모른 척해 주었다. 표현을 못해서 그렇지 속은 따뜻하고, 날 자기 목숨보다 더 사랑해 준 남자이다.

아무것도 알지 못하는 혜미는 남편에 대한 원망과 증오만 키운 채 나와의 관계도 급격하게 악화가 되었다. 남편으로 인해 흔들리던 커리어도 몇 달에 거쳐 해결을 했고, 모든 게 나아 진 것 같았지만 아이는 이미 마음의 문을 닫아버린 상태였다. 나와 남편을 언제든지 자신을 공격하고 버릴 사람들이라고 생각했다. 그런 아이를 보며 난 배은망덕하다며 아이를 몰아세웠다.

"야 이년아! 내가 너한테 해준 돈이 얼마인데 이렇게 싸가지 없이 굴어. 먹이고 입히고 공부시켜 줬으면 부모 노릇을 다했지 우리가 대체 뭘 그렇게 잘못했다고 이러니? 네 새아버지가 좀 실수한 거? 이년아! 그래도 너 로스쿨 다닐 때 들어가는 돈 아무 말도 하지 않고 척척 내준 게 그 사람이야. 그것도 못해 줘서 자식 인생 망치는 사람들이 얼마나 많은데, 편하게 살게 해줬더니 은혜를 모르고..."

아이는 내가 그럴수록 더 독한 소리를 퍼부으며 내게 달려 들었다. 나와 남편을 무너뜨리겠다며 법정에서 보자고 했다.

그러던 아이는 다니던 로펌을 그만두었다. 그리고 얼마 후 내게 문자가 왔다. 내게 심하게 말해서 죄송하다며 용서해 달라고 했다. 항상 자신이 아닌 다른 사람을 선택하는 내게 너무 화가 나서 그런 것뿐이라며 진심이 아니었다고 했다. 자신이 원했던 건 자신을 사랑해 주고 아껴주는 엄마였지 내가 가진 돈이 아니었다고 했다. 그러면서 자기 소유의 모든 것들은 모두 엄마의 것이니 다시 다 가져가라고 했다. 그리고 도저히 새아버지는 다시는 볼 수 없을 것 같다고 했다. 천륜인 부모와 자식 관계를 끊으려고 했던 사람이며, 자신을 학대하고 괴롭힌 사람이라고 했다. 그리고 그 사람 때문에 얼마나 많은 상처를 받았느지 내가 알아주길 바란다고 했다.

그렇게 아이는 한국으로 나갔고 몇 달이 지나도 내게 연락을 하지 않았다. 걱정이 돼서 몇 번을 문자를 해도 답변조차 없었다. 나는 화가 나서 아이에게 문자를 보냈다. 그렇게 엄마가 싫으면 여기서 인연을 끊자고 하였다. 얼마 후 아이에게 장문의 문자가 왔다.

"난 엄마에게는 항상 그런 존재였지... 언제든지 버릴 수 있는 그런 소모품 같은 존재...

내가 아들이 아니라는 이유로 나를 죽이려고 했고, 엄마의 꿈을 위해서 나를 또다시 버렸지. 그리고 그 후에도 몇 번이나 내게서 등을 돌렸는지 엄마도 가슴에 손을 얹고 생각해 봐. 나를 진정으로 사랑했던 때가 있긴 있었던 거야? 내가 무슨 일을 당하고 있었는지 알려고도 하지 않았고, 알고 싶어 하지도 않았지... 엄마에게는 누구보다 돈이 더 중요했잖아. 엄마가 제일 필요할 때 엄마는 내 곁에 있어 주지 않았어. 항상 남편이 먼저였고, 혜영이가 먼저였지. 그리고 그 후에는 엄마의 형제들... 엄마는 언제나 내게 말했지. 그래도 그만큼 돈으로 보상해 주고 있지 않냐고... 그러니 입 다물고 조용히 살라고... 후에 내가 당한 모든 일을 알고 나서도 엄마는 그 사람들과 관계를 계속 유지하며 날 지옥으로 몰아넣었지. 나도 중요하지만 그들도 엄마에게 자식 같은 사람이라고 했지. 그리고 또다시 내가 아닌 남자를 선택했어. 내가 아닌 딸 인생을 망가뜨리겠다고 협박을 하는 그런 사람을 말이야."

난 아이에게 모든 진실을 이야기해 주고 싶었지만 할 수가 없었다. 너무나 오랫동안 엉킬 대로 엉켜버린 실 뭉텅이를 어떻게 풀어 나가야 할지 몰랐다. 남편이 진정으로 그 아이를 딸로 사랑하고 아꼈는지는 모르겠다. 그래도 사람의 도리는 하고 살았던 사람이었다. 조용히 편하게 살고 싶어서 했던 모든 행동들이 오히려 그 두 사람 사이를 이간질시킨 게 되어 버렸다. 다른 사람들에 대해서는 나도 할 말이 없었다. 짐승만도 못한 짓들을 서슴없이 한 형제들도 난 내치지 못했다. 평생을 감옥에서 썩어도 할 말이 없는 파렴치한들을 내 돈으로 먹여 살리고 있었다. 그래도 내 핏줄이라는 어리석은 생각에 내 딸이 아닌 그들을 난 선택했는지도 모른다.

그렇게 나와 내 딸의 관계는 멈출 수 없을 정도로 악화가 되었다. 그리고 얼마 후 한국에 계시는 친정어머니가 위독하다는 소식을 듣자 난 비즈니스를 남편에게 맡기고 혼자 한국으로 나갔다, 병원에서는 얼마 남지 않았다며 준비를 하라고 했다.

나를 보고 싶어 하지 않아 했던 혜미도 그때만큼을 어쩔 수 없었다. 나와 혜미는 병원을 왔다갔다하며 단둘이 보내는 시간이 많아지자 깊은 대화를 나눌 수 있었다. 그러면서 서로가 서로에게 했던 오해를 하나씩 풀기 시작했다. 너무나 많은 오해들이 쌓여 있어서 천천히 풀어가다 보니 남편 이야기도 나왔지만 모두 해줄 수는 없었다. 다만 내가 어떻게 뉴욕에서 이혼을 하게 되었고, 두 아이들을 혼자 힘으로 키우기 위해 고군분투한 이야기를 처음으로 들려주었다.

아이는 내게 어린 나이에 얼마나 고생을 했냐며 내 앞에서 눈물을 흘렸다. 자신보다 훨씬 어린 나이에 말도 안 통하는 타지에서 돈 한 푼 없이 남편에게 버려진 후 얼마나 내가 피눈물을 흘리며 고생했을지 아이는 내 이야기를 들으며 너무나 마음 아파했다.

> "엄마! 아직 어린 나이에 그렇게 무참히 버려지고 얼마나 두려웠어? 그 와중에 우리까지 키우느라 얼마나 많이 울고 힘들어 했을지... 보지 않았어도 알 것 같아."

그리고 그곳에서 할아버지의 반대로 헤어진 첫사랑이었던 새아버지를 만나 결혼한 이야기를 듣고는 놀라움을 감추지 못했다. 아이가 새아버지에게 가지고 있는 많은 오해들을 전부 풀어주고 싶었지만, 어디서부터 시작을 해야 좋을지 몰라서 나는 그 이야기는 다하지 못했다.

다행히 친정어머니의 건강은 회복이 되었고, 혜미는 그런 할머니를 보며 할머니가 자기와 엄마 사이가 망가지는 걸 무의식 속에서 느끼시고 우리를 다시 붙여주려고 이런 기회를 만드신 것 같다고 했다. 어머니가 회복되시자 난 미국으로 들어왔고, 얼마 후 한국에 남아 있던 혜미가 자신의 이야기로 책을 쓰고 있다는 소식을 전했다. 처음에는 내 이야기까지 모두 밝혀지는 게 불편했고, 사람들이 알게 된 후 나에 대해 어떻게 평가할까 두려워 아이를 말렸다. 하지만 아이에게 내가 사죄할 수 있는 방법은 이것뿐이라는 생각에 난 모든 이야기를 밝히는 것에 대해 동의를 했고, 그렇게 아이는 자신의 인생에서 두 번째 도전을 하게 되었다.

아이는 자신의 이야기를 글로 담으면서 상처를 치유하기 시작했다. 가슴 속에 남아 있던 상처와 응어리들을 모두 종이에 쏟아내고 그것들과 마주하게 되었다. 아이는 원고를 한 장씩 써 내려가며 어릴 때 상처받은 자기 자신과 대화를 나누며 그 상황들을 객관화시키고 이해해 나가기 시작했다. 그 과정 속에서 자신의 인생을 송두리째 바꾸고 자신을 지옥으로 끌고 내려갔던 그 사람들을 용서하고 자신의 마음에서 떠나보낼 수 있었다. 그리고 아이의 영혼은 드디어 감옥에서 벗어나 다시 새 삶을 살게 되었다. 아이는 목차를 구성한 후 10일 만에 원고를 완성, 〈날라리 문제아가 미국 뉴욕에서 일으킨 기적〉을 탄생시켰다.

그 후 아이는 미국에 다시 들어와 이번에는 후속편으로 내 이야기를 더 자세하게 써보고 싶다고 했고, 난 흔쾌히 그렇게 하라고 했다. 그리고 오랜 시간에 걸쳐 인터뷰를 했고, 그렇게 내 삶이 종이 속에 고스란히 담겨졌다. 아이는 이 모든 이야기를 들으며 그 동안 왜 이 사실을 말해 주지 않았냐고, 그랬다면 그렇게 새아버지와 엄마를 원망하고 증오하며 살지 않았을 거라며 오열을 했다. 그 계기로 아이는 새아버지를 향한 오해를 어느 정도 풀었지만 이미 무너진 관계는 더 이상 회복될 수 없었다. 그리고 지금까지 아이는 남편과 소통을 거부한 채 만나지 않고 있다. 어느 동화의 엔딩과 같이 완전한 해피엔딩으로 끝나지는 않았지만 그래도 나는 이 결말에 만족한다. 완전한 해피엔딩(Happy Ending)은 아니지만 해드엔딩(Happy + Sad Ending) 정도는 되는 것 같다. 그리고 아직 인생은 끝나지 않았으니 어떻게 결말이 날 지는 아무도 모르니 조금은 희망을 갖고 기다려보려고 한다.

짧다면 짧은 인생을 사랑과 사람에 목말라 자신을 망가트리면서까지 그 아픈 여정을 계속했던 내 여리고도 여린 내 딸이었다. 그동안 이런저런 사연과 이유로 아이를 외면한 채 살았던 나날들이 분명이 있었다. 그러나 아이의 시련과 아픔을 눈으로 직접 보며 그때서야 진짜 엄마가 되어 가고 있었던 나는 마지막에 또다시 아이의 바람을 무시해 버리고 상처를 주었다. 내게 한 달이라도 좋으니까 자신의 엄마로 살아달라고 하던 딸에게 모든 진실을 이야기하지 못했고, 방관자였던 나는 숨기고 속이는 것으로 문제들을 키워 나갔다.

모든 게 밝혀진 이상 '짠' 하고 기적처럼 그 두 사람의 관계가 좋아지길 바라는 건 어린이 영화나 동화에나 나올 만한 엔딩일 것이다. 어른들의 영화에서는 분명 새드엔딩도 존재한다. 지금은 그저 아이가 상처받은 아픔에서 어느 정도 벗어나 자신의 삶을 살고 있는 것에 만족하고 있다. 다행히 나와 아이는 오랫동안 엉켜 있었던 실타래를 푼 후 관계가 완전히 회복되었고, 보통의 모녀처럼 지내고 있다. 아이는 나를 엄마로서만이 아닌 같은 여자로서 존중하고 존경하게 되었으며, 나의 삶을 온전히 이해하게 되었다.

혜미의 첫 저자강연회 아이의 이야기를 공감하고 같이 가슴 아파하는 많은 독자들을
만나며 아이의 삶을 같이 되돌아 볼 수 있는 계기가 되었다.

첫 책이 나오고 얼마 후 아이는 한국으로 나갔다, 그리고 그곳
에서 자신을 진심으로 사랑해 주는 남자를 만났고, 자신이 그토
록 바라던 가정을 이루게 되었다. 특수교육 교사로서 아이들을
진심으로 사랑하는 남편을 만나 지금은 변호사로, 작가로 자신
과 같은 이유로 고통을 겪고 있는 아이들에게 희망과 용기를 주
기 위해 열심히 뛰고 있다. 현재는 자신의 남편과 같이 법률컨
설팅과 아이들의 교육과 상처 받은 아이들을 위한 치유프로그
램을 제공하는 회사를 운영하며 한국에서 자신의 인생을 살고
있다

2020년 전 세계를 강타한 코로나바이러스로 인해 너무나 많은 사람들이 고통스럽고 혼란스러운 시간을 보내고 있다. 금방 끝날 거라는 희망을 져 버리고 이 바이러스는 끈질기게 사람들 곁에 남아 많은 인명피해는 물론 정치와 경제를 흔들고 불안이라는 씨앗은 점점 자라 사람들의 몸과 마음을 마비시키고 있다. 너무나 불안하고 뭐 하나 확실한 게 없는 요즘 같은 시기에 나는 무조건적인 희망을 가지라는 말은 하지는 못하겠다.

그저 버티는 게 답이다라는 말을 하고 싶다. 코로나 때문에 내 사업도 심각하게 흔들렸다. 40년 넘게 사업을 하면서 수도 없는 고비와 역경을 넘어왔고 산전수전 공중전 수중전까지 모두 겪어왔다. 모든 적법한 문제에는 해결방법이 있다고 나는 내 자신을 믿고 내게 닥친 모든 시련들을 이겨냈다. 하지만 나도 인간인지라 흔들릴 때도 있다. 두렵고 불안해서 도망치고 싶을 때도 있고 이성을 잃고 무너질 때도 있다. 코로나는 나의 무릎을 꿇리는데 충분할 정도로 너무나 강한 적이었다.

넘어졌다는 게 문제가 아니다. 다시 일어서는 게 더 중요하다. 마음속에 들려오는 갖가지 부정적인 이야기를 잠재우고 나의 내면의 다른 내 자신이 알려주는 그 소리를 듣고 알아채는 게 더 중요하다. 나의 다른 나는 내가 진심으로 행복하길 바란다. 나는 이번에도 내 내면에서들려오는 그 소리를 들으며 이 시기를 지나왔고 이제는 조금씩 빛을 다시 보기 시작했다. 버티는 사람이 이기는 거라는 말을 다시 실감하고 있다.

인생을 살다보면 넘어질 수도 실패를 할 수도 있다. 신이 아닌 우리가 완벽 할 수는 없다. 그러니 실패를 하더라도 너무 자신을 미워하고 자책은 하지 않았으면 좋겠다. 세상에 영원한게 없듯이 실패도 우리가 인정을 하지 않는 한 영원한 실패는 없다. 한순간의 실패는 우리에게 계획을 변경하라는 신호이고 다시 재무장 할 수 있는 기회를 주는 것일 뿐 거기에 그 이상의 의미는 두지 않았으면 좋겠다.

인간은 생각보다 더 강하다. 현재가 힘들다고 우리가 이겨내지 못할 정도는 아니다. 그동안 우리가 겪어 돈 모든 힘든 시간들을 생각해보아라. 지금 이 시간보다 더 고통스러웠던 시간도 우리는 견뎌내지 않았는가. 지금은 이것도 버텨낼 수 있다는 자신감을 가지고 이 힘든 시기를 헤쳐 나갈 수 있으면 좋겠다.

이 책을 읽는 독자들 중에 나처럼 가정이 무너진 후 새 출발을 한 분들이 분명 계실 거라고 생각한다. 이혼과 재혼으로 인해 그 안에서 원치 않던 인생의 소용돌이에 휘말려 자신뿐만 아니라 아이들까지 고통 속에서 하루하루를 치열하게 사는 분들이 있을 것이다. 난 그분들에게 내가 많은 시행착오를 겪으며 배운 것들을 알려드리고자 한다.

자신의 무엇보다도 더 소중한 자식들에게 더 좋은 걸 입에 넣어 주고, 아름다운 것만 보여주며, 뭐든지 다해 주고 싶은 게 모든 부모의 마음일 것이다. 하지만 그 이유만으로 아이와 함께하는 시간을 그냥 떠나보낸다면 아이가 성장하고 어른이 된 후에는 큰 후회로 남을 것이다. 미래를 위해 현재를 희생하는 것만큼 어리석은 일은 없는 것 같다. 경제적인 풍요로움 또한 중요하다. 하지만 아이들에게는 그것보다는 부모님과 함께하는 1분 1초가 더 소중할 수도 있다. 가족 간의 식사시간, 아이와 함께 가는 가족여행, 아이가 커가는 순간순간이 어쩌면 그 어떤 것보다 더 소중하다. 아이들과의 정서적인 소통의 시간도 지키면서 자신의 꿈까지 이뤄 나갈 수 있는 게 최고의 인생이 아닌가 싶다. 24시간 항상 함께하라는 말은 아니다. 하지만 1시간 동안에 가족들 간의 식사시간, 하루 날 잡아 떠나는 가족여행, 아이와 같이하는 30분의 스토리타임으로도 나는 충분하다고 생각한다.

또한 이혼과 재혼에 대해서도 한마디하고 싶다. 요즘은 이혼이 절대 흠이 아니다. 한국의 이혼율만 하더라도 세계 3위라고 한다. 이혼이 절대 죄도 아니고, 상황이 그렇게 만들 수 있고, 어쩔 수 없는 선택일 수도 있다. 자신과 남은 가족들의 행복을 위해서 불가피한 선택일 수도 있다. 하지만 그 사이에 자식이 있다면 그 이혼으로 인해 아이들이 상처를 받는 건 어쩔 수 없는 일이다. 그렇다면 이혼으로 인해 받은 그 상처를 아이들이 치유받을 수 있도록 최선의 노력을 다하길 바란다. 가능하다면 이혼을 하더라도 상대방과의 관계는 긍정적으로 지속이 되었으면 좋겠다. 더 이상 부부가 아닌 아이들의 부모로 최선의 협력적인 관계에서 아이들을 잘 키우라는 말이다.

그리고 아이들에게 부모가 그들을 얼마나 사랑하는지, 그리고 이혼이 절대 아이들의 잘못으로 인해 생긴 일이 아니라는 것을 분명히 알려 주길 바란다. 부모가 이혼을 하면 아이들은 자신들로 인해 생긴 일이라 생각하고 죄책감에 힘들어할 수 있다. 그리고 자신들이 버려질 수도 있다는 두려움에 휩싸이게 된다. 그러니 그런 아이들의 마음을 다독여 주길 바란다.

마지막으로 재혼을 한다면, 재혼할 상대와 아이들 양육문제에 대해 확실하게 대화하고 합의한 후 하길 바란다. 아이들을 동반한 재혼은 보통 재혼보다 더 복잡하고 힘들 수 있다. 재혼을 하는 부부는 서로가 각자의 패키지를 가지고 새로운 가정으로 들어온다. 그 패키지 안에는 전의 가정에서 탄생을 한 아이들과 그들의 스토리 그리고 역사가 들어있다. 한 남자와 한여자의 결혼이 아닌 패키지를 가지고 들어오는 남자와 또 다른 패키지를 가지고 들어오는 한 여자의 결합인 것이다. 그러니 너무 쉽게 생각 하지 말고 철저하게 준비를 한 후 재혼을 하길 바란다. 진짜 가족이 될 수 있는 충분한 시간과 기회를 상대 배우자와 아이들에게 줌으로써 새로운 가족 구성원에 대한 이해와 사랑을 키워 나갈 수 있도록 해야 한다. 아이들의 무조건적인 이해와 적응을 강요하지 말아야 할 것이며, 모두가 불안하고 혼란스러운 시간임을 인지해서 협력해야 한다.

나는 완벽한 엄마는 아니었다. 완전무결한 인간도 아니었다. 60년 넘게 살아오면서 많은 잘못을 저질렀고 실패도 했으며 때에 따라 악한 인간도 되기도 했고 어리석은 사람이 되기도 했다. 하지만 난 그런 내 자신을 온전히 받아들였다. 나도 내 인생을 처음 살아보는데 어떻게 완벽할 수 있는가. 나도 딸이라는 자리도 아내라는 위치도 엄마라는 인생도 내게 모두 처음이었다. 그렇기에 실패도 해보고 내 자신의 무능함에 한탄도 해보고 내 인생에 대해 후회도 해봤다. 하지만 내가 완벽한 인간이 아니라는 걸 계속 될 수 없다는 걸 받아 들인 후에 내 자신을 짓누르던 그 짐을 덜 수 있었다. 그리고 지금도 진짜 아내가 엄마가 되어가는 중이다. 훗날 관에 들어가면 그 때야 내가 어떤 사람으로 어떻게 내 삶을 살았는지 평가 할 수 있을 것 같다.

우리 모녀의 이야기를 통해 우리와 비슷한 문제로 고통의 시간을 보내고 있는 많은 대한민국 부모님들과 그분들의 자녀들을 비롯해 타지에서 고생하고 계시는 많은 동포 분들이 상처를 치유하고 무너져버린 관계를 꼭 회복했으면 좋겠다. 또한 코로나로 인해 너무나 힘든 시간을 보내며 길을 잃어버린 많은 분들이 이 책을 읽고 '희망' 이라는 단어를 떠올리실 수 있기를 바란다.

어머니의 삶을 딸의 눈으로
다시 회고해 보면서

나는 이 책에 등장하는 주인공의 딸인 다이애나 킴이다. 재작년 여름에 한국으로 나가 나의 이야기를 토대로 글을 쓰면서 그동안 알지 못했던 어머니의 인생에 관심을 가지게 되었다. 39년이라는 짧으면 짧고 길면 긴 내 인생은 폭력과 학대와 고문 그리고 감금과 협박 등 인간의 본성 중 제일 어두운 모습들을 보여준다. 행복하지 않았던 어른들은 자신의 불행의 책임을 힘없는 아이였던 내게 물었다. 그리고 나의 상처를 가지고 그들은 나와 거래를 하길 원했다. 세상에 내 과거를 드러내지 않는 조건으로 그들은 내게 돈을 요구했고, 난 얼마 전까지만 해도 돈으로 그들의 입을 막았다.

아주 어린 아이였을 때부터 내 세상은 어둠뿐이었다. 가끔 밝은 빛이 들어오긴 했지만 얼마 가지 않았고, 다시 어둠에 휩싸여 버리곤 했다. 그렇게 나는 평생을 우울증과 공황장애에 시달려 고통을 받아야 했다. 작년에 큰 결심을 하고 한국으로 나가기 전까지의 내 삶은 그렇게 악순환의 연속이었다. 마지막에는 내가 직접 나를 괴롭히던 내 상처들을 폭로하기로 결정을 했고, 그렇게 〈날라리 문제아가 미국 뉴욕에서 일으킨 기적〉이 세상에 나왔다.

내 삶을 이야기하려면 어머니의 삶도 알아야 했다. 나의 친아버지와 어머니의 사랑 그리고 이별과 시련들을 알아야 했다. 나의 삶은 어머니의 삶과 맞물려 톱니바퀴처럼 같이 돌고 있었다. 어머니가 자신에게 들이닥친 인생의 폭풍을 지나오며 나도 그 폭풍이 휩쓸고 간 잔해 속에서 꼼짝달싹할 수 없었다.

나는 한국에 있었고 어머니는 미국에 계셨기에 그녀의 모든 이야기를 모두 듣기에는 역부족이었다. 하지만 짧게 들은 그녀의 인생 이야기로도 난 어머니가 얼마나 강렬하고 파란만장한 인생을 사셨는지 느낄 수 있었다. 그녀는 자신의 방식대로 자신에게 주어진 인생을 열심히 살아왔다. 난 먼저 내 이야기를 중심으로 글을 쓰고, 그 후속편으로 어머니의 삶을 그리기로 결정을 했다.

엄마와 나 같은 여자로서 서로를 이해하게 된 우리 모녀는 조금은 특별하지만 평범한 모녀로 지내고 있다.

미국으로 돌아와 이 책을 기획하기 위해 어머니를 인터뷰했다. 그녀의 60년 인생을 몇 시간의 인터뷰로 요약하는 것 자체가 불가능했다. 어머니가 걸어오신 그 격정의 시간을 들으며 난 한 편의 엄청난 영화를 본 듯했다. 하루에 몇 시간씩, 며칠 동안 진행되었던 인터뷰와 그동안 나눈 문자들과 간간히 나눴던 퍼즐 같은 대화들을 통해 난 어머니의 삶과 선택들을 이해할 수 있었다.

어머니의 삶을 딸의 눈으로 다시 회고해 보면서 난 그때 그녀가 느꼈을 감정들을 최대한으로 끌어내려고 노력을 했다. 그리고 이 책에 그녀의 감정과 사건 하나하나에 부여한 그 의미들을 담기 위해 최선을 다했다. 나의 생각과 느낌을 최소한으로 배제한 채 그녀의 마음을 최대한으로 표현하는 게 나의 최종 목적이었다.

어머니를 많이 원망하고 미워하며 살았던 적이 있었다. 나의 친아버지는 원래 내 인생에서 존재하지 않던 분이었다. 그분과의 기억은 그분의 새 부인과 살던 1년 반이라는 그 시간에 한정되어 있다. 하지만 어머니는 달랐다. 가끔씩 전화통화로 들려오는 어머니의 목소리와 매달 보내주시는 생활비로 난 그녀의 존재를 그나마 느낄 수 있었다.

하지만 내게 어머니는 항상 방관자이기도 하셨다. 딸의 고통과 아픔이 아닌 자신의 큰 야망을 위해 사시는 그런 분이셨다. 사랑을 갈구하던 내게 어머니는 항상 말씀하셨다. 돈이면 모두 해결된다고... 돈만 있으면 다시 행복해질 수 있다며 이 시간을 모두 인내하라고 하셨다.

내게 짐승만도 못한 짓들을 하던 사람들에게도 어머니는 마찬가지였다. 언제든 필요할 수 있으니 침은 뱉지 말라고 하셨다. 그 사람들만 보면 심장이 두근거리며 미치도록 아픈데 어머니는 그냥 용서하고 잊으라고 하셨다. 과거에 살고 있는 나를 나무라시며 이미 지나간 일에 아파하는 나를 한심해 하셨다.

나는 그런 어머니를 보며 돈밖에 모르는 속물이라고 했고, 그런 나를 어머니는 아무것도 모르는 철없는 아이라고 했다. 사람이 행복해지기 위해서는 돈만큼 귀중한 것이 없으며, 부모로서의 역할 중 제일 중요한 건 자식이 하고 싶은 것을 모두 하게 해줄 수 있는 경제적 능력이라고 생각하셨다. 나와 같이 보내지 못한 시간이나, 내가 당한 폭력과 학대는 물질로 보상하면 된다고 생각하신 어머니는 그 물질을 더욱 늘리기 위해 더욱 큰 노력과 시간을 투자하셨다. 그리고 끝에는 자신이 원하는 물질적인 성공을 이루셨다.

어머니는 인터뷰 도중 수업료를 받으러 찾아간 어머니를 무참히 내쫓으셨던 외할아버지 이야기를 꺼내며 오열을 하셨다. 돈이 없어서 끝내 학업을 포기할 수밖에 없었던 어머니에게 외할머니는 여자는 뒤웅박 팔자라며 시집만 잘 가면 된다고 하셨다. 그리고 딸인 어머니에게 남자 형제들을 위해 희생을 요구하셨다. 그런 인생을 살아오신 어머니에게 자신의 딸만큼은 돈 때문에 서러운 일을 겪게 하지 않겠다고 결심하신 게 어쩌면 당연한 일일지도 모르겠다. 어머니처럼 야심에 차고 큰 꿈을 꾸시던 분이 돈 때문에 자신의 인생을 살지 못하셨으니 경제적인 부가 마지막 꿈이 되신 것이었다.

경제적인 부를 이루면 모두 행복해질 줄 아셨던 어머니는 그게 아니라는 걸 깨닫고 회한의 눈물을 흘리셨다. 인터뷰 내내 자신이 잘못 산 것 같다며 끊임없이 눈물을 흘리셨다. 물질과 맞바꾼 딸의 진정한 행복과 잃어버린 그 모든 시간들... 그리고 오랫동안 우울증과 공황장애로 고통 속에 살았던 나를 보며 너무나 마음 아파하셨다. 그 돈이라는 것은 가족과 가족의 관계를 무너뜨렸고, 심지어 자신이 사랑하는 자식들과도 멀어지게 하였다.

뉴욕, 나와 어머니의 두 번째 인생이 시작된 이곳에서 우리 두 모녀는 참 많이 울고 아파했다. 나에게 어머니는 몇 개의 가면을 쓴 체 거짓 미소로 살아가는 그런 사람이었다. 우리 집에서는 진실이라는 건 전혀 중요하지 않았다. 진실을 숨기고 거짓 속에 산다고 하더라도 지키고 싶었던 건 가정의 평화였다. 그 평화는 태풍이 휘몰아치는 모래사장에 지어진 모래성처럼 항상 위태롭기만 했다.

오스칼 와일드에 의하면 결혼은 상상력이 지능을 이긴 것이며, 두 번째 결혼은 희망이 경험을 이긴 것이라고 한다. 다시 행복해질 수 있을 거라는 희망으로 재혼을 결심했지만, 재혼은 상상 이상으로 힘들다. 부부로만 이루어진 관계라면 괜찮지만, 그 부부의 전혼자녀들이 있다면 이야기는 달라진다. 많은 관계가 얽히고설켜 있어서 그 안에서 지속되는 긴장감과 갈등은 이루 말할 수 없다. 그렇기에 재혼가정은 초혼가정과는 달리 독특하고 많은 어려움을 가질 수밖에 없다.

심리학자 윌리엄 머르켈이 말한 것처럼 재혼가정은 "인류가 알고 있는 인간관계 중 가장 복잡하고 까다로우며 부자연스러운 관계"이다. 그런 부자연스럽고 힘든 관계 속에서 나는 내 자신을 피해자로만 인식하고 그런 가정을 만들어 준 어머니를 원망하며 살았다. 하지만 이 책을 쓰면서 새아버지와 내 사이에서 줄다리기를 하며 어려움을 겪으셨을 어머니의 아픔을 이해 할 수 있었다. 그동안 이해할 수 없었던 그녀의 행동들이 자신의 방식대로 나를 보호하려고 했던 것임을 알 수 있었다.

"아내는 자기 자식들과 똘똘 뭉쳐서 나를 따돌립니다. 그들만의 세상이 따로 있는 것 같고 제가 낄 곳은 아예 없는 것 같습니다."

"남편과 내 아이들 사이에서 눈치를 보며 이러지도 못하고 저러지도 못하고 피가 마르는 느낌입니다. 남편 편을 들면 아이들이 새아버지 편만 든다 할 것이고, 아이들 편을 들면 자기 자식들만 예뻐한다고 뭐라 합니다."

"남편이 내 아이를 야단치면 가슴이 너무 아픕니다."

외할머니와 나 외할머니가 계셨기에 지금의 내가 있다.

"내 돈으로 왜 네 자식들을 공부시켜야 하냐!"

재혼가정에서 흔히 들을 수 있는 불만들이다. 새로운 가족구성원이 가족을 이루면 서로 친밀감을 쌓고 알아나가며 진짜 가족이 되는데 4년에서 7년은 걸린다고 한다. 그 기간 동안은 두려움과 불안함, 새로운 삶으로 인해 혼란한 아이들에게 변화에 적응할 수 있는 시간을 주고 기다려 주어야 한다. 이미 부모의 이혼이라는 아픔을 겪고 분노와 버려질 수도 있다는 두려움에 차 있는 아이들을 몰아붙이면 아이와 더욱 멀어질 수밖에 없다. 부모의 이혼이 절대 아이들의 잘못이 아니며 부모의 결별과 상관없이 부모들은 자식들을 사랑하고 보호를 한 다는 것을 알려줘야 한다. 자신들이 내쳐질 수 있다는 두려움을 느끼지 않도록 도와주고 안심 시켜 주어야 한다.

또한 재혼가정일수록 친부모와 친자녀의 관계를 존중해 주고 그들의 친밀함을 인정해주어야 한다. 아이들이 그전 가정에서 배우고 익숙해진 가정문화와 버릇들을 받아들이고 억지로 고치려고 하면 안 된다. 무턱대고 이미 학습해 오고 자연스럽게 받아들여진 모든 것들을 갑자기 버리라고 하면 아이들은 더 불안해지고 혼란스러울 수 밖에 없다. 너무 서둘러 아이의 친부모와 같은 위치에 가려도 해도 안된다. 자연스럽게 관계가 발전 해 나갈 수 있게 기다려주는 게 중요하다고 난 생각한다.

서로가 알아갈 시간을 전혀 가지지 못한 채 성인이 된 경우나 그 전의 행동들이 학대로 기억에 남는 경우, 시간이 지난다고 해도 진짜 가족이 되는 건 거의 불가능하다. 그런 어정쩡한 관계에서는 서로에 대한 존중과 배려가 중요하다. 보통 어른들 같은 경우 아이들에게 무조건적인 복종을 강요하고, 그렇지 않은 경우 강렬한 비난이 따라오는데 그럴수록 그 관계는 더욱 악화된다.

나는 이 책을 쓰며 재혼 후 아내와 어머니로 살면서 겪은 그녀의 고충과 어려움을 이해할 수 있었고, 어머니 나름대로 내게 표현한 크나큰 사랑을 느낄 수 있었다. 그 방식이 틀렸을지는 모르지만 나는 그분의 삶이 모두 틀렸다고 생각은 하지 않는다. 니토베 이나조가 말하듯이 "이 세상에는 완전무결한 것도 없고, 전혀 쓸모없는 것도 없다. 우리의 부모에게도 친구에게도 결점이 있고, 우리가 증오하고 싫어하는 사람에게도 장점은 있다." 어머니도 어머니 역할은 처음이었고, 완벽한 어머니는 아니었다. 하지만 황량하고 척박한 이민생활을 하면서 그곳에서 살아남는 게 먼저였다. 그리고 그 와중에 자신이 할 수 있는 모든 것을 다하며 나를 지켰다는 사실에는 변함이 없다.

완벽한 어머니는 아니었지만 나는 같은 여자로서 어머니를 존경한다. 그때 그 시절, 지금보다 더 여자로 살기 힘들었던 시대에 어머니는 자신에게 맞닥뜨렸던 운명이랑 당당히 싸우며 치열하게 삶을 사셨다. 생각해보면 지금의 나보다 훨씬 어린 나이에 자신의 고국도 아닌 말도 안 통하는 타지에서 어머니는 보통 여자들이 그냥 포기하고 무너져버렸을 폭풍을 맨몸으로 막아냈다. 많이 두렵고 고통스러우셨을텐데 어머니는 앞만 보고 자신이 선택한 그 길을 가셨고 자신의 꿈을 이루셨다. 나라면 그렇게 할 수 있었을지 의문이 들 정도로 어려운 고비들을 모두 이겨내가며 그 와 중에 우리를 포기 하지 않으셨고 끝까지 지키셨다. 그것만으로도 난 우리를 향한 어머니의 고귀한 사랑을 느낄 수 있다.

이혼율이 급증하고 재혼가정이 많아지면서 나랑 어머니와 같은 문제로 힘들어하시는 분들이 많다. 난 그분들에게 서로의 인생에 대해 글을 써보며 각자의 아픔을 이해하는 시간을 가져보실

외할머니 그리고 엄마 감사합니다.

것을 권한다. 글로 각자의 인생을 그린다는 것은 상대방의 입장에서 그 사람의 인생을 바라보게 되는 것뿐 아니라 제 3자의 눈으로 사건들을 볼 수 있게 해준다. 이 책과 함께 자신들의 이야기로 그동안 힘들었던 순간과 모든 아픔이 치유되길 바라며

희망의 메시지로 마무리 하고자 한다. 모두가 행복해질 수 있고
행복할 자격이 있다.

2021년 나의 어머니의 인생을 돌아보며

다이애나 킴

엄마 팔자는 뒤웅박 팔자

초판인쇄	2021년 09월 27일
초판발행	2021년 10월 07일
지은이	다이애나 킴
발행인	조현수
펴낸곳	도서출판 더로드
마케팅	최관호
IT 마케팅	조용재
교정교열	이승득
디자인 디렉터	오종국 Design CREO
ADD	경기도 고양시 일산동구 백석2동 1301-2
	넥스빌오피스텔 704호
전화	031-925-5366~7
팩스	031-925-5368
이메일	provence70@naver.com
등록번호	제2015-000135호
등록	2015년 06월 18일

정가 22,000원
ISBN 979-11-6338-180-8 03810

"이 세상에는 완전무결한 것도 없고, 전혀 쓸모없는 것도 없다.
우리의 부모에게도 친구에게도 결점이 있고,
우리가 증오하고 싫어하는 사람에게도 장점은 있다."

– 니토베 이나조 –